新力量

蛊镇

肖江虹 作品

陕西出版传媒集团
太白文艺出版社

肖江虹

到了不得不思考的时候了。我们的方向：对文学，你还抱有虔诚和敬畏吗？对自己的文字，你还有十年磨一剑的耐心吗？

慢一点，再慢一点。这才是文学创作最基本的态度。

肖江虹

目录

蛊镇

一

小心翼翼揭开瓦罐，王昌林眼睛就亮了。

十多条半尺长的蜈蚣通体碧绿，焦躁地在罐子里游走。把半碗惨绿色的汤汁倒进瓦罐，盖上盖子，王昌林双手合十，双目紧闭，低声念诵。

云上的蛊神
请赐给我无边的法力
林间的毒虫
沟边的魔草
都为我所用
七七四十九个昼夜
炼成一道圆满的蛊

那些不速之客
驱赶他们
驱赶他们
远离我的寨子
远离我的族人
万能的蛊神啊
请用你的惠赐
永葆我们平安
让这个叫作蛊镇的村子
世世代代
绵延不绝

一连默念了六遍。

为什么要念六遍，王昌林不清楚，师傅把制蛊的手艺传给他的时候，也没有说明白。“六”在蛊镇是个好得要命的数字。制蛊需要六种毒草：毒鹅肠、散白花、断肠草、曼陀罗、见血封喉和溶血藤；常入蛊的毒虫也是六种：断尾蛇、毒蜈蚣、恶蝎子、鼓蛤蟆、长脚虺和尖嘴蝮；还有，蛊镇老人平常不做寿，唯独六十六岁，不仅要做，还得大做，三亲四戚、七乡八寨都要请到。仔细想想，和六有关的事情还有很多，每年六月六日是敬蛊神的日子，寨西头戏台的柱子是六根，甚至过年都规定菜数只能六碗。总之，只要留心，在蛊镇，这个数字无处不在。

洗净手，王昌林把瓦罐重新放回屋角的土坑，覆上土，铺上篾席，伸直腰呵呵笑了。是值得高兴一回，等蜈蚣吸完这半碗草汁，这道蜈蚣蛊就算大功告成了。

重新窝进躺椅，王昌林才感觉累了，快八十的人了，身子骨是不行了，随便一动都能听见骨头炸裂的声响，不动就尽量不动吧！油尽灯枯，随时都可能没了。

也怪，刚翻七十那个坎坎时，王昌林还没觉得自己老了。整天跟着四个儿子往庄稼地里头钻，好手好脚，啥活都能提得起。自从儿女们扛着蛇皮袋子进城后，他觉得自己一夜之间就老了。儿子们都有孝道，每月按时寄钱，吃吃喝喝足够了。可他不满足，还是想着在地里头蹦跳的日子，时不时还扛着锄头去地里头转悠，可入眼的荒凉让他实在无从下手，撂荒的庄稼地全是野草，比他还高，在风里头得意洋洋对着他摇头晃脑地示威。

倦意袭来，王昌林迷迷糊糊中看见老婆子在和他说话。老婆子站在蛊镇对山的丫口上，风吹着她长长的秀发，她那时还没过门呢！脸颊泛着少女特有的潮红。

“那个谁，听说你们镇子上有人会放蛊，真的假的呀？”

“是呀！我就会。”

女的吓了一跳，眼里扑闪着不安。

“放蛊是不是用来害人的呀？”

“屁，我就没害过人。”

老婆子性子犟，家里人不同意她嫁给一个蛊师，她收起几件换洗衣服就过来了，没有嫁妆，没有仪式，一口气为王昌林生了四个儿子。天不佑人，老四刚会喊妈，她就走了。急症，下地回来在水缸边汩汩灌下一瓢清水，噗地一躺就没了。

有人敲门，三长两短。王昌林如遭打的蛇一般，两头一翘甩开了躺椅。他很细致地抹掉眼角的老泪，正正色，面上就起来了一层霜。

拉开门，王四维的嫩娃，叫细崽。此刻正是黄昏，晚霞在天边翻滚，王昌林一下没适应，差点被那片红光扑倒。抬手搭起一个凉棚，王昌林说幺公，你来晚了。

论辈分，六岁的细崽是王昌林的爷辈。在盅镇，年纪再大也是白搭，就算穿开裆裤的嫩娃，只要辈分上去了，你也得按规矩毕恭毕敬喊。

细崽没接话，左手一伸："拿来！"

"幺公，你进来！"王昌林闪开一条道。

"老子不进来，给钱，我还要去常家小卖部买饼干。"

"幺公——"

"少逼啰唆，拿钱。"

"不给。"

"王昌林，你要翻天是不？说好敲一次门五角的，老子敲了门，你就要给钱。"细崽直着脖子吼。

嘴角拉开一线笑，王昌林说幺公你进来，我多给你五角。

细崽眼睛一亮，指着王昌林义正词严说："说谎的是乌龟。"

进了屋，天边的晚霞被切断了，但细崽脸上的晚霞还在。不规则的一块红斑，差不多占据了整张脸，从额头上蜿蜒而下，漫过鼻梁，在右脸颊上夸张地铺开，一直流淌到脖颈。

伸手摩挲了那片赤红，"痛不痛？"王昌林问。

摇摇头，细崽有些不耐烦，说你都问了多少次了。手一伸，直截了当：给钱。

凑近仔仔细细琢磨了一番，王昌林点点头说："似乎比前个月又淡了些。"

听了这话，细崽有些得意，说："我爸说了，等它散了，就接我进城去。"

王昌林坐在门槛上，看着细崽蹦跳着远去的背影。霞光透过薄云，从天边斜拉拉照过来，仿佛无数的尖针，将一个镇子死死地钉住。王昌林举起头，针尖飞泻而下，他感觉到了一阵钻心的刺痛。

二

细崽脸上的红斑是两岁开始出现的。开始只是隐隐的淡红，他爸王四维还有些得意，逢人就说你看我娃这脸，红得跟苹果似的。渐渐就不妙了，先是微醺，继而大醉，最后像是给人甩了一脸狗血。四维是个舍得人，砸锅卖铁带着儿子到处跑，连省城最好的医院都去了。药吃了几箩筐，可一点用处没有。最后带去看了邻寨一个巫医，巫医要了生辰八字，摸摸捏捏搞了一通，然后下了决断：这娃前世是个守寨的军士，在一场战斗中惨死，血气太浓，投胎了都没能化掉。王四维双膝一落，哽咽着央求解法。巫医摇着头说就是天王菩萨都解不了了。

一个清晨，伤心的王四维带着无解的王细崽离开了蛊镇，跟着外出的人流去了遥远的城市。半个月后的一个黄昏，更伤心的王四维带着更无解的王细崽出现在村头。他对遇到的每一个人说：都怪这张逼脸。细崽妈扒开儿子的衣服，大大小小、深深浅浅的伤痕遍布全身。女人落了泪，抓住男人问这些伤是咋弄的。男人半天才说棚户区的其他娃娃都拿细崽当怪物打整，背着大人就没轻没重打他。抱着细崽哭了一回，女人说细崽我们哪儿也不去了，就是灵霄宝殿也不去了，我们就好好在家待着。

奇怪的是，自从回到蛊镇后，细崽脸上的赤红开始渐渐淡去，步子跟来时差不多。第一个发现的就是王昌林。一天，王昌林在村口遇见细崽端着小鸡鸡，对着远方咬牙切齿地撒尿，还咕哝：

“霉死你狗日的。”

目光顺着幺公皱皮的小鸡鸡歪歪扭扭绕过去，王昌林就看见了王木匠的屋子。

王木匠一身手艺，尤其擅长做寿木，前些年进山伐木，让一棵老黄杉砸断了腿。断腿后路就不平了，一迈步就跃跃欲试的模样。去年接到一个徒弟的信，让他去城里一个木材加工厂上班。兴冲冲进了城，徒弟带他去见工厂老板，老板看他一飞冲天跑来的架势，盯着那条断腿看了半天，一挥手就把他扇回了蛊镇。

王昌林不知道王木匠如何得罪了细崽。木匠是他看着长大的，不折不扣的老好人。早些年给人做个门窗，打个寿木，从不谈价，主人家看着给，多多少少他都受。最近几年就更不说了，气饱力胀的年轻汉子全都走光了，瘸腿的王木匠就成了寨子里头力气最大的人。谁家有个搬抬扛移的重活，站在村头的土堡上甩一嗓子，木匠就笑弥勒佛腾云驾雾般赶来了。论人缘，十里八乡怕是没人敢和王木匠比。前年老爹老去，附近好几个寨子的人全来了，虽说都是些老弱病残，但量大，把一个院子塞得满满的。

王昌林背着手，盯着细崽的一举一动。等细崽收拾好撒尿的家什，王昌林往前迈了两步，他说幺公，木匠到底咋个得罪你了？细崽红着眼说，他把我从常家买来的饼干扔了，说饼干长了霉，不能吃。王昌林说木匠做得对呀。细崽翻着眼说干屌，他是没得吃眼红才这样干的。王昌林笑笑，双手把细崽扳过来，刚想给幺公讲道理，忽然呆住了。细崽额头上那团火烧云，仿佛正随着黄昏的降临慢慢淡去。

伸手使劲抹了抹，力气大了些，细崽咧着嘴叫了一声。

“怪了，幺公，淡去了呢！”王昌林惊讶着说。

挥手隔开王昌林的手，细崽愤愤说：“管老子的，多管闲事。”

又仔细看了一回，王昌林确定，真是淡去了。

回到蛊镇半个月，细崽有了一个能挣钱的活。

这个安逸的活路和村东头的柳七爷有关。

蛊镇最大的一棵古柏在寨中的晒谷场上，浓荫蔽日，像个浑圆的伞盖。教书先生柳七爷每次给寨人讲古，到《三国演义》刘备出场那一段，就说刘备还是个娃娃那阵子，就坐在村子里一棵古树下，让其他娃娃来参拜他，喊他陛下，有人看见了，就说那棵树不就是皇帝的黄落伞盖吗？这娃娃长大了定有出息。

然后柳七爷手指往上一戳，对众人说，那树就这模样，按这说法，我们大家都是帝王命哟。大家就呵呵笑一回。

柳七爷脑壳不大，但学问不少，上古那些芝麻大小的事情他都晓得。只要老天给脸，晚饭以后听他讲古是蛊镇人雷打不动的科目。人多那时候，男男女女，老老少少把古柏下围得水泄不通。离得远的，怕听漏了，脖子伸得老长，眉毛跟着剧情上下抖动。现在人少了，只剩下几个老眼昏花和鼻涕横流的，但科目还在。只是柳七爷讲古的劲头没以前那样足实了，有一搭没一搭，还老出错。说诸葛孔明死了后，魏延反了，大喊三声谁敢杀我，第三声话音未落，就被身边的马超一刀砍于马下。周围尽是失望之色，王昌林实在忍不住了，咳嗽一声，装得水波不兴样地纠正：老七，是马岱，马超早死了。柳七爷双眼浮起一层灰暗，四下扫扫说："冷火丘烟的，没兴致，以前堆得密密匝匝的时候，我哪个时候讲错过？"

一连六天，晚饭后都不见了柳七爷的影子。王昌林和同宗的几个老人在树下抽旱烟，吧嗒吧嗒，云山雾罩，烟锅子填了好几回，也不见柳七爷过来。月亮起来老高，悬在古柏树顶，把几个老者拢在一团淡黑中。磕掉剩烟，王昌林说都散了吧，老七今天怕又不会来了，也不晓得他在忙些啥子。另一个老头往地上啐了一口烟唾沫，有些忧虑地说："最近他老说胸闷，会不会倒床了？"

王昌林说明早我们去看看吧。

几个老者摇晃着往柳七爷屋子那头赶。蛊镇的早晨很安静，王昌林走在最前面，火棘树的拐杖在石板上敲打出沉闷的声响。他忽然停下来，远远近近打量一番，叹口气。

“要是前些年，这个光景，田间地头都是人。”

指着路边一堆乱木，王昌林说：“你们看看，蛊神祠呀！连个轮廓都没有了，去年还有两根柱子立着，今年啥都没了。”

屁股后面几个老枯朽也跟着叹气。

柳七爷的屋子在村南头，背靠一条河沟，屋子周围都是竹子，枝繁叶茂，青翠欲滴。老夫子很讲究，当初选地建房，其他人家都离河沟远远的，怕潮湿。柳七爷不怕，说有山有水才有灵气，又说居不可无竹，就在屋子周围种了许多的钓鱼竹。在蛊镇人眼里，七爷有种天生的距离感，他的一举一动都让你惊讶，像个堕入凡间的星宿。

房门虚掩，王昌林站在院子里喊了两声，没人应答。

推开门，一股怪味扑面而来。

老七没了。王昌林说。

柳七爷仰面躺在一张核桃木的雕花椅子上，微闭的双眼汪满了墨绿色的脓水，面部完全塌陷，仿佛皮骨下有了一次暴雨后的坍塌。他手里还捉着一杆笔，黏稠的液体顺着笔杆往下淌，在地上洇出一个肥厚的圆圈。面前的条桌上，还有一沓纸。

从床上拉块布把七爷罩住，王昌林抓起桌上的纸翻了翻。“哦”了一声，他说：

“老七在写蛊镇志。”

门边一个老者问：“啥？”

想了想，王昌林感觉说不清，他就挥挥手说：

"快喊人来。"

老七落了土，寨里头十多个老者老奶坐下来商量，说我们这堆人，都是黄泥巴盖到了下巴的人，哪天一口气上不来，烂在家里头都没人晓得，得想个法子才成啊!

一阵长久的沉默。

这时候，细崽铺着满脸的红霞在树根下刨曲蟮。王昌林眼睛一亮，有了主意。

"就让我幺公每天挨家挨户敲一次门，哪天不应门了，那就是死透了。"

大家都觉得这法子好，一个人蹙着眉说细崽这东西性子不太顺溜，他不一定愿意捡这个活。

"敲一次给他五角钱，一个月满打满算三十天，也就一斤猪肉钱，"王昌林又补充，"重赏之下，你还怕没得勇夫？"

三

窗外正落雨，滴答滴答敲打着屋檐下的青石。蛊镇的雨夜很难熬，王昌林在床上翻来滚去几十个回合都没有睡去。他索性爬起来，拉开灯，光亮一炸开，王昌林被吓了一跳，一只枯瘦的老鼠趴在屋子中央。凑近看了看，是个老东西。确是年岁大了，它走路拖着后腿，干瘪的肚子贴着地，没一点精气神。甚至王昌林伸脚去撵它，它也懒得躲闪。掀翻了，吃力地爬起来，一顿一顿又往前爬。王昌林忽然涌起来一些心酸。他钻进厨房，舀来半碗饭倒在老鼠的面前。地上的老家伙嗅了嗅，身子缓缓抬起来，张开嘴开始吃饭。毕竟有了岁数，吃了几口，地上的就停住了，抬起前爪艰难地抹抹嘴，往墙角那头爬了过去。

笑笑，王昌林说："我每顿小半碗，比你好不到哪儿去。"

地上的在屋子里糊里糊涂转了半天，才总算找到了角柜边的那个小洞。

"我太阳落坡就开晚饭，明天早点来，一起吃，多张嘴吃起来香。"

客人不见了，孤寂一下变得宏大，王昌林四下扫了扫，连墙上的老婆子也耷拉着眼皮。

拉开抽屉，王昌林取出从老七那儿拿来的那沓纸，把椅子挪到电灯下，开始慢慢翻检。

不愧是喝墨水长大的，老七的毛笔字写得真是好。纸是毛边纸，仿佛某种情绪，又轻又薄。第一页竖着"盅镇志"三个大字，颜体，端庄肃穆。

囫囵翻了翻，内容都是熟识的。七百年前就有了这个镇子，出了几个将军，几个秀才，哪年哪月遭遇外族入侵，还有几次惨烈的护镇战斗等等，杂七杂八，零零碎碎。

雨声滴答，王昌林双眼慢慢合上了。

雨后的盅镇生机勃勃，到处都泛着墨绿，风一过，抖落树叶上还残留着的水珠，滴滴答答的声响此起彼伏。

细崽来得早，双脚踩着石板路上的积水，欢快地跳进王昌林的院子。

拍了两下，没人应。又使劲拍了两下，还是没人应。腾地跳回院子里，细崽扯着嗓子喊："孙儿，你狗日的是不是断气了？"天地一片寂静，几只鸟被惊得从院子边的梓木树上腾空而起，树上轰地下来一阵露水雨。

屏住呼吸轻轻推开门，细崽吓了一大跳。王昌林躺在竹椅上，脑袋后仰，身上、地上都撒着纸张。细崽吓憨了，不敢出声。他随手拿起王昌林的火棘拐杖，抖抖索索折过去，轻轻捅了捅椅子上的人。

“喂，你死没有？”声音和手都在颤抖。

椅子上的没半点声息。细崽一阵难受，他确信他的孙子王昌林死去了。但他不死心，举起拐杖朝着椅子上一对老膝盖狠狠敲了下去。

一声怪叫，王昌林猛地拉直身子，两只眼睛鼓得斗大。

细崽也跟着怪叫一声，一屁股坐倒在地。

王昌林抹抹嘴，笑着说怪哉怪哉，在椅子上比在床上还睡得香。细崽却哭了，一张脸像是被揉皱的红布。抬手抹了一把泪，就开了黄腔：

“王昌林，你想吓死我是不是？烂狗日的，大清早你装哪样死？”

费劲地从椅子里爬起来，王昌林说幺公，明明是你老人家拿拐棍砸我，你反而还怨我。

“老子不管，你狗日的吓着我了，你要捡损失。”

“好好好，你说咋个捡法？”

止住哭，细崽想了想，昂着头理直气壮地说：“最少给三块钱，常家小卖部刚来了一种糖块，巴掌大，味道安逸得很。”

王昌林蹲下来，说给五块都行，不过有个条件。

“啥条件？”

“跟我学制蛊。”

哼一声，细崽对着王昌林吐出半截舌头，冷冷地说：“老子才不学，等我脸上的病好了，我爸就接我进城。”

“那一分钱不给！”王昌林说。

细崽寒心了，顺势一滚，把自己当成面团在地上反复抡。刚开始还行，速度快，再佐以撕心的号哭，显得威慑力十足。渐渐就不行了，毕竟是体力活，滚到最后就成了条青杠树头的大肥虫，一个来回都费死呆力。王昌林呢，索性拉条凳子坐到屋檐下，裹管旱烟咂得烽烟滚滚。太阳升了起来，哭声黯淡了下去。王昌林把烟锅子伸到凳子腿下磕了磕，细崽在身后说："王昌林，我日你妈。"王昌林也不回头，接过话说："我妈是你侄女，你要骂她我也无法。"细崽感觉理亏，侄女在对面银盘山上的岩缝里头，一百多岁，悬棺黑漆都剥落完了，显出无奈的死灰色。开错了黄腔，细崽收起了嚣张的神情，瘪着嘴，有一声没一声抽泣。

"给钱也可以，不过你得陪我进山找脆蛇。"王昌林说。

横着袖子拉一把鼻涕，细崽说要得要得。笑容在一张哭得稀烂的脸上绽开，像一朵怒放的红莲。倒不是为了那点钱，实在是脆蛇是个稀罕东西。

四

蛊镇四面环山，进进出出就靠一个豁口，豁口有个名字，叫作一线天。年轻的时候，王昌林搞不懂祖宗为啥选这样一处穷山恶水繁衍生息。后来从老七那里知道，主要是为了躲避战乱。祖先们打过一场败仗，为了躲避追杀，才选了这样一个易守难攻的地方。

山路不好走，两旁的刺蓬伸长手臂，热络地抱成一团。以前不是这样的，人多的时候，天天有人进进出出，还不闲着，遇上斜出来的枝丫，就会掏出柴刀把道路收拾出来。自从村人水样地淌出蛊镇后，道路慢慢就狭窄了。有些干脆就没了，不扒开杂乱，睁大眼睛，你甚至都不知道这里曾经有条路。

太阳当顶了，细崽和他的孙子王昌林还在半山腰摸索。细崽个儿小，弓着腰猫样往前窜。他的孙儿不行，骨头让日子锈蚀了，硬直干脆，稍微弯一下就钻心地痛。不过还好，刚抽芽的老辈人耐心好，窜出不远就坐下来，双手拢着膝盖等他。

“脆蛇真的会断成几截吗？”细崽问。

直起腰喘一阵，王昌林才说：“对呀，一般断成两截，我见过最多的是断成四截。”

在蛊镇，脆蛇是所有细娃心头的一个问号。那些皱纹里堆满阅历的人才有资格谈论脆蛇。据说除了蛊镇，全天下没有第二块土地有这东西。脆蛇通体雪白，个子小，毒性大。遇到危险，它会断成几截，等危险过去，那些断掉的躯干又蹦跳着合在一起，一溜烟就梭跑了。

“咋样才能抓住脆蛇呢？”细崽又问。

王昌林喘匀了，两只手把着拐杖，低声说：“捡走最中间一截，它就合不上了，就能抓住它了。”

细崽搓着手，舌头舔着嘴唇，一副跃跃欲试的样子。

关于这个稀罕物的诸多传说，好些蛊镇人都半信半疑。但是所有人都知道，脆蛇制成的蛇蛊，不仅能颠倒时序，还能返老还童，一句话，想啥有啥。

朝着一丛班茅草飙了一泡尿，细崽扭头问：“哪里才能找到它呢？”

伸手往天上一指，王昌林说山顶的岩缝中。

“我们今天好好抓几条。”细崽说。

王昌林呵呵笑，说幺公，你算盘拨得倒是响亮，我活了这么多年，拢共抓过两条。

细崽眼神一下黯淡了，他嘟着嘴说：“那你还上山。”

“上山还有机会，不上山就永远没有机会了。”

山顶是片开阔地，远远近近的物事都尽收眼底。那些高大的乔木到了山腰就停住了，把山顶全交给了矮矬的灌木丛。灌木种类很杂，火棘和黄杨占了大半。它们伏低身子，躲避着咄咄逼来的山风。王昌林年轻时随师傅上山寻制蛊的蛊物，站在山顶他问师傅，为啥山顶只有这些矮矬矬的灌木丛呢？师傅跟他说，山风太大，那些个儿高的会活活给吹折了，所以它们都躲在山脚。

关于这点，柳七爷还有句文绉绉的话，叫作：物竞天择。

王昌林眼睛看着细崽，他希望细崽也问他这个问题。制蛊这门活，关键的功夫是寻找蛊物的本领。你要知道什么物事喜阴，什么物事好水，什么物事在什么季节出没。所以，对环境的点点滴滴你都要了若指掌。王昌林知道峡水镇一个年轻蛊师，真本事没学到，却练就了一身歪门邪道。就拿抓蜈蚣来说，不赶山，不趴沟，宰一只公鸡，开膛破肚，岩壁下一埋，第二天扒开松土，公鸡全身叮满了循着血腥味赶来的大大小小的蜈蚣。给王昌林讲这件事的时候，年轻人还一脸得意。王昌林当时就冷笑，蛊物最大的要求是干净，吸了一夜的鸡血，那还叫干净吗？

层层叠叠的岩壁耸立在山顶，仿佛码放着的一册册古书。细崽兴奋地跳天舞地，在岩缝间探头探脑。

招招手，王昌林说幺公，你过来。细崽跳过来，王昌林说幺公，我考考你。细崽眼一翻，说要得。王昌林指着不远处一块石板，问：底下有些啥子？我说的是活物。细崽没想到来这一出，愣了半天，摇摇头。

“曲蟮子、山蜗牛、四脚蛇、红线虫，最少有这四样中的两样。”王昌林说。

细崽满脸狐疑，跑过去搬开石块，一方阴湿下，伏着一条曲蟮、两只山蜗牛和一条拇指粗细的四脚蛇。

“哎哟，狗日的说得好准呢！”

王昌林呵呵大笑。

“那你说脆蛇在哪里？”细崽问。

往远处一指，王昌林说那边。顺着王昌林手指的方向，细崽发现那边太远了，越过了脚下一片浩荡的莽莽苍苍。“去抓不？幺公。”王昌林侧着脸问。咬咬牙，细崽说去，今天不抓条脆蛇老子就不回家。

阳光从薄云斜射下来，像是天上抖落的一面薄纱。

一个寻常的起伏，两个人走了好几个时辰。

在一处山壁上停下来，更远的天地浮现在眼底。让人胆寒的峡谷，歪歪扭扭从远处过来，峡谷腰际，缠着一条土黄色的带子。

指着那条带子，王昌林说这是附近十多个村寨通往乡上的独路。他眼里浮起一层悠远，喃喃说：“你是不晓得那些年，一到赶集天，山路上全是人，背的扛的，牵猪的拉牛的，麻线一样连绵不断。”顿了顿，王昌林又说，“今天就是个赶集日啊！”

山谷中有鸟鸣声，空旷悠远，就是没一个人影。

“脆蛇呢？”细崽问。

摇摇头，王昌林说幺公，没有脆蛇，脆蛇不在这个季节出来，我哄你的。

从石头上蹦起来，细崽咬牙切齿指着王昌林，本想骂日你妈，又觉得对不起侄女，呼呼喘了几声狠狠一屁股坐回石头上。

两个人就这样呆呆坐着，天地寂然虚幻，最真实的是彼此的呼吸声。

忽然，细崽惊呼一声，说你快看，那头有人过来了。

揉揉眼，王昌林看清了，七八个人，有老有小，慢慢悠悠从远处走来。这是他三年来见到的第一拨生人。抽抽鼻子，喉咙都有些硬邦了。

他想跟人家打个招呼，要能天南海北吹吹壳子就更好了，实在不行，说几句天气好坏的废话也成。

“哎，路上的，赶场啊！”王昌林双手拢着嘴喊。

人堆堆停了下来，往这边瞅瞅。大约是没听清，停了一阵又开始往前耸动。

接连喊了好几声，对方都没应答。眼看着就要移到山腰的另一侧去了，王昌林急了，焦躁失望在脸上波涛汹涌。“要转过去了，要转过去了，”他指着远处喊，“你们倒是应句话呀，不要就走了呀！”

“对门的，我日你家十八代祖宗。”细崽站起来长声吆吆喊，力气很足，腰都扭弯了。

这句听清了。

乡下怪事多，有点距离，说正事吧，叽里呱啦一大堆对方未必听得见，可要开黄腔，声音压得再低都听得格外真切。

将要消失的几个人站住了。

“我才日你家十八代祖宗！”对方应声，应该有些年纪了，声音锈迹斑斑。

睃了一眼细崽，王昌林确信这个人是有资格做他爷辈的，这样奇妙的灵机一动，绝不是凡人可以想出来的。

“几个狗日的，你们是不是去乡上赶场？”王昌林一脸红光喊。

“你个老草包，我们就是去赶场。”

“猪狗不如的一帮东西，”王昌林干脆站起来，声音因为兴奋也高亢了不少，“你们是哪个镇子的？”

“老子溪水镇的，关你卵事。”

“今年庄稼长势如何？”

“说啥？”

“老子问你狗日的那头庄稼长得好不好？”

“有个屌的庄稼，除了房前屋后的菜园子，都丢了荒，”对方苍老的声音也透着莫名的兴奋，“老狗日的，你们这头呢？庄稼种得宽不？”

“宽个屌，也丢了荒。”

“好了，不和你老草包说了，得赶去集上买两口砂锅。”

“要得要得，狗日的慢些走哈！”

那群人缓缓离去，消失在一片云雾中。王昌林伸长脖子，定定地盯着道路的尽头。他的嘴还大大张着，脸色殷红，呼吸粗壮，仿佛新婚之夜。

五

一入秋，焦黄就占领了一切。这个时候，蛊镇上了岁数的人都不愿出门。有啥好看的，入眼都是揪心的残破。王昌林却格外喜欢这个季节。秋季是蛊物最活跃的时节，蛇虫蝎鼠，满林子乱窜。

阳光柔和贴心，把王昌林罩在一片橘黄里头。他坐在院子里，把晒得干脆的蜈蚣一个一个放进擂钵，操起木棍捣得咣当咣当响。捣碎了，把细细的蜈蚣粉倒进土碗，端到鼻子边嗅了嗅，嘴就合不拢了。实在好成色，颜色好，味道浓。这道蜈蚣蛊是专门对付老寒腿的。王昌林好几年没有制出这样地道的蜈蚣蛊了。寨里几个被风湿折腾得要死要活的这下是有福了。

折进屋，王昌林把蛊粉倒进沙罐，从桌上的匣子里取出一道符，默念六遍蛊词，用符将罐口密封。这是怕蛊气走脱，减弱下蛊的效用。只需六个时辰，揭开符章，这道蜈蚣蛊就算彻底制好了。

其实制蛊不累人，累人的是下蛊。根据先师传下来的规矩，下蛊不得让被下蛊的人知晓，那样就漏气了，不仅没有效果，别人的病患还会转移到自己身上来。喝茶、饮酒、吃饭等等都是机会，就看蛊师隐藏技法的手段了。蛊镇曾经有个厉害的蛊师，对人下了七七四十九道蛊，被下蛊的人竟然浑然不觉，病痛消失了都说不清子丑寅卯。王昌林把寨里几个患了老寒腿的排了排，还是遵循先易后难的顺序，第一个王文清，老东西粗枝大叶，不是那种细碎心眼，吃饭时候不要说给他下蛊，就是把饭碗偷走了，他都怕不晓得。

刚忙活完，院子里有人喊。转出来，是细崽的妈，女人叫赵锦绣，别村嫁过来的。四维进城后，她在家负责照看瘫痪的公爹和红脸的儿子。

“祖奶，有事啊？”王昌林喊了一声。

祖奶还很年轻，浑身上下都是急痨痨的气息。一动步，胸前就不安分地上下乱窜。见王昌林出来，也不说话，自顾拉条凳子往屋檐下一坐，两个眼睛大大鼓着，气息也格外粗壮，脑袋偏向一边，一张脸像是刚从酸菜坛子里捞出来的。

“祖奶，看你这样子，嘴青脸青的，哪个惹你了？”王昌林扶着门框问。

“哪个？还有哪个？王四维这根挨千刀的咯！”

“我祖爷不是在城里头找钱吗？远天远地的他咋个惹上你呢？”

回头看着王昌林，赵锦绣嗡一声就哭了，边哭边骂：“他个无良心的杂碎，老娘在家里头累死累活，他却在城里找野货。”

“无根无据，祖奶你莫乱说哦！”

赵锦绣激动了，猛地立起身，三两步奔到王昌林面前，左巴掌狠狠拍在右手背上，咬着牙说：“无根无据？前两天炳富婆娘回来跟我说，都明目张胆睡到一张床上去了。”

“如果真是这样，那我祖爷就做得不对了。”

回到凳子上坐下来，赵锦绣放声大哭。

王昌林倒来一碗水，把水递过去，他说祖奶，这事我帮不上啥忙，你得亲自进趟城，找祖爷好好说说。

咕噜噜喝了水，赵锦绣狠狠骂："男人没一个好货，离家几天，就磨皮擦痒了。"把碗递回去，觉得话说得难听，又补充，"我没说你。"

笑笑，王昌林说："祖奶说得对，我是有心无力！"

赵锦绣也僵硬地笑了笑。

"给我整道蛊。"

"啥蛊？"

"情蛊。"

王昌林听完就摇头，说祖奶，我们这行有规矩，情蛊不让随便制。赵锦绣倚老卖老，蛮声蛮气喊："你就说给不给吧？"无奈笑笑，王昌林说不是不给，是根本没有，我好多年没制这道东西了。

"那你给我制一道。"赵锦绣把一缕头发拨到脑后说。

王昌林还是摇头。他说的是实话，传授技艺的时候师傅就说过：情蛊和腹蛊，无论制作和使用，要慎之又慎。原因是这两道蛊属偏门，偏门就是邪门，不算正道，乱用是要折寿的。因为用得少，乡村野地关于这两道蛊的说法五花八门。有次王昌林到乡上赶集，听几个人说情蛊的玄妙。一个煞有介事说：蛊师先下咒语，在十字路口摆两根交叉的树枝，下蛊的找个隐蔽的地头躲起来，等心仪的人跨过树枝，跳出来跟在那人身后，走近了轻轻拍一下心仪的人的肩膀，只要回头，那人就会死心塌地跟下蛊的一辈子了。王昌林听完觉得好笑，牛头不对马嘴。也不晓得这样的附会是谁造出来的，边边都不挨。

看王昌林不答应，女人又开始哭，嘤嘤呜呜抽泣，嘴也不闲着。

"我死了算，我死了算。"

猛地，她三两步跑到王昌林面前，扑通就跪了下去。王昌林一看，吓得不轻，赶忙伸手去捞赵锦绣。还是老了，力气从疏松的骨头缝跑掉了。吃奶的劲头都用上了，还是没能把女人捞起来。

"祖奶，你这样子是折杀我咯！"

女人神情坚定，说你不答应我就不起来。王昌林无计可施，扯了谎，说我火上还烧着水呢，我去看看，说完转身就往里屋拱。躲进屋子，好半天才顺过气来。主意是打定了，就是天塌下来也不能答应。

好半天，外面没了声息，王昌林想赵锦绣怕是走了。正想出来，忽然听见赵锦绣在门外喊："昌林，你要应了，我让细崽跟你当蛊师。"

王昌林身子一震，打定的主意立时显得松松垮垮。

半边身子从大门里头露出来，王昌林看见赵锦绣还跪在原地。假模假式咳嗽一声，王昌林说祖奶，你刚才说啥子，我没听清。赵锦绣双手一撑地面站了起来，拍拍膝盖上的灰土，立马露出了运筹帷幄的得意。

"你那点小九九我还不晓得？"女人笑着说，"我说让细崽跟你学制蛊。"

"幺公倒是跟我提过，不过我没同意。"王昌林谎话一出口，脸就变得灰白。

"为啥不同意呢？"

"我们这行收徒吧，"王昌林站出门来说，"一是要看人品，二是要主事的人点头。"

"还人品，人都跑光了，哪个愿意跟你学这手艺？"女人勘破一切的神态，"你以为还是从前？"

冷哼一声，女人补充："不找个人传下去，你这手艺就断种了。"

王昌林无话，祖奶没说错。

赵锦绣就笑，半天才收住笑说："要不是有事求你，我才不会让细崽跟你学这手艺，你晓得的，他迟早一天也会进城去的。"

王昌林倚在门框上，默不作声。

"你倒是应不应？"赵锦绣不耐烦地吼。

看门边的沉默着不说话，赵锦绣就吼："我十天后来取。"

六

细崽这几日莫名地兴奋。挨家挨户敲门声格外响亮，还会趾高气扬对那些门缝里探出的花白脑袋大声宣布：我爸要回家了。

那日赵锦绣去乡上给四维打电话，细崽也去了。电话拨通，赵锦绣就开始哭，光打雷不下雨。王四维在电话里说你别光哭，说事啊！声音细细的，没半点跋扈的影子。狗日的肯定是心虚了，赵锦绣想。认真哭了一阵，赵锦绣说爹好多天水米未进了，怕是熬不到立秋了。王四维听完就慌了，连忙问到底啥病啊。赵锦绣说我也不晓得，我劝死劝活，就是不去医院，也不说哪里不对头。

嗡嗡哭一阵，赵锦绣说："你赶快回来吧！"

电话那头长长的沉默，好半天才嚅嗫着说："不太好请假。"

赵锦绣急了，日妈操娘给了王四维一顿恶骂。王四维这才咬牙切齿说："好，等我把假请下来就立马回来。"

赵锦绣放下电话，细崽说爷爷哪顿不吞下两海碗，你咋说他要死了呢?

阴着脸看着细崽，赵锦绣说你想你爸不?细崽连忙点头。赵锦绣说那你还话多。顿了顿她长叹一口气，蹲下来摸着细崽的脑袋说：

“你爸已经不是从前的那个爸了。”

当然了，细崽想，我爸是城里人了嘛。

刚才老娘号了半天也没得半滴水，此刻细崽却看见，两行清泪正从老娘的眼眶无声无息地滑落。

接下来的日子，细崽每天都会跑出一线天，坐在村头的那块大青石上，眼巴巴看着扭曲着绵延而来的山路。老爸没说清到底是哪天回来，只说最近几天。细崽希望能成为第一个接到老爸的人。他想见到老爸后，就先把脸凑过去给他好好看看，自己脸上的血红色已经开始淡去了。

老爸说过的，等颜色淡了去，就接他进城。

细崽喜欢城市，人多，楼高，颜色杂。尽管老爸住的地方离那些伸进云里的大楼还有一段路程，但细崽不觉得远。推开那扇松松垮垮的窗户就能看见。出了门，蹚过一段积水的坑坑洼洼，就有无数的小卖部。哪像在蛊镇，去常家买根棒棒糖就得吭哧吭哧走上六七里地。不过细崽最喜欢的还是挂了个大钟的广场，大钟滴答滴答的声音好远就能听到。广场边卖啥的都有。最让他羡慕的就是广场上放风筝的那些细娃了，手里扯根线，嬉笑着在宽阔的广场上奔跑，头顶上一挂风筝在高楼大厦间起起落落。细崽最喜欢的是一挂老鹰，老大老大的，颜色威严沉着，不像蝴蝶蜻蜓啥的花里胡哨，刚飞起的时候能听见噗噗的巨响。

每次想到那挂猎猎作响的风筝，细崽都能听见自己咽口水的声音。

苦等了五六天也不见父亲的影子，细崽开始失去了耐性。从大青石上跳下来，他对着山路骂：王四维，你花口花嘴，说好了几天回来，至今不见影影，你老龟儿有本事一辈子都不要回家。

老龟儿是挨骂当晚回的家，那时细崽正在做梦。梦里他看见老龟儿竟然是骑着一只老鹰回的家。

女人拉开门，看见男人一脸疲态站在门口。

“咋这样晚呢？”女人硬着喉咙问。

“爹呢？”

“睡下了。”

“有好转没？”

女人没应声，低着头沉默一阵，说爹没病。

男人先是傻在门口，继而大怒，将肩上的背包狠狠往地上一掼，破口大骂：

“日你先人板板，几千里大路，老子日赶夜赶，你以为是细娃娃玩过家家？”

赵锦绣叉着腰，死死盯着男人，稳操胜券的模样。

“老娘没凶你，你倒是先扳飙了。咋的，往天这个时候，是不是正骑在别人肚子上使力？”

打蛇打七寸，蛊镇人人都懂的道理。赵锦绣没有弯弯绕，单刀直入，直取要害。被打中七寸的王四维果然一下就蔫了，声音也失去了刚才的钢火和锐利，吞吐着说：“这是哪个狗日的乱嚼舌根？”

迎着冰凉的月光冷笑一声，赵锦绣说：“姓孟吧？在你们工地上煮饭的，对不对？”

王四维无话，头耷拉着，像是想往地里头钻的样子。

野话成了事实，赵锦绣一下就崩塌了。她其实希望男人硬实些，最好打死也不承认，那样起码还可以自己骗骗自己。哪晓得男人㞞包一个，三言两语就认了账。悲伤顿时如洪流一般泄闸而出，她双手抱头，蹲在地上开始哭。怕屋里老的嫩的听见，她把哭声压得很低，仿佛水壶里煮开的水，动静不大，但足可以把人活活烫死。王四维不敢劝，先是站着看女人哭，又觉得本来就理亏，这样高高在上看热闹更是理亏，索性坐下来，眼睛投向远处月光下的影影绰绰。

其实那些模糊的高高矮矮和他没关系，他的心思在城市和乡村之间不断来回跑。

赵锦绣在屋檐下一直呆呆坐着，整个人空闹闹的，其实她啥都没想，因为她啥都想不起来了。她感觉自己像头顶那片惨淡的云彩，跟着风的方向一直跑啊跑啊，慢慢变小变淡，直到无影无踪。

内疚没能敌过疲倦，王四维躺在床上，扑鼾地动山摇。

捋捋头发，女人站起来，脸上掠过一丝轻笑。

蹑手蹑脚来到外屋，她没敢开灯，借着从窗户挤进来的月光，找到了男人搭在凳子上的夹克。她把衣服捧在怀里，像是抱着一个易碎的古物。小心翼翼移到窗户边，女人慢慢松开咬紧的嘴唇。翻检如同蜻蜓点水，指尖顺着衣服的线缝抖战游走。

女人在月光下铺开一方灰白。她侧耳听了听，男人粗壮的鼾声在里屋上蹿下跳。

剪刀在夹克前襟亦步亦趋，看似无声无息，其实雷霆万钧。女人直起腰，看着夹克接缝处炸开的缝隙，长长吁了一口气。抬起衣袖抹了一把额头上渗出的细汗，左顾右盼一番，女人从怀里掏出一块纸片，捋开，一尺长形符咒，在月光下跳跃着幽怨的浅黄。符咒上无数黑色的蝌蚪，交织出暧昧的迷幻。女人心细，在符咒外裹了一层塑料纸，这样就不怕反复地搓洗了。

来回折叠，秘密越变越小，把瘦身的秘密塞进夹克的前襟。女人从衣服下摆抽出早就准备好的针线，把裂口缝合得如同心思一般缜密。

最后，两眼微闭，双手合十，对着完整如初的夹克轻轻默念：

情的蛊神

你睁大双眼手持宽大芭蕉叶

为我看护外出的汉子
你蒙蔽他的心
你遮住他的眼
那些花里胡哨的女人
在他面前都是毒虫游鼠
等他归家那天
才拿开你宽大的叶子
那样
我定当为你
焚香祭拜
供奉刀头

念完，女人将衣物放回。躺下来，侧身看着身边的男人。里屋背着月亮，光线不好，男人只有一个模糊的大概。明天中午，赵锦绣会为远涉归家的男人炖一锅香喷喷的腊猪脚。那才是真正的惊心动魄呢。

清晨睁开眼，细崽就听见了那个熟悉的声音。以为是做梦，使劲掐了掐大腿，生生地疼。从床上一跃而起，细崽光着脚丫子跑到外屋，老爸正和爷爷在门边说话。看见细崽跳出来，王四维笑了笑，笑容绵扯扯的，像是隔了夜的糍粑。细崽一个箭步蹦到老爸面前，把脸凑了过去，眼里全是哗哗的得意。

王四维仔细看了看细崽的脸，又伸手摸了摸，然后惊异地说："淡了，真是淡了些呢！"

他还呵呵笑着对窝在藤椅里的父亲说："爹，散去了咯！"

"你说的，散去了就带我进城，反悔的是王八蛋。"细崽昂着头说。

王四维一个劲点头，说不反悔，不反悔，反悔我是你儿。藤椅里的睖了儿子一眼，费气拔力咕哝：乱屎说，没大没小了。

表皮都是久别重逢的其乐融融，细崽和爷爷都没能看到底下的暗潮涌动。

一锅浓稠的腊猪脚在火塘上咕咕冒着气，揭开锅盖，香味一下漫到了门外。吞了一泡口水，王四维说腊猪脚呢，我半年多没吃过了。三个碗一字排开，赵锦绣挨个往里舀肉汤。男人难得回家，自然得厚待一些，碗里头全是精华。

定定神，赵锦绣从兜里掏出三个纸包，眼前浮现出王昌林把纸包递给她的情景。她还记得王昌林的表情，无奈中透着凝重。“祖奶，三包蛊粉，每次下一包，能管住他三个月。记住，一定要分批下。”

把一包淡黄色的蛊粉倒进碗里，搅匀，女人舒了一口气。站在原地呆了半天，心底忽然涌起一阵怅然。辛辛苦苦整了这样一出，就能管三个月，她实在不甘心。三个月以后呢？狗日的还不是照样抱着别的女人进进出出？

咬咬牙，女人将剩下两包药粉倒进碗里。赵锦绣想，这下好了，能管到过年回家。

然后她笑了，那笑散发着幸福的光泽。

夜里，赵锦绣和王四维躺在床上，谁都没有动。愧疚和愤怒筑成的高墙让两个人都失去了翻越的激情。

第二天一早，男人就起身了。

晨曦中，赵锦绣和细崽把王四维送到一线天。王四维本来有好些话想给赵锦绣说，呆了半天也没能张嘴，只能点点头。然后他摸着细崽的脑壳说：“在家要听你妈的话，能帮衬的就帮衬下，晓得不？”

细崽说好，不过你答应我的，等病好了就带我进城。

王四维还没开口，赵锦绣就气冲冲把细崽往面前一拉，说：“进城去干啥？花花绿绿的，不学坏才怪呢！”

男人沉默一阵，把肩上的背包一甩，迎着一片血红走了。

七

秋末的阳光轻而薄，漫不经心的样子，全然没有了夏日灼人的那股子认真劲。

赵锦绣一大早就起来给公爹洗衣服。天气开始转凉，得把放置了一年的冬衣翻出来洗好晒干。老骨架子不比年轻人，翻过九月冬衣就得上身。老棉衣本来就粗壮，浸湿后就更难打整了。赵锦绣龇着牙鼓捣了半天，还是拿盆里的那团肥大无可奈何。

正无计可施，门边有人喊：

“嫂子，忙着呢？”

转过眼，赵锦绣看见了王木匠，肩上扛个条锯，歪斜着身子往这边看。

“哎，正好，你来给我搭把手吧，这老棉衣我一个人拧不干呀！”赵锦绣招着手喊。

王木匠把条锯靠在墙沿边，高低不平过来。赵锦绣把棉衣一头递过去，说我把着这头不动，你劲大，使劲拧。

头靠着头，两个人弯下腰，王木匠一抬头就傻了。赵锦绣衬衫低垂，白色的胸衣吃力地包裹着两团硕大。王木匠一下就慌了，连忙把脑袋扭开，身体被拉成了一个怪异的弧形。

“你倒是用力啊！”赵锦绣喊。

抬头看了看，赵锦绣对王木匠这个造型格外惊讶。然后她一低头，自己都被那道风景吓了一大跳。慌忙拉直身子，赵锦绣红着脸对王木匠说你有事忙去吧。王木匠怯怯应一声，颠簸着跑走了。赵锦绣看着王木匠跑远的身影，心头仿佛钻进了无数的小蚂蚁，在心尖尖上爬啊爬啊。半天收回目光，才看见墙沿边的条锯。几步跑到院门外，朝那个落荒而逃的背影喊：

“条锯，你的条锯。”

条锯的主人蹦跶着跑远了。

握着条锯，赵锦绣心里怏怏的。脸上的红云还在，像是被人勘破了某个细微的隐秘。这情绪很遥远，小姑娘家家才有的呢！今天好奇怪，又捡回来了。木匠的条锯有些年龄了，手把那地方磨得闪亮。赵锦绣轻轻摸了摸，还留有撩人的热气，仿佛那人的发肤。怔怔呆了片刻，屋子里一声苍老的咳嗽把女人打回了原形，把条锯往地上一扔，心头暗骂：要脸不要你?

就这样，赵锦绣一个早上没有安生，她被一种古怪的思绪牵着走，像个探头探脑的小偷，心思总念着那个觊觎已久的物事。心思晃晃悠悠，做事也糊里糊涂。午饭上桌，细崽爷夹筷子菜放进嘴里，脸上的褶皱立马挤成一团。

“盐巴重了！”细崽爷说。

赵锦绣自己尝了尝，呸一口吐了。端起菜碗逃进厨房，心还在咚咚跳。探头看了看桌上一双老小，两人都在笑。她长舒了一口气，确认盘旋在心头的念头没有被发现。

饭还没吃完，王昌林来了，站在院门边喊幺公。

抹抹嘴出门来，细崽说长声吆吆喊哪样屎。赵锦绣白了儿子一眼，靠着门框说昌林啊，进来刨碗饭吧。王昌林摇着手说：“我吃过了，我想问问幺公想不想出门，我要去趟来鹤村。”

赵锦绣蹙着眉想了想说：“我听说来鹤村已久没人了，你去那头干啥呢？”

“还有几户，我一个熟人老去了，是个同行，我赶过去看看。”王昌林说。

细崽叉着腰，鼓眉鼓眼说：“去也行，多少钱？”

一巴掌扇在细崽背上，赵锦绣吼：“你和钱一天生的吗？就晓得钱。”

王昌林孤掌摇摇。细崽喜形于色，一个箭步跳进院子。赵锦绣在门边喊：“去就去，不许收钱的，晓得不？”细崽回头，很认真地说：“他要一不留神倒死在沟沟坎坎，怕是变成骨头了也没人晓得，我陪着他，收五块钱还不行啊？”

王昌林哈哈笑，说应该的应该的。

出了一线天，天地凋破得更厉害了，远远近近全是枯黄，那些星星点点的绿色不仅没能增添些生气，反而让残破显得更加气势汹汹。

两个人站在崖边，两条水线有气无力往山谷跌落。甩掉最后一滴，细崽裤子一提就算完事。他的孙子王昌林不行，抖抖索索忙活半天都没能把裤门链子拉上。细崽急了，骂骂咧咧说你看你那逼样子，一泡尿能把胡子撒白。“老了就这样子了。”王昌林苦笑着说。细崽干脆跳过去，给他拉好链子，系好裤带，往后一蹦，一本正经说：“我要到了你这岁数，就把自己杀了，免得难过。”拉拉衣襟，王昌林也一本正经说：“等到了我这岁数，你就晓得了，好死不如赖活着。”

翻过椏口，王昌林指着远处一方平坦说：“幺公，你看看那块地盘，如何？”

“适合跑马。”细崽说。

摇摇头，王昌林面带得意说：“你不懂，你看那个山形，像不像一张太师椅？”没等细崽答话，他接着说，“最妙的是椅子对面那座山，活脱脱一副笔架啊！这叫啥？这叫文曲坐案，好地啊！”

这是王昌林给自己选好的终老之地。年轻时赶山抓蛊物，惦记的都是蛇啊虫啊的，翻过六十六，想法就不一样了，死后找个好的安身之所成了比抓蛊物更重要的事情。每到一地，都要照着阴阳学的道道，前后左右仔细打量一番。五年前，他赶山赶到这里，正好站在那把椅子的椅面上，环顾四周，当即决定，就是这里了。

赶到来鹤村，也是午后。

在王昌林的记忆里，来鹤村算个大寨子。大集体那阵子，附近几个村子经常搞比学超，每次出工，都是来鹤村最惹眼，壮劳力多，轮换勤，三两下就把其他寨子给拖垮了。

王昌林站在寨门口，秋风挟裹着陈旧的房檐草，在地上打着旋，忽东忽西，捉摸不定。踮起脚朝寨子深处看，没有丁点死人的痕迹。要知道，乡村有人老去，最紧要的是在寨门口悬上灵幡，那是给亡人指路用的呀！

沿着细窄的石板路往里走，脚下茅草漫过了脚脖子，在裤管上拉出沙沙的声音。小路周围那些密密匝匝的房屋全都静默着，最猖狂的是青苔，爬满了院子、水缸，甚至门窗。越过长长的垣墙，两旁的房屋更显陈旧，斜边掉垮，拇指粗细的蒿草将它们裹得严严实实。细崽嘴里哼着小曲，手里拿根棍子，去撩那些悬在院门上的蛛网。忽然他定了下来，回头朝孙子神秘地招手。王昌林蹑手蹑脚过去，顺着幺公的手指，他看见房子的屋檐下蹲着一只灰色的野兔，正悠闲地啃着草。

王昌林呵呵笑。细崽说你笑哪样，王昌林说没啥，就是想笑。

来鹤村的蛊师住在村子的后背上，来来回回绕了好几回，才找到。

推开院门，一个人没有。灵堂里，一个须发全白的老头敲着木鱼念经，眼神不好，两个眼珠子都快掉到经书里去了。

“就你一个人？”王昌林问。

念经的把指头伸进嘴里舔了舔，翻过一页书，才慢悠悠抬头问：“啥？”

“你们道士班子一般不都是五个人吗？”王昌林凑过去大声问。

“几个年轻的都进城了，”老道士把书捋平整，又说，“进城找大钱去了。”

半天才有个人进来，蛊师的侄儿，六十出头，把王昌林领到停放死人的门板边。他掀开蒙着蛊师的白布，对王昌林说：“你说奇怪不，我叔是笑着死的。”

蛊师那张脸像朵凋零之前奋力一震后开得繁茂的鲜花。嘴角上扬，双眼微闭，仿佛还沉浸在某个幸福的场景里。

“我前天晌午过来，他拉把靠椅坐在院子里晒太阳，我过去一看，他满脸堆笑，喊了两声，不应，以为他睡着了，哪晓得……”蛊师的侄儿对王昌林比画着说。

王昌林摇摇头，指着门板上的，说你呀你呀！

八

今夜月亮特别好，明晃晃悬在古柏树顶。

一群老小聚在树下，东拉西扯说些闲话。左手的王文清眉飞色舞，正说着城里头的新鲜事。王文清早先进过城，给人看工地。一晚王文清刚睡下，听见外面有动静，提着根铁棍从工棚里出来，看见几个黄毛在搬搭架子的扣件。王文清大喊你们干啥，几个小偷回头一看，干瘦的王文清在昏黄的灯光下像根生锈的铁丝，胆儿就上来了，暗偷变成了明抢。一个拿手指着他，语气强硬：老鬼，进屋好生待着，再鬼喊呐叫，我搞死你。第二天，没等老板开口，王文清就把自己开除了。背着行李回到蛊镇，时不时就给大家说说城里的新鲜事。

“我们那个工地的边边上——”对于城市的描述，王文清有固定的开头。

听的人不满意，城市多大啊，为啥都围着你那个卵工地打转转。细崽每次听到开头就瘪嘴，话也难听。

“老癫东，你陀螺啊，就会原地乱转。”

王文清和王昌林一辈，也喊细崽幺公。他不敢顶撞长辈，只好说：“幺公，我眼界浅，整天就在工地上转，你老人家宰相肚里能……”细崽就不耐烦打断他，说逼话多，你快说，不过得说点新鲜的，以前没讲过的。

点点头，王文清说这个保证新鲜。端起黢黑的大茶缸灌了一通苦丁茶，把细碎的茶叶啐在地上，王文清说：“我们那个工地的边边上，有一个温泉，温泉这东西狗日古怪呢，一年四季都热气腾腾的。温泉里头不光洗澡，还——”

四五个娃娃拖长声音一起接话：“还卖肉。”接完个个翻白眼，细崽往王文清面前吐了一泡口水，语带嘲讽：“还新鲜，烂菜叶还差不多，老子耳朵都听起老茧了。”王文清怏怏缩回脖子，说我记得我没讲过这个的呀！

娃娃们起哄。王昌林咳嗽一声，两手往下压了压说我今天来给大家讲，都是真事，老七志书上写的。众人安静了下来，一个娃娃小声嘀咕：“柳七爷又没进过城，能说啥子哟？”王昌林睖了嘀咕的一眼，还好，比自家小一辈，能开黄腔：

“闭上你那张逼嘴，好好听我说。”

总算静了下来，王昌林开始讲：

"当年红毛贼造反，到处抢劫杀人，一年刚秋收完，就杀奔我们这头来了。这些人精得很，晓得秋收后油水大。来了多少人呢？估计得有百十号人，家伙也齐整，火铳长矛都有。"说到这里，王昌林扭头看了看王文清，又指了指王文清脚边的茶缸，王文清慌忙把茶缸递过来。抿了一口茶，拍拍茶缸，王昌林接着说："红毛贼是天擦黑的时候到的，一队人把镇子围得严严实实，他们想得简单，准备天一黑就进攻，一举拿下。"

捋捋胡须，王昌林呵呵笑："狗日的想错了，寨人早有准备，家家户户都准备了家伙，男男女女正摩拳擦掌等着他们呢！可毕竟家伙不如人家，人家长矛火铳，我们锄头镰刀。那一仗打得惨烈哟！红毛贼死了二十多个，我们死了四十多。不过呢，据说那是红毛贼打劫村寨中损失最惨的一次。"

"后来又来过没？"王文清伸长脖子问。

把茶缸递给王文清，王昌林笑着说："你不要慌嘛，听我慢慢说。寨老为了保卫屁股下面这块地皮，就动员家家户户制作干仗的家伙，火铳、长矛、大刀、弓弩啥子的都备了很多。接下来红毛贼前后来了六七次，一次比一次阵势大，硬是拿蛊镇没法子，每次都扛回去不少死人。断断续续打了几个月，红毛贼才被打服气了，就再没来过了。"

咧着嘴笑了笑，王文清说先人厉害呢！这样硬实，我看哪个还敢来。

摇摇头，王昌林说："你高兴得太早了。人要收你，你可以对抗，天要收你，你就无法了。有一年起了瘟疫，蛊镇三个月就有一半人死掉了。几个寨老一商量，在寨上选了三十个年轻的男女，凑足盘缠，让他们走得远远的，等瘟疫过了再返回来，目的就是要保住这个镇子。半年后，三十个人回来了。眼前的景象是惨绝了，一个活人都没了。”

“三十个人抹掉眼泪，烧火开锅重新开始。”王昌林说，“不要小看这三十个人，五十年的时间，蛊镇就成了四百多人的大寨子了。后来选出来新的寨老，寨老板眼多，想出了一个主意，让人到处放风，说蛊镇人人都会放蛊，还是最毒的腹蛊，只要进了寨，不死也脱层皮。”嘿嘿一笑，王昌林说，“从那时候这个镇子就安生了。”

月光幽幽，朗照着一个庄子，雾气从远处的林子里漫过来，被夜风扯得丝丝缕缕，东一块西一块悬吊着。

长时间的静默。

忽然一个娃娃直起身，跳下石凳子，愤愤说：“说得一点尿意思没得，还不如刚才温泉卖肉那个好玩。”接着一群娃娃跟着应和，全都蹦了起来，嬉笑着跑走了。

“妈个逼，我说的这个不好听吗？”王昌林直着脖子问。

王文清往地上啐了一口痰说：“我觉得你这个更有意思些。”

骂完他端起茶缸灌了个底朝天。扭头看见王昌林在笑，就说我最近发现你特别喜欢笑，是不是捡元宝了？

他不晓得，王昌林咧着的嘴后全是得意。岁月吹皱了他的手背，可没能带走他的手艺。

九

秋末最后一天，王昌林对来敲门的细崽说：

“幺公，我昨夜梦见脆蛇了，我们抓脆蛇去。”

把半吊鼻涕吸回鼻腔，细崽没有想象中的激动，而是把脑袋伸过来，说你看是不是又淡去了？王昌林点点头。细崽就激动了，搓着手，踌躇满志。心情好了，态度也跟着好，便叉着腰对王昌林说："老子今天高兴得很，就跟你去抓脆蛇。"

眼睛往上翻了翻，细崽有些不放心，问："你真梦见脆蛇了？"

孙子慌不迭地点着头。

"王昌林，你要敢哄我，死了下油锅。"

撒谎的心虚了，毕竟离死不远了，这样的诅咒让他心惊肉跳。

"幺公，我乱屎说的。"王昌林怯怯地说。

"那你到底想干哪样？"

"想去上次去的地头骂骂人，过过嘴巴瘾。"

"你想骂人就骂嘛，跑这样远干啥？"

"想和生人说说话。"王昌林满脸乞求，最后他说，"我眼睛饿了，幺公。"

两个人走得很慢，入眼的枯焦让王昌林有些透不过气来。他感觉山好像更陡了，路更狭窄了，连飞舞的蜻蜓行动都变迟缓了。

过一个坎，他试了几次都没能过去。咬咬牙，把拐杖往坎那边一扔，变直立行走为四肢爬行。勉强爬上坎沿，卡住了，进退不得。细崽转过一个弯，回身不见王昌林，心想都快成千年老龟了。蹲在地上看了一阵蚂蚁，还是不见人来，站起来放声大骂："王昌林，你是不是死硬邦了？"天地寂然，只有清脆的鸟叫声。细崽气得使劲跺跺脚，喷着火折了回去。

看见悬在坎坎上的王昌林，细崽吓得惊叫了一声，跑过去一把搂住王昌林，又大骂："你狗日的都成这样了，咋不喊我一声？"费了好大劲才把老古物从坎子上搬下来。王昌林说不了话，脸青嘴青，大口大口喘着气。细崽眼睛开始潮红，捡起王昌林的拐杖使劲一挥，扫倒了路边的一片班茅草，然后他气咻咻吼：

"你再这样不吭不喊的，哪个再和你出门就是你孙子。"

对面的孙子艰难地摆摆手。

“走，回家了，不去了。”细崽说。

王昌林又慌忙摇手，鼓着眼吞吐了一会儿，才说话。

“都到这里了，回去可惜了。”

把拐杖往地上一掼，细崽说要去你自己去，说完转身就走。

走出老远回过头，细崽看见他的老孙子摇摇晃晃站起来，弯腰捡起地上的拐杖，一顿一顿又开始往山上爬。细崽脸上红云漫卷，嘴里呼吸着粗壮的气息，他真想给老犟牛俩窝心脚。这时一只松鼠从树后探出头，缩头缩脑打量着细崽。细崽扭头看见了，伸长脖子破口大骂：

“我看你妈逼！”

伸手拉住路边一根树枝，王昌林往上爬了两步，脚趾抓得紧紧的，他是觉得，一步比一步更加艰难了。忽然后背被硬生生顶住了，王昌林吃了一惊，回头一看，瘦弱的幺公低着头，两只手抵着他的后背。

王昌林笑笑，说幺公，你看你像根芦柴棒，我要支撑不住往后一倒，你就成摊饼子了。

后面的闷着声吼：“逼话多，快点走！”

山道孤零零缠绕在山腰，谷底偶尔刮来一阵风，在山路上扬起漫天的尘土。王昌林下巴挂在拐杖上，木木地盯着那条土黄色的带子。眼睛都望穿了，就是不见人迹。细崽没有他孙子的定力，东张西望。两只乌鸦站在不远处的枯枝上拍打着翅膀，黏稠的阳光照着它们的羽毛，闪闪发光。细崽捡起一块石头，奋力投向无忧无虑的一对墨黑。咣一声响，两只乌鸦腾空而起，顺着山势砸进了深谷。

“回了吧！”他对王昌林说。

“再等等，我就不信见不着一个人。”

细崽不干了，站起来拍拍屁股，大声武气地说："要看你一个人看，老子回家了。"王昌林伸手从衣兜里掏出两块钱递过去。细崽瘪着嘴接过来，指着对面山顶最高的杉树说："两块钱只能管到太阳挂在那棵杉树上。"

风越来越大，呼啸着从谷底往坡上爬。王昌林眯着眼，一头白发被揉成了斑鸠窝。他忽然费力地撑起身体，对细崽说："回吧！"细崽抬头看着他，指了指天上。太阳高悬，离那棵杉树还有好长一段距离。王昌林摇摇头，说回吧，我吃点亏。细崽摸出一块钱还给王昌林，说："退你一块，老子不占你便宜。"

回家的路好像更长了，摸摸索索到了蛊镇后山，天边的红色已经褪尽，黄昏从远处一点一点漫过来了。这是黑夜来临前的最后一抹光亮，仿佛即将离世的老人，总要在临死前有一次莫名其妙的清晰和生动。乡下人管这叫回光返照。王昌林扶着一棵老枯树，被天边那片开阔的乳白吸引了。渐渐地，那片白亮越来越强，竟生生在天际撕开了一个巨大的口子，白光从口子喷涌而出，仿佛奔腾的江水。黄昏在一瞬间退去了，山山水水被白光照得亮亮堂堂。汹涌的光亮刺得王昌林眼睛生疼，目光慢慢往回缩，等落到那片斑驳的岩壁上时，他被惊呆了。淡黑的岸壁上，爬满了长长短短的雪白，它们扭动着身子缠绕在一起，垒成了一个高高的蛇丘。

山顶的两个人完全僵直了，惊骇从每一个毛孔滋滋往外冒。

时间已然断裂，思绪被无情地瓦解。眼中的雪白聚拢，摊开，再聚拢，再摊开，反反复复，无休无止。天边和岩壁的两团白亮像是获得了某种默契，相互帮衬，坚挺且持久。最后，两团白亮同时湮灭，黄昏重新占领了天空，淡黑抹满了岩壁。

像是一个梦，王昌林使劲掐了掐大腿。

"是哪样东西？"细崽的声音和有关脆蛇的传说一样，断成了好几段。

“脆蛇！”王昌林语气悠悠。

说完他慢慢往那片崖壁移动，细崽在他身后，拉着他的衣襟，脚步抖抖簌簌。

蛇潮虽然退去，但痕迹还在，岩灰画出无数的蛇痕，歪歪扭扭往岩缝里去了。

“王昌林，你看。”细崽惊叫一声。

一条手腕粗细的脆蛇摊在青石上,应该是从高处摔下来给摔晕了。

把蛇抓起来，王昌林捋了捋，说还活着，摔昏过去了。脆蛇通体雪白，有淡淡的红圈把身体分成了好几截。王昌林指着红圈对细崽说：“这是条大蛇，脆蛇年纪越大，这红圈就越淡。”

脱下外衣把蛇包好，王昌林对着岩壁磕了三个头。

“你还给蛇磕头呀？”细崽说。

“这头是磕给蛊神的，”抖抖沉重的外衣，王昌林说，“我晓得，这是他赐给我的。”

指指王昌林提着的外衣，细崽问：“你拿出来看看，它是不是真的可以断成几截？”

“你跟我学这门手艺，我就让你看。”王昌林说。

眉头皱了皱，细崽哧了一声，说：“老子要进城，鬼大二哥才学你这个。”

十

阴郁的冬日一直飘冻雨，左等右盼，总算迎来了一个艳阳天。赵锦绣起得老早，得赶着这个稀罕天气把该忙的忙完。铺的盖的得翻出来晒晒，穿的戴的要扒下来洗洗；庭院也该打扫了，枯叶被水一泡，满地褐色的汤汤水水。赵锦绣喜欢干净，她瞧不起那些邋里邋遢的人家，气力足的进城了，眼睛鼻子就不好使了，房前屋后，鸡拉狗吐，脏得闹心。偶尔去串个门，连个下脚的地方都没有。主人家还若无其事端碗饭站在臭气熏天里头吃得津津有味。有时候她也忍不住，说你家也是，打整打整又累不死人。人家就答复她：人花花都没得一个，打整出来给哪个看哟？赵锦绣就犟上了，指着对方说你不是人啊？要给哪个看，自家安逸噻。

扫完院子，赵锦绣进屋去搬木盆，老的小的有一堆要洗。木盆靠在墙根，移开木盆，赵锦绣看见了那把条锯。

通往木匠家的路曲曲拐拐，像极了走在路上那个人的心思。理由其实格外强壮，送还人家落下的东西，天经地义，任谁也说不出半句闲话来。赵锦绣心虚的是，明明还有一堆活等着自己，为啥要挑这个时候送过去？女人就跟自己说，木匠离不开条锯呀！人家不好意思过来拿，自己就不能主动点？这个坎勉强算是迈过去了。但最后一道坎她实在过不去，细崽就在屋子里憨坐，为啥不让他去送呢？

女人脸又红了，脚步却没有慢下来。

王木匠正在屋檐下推板子，刨子来回跑，木屑纷纷扬扬。偶一抬头，他就看见远处过来的赵锦绣。手一抖，刨子走偏了，深深嵌进了木板里头。他慌忙低下头，假装成一个心无旁骛的好木匠。等赵锦绣走进院子喊了一声兄弟，他才抬起头，然后装出相当惊讶的表情。

“嫂子来了。”

赵锦绣没敢看他，眼睛投向边上做好的一架立柜，啧啧两声，说手艺真好，你看这立柜好巴实。王木匠连忙点头，接着又迅速摇头，结结巴巴说做得不好，乱做，乱做。赵锦绣把条锯递过去，说你上次落我院子里的。木匠连忙过来接过来，说谢谢嫂子了，进屋喝碗茶吧！女人说不了不了，家里一堆活等着我呢！王木匠说那好那好，嫂子你慢走。说完一抬头，又看见那对旧物了。他梦里见过几次，充满了淫邪的色彩。毕竟是没结过婚的人，现在见着真东西了，脸一下就红到了耳根，像是面前的人知道他在梦里的一举一动。

出了院门，赵锦绣心里愤愤然，心里说：我又没说走，就喊我慢走，我偏不慢走。想到这里，脚步变快了许多。很快王木匠的屋子就看不见了，女人回过头，怅然若失。

叹口气，她喃喃说："我这是撞到哪样鬼咯？"

整整一天，赵锦绣把活干得哩啦。衣服上架了，才看见还残留着肥皂泡；猪食煮熟了，就是找不到猪食瓢；四下寻了半天的缝衣针，最后发现就攥在自己手里。一直到黄昏，她都没缓过神来。把晾衣绳上的几件衣物收在臂弯里，看着四合的暮色，心思又凝重了。这时儿子忽然在身后喊了一声妈，吓得赵锦绣一个激灵。儿子神秘地对她说，王昌林抓了一条脆蛇。

"真的假的？"赵锦绣问。

蛊镇人都知道，那东西不容易找到。

儿子比画着把那天的情形说了一遍，赵锦绣面色就不好了。

"一下拱出来这样多的脆蛇，怕不是啥子好兆头。"赵锦绣说。

而对于王昌林来说，没有比这段时间更好的日子了。

揭开褐色的瓦罐，王昌林喜形于色，那条雪白在罐底蜷成一团。明年开春，王昌林将会制出蛊师最引以为傲的一道蛊：幻蛊。一个蛊师能在离开人世之前制成一道幻蛊，无论如何都算是奇迹了。

晚饭过后，他还特地为壁柜后的那只老耗子备了点腊肉。人老心细，怕老伙计吞咽困难，特地把腊肉切成了细丁。他还开了一瓶酒，本来想和老耗子一醉方休，又怕老伙计鼠老体衰把老命喝杵脱。自己舒舒服服喝了好几杯，酒精在老迈的血管里恣意流淌，把骨头都泡酥了。喝完他就缩进椅子开始假寐。半晌老耗子爬出来，不过对腊肉不是很感兴趣，凑过去嗅了嗅没动嘴，潦潦草草吞了几口米饭，又摇晃着钻回洞里头去了。

“看你那样子，怕是要走在我前头哟！”王昌林笑着说。

闭上眼，那个场景又出现了。密密麻麻地缠绕在他脑子里扎了根，他相信这绝不是巧合。既然不是巧合，那当然就是提醒。神灵是要提醒什么呢？他把身边的大事小情都过滤了一遍，最后他认定，肯定是最近几年的蛊蹈节太过敷衍了。

想想那些年镇上蛊蹈节的情形。盛况啊！大人细娃，早早就开始盼，新衣新裤早早就准备好了，神龛得写新的，肥猪是要杀的，大歌是要唱的，蛊场是要跳的。印象最深的还是那一张张的脸，希冀、敬畏、欢喜，什么都有，看起来很复杂，其实很简单。这几年的蛊蹈节让他窝火，每次节气来临，个个都叹气，还说什么人都走光了，搞给谁看啊？老得都要入土了，谁还有这个闲心啊？这个时候王昌林就忍不住骂：“人走了就不活了？人走了吃饭就改吃屎了？人走了就可以光着腚满寨子闲逛了？”说丧气话的闭了嘴，王昌林还不罢休，拐杖在地面狠狠杵了两下，又说：“妈个逼，只要有口气，你也得给神龛上供的菩萨祖宗上炷香不是？”

十一

第一场冬雪过后，蛊镇的冬天就算到头了，整整半个月，阳光一直朗照。东风来得也早，从一线天呼呼过来，枯焦被吹散，嫩绿很快铺了一地。

赵锦绣扛捆青杠柴从林子里拱出来，看见炳富老婆顶着一头卷发从远处过来了。她的高跟鞋咄咄咄咄敲击着石板路，发出的声响和走路的模样都是新鲜的。赵锦绣很羡慕这个女人，狠得下心，撇下两个老的和三个小的，拍拍屁股就跟男人进城去了。没进城时，两个人关系近，是可以说私密话的人。慢慢地，赵锦绣就发现，她和炳富家的没以前对路了。每次女人回来，都会到她那里坐坐，开始还好些，跟赵锦绣说些城里的稀罕事，随着时间越拉越长，话就少了，到最后干脆就没话了。

回来了？赵锦绣远远喊。

炳富老婆半天才看清柴火后的那颗脑袋，连忙说哎呀呀，你看你，真是一身蛮力没处使呀，这该是男人的活嘛！

赵锦绣笑，笑容有些苦巴。炳富家有点不过意，说要我帮忙不？赵锦绣低头看了看炳富家脚上的高跟鞋，说帮啥子哟，我怕崴了你的脚呢！

一前一后往寨子里赶，前面的赵锦绣忽然问：

“如何了？”

后面的怔了怔，问：“啥子如何了？”

“那对狗男女咯。”

炳富家笑了，笑容很开阔，像头顶上的天空，无边辽远。

“我正想跟你说，散伙尿咯！”

“散了？”

“具体我也不晓得，反正那个逼婆娘整天垮着脸，”炳富家的笑得更大声了，“不光垮脸，两个人还吵，吵了没多久，女的就搬走了。”

“他呢？”赵锦绣声音细细的。

“哪个？”炳富家的收住笑，想想说，“你家王四维啊，霜打了，老了一长截，以前在工地上还唱山歌，现在不唱了，从早到晚屁都不放一个，就窝在板房里抽闷烟。”

赵锦绣躲在柴火后偷偷笑了一回。有点翻身农奴把歌唱的意思。

接着就没话了，只有高跟鞋敲打地面的声响和柴火在肩上嘎吱嘎吱的呻吟。到了岔路口，赵锦绣才开口。

“去家头坐坐不？”

“算了，先回家看看。”

赵锦绣点点头，等炳富家的走远了，她又朗声说。

“回去好好给几个娃娃洗一下子，脏得像从牛屁股里头拉出来的。”

回身爬坡，赵锦绣觉得身子轻盈了不少，有腾空而起的感觉。路边开始抽芽的花花草草像是都在对她笑。太阳还挂在头顶，她就开始盘算晚饭，炒个腊肉，爹如果想喝酒，就陪他喝两杯。为啥？不为啥，高兴咯！赵锦绣站在坡上都笑出了声。

高兴的事情还很多，特别是细崽，脸上的红色在东风里头消退得好像特别快。模子边缘那圈稍微深一些，中间离得远一些都看不出来了。一家人都高兴，爹每天都要扳着孙子看半天，边看边笑。

最不高兴的就怕是王四维了。赵锦绣不怀好意地想，活该，像是种花生的红砂地，你偏把矮旱稻插进去，能长出啥子好模样？不管好胯下的东西，端起到处文进武出。不让你撞下墙，你还不晓得回头了。

晚饭公爹灌了两杯酒，早早就上了床。

赵锦绣精神好得很，里里外外彻底收拾了一遍，还烧了一盆水，得给细崽洗个澡。细崽坐在木盆里打水玩，赵锦绣摸着儿子脸上淡红色的印记，说细崽，你这胎记散去了，是不是就进城跟你爸去了？细崽点头说是呀，老爸答应过我的。

把细崽诓睡下，赵锦绣拉条凳子坐在屋檐下，眼里一地墨黑，远处几点灯火，虚弱得仿佛一阵微风就能给吹灭了。她睡不着，早间那点兴奋退潮了，接踵而来的居然是深深的失落，就像这暗夜一样，无边无际。远方那个男人怕是已经成了一只被痛苦裹得密不透风的蚕茧。她想明天去乡上打个电话，跟他说清楚情蛊的事情。念头转回来，女人又恨自己的软弱。狗东西和野女人在床上翻滚的时候，何曾想到过我呢！

和赵锦绣一样盯着黑夜发呆的还有王昌林。和赵锦绣翻滚的念头不同，王昌林啥子心思都没有，他喜欢盯着黑夜看。窝在屋檐下的躺椅里，拉条毯子把自己完全盖住，只露出一对眼睛，看近前的黑，远处的黑，所有的黑。很小的时候，他和师傅出门抓蛊物，夜晚遇上暴雨，师徒二人躲进一个山洞，师傅躺在一旁呼呼大睡，他则趴在狭窄的洞口，看着外面的倾盆大雨和雷电交加。忽然不知从哪里窜出来一只山豹子，借着闪电发现了他。王昌林吓得全身发麻。山豹子努力了好几次，都没能挤进洞口，在洞门口低低地嚎叫了一阵，只好悻悻地离去了。从那以后，王昌林就喜欢上了这个动作。

扭了一下身子，毯子滑落了，王昌林慌忙把毯子拉上来盖住脑袋，轻轻掀开一条缝，又开始专注地盯着黑夜看。他觉得，这样是安全的，外面的种种危险，都奈何不了自己。

几处灯火渐次消失，该是上床的时候了。

躺在床上，他从枕头下抽出从老七那里捡来的稿子。习惯了，每晚都翻上几页。老七真是巧手，不光字写得好，还会画图。一张纸上绘了七棵古树，居然是按照北斗七星的布局栽种的。这个事情王昌林曾经问过老七，说为什么古树的位置和现在的北斗七星的位置有些出入。老七跟他说，那是时间让天上星宿的布局改变了。老七还说，世间没有东西是亘古不变的，为啥呢？因为有时间。

翻了几页，一幅图案出现在王昌林眼里。看了看标示，是蛊镇的地图，一百年前的。那时候镇子好像比现在大得多。把地图颠来倒去看了一番，王昌林发现这个形状有些面熟。他相信这个形状他见到过，在哪里见过呢？到底是在哪里见过呢？他闭上眼，面部紧紧缩成一团，似曾相识的心思像是水面上掠过的一块石片，涟漪阵阵，可就是看不真切。

用手使劲揉了揉太阳穴，那幅图画开始慢慢清晰了。

一线赤红跨过鼻梁，斜穿过整个面部，在下巴形成一道粗壮的弧线，最后在颧骨处圈成了一个不规则的椭圆。

王昌林猛地坐起来，心在怦怦乱跳，仿佛要蹦跶着跃出胸腔。

在屋子里来来回回转了好久，他都没能压住心头的慌乱。走到屋角的水缸边捧起冷水洗了个脸，才慢慢平静下来。“说不定是个巧合。”他对自己说。

立刻他又坚决地否定了自己。

“是巧合的话我一头碰死。”

十二

在院子里劈劈砍砍，王木匠失去了一贯的专注和定力。计量好的尺寸，锯条跑完后不是宽就是窄。杂乱的心思还把记性都吃掉了，刚才明明放在手边的斧子，转过眼就找不着了，趴在高高的木屑堆里翻了半天，斧子没找到，却发现了凿子。从容没有了，兴致就打了折扣。板子锯了一半，王木匠撤了手，斜靠在马凳上，摸出一支烟呼呼抽，还责怪嵌在板缝里的锯条：昨日才给上的油，今天就涩得跟犁老板土样，还难伺候得很呢！

老娘看出了儿子的异样，上前年他爹死，也没见着他这般的魂不守舍。倒碗茶放在马凳上，老娘说不想干就歇两日吧！王木匠说我倒是歇得，就怕杨村樊老者等不得，十多天不吃不喝了，这几日连话都说不成了，能熬到月底就算狠人了。

看了看马凳边那口棺材，老娘摇摇头，说你要赶也成，不过得细心点，我看你这几天昏头昏脑的，怕你剁着自己。走到屋檐下，老娘回头说："歇了吧？"扔掉烟蒂，王木匠说妈你管事管得宽，管到人家脚杆弯，你管我歇不歇哟！老娘摇摇头，以前儿子和娘说话没有这样的口气。转进里屋，隔着窗户看着儿子，老娘又长吁短叹一回。该是找门亲事的时候了，这些年当娘的没少托人。要求不高，不论长相，年纪不过四十就成。媒婆一听就摇头，说实在恼火哟，好手好脚，能跑能动的，全都卷起铺盖进城了。老娘狠狠心，说只要是个女的，没翻过五十的也成。媒婆还是摇头，说这一拨的差不多也走光了。

锯条沙沙响，心思却在别处。那个影子老在眼前晃动。木匠识得人，他晓得不是一头热，从女人看他的眼神他就知道，女人心头有捆干柴，就差个火引子了。男女的事情，一头热不惹人，真要你情我愿，心子把把都会变得痒酥酥的。心思跑偏了，手就跟着歪了，手腕忽地一扭，啪一声脆响，锯条崩成了两截。

把锯条往墙根一扔，朝屋里喊："妈，我进山去了。"喊完也不等老娘答话，斧子往腰上一别就走了。

运气还好，找到一棵红杉，腰杆笔直，打个梳妆柜最好了。把树放倒，剔掉枝叶，木匠坐在树干上抽烟。这段时间天气不错，屁股下的红杉有十来个晴日就晒干了。林子里安静极了，不远处两只松鼠拖着比身子还粗的尾巴上蹿下跳。

忽然有噼啪声传来，折断树枝的声音。王木匠站起来，踮起脚尖往那头看，一个弓着的背影在折地上的干柴。

熟悉得不能再熟悉的衣服，碎花格子，梦里见过好多次。王木匠心头成了翻锅的开水。幽深的树林顿时弥漫着天知地知的决绝，远处那个弓着的脊背像是一种下作的迎合。木匠就像地上的红杉，屹立百年就等着一朝的轰然倒塌。

正弯腰捆柴火，赵锦绣面前突然多了一对脚。目光倏地一下爬到脸上，赵锦绣看见了眼睛里头两团烈火。眼神不避不让，狠狠地从女人的领口插了进去，放肆地顶撞着两个饱满的乳房，全然没有了那日院子里的羞愧和不安。赵锦绣心头紧了一下，慌张地放眼四下扫了扫，要命的安静，密实的丛林将秘密包裹得密不透风。微微拉了拉身子，女人就不动了，那道敞亮还在，像是给面前的男人黑夜里留出的一道门缝。潜藏的鼓励让男人热血上涌。几乎同时，两团身体都急切地向对方扑去。男人力气很足，积攒几十年的气血都在这一刻喷发了。女人则在一团炽热中开始熔化。男人的嘴在慌乱中急切地搜寻，当两张嘴叠合在一处的时候，女人忽然一把推开了男人。

兜头的一瓢凉水。

横起衣袖抹了抹还泛着紫红的嘴唇，赵锦绣看着木匠说：

“这样不行。”

“为啥？”

“一笔写不了两个‘王’字。”

男人呆呆看着女人。

红晕慢慢从赵锦绣脸上退去，平静主宰了她的面孔。她理了理一头凌乱的乌黑，低头开始收拾柴火，动作井井有条。木匠知道，这汪火已经烧尽了。但他还是不甘心，心头还跳跃着残留的火星，舔舔嘴唇，他说：“他先对不起你呢！”

赵锦绣神情一下严肃了，她说：“他咋做是他的事，我咋做是我的事。”

迟疑片刻，木匠有些悻悻，又说：“天知地知哩。”

指指林子深处，赵锦绣说：“这里埋的都是王家老祖宗，你敢保证他们也看不见？”

顺着手指的方向看去，几座顶着青苔的古墓惊出了木匠一身冷汗。

“他敢乱来，是那个地头见不着祖宗，见不着，就没了怕惧。”赵锦绣又说。

把柴火往肩上一扛，赵锦绣踩着一地的窸窸窣窣走了，走出去不远，她回头对木匠说：

“我大门右边的楔子松动了，哪天你抽空来给我紧紧。”

木匠看见了她的笑容，像在沟坎边碰着时招呼的那种笑，熟悉，又陌生。

十三

那夜洞悉了秘密后，王昌林坚定地认为他的幺公绝非常人。细崽每天来敲完门，王昌林就好吃好喝地招待他。细崽也不客气，边夸孙子孝顺，边啃着喷香的腊排骨。王昌林看着细崽脸上的图案，不错的，一模一样。他相信这是神迹，细崽就是上天派下来传达意图的使者，至于要告诉蛊镇人什么，这个他一时间还没理出头绪来。

吃饱喝足，幺公抹着油水滴答的嘴对王昌林说：“你这几天请吃请喝，低眉顺眼，是不是有事求老子？”王昌林慌忙摆手，说幺公误会了，我就是尽点孝道。细崽哼一声，说我不白吃你的，你要我做啥就开口。想了想，王昌林说既然幺公开了金口，你要愿意，就陪我去给我师傅上炷香吧。细崽指着孙子教训：“烂肚子王昌林，老子早就晓得你心头那点小九九。”

师傅在银盘山的岩缝里。早些年蛊镇还时兴悬棺，超过七十的老人死去，装进棺材，用绳索吊上岩壁，找一处宽阔的岩缝放进去，再钉些木桩子固定好，一场葬式就算成了。后来有力气的进了城，棺材就吊不上岩壁了，死后就都钻进土里头去了。

沿着岩壁边缘爬了一段，细崽看清了那些悬棺。几十口棺材卡在岩缝中，经年风雨剥蚀，棺材色调斑驳。

“为啥不埋进土里头呢？”细崽问。

王昌林仰头看了看，倚靠着岩壁说：“祖先的家最早可不在蛊镇，说是在很远很远的地方，在那里曾经有过一场激烈的战斗，我们的祖先输了，一路迁到了这里。”

“我问东你说西，叫你打狗你去撵鸡，”细崽打断了孙子的话，“我是问你为啥不埋进土里头，你逼叨逼叨说这个干啥子嘛？”

王昌林说好好，怪我逼话多，幺公骂得对，扬扬眉毛，他接着说：“老祖先们觉得打输是暂时的，总有一天要打回去，所以死了不进土，找个岩缝先放着，等有朝一日决定打回去了，就让后人把棺材也抬回去，死了也要埋回老家的土地上。”

抬手指了指，王昌林说幺公你看，棺材的头都朝着一个方向，那就是祖先老家的方向。

“我还以为这个地头就是老家呢！”细崽说。

“哪个都说不清楚到底哪里才是老家，说不定还有老家的老家，老家的老家的老家。”王昌林说。

到了一处宽阔地，王昌林从袋子里取出香蜡纸烛点燃，对着半山喊：“师傅，我来跟你说一声，我家蛊神给了我一条脆蛇，让我做道幻蛊。”

“哪个是你师傅？”细崽问。

抬头顺着远处的岩缝看过来，王昌林指着一口还残留着黑漆的棺材说：“就是那个。”

“那个不是我侄女吗？”细崽说。

“哦，对对对，是我妈，”王昌林说，“人老了，记性都让狗给吃了，我师傅是倒数过来的第四个。”

祭拜完毕，王昌林对细崽说：“幺公，愿意跟我进山找蛊药不？”

细崽盯着他，没言语。王昌林赶忙说：“你老开个价。”

嘟着嘴想了想，细崽说算了，我妈都骂我了，说我是从钱眼眼里头钻出来的。然后他伸过脑袋，笑着对王昌林神秘地说：“我攒的钱够买一架很大很大的老鹰风筝了。”

王昌林睁大眼睛看着细崽，幺公脸上的图案有些依稀难辨了。

五日的工夫，王昌林的双脚就把蛊镇几座大山丈量完毕了。这可是年轻时候的能耐呀。他站在院门边举头四下扫了扫，高大扑面而来，不错的，都是封了路的老林子，光看着就给吓得半死，更不要说攀爬了。

双手叉腰，得意从头到脚。还感慨：“我都佩服我自家。”

旁边的细崽对他的沾沾自喜不安逸，斜乜着讽刺：“我要不跟在你后头，你怕摔得骨头渣渣都不剩了。”王昌林连忙点头，说幺公的功劳，幺公的功劳。幺公的确有功劳，除了保驾护航，途中还要给孙子揉腿捶腰。小拳头打击着老驼背的当口还叹气说：“他妈这世道颠倒了，爷爷居然给孙子捶背哩！”

之前，王昌林从来没有动过闯山的念头。闯山这活，翻过五十你都不敢想了。那些腿脚麻利的，把老命丢在老林里头的多得是。可自从那条脆蛇进了家，蛊镇的蛊师就开始了精心的谋划。凭着记忆，他理出了一条最安全的路线图。很快又给否掉了，那条路线不能找齐需要的物事。幻蛊这一道，除了脆蛇，最紧要的就是迷心草。

这东西金贵，对生长的地头特别挑剔，附近几座大山，只有滴水岩岩缝里头才有。可那条路线，王昌林想起来就发毛。他师傅的师傅，采迷心草时一只手没有抓牢，飘荡着落下山崖，跟着激流远走高飞了，坟头就在崖下的河岸上，其实就是一个衣冠冢。

迷心草是细崽采来的，细小的身架子在岩壁上像手脚长了倒刺的长虫，三下五除二就给王昌林抱上来了一大堆。王昌林那个感动啊！连说幺公巴实。幺公不是一般的巴实，简直是巴实到家了。伟大的幺公跟着孙子险象环生闯了五天大山，一次都没提过钱的事情。

正午阳光很好，王昌林在院子里铺开一摊一摊的花花绿绿。连锯藤、山岩草、青筋根、迷心草，杂七杂八占满了整个院子。晒干后，这些物事都会被剁碎，放进一口大锅熬煮一个对时。捞掉药渣，有用的是剩下的半锅汁水。

细崽呢，寸步不离，他就要看看，最厉害的幻蛊到底是如何制成的。

无关紧要的步骤，王昌林都不遮不掩，还会絮絮叨叨给幺公讲些注意事项。可到了晚上话蛇的时候，老脸就绷住了。拦着里屋的门，死活不让细崽进，说你进屋来也可以，但必须先拜师，这是蛊师的秘诀，只有入得蛊门了才能现世。细崽不干，说你是我孙子，拜了师老子还要喊你师傅。王昌林就说我不要名分，但你得给蛊神发个誓言。细崽还是不干，相对而言，他更惦记城头广场上那挂风筝。

话蛇这段，细崽只能在院子里干坐，里屋不时传来王昌林低低的说话声，间或还有吟唱和轻祷。细崽心头痒痒，嘴上不服输，嘟哝着骂："老子才不稀罕呢！"

不过王昌林还是透了一些风口。他给细崽说这幻蛊吧，最要紧的就是话蛇了，啥子叫话蛇呢？就是制蛊前的这段日子，蛊师要天天和脆蛇说话，让它明白接下来发生的一切，这样脆蛇才有灵性，脆蛇有了灵性，才会心甘情愿奉献出自己。

王昌林连续翻了好几天的黄书，他要为制作这道幻蛊选一个好日子。

十四

春天愈发真切了，深绿簇拥着几面山壁，河水叮咚跳跃。喜人的春光里，一直枯败的老枯朽们像是脑门上长出了嫩芽，面容难得一见的抖擞。最欢喜的算是四维他爹了，天不亮他就爬起来，端条凳子坐在屋檐下等天亮。红光刺破天幕的一瞬，他在心头一阵欢呼。然后他盯着那轮鲜嫩喷薄的红日徐徐爬过一线天，从两棵青杠树中间缓缓而上。直到赤红消散，转成刺目的亮白。

儿媳妇披件衣服从里屋出来，看见屋檐下笑吟吟的爹，说爹你干啥呢，这样老早？爹就说人老了，瞌睡少，我起来看太阳。赵锦绣连忙从屋里拿件棉衣递过去说，凉气太重，你不怕害病呀？说完转进儿子睡的那屋，细崽四仰八叉倒在床上，口水牵丝挂缕。一巴掌拍在儿子瘦削的屁股上，赵锦绣喊："太阳照到屁股了，快起来，先去敲门，敲完了跟我进山扛柴。"儿子咕哝一声，翻过去继续睡。往门外扫了一眼，赵锦绣笑着说："前三十年睡不醒，后三十年睡不着，我家都赶上了。"

一阵猛扇，细崽才懒懒地直起身来，揉揉眼央告："妈，让我再眯五分钟嘛。"赵锦绣把衣裤丢过去，说眯五分钟能当肉吃啊？快起来。细崽垮着脸从床上梭下来，阳光扑了他一身。赵锦绣感觉有些异样，猛然之间又想不起到底是哪里不对头。把儿子上下考察了一番，她一个箭步跳到细崽面前，端起儿子的脑袋，目不转睛地看，看着看着眼泪就下来了。

“散了，全散去了。”赵锦绣语无伦次。

说完她牵着儿子跑出门外，把儿子往公爹面前一推，泪涔涔说：“爹，你看细崽这脸。”

公爹凑过去，把孙子面部仔细检视一回，扁塌的嘴一瘪，老泪扑簌。

“转世为人了！”公爹激动地说，“菩萨显灵了呀！”

给儿子套好衣裤，赵锦绣说敲完门不要去疯跑了，早点回来，去乡上给你爸打个电话。

细崽应一声，往王昌林家那头跑去了。

王昌林正弓着腰铡药，屁股忽然挨了一脚，踢得很轻，算是招呼的一种。回头一看，幺公双手叉腰，得意地看着自己。

把脸送给孙子看了个透，细崽欢喜地蹦着跑开。王昌林没有幺公的欣喜若狂，隐隐的不安反而占了上风。细崽跑出老远，王昌林的声音才从身后追来：“你慢点走嘛，为啥要急痨痨跑呢？就不怕摔了。”

电话打过去，没有想象中的欢呼雀跃，嗯啊嗯啊，连声好都没有。儿子在电话里头给老子说：“爸，我脸上红斑散完了，你啥时候来领我？”电话一直沉默，忽地咣当一声，嘟嘟嘟叫个不停。细崽疑惑着举起电话，赵锦绣把耳朵凑过去听了听说：“挂了。”

母子二人站在邮电所门口，一脸失落。赵锦绣心头隐隐作痛，她本来想给王四维说清楚，你下半身的耷拉只是暂时的，翻过年就好了，可她担心万一王四维知道了真相，除了记恨她，只怕又屁颠屁颠找那个煮饭的野货去了。儿子没有她心头那样多的弯弯绕，一脚踢飞地上的易拉罐，扯开嗓子骂：“王四维，说话不算数，你去死咯！”

半个月后，炳富家就带回了王四维的死讯。

关于王四维的死，炳富媳妇的说法是王四维当天负责给新建的大楼贴墙砖，兴许是没吃早饭的缘故，脑壳短路，发了昏病，低头拣砖时没站住，从二十层高楼一个倒栽葱跌了下来。王文清大儿子德生却是另外一路说法，他说当时他也在贴砖，离王四维就一丈的距离，王四维根本没有去拣砖，甚至连手头的砖刀都丢了，在脚手架上呆眉呆眼朝远方看，看了半晌，张开双手，像挂风筝样的就飘走了。

“我当时扭头看了他一眼，他眼睛里头空闹闹的，我就感觉有点不对头，”德生最后说，“我肯定他是鬼缠身了。”

不管哪种说法，有一点是肯定的，王四维死了，死得还极其难看，几个负责收拾尸体的同乡都不敢描述当时的情景，有个胆儿大的也只说了一句话：

“炸成了好几块。”

两处耳房，一间躺着一个，赵锦绣在东房，公爹在西房，模样都差不多，目光呆滞，半死不活。

几个老婆子坐在赵锦绣的床沿边叹气，床上的四天水米不进，精气神被快速剥离，蜡黄的脸像块干脆的抹布，看不到任何的表情。公爹的情况稍好些，还能说话还能哭。他对立在床边的王昌林说：“去年盅蹈节，我连张纸花花都没给菩萨烧，做梦就看见一个素衣人用棍子敲我脑壳；前几日，我在梦里头又见到那个素衣人了，他拿锯子锯我的右腿，醒来后右腿就一直痛，当时就晓得要出事情，哪晓得出的竟然是这样大的事情。”说完他嘴就大大张着，喉咙里发出咕咕的声响，眼泪哗哗淌。王昌林也不晓得咋个安慰，就给床上的掖了掖被子说：“老天祖，都是命。”

王四维的死，王昌林愿意相信炳富媳妇说的，要真是意外，那就和他配制的三道情蛊没有关系。可他更相信德生的说法，离得那样近，难道还会看花眼不成？他后悔了，不该制那道蛊，始终是偏门，本来是好意，哪晓得整出这样骇人的尾巴。

从四维爹的屋子里退出来，王昌林长叹了一口气。棺材边上的过桥灯闪着幽幽的光，灯芯塌在油碗里，亮光缩头缩脑。王昌林过去挑起灯芯，光芒才直起腰来。

转到棺材另一边，王昌林看见了细崽。幺公跪在棺材边，手里拿根木棍，咚地敲一下棺材骂一句："王四维，说话不算数，你下油锅的。"咚又一声，"王四维，说话不算数，你挨千刀的。"咚，"王四维，说话不算数，你砍脑壳的。"

王昌林喉咙一紧，呼吸就不平整了。他过去想把细崽拢起来，细崽扭头看了他一眼，很认真对他说："王昌林，你不要闹了，我在和王四维讲道理。"抹掉泪，王昌林说幺公，你爸已经老去了。横起袖子拉掉半吊鼻涕，细崽冷笑着说："不要以为我不晓得，狗日的是答应的事情办不成，装死的。"

十五

趺趺撞撞回到家，已是深夜。

王昌林算了算，今晚该是最后一次话蛇了。

灯光幽暗，在装蛇的罐子前燃了一炷香，烧了三张纸钱，王昌林坐下来，他说：

"前头和你摆了好多天龙门阵，我们这行你也晓得了个大概。今晚呢，我是有些要紧的话要跟你说清楚。明天午时，你的大限就到了，不过你不要慌，也不要怕！跟你说句实话，到了我这岁数的，都怕死，夜晚都不敢睡沉，就怕一觉睡着就醒不过来了。不过慢慢我也明白了，行路可以绕山绕水绕刺蓬，死亡不行，你绕不过。前些天有个白衣人给我托梦，梦里头他把一个鸡蛋放进我手心头，我摊开手掌托着鸡蛋，不晓得他是哪样意思，他看着我笑笑，一指弹破了蛋壳，我正可惜哩，就看见一只毛毛的鸡仔从蛋壳里头歪歪扭扭出来了。悟了几天我都没搞清楚这个梦是哪样意思，今天我明白了，那是菩萨要跟我说，鸡仔在蛋壳里头的时候，已经习惯了里头黑乎乎的活法，它就怕蛋壳破掉。为啥呢？因为它不晓得外头到底是个啥样的。等蛋壳破掉，它从蛋壳里头走出来的那一刻才发觉，外头真是好光景啊！你是不是嫌我话多哟！年轻时我看我师傅话蛇，他老人家话少，比如今天，他就一句话：明天上路。你如果不嫌我话多，我就再说两句。我做蛊师这些年，没干过一件昧心事，零零散散做些蛊药，也医了一些人，虽然他们都不晓得自己的病是我治好的，但我不记挂这些，做自家该做的就是了。”

啰唆完，王昌林把蛇罐、舂好的草药、新画的符章一并搬到神龛上，恭恭敬敬磕了三个响头。

窝进躺椅，他想睡一会儿，养足精神，去给四维守守夜，唱几段孝歌。

脚边忽然有窸窸窣窣的声响，低头一看，老伙计出来溜达，步履蹒跚，不时还抬起爪子抹抹脸。王昌林坐起来，才想起今天只顾忙活四维的后事，把老家伙给忘记了。四下翻寻了一阵，啥子都没有。王昌林一脸愧疚，他说实在对不起，今天事多，把你给忘了。蹲下来伸手摸了摸鼠脑壳，始终是老熟人，那东西不惊不乍，屁股落实在地上，仰着头看着王昌林。搓着手，王昌林说你要等得了，我给你下点面条吧。

端着煮好的面条出来，老伙计还在。把碗放在老鼠面前，王昌林说："晓得你老了，牙口不好，我煮得烂，你多吃点，晚饭消夜并成一回了。"

嗅嗅，老鼠开始动嘴。王昌林躺回椅子，摸出旱烟裹上，说："你慢慢吃，我闲着没事，正好和你摆下龙门阵。我呢，干了一件蠢事，脑壳一热，给我祖奶做了一道情蛊。老人家为了套住男人，手狠了，把三道蛊当作一道一次给下了。你不晓得，这情蛊厉害，一道下去，男人三个月之内就成李莲英了；三道合成一道下，就只能当一辈子李莲英了。我晓得，四维是自家从脚手架上跳下来的。我觉得这都是我一个人的罪过，你给我把把脉，看我老去了是上刀山还是下油锅？"

地上的没声响，王昌林别过脑袋一看，面条收得精光，老伙计拖着鼓鼓囊囊的肚子正往洞口那头爬。

"你这几天厉害呢，饭量变得斗大，我敬重你。"王昌林笑。

灯光昏暗，老鼠越爬越慢，到了洞口，身子开始左右扭动，接着侧身一歪，四脚朝天，不动弹了。王昌林慌忙爬起来，走过去细看，老伙计已经归天了。这个死法王昌林见过，一九六〇年饿饭，寨子头一个王姓同族从一户远方亲戚那里抱回十五个盘碟大小的糍粑，一口气全吞掉了，当夜就老在床上，硕大的肚子上连青筋都条条饱绽着。

"你有点节制嘛，活活把自家胀死，这下安逸咯！"王昌林说。

打着手电，王昌林在屋子旁的菜地里挖个坑把老伙计埋葬了。然后一头钻进黑夜，往那个还没有埋葬的人家户去了。

十六

直到王四维下葬那天,他的儿子王细崽才确信,他爸真的老去了。

盖土之前有个仪式，死者的儿子，也就是孝男要从棺材尾爬到棺材头，拍着棺材盖子喊三声爹。细崽一直哭，道士先生左劝右劝，他就是不下去。还是王昌林站出来说幺公，你要不下去，你爸在那头就要摸黑了。细崽将信将疑梭下去，拍着棺材喊完三声爹，双手抓着棺材盖子号啕大哭，边哭边骂狗日的王四维说话不算数。上头的喊了好久他都不上来，还是两个人跳下去，才揪蚂蟥样地把细崽从棺材上抠了下来。

坟土覆得越来越高，细崽哭声越来越矮。他忽然扯了一把王昌林的裤腿问:“有没有吃了一下长大的蛊药? ”王昌林问:“你想干啥? ”细崽说:“我想打个瞌睡就长大，自家进城。”王昌林摇摇头。细崽脸上立时浮现出汹涌的不屑，骂:“你不是说你啥蛊都能制咯嘛！连个长大的蛊都没得，有哪样逼出息。”

日子脚赶着脚往前跑，春风吹绿了四维的坟头。

七窍都喷着悲伤的赵锦绣,还得拖着松松垮垮的身子忙里忙外。四维一走，一个家就成了断线的风筝，口粮没了着落。赵锦绣压着伤心和时间打仗，先把寨西的几块水田耙上，落一季晚稻，解决三张嘴的吃饭问题；后山的两块旱地也要抓紧，苞谷和黄豆都种上。等忙完田土，找个赶集日去乡上，买回两头双月猪，到了年末，一头留下过年，一头牵到集上卖掉。细崽明年就到上学的年龄了，吃穿都会更费钱。

锄头起起落落，身后是翻起的大片褐色。赵锦绣不敢歇，她怕追不上春种。抹掉额头上细密的汗珠，她又开始翻土。不知道是悲伤积压得太多，还是丢掉农事的时间过久，半块地还没翻完，赵锦绣就感觉到难抑的胸闷。找方土坎靠着，仰望着远处的一线天，赵锦绣眼泪就下来了。以往累了倦了，她也会朝那个方向瞭望，从一线天出去，在很远很远的地方，她的男人也在挥汗如雨。那时呆呆看上一阵，希望就会逼退困倦，现在不行了，男人没了，远方就变得空空荡荡，看得久了，反而是更多的疲累。

继续低头翻了一阵，赵锦绣看见了木匠，扛把锄头颠簸着从远处过来。没话，直接跳进地里就开始翻土。赵锦绣怔了一下，咳嗽一声，木匠不理会，锄头上下翻飞。这头又重重咳嗽了一声，那头抬起头来。这头巴掌凭空使劲扇了扇，像是要把那头扇出自家的黄土地。那头皱皱眉，不理睬，埋下头认真翻土。这头生气了，往地上狠狠啐了一口痰。那头假装没看见。

斗争隐秘而剧烈。赵锦绣最终败下阵来，她索性懒得理会，低头接着翻土。空气凝重涩滞，野地里只有间或的鸟鸣和锄头钻进泥土的嚓嚓声。

先前木匠离得远，彼此有着称心的距离，随着地越翻越少，凑得也越来越近。到了午后，都能听到对方粗壮的喘息声了。双方都阴着脸，仿佛土地和自己有隙，锄头抡得苦大仇深。就在两把锄头就要晤面的时候，木匠忽然收住了。直起腰杆，抹掉脑门上的汗珠，折身走到土坎上，放倒锄头，屁股挂在锄把上，脱下鞋子，抖掉里头的泥土，站起来扛着锄头离去了。

赵锦绣没抬头，把剩下那点翻完，木匠已经不见了。回头扫了扫，新翻的土地热气蒸腾。

此后几天，木匠都保持着这个方式。他更像是下到自己的地里，来去都显得理所当然。最后一天，翻的是西山前的老板土，丢荒时间太久，土地硬得像块铁板。毕竟是女人，赵锦绣每下一锄都格外吃力，缓慢的进度让她愈发气急败坏。农活讲细致，急不得，你一急它就跟你要性子。失去耐心的赵锦绣铆足了劲抡锄头，咔嚓下去，抱起锄把左摇右晃好半天，锄头就是不出来。一个上午，女人都在和锄头进行着艰苦卓绝的战斗。终于，在赵锦绣无数次野蛮的不讲情理后，锄头决定自绝。离得远远的，木匠听见咔嚓一声，抬头一看，女人的锄头还嵌在泥土中，锄把从根部齐齐断掉了。

眼窝一热，莫名的委屈从女人胸口喷涌而出。她想哭，余光扫了扫一旁的木匠，止住了。在他面前，她必须守住自己的坚不可摧，她觉得哪怕丁点的示弱，都像是在给对方隐秘的暗示。

踩着翻开的厚土，冷眉冷眼走过去，赵锦绣伸手一把抓住木匠手里的锄头。木匠侧眼看着她，没松手。赵锦绣加了把劲，用力摇了摇，男人还是没松手。赵锦绣猛地抬头，眼里迸出一道寒光，男人心虚了，手一松，锄头到了赵锦绣手里。

提着锄头折回去，赵锦绣刨出嵌在地里的锄头，把木匠锄头往地上一扔，抓起锄头和断掉的锄把，眼不斜视地走了。木匠愣在原地半天，等赵锦绣走远了，才过去捡起锄头。木匠心开始乱了，本来，做这个决定的那一刻他觉得自己是已经完全沉淀好了的清水，甚至他都做好了最坏的打算，哪怕女人对着他开黄腔，他也无所谓。“心头干干净净的，我怕哪个？”他对自己说。哪晓得赵锦绣只消扭个胳膊动一下腿，就把他沉淀完毕的清水搅得乱七八糟。

不远处的树上有唧唧的鸟叫声，像是嘲笑。

“当”的一声，锄头失魂落魄插进泥土。

“咔嚓”，锄把断成了两截。

十七

从脸上圈儿散去那天开始，细崽就步入了莫名其妙的力不从心。

那天和孙子王昌林进山挖苦蒜，刚出村就不迈步了。蹲在路边摘开得繁盛的鹅黄花，王昌林以为幺公贪玩，拐棍捅了捅路边枯死的老槐树，说幺公你快点，我中午饭还要做个苦蒜辣椒水呢！细崽仰着头，额头上爬满了汗虫，他说王昌林，我心慌得很。王昌林不信，伸手探了探细崽的额头，火烧火燎的，他想多半是热伤风，就说幺公苦蒜不挖了，我们回家吧。

细崽回家就倒床了。赵锦绣不敢大意，从乡上请来医生，吃了药打了针，就是不见好转。怕风钻进来加重细崽的病，赵锦绣给窗户上了厚厚的帘子。

大早，王昌林提着一个砂罐从屋里头出来，脸上的笑按都按不住。他生命中最重要的一道蛊昨天晚上大功告成。蛊镇的蛊师实在太兴奋了，一夜没有合眼，他在院中来回走，两腿都酸麻了还想走。

出门来，王昌林看见了祖奶。

风很大，吹得绳子上的衣服噼啪响。赵锦绣坐在屋檐下，低着头，皱着眉。一根枯草从远方飞来，粘贴在她的眉毛上，她定定坐着，连拂掉枯草的念头都没有。又来一阵风，那根草摇了摇，流连了半天才飞走。

祖奶早啊！王昌林笑着说。

祖奶依旧定定的，迎着风流着泪说：

“细崽成个老人了。”

王昌林嘴巴就闭不上了。

发现这个秘密时，太阳刚刚升起。赵锦绣当时在院子里剁猪草，听见细崽在里屋喊妈。赵锦绣连忙进屋，黑黢黢的屋里，细崽哑着声说："妈，你把窗帘布拉开，我怕黑。"拉开帘子，光芒溢满一屋。赵锦绣回过身，看见细崽一只手挡着眼睛，露出尖瘦的下巴。慢慢适应了刺眼的光亮，细崽才把手拿开。坐在床边的赵锦绣看了看细崽的脸，眼前一片漆黑。

王昌林俯着身坐在床前。

他的幺公看上去比他还老，窄窄的额头上爬满了密密麻麻的皱纹，一张脸被枯败完全占领，深陷的双眼仿佛两个看不到底的黑洞，积满了死亡的气息。

这是满脸稚气、前不久还陪着自己翻山越岭的幺公吗？不是，肯定不是，这哪里是降临人世才区区六年的生命！这副干枯瘦小的身躯分明就是一道惊人的谶语，一张发白的符章，一个恶意的玩笑。一瞬间，王昌林泪流满面，他感到了彻头彻尾的哀伤，活了这样多年，经历了无数的生离死别，从来没有此刻的痛彻心扉。他嘴唇不住地抖动，颤抖着喊了一声：幺公。

细崽缓缓睁开眼，前日眼中的清澈透明消失得干干净净，疲乏地看了半天，才认出王昌林来。咧咧嘴，他说话了，声音细微得如同从布帛上抽走一根丝线。

"王昌林，我做了一个梦，梦见我的脸上长出了一大片高粱，高粱地里有好多人，都拿着锄头挖我的脸。"

陆续来了十来个医生，乡上县上的都有。

"准备后事吧！"离开的时候都这样说。

十多个老人顶着一头花白稀稀拉拉散落在院子里，像刚起了一层秋霜。都沉默着，脑袋不时往细崽那个屋子看看。

"好久没听见敲门声了，有点不习惯。"一个说。

说完，是更长久的沉默。只有窗户下四维爹喉咙里发出嚯嚯的声响，快速而剧烈的打击让他连说话的念头都没有了。前天进屋看了孙子，他没有眼泪，没有哭声，只有决绝的一言不发。饭点上，接过儿媳递来的饭碗，鼓着眼一口气扒光，儿媳以为爹饿，又添了一碗，照样扒得飞快。添到第四碗，儿媳不敢接碗了。她晓得，自从四维走后，公爹每顿就大半碗。

“总要做点啥吧？”王文清说。

大家看了他一眼，没人应声。

“把蛊神祠翻修一下吧！”一直嚯嚯的四维爹忽然发话了，言语抑扬顿挫，连尾音都精神抖擞。

怪得很，没有人吃惊，大家好像都知道四维爹这个时候就会说话。

“咋翻？除了剩下个地基，上无片瓦，下无块砖。”王文清说。

“只要地基还在，就能翻。”四维爹欠欠身子说。

王文清撇撇嘴，四下扫扫，冷言冷语说：“你看看这堆废物，吞口水都能噎死，还翻新神祠？”

四维爹一弯腰，伸手抓起地上一块瓦片，咣地砸了过来。王文清眼尖，腾身一跳，避开了。

“看你那卵样，比蛇蚤还跳得快，让你翻个神祠你还推三推四的。”四维爹恶声恶气骂。

辈分太低，王文清不敢顶嘴，快快表态：“只要大家都说翻，就翻咯。”

这时候王昌林站了起来说：“老七的志书上画的有蛊神祠的模样，过两天就动起来，有钱出钱，有力出力，蛊蹈节之前一定把它立起来。”

王昌林话音一落，那头四维爹脑袋一歪，目光立时涣散，只有喉咙里头的嚯嚯声。

十八

赵锦绣突然有了难得的镇静。

如果只看她一日的行迹，你很难想象这个女人有一个正大步流星奔向死亡的儿子。一早，院子照例要清扫的，杂叶枯草啥的还不乱倒，在院墙角拢成一堆，点火烧掉后倒入猪圈，那可是很好的肥料呢！接着给公爹准备早饭，一小碗本地面条，煎个鸡蛋，八成熟，老人牙口不好，焦了咬着费劲。伺候完老的，就打盆热水给床上的细崽擦脸，擦完脸喂药，喂药途中还和儿子开两句玩笑。

“细崽，昨晚我家两头猪掐架了，大的那头被小的那头咬得满猪圈跑，你说笑人不？”

“细崽，王文清到乡上赶集去了，听说去买猪尿包炖田七，老东西又开始尿床了。”

说完赵锦绣就呵呵笑。细崽不能言语，偶尔拉开一下眼皮，算是回应。

汤勺把黑色的液体倒进细崽的口中，喉咙汩汩响好半天，一次艰难的吞咽才算完成。赵锦绣清楚，这汤药与其说是喂给细崽的，还不如说是喂给自己的。只有给细崽喂药的时候她才不会心慌意乱，药是好东西，是治病的，吃了哪能一点用处没有？其实细崽吞下去的还不能算药，只有医生开出来的才是药，可惜来看过的医生都拒绝开药，说实在开不出对症的方子。医生不开，赵锦绣就自己来，房前屋后，田间地头，石壁椏口，只要看起来像药的，她都采回来，支上砂罐熬。她相信乡间流传的一句话：草药草药，是草就成药。

喂完最后一勺，悲伤如期而至。忧伤像是骑着的一匹马，看起来你是坐实了，那是表象，它一发蛮，就颠你个四仰八叉。赵锦绣伸出手，摩挲着儿子满头的白发。一个月不到，细崽头发就全白了。床上蜷缩着的枯朽实在揪心，仿佛一截柴火，丢进炉子，等拉出来的时候，就变成了焦煳的黑炭。

“喊王昌林来。”细崽满脸皱纹拼命挤压，瞪着眼朝赵锦绣艰难地喊。

没等赵锦绣过去，王昌林就过来了。

递给赵锦绣一碗蜂蜜，王昌林说你给幺公化碗蜂糖水喝吧。进屋来，王昌林挨在床边，半天细崽睁开眼，嘴角扯了扯，像是想说话。王昌林慌忙伏低脑袋，他听见他的幺公一字一顿说：

“王昌林，我难过得很，给我打针。”

眼角一潮，王昌林说幺公，医生都回家吃饭了，等医生回来，我就让他给你打针。

“王昌林，我要打针，我要打针，你狗日的快给我打针。”

抹着泪直起身，王昌林看见赵锦绣端着一碗糖水进屋来。伸出手，王昌林说祖奶给我吧！

赵锦绣抹着泪递过碗，王昌林一只手接过碗，另一只手在身后隐秘地蜷起，大拇指绷住中指，迅捷划过水碗，轻轻一弹，一线淡黄跃入碗中。

喂完蜂糖水，王昌林对赵锦绣说：“祖奶，你去忙吧，今晚我守着幺公。”

夜轻薄如纱，夜空中有猫头鹰的声音，长长短短在林子里跳跃。陆续有光亮往细崽家这头爬。开始月亮一直躲在云层里，慢慢就朗开了，等到月盈窗棂，细崽卧病的屋子里聚满了密麻的老小。几个有辈分的老人抽着旱烟，旁若无人地高声说话，他们谈论着电视上南方百年难遇的干旱，谈论着旱稻与水稻的区别，谈论着女人屁股大小与生孩子之间的关系。说到好笑处，就咧嘴露出一口烟熏的黑牙，风摇枯枝样地笑得摆来摆去。

众人的目光在说话的老人和床上的细崽之间来回摇曳。目光去到床上，脸上就浮起一层悲戚；眼神缩回椅子，忍不住发出几声哈哈。

蛊镇人觉得日子就是这样，悲欢一线之间，生死隔墙相望。

赵锦绣躲在墙角，针线在青布上穿梭。一个老女人掌着灯站在她身后，眼睛跟着缝衣针起起落落。衣服是缝给细崽的，这个样式的衣服在蛊镇有统一的喊法，叫老衣。是人在这个世界最后一套行头，入殓的时候才用。赵锦绣针脚走得很细，看不出丝毫的慌乱。接完一只袖口，她还抖开衣服问掌灯的女人："你看如何？"女人慌不迭喊好，喊完眼角就起来了一层雾。

王木匠坐在门边，屋里的熙攘他一句没听清。他来得最早，进屋来和王昌林打了个招呼，就坐下来看细崽。慢慢目不转睛就变成了目瞪口呆。他清楚地发现，缠绕着细崽的苦痛逐渐松了绑，紧绷的脸面一点点舒展开来，仿佛绽开的花蕾，最后下撇的嘴角徐徐抬高，勾出一个上扬的半圆。

那分明是在笑。

忽然一个细娃喊："你们快看！"

所有的目光移到了床上。只见床上的垂死双拳紧握，先伸出一只手，慢慢举高，伸直，接着伸出第二只手，举到一半，胳膊肘渐渐打弯，画出一个怪异的形状。

扔掉手里的东西，赵锦绣跑过去抱着儿子的脑袋，轻轻问："细崽，你想跟妈说啥？"

王文清歪着脑袋看了好一阵子，喃喃说："我觉得他是拽住了啥子东西。"

细崽拽住的是一架风筝，他此刻正奔跑在那方宽阔的广场上，身边全是欢快的笑声，无数的风筝在半空中猎猎作响。细崽觉得天上最神气的还算是那架老鹰风筝，扑闪着宽大的翅膀，迎着风威武地滑翔。这挂风筝的线，就牢牢拽在自己的手里。忽然听见一声喊，细崽扭头望去，王四维坐在不远处的花坛上，笑吟吟地看着儿子，橘黄的阳光拢着他，眉宇间全是幸福。细崽对着老爸招手，王四维过来牵着儿子的手。两个人拉着风筝笑着往前跑，跑着跑着，细崽觉得手一紧，抬头一看，风筝变成了一只真的苍鹰，昂着头往更高的地方飞去。一脚踏空，细崽低头，惊奇地发现自己和老爸都飞了起来。他们越飞越高，越飞越高，最后融进了那片无边的蔚蓝。

十九

入殓成了大问题，细崽两只手就那样高举着，棺材盖子就是盖不上。没辙，换了四维爹的大棺材，还是盖不上。王文清出了个主意，说干脆直接上磨子，细崽这样嫩胳膊嫩腿，一扇磨子就能压得服服帖帖。王昌林不同意，只有他清楚这个姿势代表了什么。两个人正争论，赵锦绣过来了。看了看儿子，说："细崽，你是个听话的娃娃，人死如泥，为了入殓，只能给你上磨了。"

几个人抬来磨子，就是放不下去。

"压上呀！"王文清喊。

一个抬磨的睖了王文清一眼说："你看幺公这笑，老子实在不忍心。"

赵锦绣靠着大门，眼泪簌簌落。

忽然院门边一个声音说："磨就不上了，我这就回去赶做一个棺材盖子。”

后天就下葬，你赶得出来吗？王昌林问王木匠。

扭头走出院子，王木匠说：“两天两夜不睡觉，我就不信赶不出来。”

门边的赵锦绣泪线立时变得更粗了。哭够了，她把王昌林叫过去说：“你受累，给你幺公找个下葬的地头吧！”想了想，王昌林说：“笔架山吧，那也是我的地头，幺公和我亲，挨着我吧！”

细崽落了葬，日子一头栽进了五月。

王昌林每天都要上一次笔架山，乘逝去还新鲜，他要和幺公多说几句话。等魂灵投胎转世了，说得再多幺公也听不见了。天气还算配合，多半日子都朗照。迎着第一抹霞光，王昌林歪歪扭扭梭出寨口，顺着一溜模糊的山道，吭哧半天才爬到幺公的新家。坐下来，裹一管烟，慢悠悠点燃，惬意吸了两口，喊一声幺公，就开始了无边无际的自言自语。坟堆文文静静，没了活着时候的调皮捣蛋。王昌林说了好些烦心事，特别是神祠翻修的进度，“一帮老爬虫，支根柱子一天就过去了”。这还不是王昌林最担心的，他闹心的事情在城里。前前后后往十几个城市打了上百个电话，都低声下气到求爹爹告奶奶了，就是没一个愿意回来。

虽说进度慢点，可翻新神祠的活路没有停。镇子被埋进了黄昏，十多个老者还在忙活。众人像是获得了某种默契，都闷着头做事，连龙门阵也不摆了。

完工那天，四维爹早早就吩咐儿媳妇，去乡上割几斤肉，打两壶酒，好好请一帮子人吃一顿。他恨自己两条废腿，要不就算递块木板也是好的。请大家吃顿饭，就是想弥补一下自己的亏欠。夜晚的饭桌上，众人都有了难得一见的轻松，遗失的酒量饭量又捡回来了。不多会儿，一壶酒就全倒进了肚子。赵锦绣从里屋又提出来一壶，说敞开喝，我爹说了，今天管饱。抹抹嘴，王昌林大声喊：“今天日子特别，大家放开整。”

除了木匠。他一直躲在靠墙角的位置，低着头刨了两碗饭就歇了。王昌林倒了一碗酒，往他面前一推，说这段日子就算你最辛苦，喝一碗。木匠慌忙摆手，说我真是不能喝。王昌林挤挤眼说你少哄我，我又不是没见你喝过。木匠推开碗，说昌林，我的确能喝点，但我酒后德性不太好，话多，还是算了吧！王昌林不干，拼命把酒碗往前推，木匠两手筑成一道屏障，死死抵住面前的酒碗。

“喝一点吧！”赵锦绣说。她把一盘刚炒好的洋芋丝端上桌，也不看这边，说完又折进厨房去了。

赵锦绣一发话，木匠阻挡酒碗的双手立时变得绵实了许多，张开的十指逐渐软成一个圆，圈住了那个酒碗。等赵锦绣端着新炒的菜从厨房出来的时候，木匠的两颊都有了敦实的酡红。

赵锦绣伸长腰，隔空把菜放在了木匠的面前。

木匠低头看见了那盘菜，回锅肉，又肥又厚，还滋滋冒着油。

吃饱喝完，一群老迈钻进黑夜，各自散去了。

王昌林刚进屋，就开始落雨了。起初像是老人的泪，不久就成了如注的尿线。王昌林困顿在椅子上，脑袋歪着，耳际全是雨滴敲打树叶的声音。猛地刮来一阵疾风，雨点就猖狂了，热爆爆敲击着窗棂，急不可待地想要破窗而入。不知是酒精的作用，还是暴雨的原因，王昌林忽然变得格外亢奋。这种感觉在胸口左冲右突，顶得热血上涌。他爬起来，从抽屉里头取出那沓纸，翻拣出老七留下的墨和笔，规规矩矩在一张白纸上写下：

壬辰年仲夏丁丑日，蛊神祠翻新。

二十

蛊蹈节来了。

天气无比晴朗。阳光抱着寨子，风从一线天轻轻过来，俏皮地拨弄着花花草草，溪流奔波欢腾，在山沟里头绕出一条清亮的白光。一切都显得那样的美妙，像是给一个隆重节日的到来做着扎实的准备。

在神龛的香炉里头燃了一炷香，天光还未全白，王昌林就清扫屋子。找来一根竹竿，把扫帚绑在竹竿上，拂掉房梁和角落处那些老旧的蜘蛛网。屋子有了新颜，天已大亮。挖起门边的拐棍，王昌林得去看看师傅。

师傅安睡在半山，听着崖下的弟子一个人絮叨。

“今天日子特殊，我来看看你。”把一张旱烟皮展开，放进嘴里焐了焐，烟皮软了，抽出来，抖开，王昌林接着说，“神祠翻好了，原来的式样，还在寨头拉撒的都出了力的。”

燃了烟，王昌林继续说：“细崽刚去那头，你要拿只眼睛盯着他点，他在寨头辈分高，黄腔开惯了，过去了也怕改不了。你要不看着，他肯定吃亏。”青烟袅袅，顺着王昌林花白的脑袋攀爬，升得高了，一阵细风，倏地不见了。

“幺公不是凡人，我这样说你肯定不信，又要骂我花口花嘴。”王昌林仰头对师傅笑笑，“他是老死的，临走前我给了他一道幻蛊。”

顿顿，他接着说：“今年的节气又黄了，你也看见了，怪不得我，该做的我都做了。”

撑着腰杆站起来，王昌林深吸一口气，说：“蛊师不给自己下蛊，这是规矩，我要是越了规矩，等过来你再收拾我吧！”

王昌林没有原路返回，取细窄的山道去了趟一线天。

爬上一块大石头，他呆望着远去的石板路，陈旧的石板在阳光下散着青幽幽的光芒。王昌林清楚记得小时候第一次越过一线天时的情景：雨后，石板湿滑，他和几个细娃一起站在豁口的这头，心头是耐不住的痒痒。老人们常黑着脸告诫，不要轻易越过豁口，一线天的那头有吃人的妖怪，红头绿面，口若血盆。踌躇半天，相互望望，一班细娃还是跳过了一线天。神奇的一跃，从那刻起，天地洞开，目光和见识跟着步伐一起广阔。先是乡上，后是县上，最后是省上。虽然没有走得更远，但是王昌林知道还有比省上更奇异更广阔的地方。

黄昏。

金色的光线从薄云倾泻而下，在村庄和野地形成了无数菊黄光圈，一个光柱正好击中院子躺椅上的王昌林，手边木桌上的酽茶缸波光跃动。

他眯着眼，带着笑，扭头对边上的细崽说：“幺公，跟你说个秘密，你脸上那个圈……”细崽一脚踢在椅子上，急不可耐地吼：“散都散去了，还说它搓屎，快起来，神祠那头热闹得很。”

起身来，两人折出院门，远远就听见人声，在蛊镇的半空鼎沸。神祠前花花绿绿一大片，一色的新衣，一色的欢笑。老七一身对襟素衣，远远对着王昌林招手。老七是蛊蹈节的主事，纷纷乱乱的事情都要他一手一脚安排，他分量重，一句话一个坑，都听他的。王昌林近了，老七递过来一沓纸，说还是老规矩，你负责写纸包。王昌林说我眼力不好，找个年轻的写吧。老七摇头，严肃着说年轻的心粗，我不放心，这纸包你也晓得，错了一个字，神灵就收不到了。

跳场的坝子早平了出来，一群细娃在上头追逐，笑声纷纷扬扬，雪片样地融化在耳际。坝子边，盛装的女人们立成两排，对着歌，歌声高矮不一，各自顺着自己的声部跑，像极了翻滚的麦浪。赵锦绣站在第一排，王昌林注意到，祖奶今天格外漂亮，格子衬衫，发髻高高挽起，新娘一样。

忽然细崽指着远处一声喊。

顺着细崽手指的方向看去，王昌林心头一哆嗦。

一线天那头，密麻的年轻男女，顺着古旧的石板路，迤逦而来。

定稿于2013年4月1日

当大事

养生者不足以当大事，唯送死可以当大事。

——孟子

一

松柏爹是个干脆人，连死都干脆得让人心服口服。昨天傍晚，铁匠还看见他神气活现地背着手从自家院子边经过，今天一大早，就听见松柏老娘站在院子里呼天抢地高喊："松柏他爹，卸门板咯！"

卸门板在无双镇是对人死了的别称。人落了气，要趁身子还有点热和劲儿，迅速卸下大门板，在堂屋里用两条凳子把门板支上，将逝者移到门板上停放好。亲人要抓紧逝者还没有完全僵硬，洗擦穿衣，捋直手脚，遇上腰弯背驼的逝者，还要在身子上放上沉重的物事，将身子压直，免得入棺时碰天磕地。

松柏老娘站在院子边喊完一嗓子，就趴在土墙上号哭。孙子穿个裤衩挂着两吊清鼻涕从屋里出来，拖拖拉拉走到松柏老娘身后，扯了扯奶奶的裤腿。松柏老娘低头看了看孙子，哭得更厉害了。哭了一场，松柏老娘渐渐升起来一些埋怨，开始是埋怨松柏两口子：丢下个嫩苔苔，就进城了，过年回来跟住店似的留几天，狗日的些，整天就知道找钱找钱，娃娃连爹妈都不认得了。接着就埋怨松柏爹：挨千刀的，马屎外面光，里面一包汤，看起来雄赳赳气昂昂，说没了就没了。

往远处看了看，村里几条懒洋洋的小路上还是光溜溜的，没一个人影。松柏老娘有些慌了，折进屋，掀开被褥探了探，松柏爹没有了耐性，热气渐渐散去了。松柏老娘又慌慌地折出来，对着远处喊："松柏他爹，卸门板咯！"

时间黏稠得要命，松柏老娘像扔在烙锅上的一条泥鳅，在院子里直溜溜转，眼睛不时往远处瞅。孙子没能看出奶奶的焦虑，依然一副春光明媚的模样，撅着两瓣屁股往围墙上爬，奋斗了几次没能成功，就伸开双臂，腆着脸过来要奶奶帮忙。形势判断错误了，屁股上挨了两巴掌，白屁股成了红烧肉，娃娃委屈了，遍地打滚。要搁以前，松柏老娘早就祖宗长祖宗短地赔不是了，今天没这个心情了，眼睛只盯着远处的小路。

还是慢，啥子都慢，松柏老娘发觉连风过来的脚步都是慢腾腾的。不知道从哪天开始，这个村子就变了，变得慢条斯理的，人们说话慢了，走路也慢了，炊烟起来得慢，日头落得也慢，好像连庄稼都长得慢了。

小路上终于出现了两对老胳膊老腿，铁匠老口子，像俩蜗牛。渐渐地，几条小路上都爬满了蜗牛，老的嫩的，前前后后，一步一步往松柏家这边爬。

铁匠两口子刚进院子，悲伤就扑面而来。未亡人哭得呼天抢地，铁匠老婆过去挽起松柏老娘一只胳膊，说些人死事大、后事要紧之类的话。悲伤归悲伤，方寸没有乱，松柏老娘一步一步移到铁匠身边，把一把起子递过来，泪汪汪地看着檐坎下那扇大门。铁匠哦了一声，颤巍巍地走到大门边，仰头看了看，心悬了起来：太高了。咳嗽了两声，想把背直起来，腰间一阵酸麻，七十年的日子把腰背压弯了，捋不直了。铁匠折进屋里，端出来一条凳子，凳子不高，刚到膝盖沿儿，可铁匠觉得横在面前的是座大山，努力了几次，都没能爬上去。叹了口气，铁匠就开始回忆能把大锤抡出一朵花的日子。

“年轻几岁肯定能上去。”铁匠无可奈何地看着松柏老娘说。

松柏老娘仰起头，风撩着她的白发，那门确实变高了，和松柏爹成亲时，她也这样仰着头看过这扇门，那时没觉得有多高啊！

娃娃们脚快，蹦跳着进到院子来，把一帮老骨头扔得远远的。嫩苔苔脸上都是难抑的兴奋，日子总是那样沉闷，终于有机会欢天喜地一回了。在这些乡村孩子的眼里，只有过年时爹妈们从遥远的城市带回来的稀罕物能让他们高兴一回，过完年，某天一觉醒来，爹妈们就不见了，跟着通往山外的那条路狂奔，希望能再看一眼和孙悟空一样来去无踪的爹娘，可爬到山崖上，见到的却是另一座更遥远的山。

五个老者，年纪加起来三百多，牙齿凑起来五六颗，一个站在凳子上，四个扶着凳子，身躯和凳子一齐摇晃。院子里全是仰着的脑袋，屏声静气，像在观看一场惊险的杂技。凳子上的把着起子鼓捣了一阵，虚汗就下来了，无奈地梭下来，换上另一颗花白的脑袋。反反复复好几次，总算把门板给卸了下来，几个老者彼此笑了笑，心里都在说：这胜利来之不易啊！铁匠抹掉额头上的细汗，他是这场接力赛的最后一棒，人人都见证了他的艰苦卓绝。铁匠抽出烟袋，是该解解乏了。刚把旱烟点上，号哭声从屋子里奔涌而出：

“老者，你就不能多等等啊！”

几个女人进去把松柏老娘连拖带拽弄出来，女人一屁股坐在地上，双手拍着大腿：“都硬邦了！”

几个老者拱进屋子，铁匠掀开印着大朵牡丹的被子，伸手在松柏老爹额头上探了探，回头对身后的几颗花白脑袋说：“凉透了！”

众人一齐摇头，像风蹚过芦苇荡。

无双镇的规矩是，人要死在床上，但不能凉在床上，据说那样就赶不上接魂的牛头马面了。牛头马面死脑筋，只按规矩在神龛前的门板上接魂，时间也掐得死死的，不等的，飘飘荡荡进来，看见神龛前没有人，掉头就走，这样死人就惨了，三界进不去，五行入不了，终年只能在一个阴惨惨的地头过日子。

看着冰疙瘩一样的松柏老爹，几个老者黯然神伤，不管如何，都得把老伙计移出去，万一牛头马面有事来晚了呢，或者今天两个接魂的畜生心情好，来了想坐会儿也说不定。

门板支好了，铺上一层薄薄的烧纸，六个老头龇牙咧嘴把松柏老爹抬出来，到了堂屋中间，抬脑袋的两个老者手软了，松柏老爹身子一歪，侧身翻加转体一百八十度，啪嗒摔了一脸灰。铁匠本想开黄腔，可看了看，两个失手的过完年就翻八十去了，说不定明年就该抬他们上门板了，怪不着呀！

还好，松柏老娘还在院子里，被几个女人架着号哭，没见着男人一嘴的灰。铁匠几个慌忙把松柏老爹抬上门板，铁匠眼尖，从神龛上抓过来一张烧纸，飞快在松柏老爹脸上抹了几道，才让死人重新有了脸面。

躺在门板上的松柏老爹没有服帖，七十不到的人，腰就成了一张弓，远远看，像往门板上放了一个大元宝。铁匠喊旁边的王明白，说王老者，你按着脚，王明白点头，过去按住松柏老爹两只脚，铁匠则双手压住松柏老爹的双肩，铁匠点点头，两端同时下压，嘎吱一声脆响，身子和门板严丝合缝了，手一松，嘎吱，又成大元宝了。

王明白摇了摇头，说凉透了，只能上磨子了。

铁匠从屋子里出来，松柏老娘还在哭，铁匠歪歪倒倒折过去，对松柏老娘说："嫂子，大哥热气跑了，身子拉不直，怕是要上磨才成啊！"松柏老娘挽起袖子擦掉眼泪，点点头。

磨子也不是好弄的，松柏家的磨是大磨，磨盘比小磨宽了一巴掌。就一巴掌，让七个老者气都抬脱，抬着石磨经过院子时，连满院子乱跑的娃娃们都被吓着了，十四个眼珠子仿佛填在枪膛里的子弹。

石磨上了松柏老爹的身，几个老者像掰破的蒜瓣一样四分五裂了，坐下来呼呼喘了好久，铁匠才咬牙切齿地说："老子年轻的时候，一人扛着一扇大磨，小跑两里地，没见着喘气的。"

"好汉不提当年勇！"一旁的唢呐匠喘着气说。

"还有一扇呢！"王明白说。

几个老者站起来，扭了扭腰，摇摇摆摆出去了。

第二扇石磨上了胸，嘎吱一声，松柏老爹直起了腰板。几个抬石磨的脸色看上去比躺着的还难看。

坐下来，铁匠狠狠骂了句："王八操的些，跑得一个不剩，以前这些事儿哪能轮到我们头上？"骂完，忽然想起了什么，冲着院子喊，"谁负责通知松柏两口子？"

院子里有人答："春花老娘去镇上打电话了。"

铁匠咕哝："老婆娘那脚程，连只蚂蚁都跑不过，怕没到镇上就老死在半路咯！"

二

铁匠站在檐坎上，看着一院子的脑袋犯了难。

松柏老娘非要让他当管事，说不管论两家的关系，还是铁匠的能力，只有他当管事最合适。铁匠不敢推，管事在无双镇是个很有面子的活路，别看是临时的，也不像任命村长得下红头文件，但能做管事的人除了要具备相当的组织能力外，还得德高望重，那样人家才服你，才能让你随意调遣。人家有人老去了，请你当管事，是看得起你，信任你，推了差事就推了仁义。

铁匠挨着数了数，嫩娃娃一大堆，全都脏得像从灰坑里扒出来的；老者老奶半院子，一口气都能吹倒。倒是有两个年轻的，一个是老刘家老二，三十出头，一条鼻涕从年头悬挂到年尾，见着谁都喊爹；另一个四十多，前些年进城把一只手留在了绞肉机里头，也永远把自己留在了乡村。这样的队伍，面临的是和煤、生火、杀猪、煮饭、炒菜、洗碗这些活路，最恼火的是把死人抬上山。就眼前这些货色？日他妈的，铁匠都不敢想了。

可不管如何，总不能让死人烂在家里吧？铁匠还是硬着头皮开始安排。

“你，还有你，去请道士先生。”

“你们四个，负责和煤。”

下边咕哝。

“啥？和不动？你满院子看看，还有没有比你更年轻的？”

“墙角那几个婆娘，负责煮饭。”想了想，铁匠补充，“甑子大了抬不动，我安排人给你们抬。”

东拼西凑，差事都总算有了着落。铁匠长吁了一口气，拉条凳子坐下来卷旱烟，烟卷还没塞进烟袋，才想起棺材的事情没有安排。

铁匠在里屋找到松柏老娘，女人正和几个关系近的说着松柏老爹活着时候的种种好，说到动情处就横起衣袖拉一把泪。铁匠进来，冲着几个女人喊："各就各位，该干啥干啥去。"几个女人退了出去，松柏老娘站起来，期期艾艾地看着铁匠。

"我哥老家在哪儿？"在无双镇，棺材叫老家，人死了叫老去了。

"厢房！"松柏老娘说。

掀开油布，铁匠惊讶了，心里还隐隐有些嫉妒。雄伟的老家：白杨木，上好漆面，前挡和后挡都是加厚的，棺盖上雕了镂空的印花。

看见铁匠目瞪口呆的模样，松柏老娘起来了一些得意："去年松柏回来时请东溪的鲁木匠做的，光料子就三千多。"

"我那三个龟儿子就差远了，到时候能给我安排个火匣子就高高福在了。"铁匠喷出来的口水酸酸的。

"看你说的，你那三个都在皮鞋厂，一个甩一沓，水晶棺材都有了。"

铁匠笑笑，过去摸了摸松柏老爹锃亮的老家，说好是好，移出去怕要费死呆力。

三个臭皮匠终究还是臭皮匠。十多个老者聚在厢房叽里呱啦吵了半天，也没能找出把棺材移出来的办法。关键还是硬件跟不上，也不是没有好计划，可再好的计划也需要劳动力，一屋子都是出气比进气多的主，挪根凳子都要喘上半天，遑论眼前这口巨无霸了。

"等松柏他们回来再说。"铁匠一锤定音。

三

天黑尽了春花娘才回来。老太婆一屁股坐下来就开始揉脚，来回三十多里地，尽是毛狗路，不仅窄，路上还铺满了石疙瘩。铁匠看了看春花娘，一张脸像刚出笼的绿豆糕，还有滴滴答答的水珠。喝完铁匠递过来的一碗水，春花娘把碗往凳子上一砸，就开了黄腔："这世道，养儿不如养条狗，爹都跷脚了，还舍不得那几个卵子钱。"松柏老娘听见声音，从屋子里跌跌撞撞跑出来，问："打通松柏电话了？"春花娘点点头："我给他说你爹老去了，狗日的在电话里头好半天屁都不放一个，最后说不好请假，来回一趟，位置就没了，还嘤嘤呜呜地淌了一回狗尿。"松柏老娘听完，就哭了，哭了几声就开始咬牙切齿地骂："挨千刀的，下油锅的，老娘怕他是石头缝缝里蹦出来的孙行者哟！没爹没娘了，都！"孙子叉着两条肉乎乎的腿走到奶奶面前，松柏老娘把嫩苔苔往外一推，吼："滚！长大了八成也是白眼狼。"几个女人过来劝。铁匠往厢房那头看了看，他想，那口棺材的确太大了。

夜慌慌的，人也慌慌的，夜是黑慌的，人是饿慌的。一院子的老树桩手脚实在太慢了，从院子那头抱捆柴火到院子这头，得花上一袋烟工夫；洗棵白菜比种棵白菜还费时。娃娃们守在灶台边，眼巴巴盯着炒菜锅，一个个口水滴答。

院子里开始还有说有笑，声音也还响亮，渐渐就安静下来了，偶尔有人说话，声音也烂面条似的。好几个老者连旱烟都不敢吸了，两口烟吞下去，满世界都在乱晃。

终于，铁匠喊：人死饭甑开。

做饭慢得心焦，吃饭的速度却一点不含糊。年纪是大了，可矜持没有一起老去，速度没有淹没礼节。途中，王明白还放下碗，一双筷子整齐地搭放在碗口上，徐徐地扒掉胡子丛中两粒剩饭，重新端起碗才发现，菜都干净了，王明白也不恼，慢慢吃完碗里的剩饭，卷好一锅旱烟，躲在一边悠闲地吸。

吃完饭，女人和孩子们相互搀扶着回去了，手电像夜晚的萤火虫，若有若无地在乡间小道上缓慢漂移。男人们留了下来，在院子里围坐成一团，和夜一样安静，只有烟锅子炸裂和啐痰的声音。堂屋里，松柏老爹托着两扇石磨，样子看起来有些冒火，他的脚边，一盏过桥灯忽明忽暗。

吐出一口痰，把烟锅子伸到凳子腿上磕了磕，王明白说："都不晓得这日子是往前了还是退后了，人哪有这样的死法？死去一个对时了，除了燃盏过桥灯，卵事都没干成。"

铁匠接过话："也是哈，要搁以前，到这个光景，道士先生早就唱上了，猪也杀了，大门上的白对联也贴上了。"

一个老者说："老子想好了，先挖个坑，等那些气饱力胀的过年回家，让他们先把棺材给我抬进坑里放好，不行了，就躺进去落气，省得麻烦。"

王明白就笑："万一躺进去一月两月死不去，咋搞？"

铁匠也笑："大不了长一身青苔。"

院子里荡起一层浑浊的笑声。

四

早晨，阳光稀疏懒散。

帮忙的赶在太阳之前就上路了，等挪到松柏家，太阳都到脑壳顶了。

铁匠刚把事情吩咐完毕，几个开裆裤就从远处跑来，边跑边喊："道士先生来了。"

四个道士先生，全都老得皱了皮，汗流浃背走进院子，把家伙往地上一撂，瘫在椅子上就动不了了。咕噜噜灌了一碗水，领头的大师傅才回过阳来。把院子里的人打量一番，大师傅问："香蜡纸烛准备齐了？"

铁匠慌忙跑过来："齐备了，就等你们了。"看了看，铁匠问："道士班子不是有八个人吗？"

大师傅摇摇手："四个年轻的不干了，扛着蛇皮口袋进城去了。"

"司书房准备好了吗？"大师傅问。司书房就是道士先生们的工作室，接下来几天，除了拉撒，吃喝都在里头。

铁匠点点头。

院子里总算出现了喜色。等太久了，道士先生终于来了，松柏老爹算是不用走黑路了。大家都很激动，几个洗碗的老太婆甚至都落了泪。乡村的葬礼，是从道士先生跨进门槛那一刻开始的。而道士先生进门后干的第一件事情，就是张贴白对联。

大家全停下手里的活儿，眼巴巴地看着司书房的大门口。

终于，铁匠笑吟吟地从司书房出来了，手里拎着一张纸，白纸黑字。

楼梯搭好了，糨糊刷好了，铁匠爬到大门上方，双手展开三个大字：当大事。

松柏老娘站在院子中间，看见大门顶上铺平的白底黑字，百感又交集了，淅淅沥沥地走进堂屋，对着两扇石磨下的人说："老者，先生进屋了！大事开锣了！"

灵堂搭建得还是马虎，三五棵松柏枝，没能搭出应有的肃穆和庄重。大家都不是很满意，可嘴上不说，看看三个去砍松柏枝的老头吧，老得昏天黑地，这几棵松柏丫枝还不知道咋个弄来的呢！

厢房里，松柏老娘和铁匠并着肩，眼睛盯着那口棺材，一脸无奈。

一个小屁孩在门外喊："松柏奶奶，道士先生喊你。"

两人折出来转进司书房。大师傅拿掉老花镜，咳嗽两声，说："喊主人家来，是有些事情先说清楚，我们是明白人做明白事。"

松柏老娘点点头。

大师傅接着说："按规矩，这场法事应该诵八卷经，唱九转经文，加上必不可少的举灵幡、破地狱、过天桥，需要三天半时间。"顿了顿，大师傅说，"以前，大部分过场都是我那几个年轻徒弟走，我就是破地狱的时候做个大法师。现在呢，年轻的都走了，就剩下这几根老骨头，还是东拼西凑才弄齐的。"

铁匠赶忙上前给大师傅点上烟，大师傅吸一口，吐出来，一脸的沟壑烟雾缭绕。抖抖烟灰，大师傅说："都各自退一步，我想呢，经文我们诵三卷，唱三卷，对了，祖坟远吗？"

松柏老娘点点头："好几里地呢！"

大师傅脸上起了难色："这就麻烦了，举灵幡这一场你们也晓得，得敲敲打打去祖坟上悬幡，太远了，几根老者怕是要给整趴了，我看也省了吧！"

松柏老娘慌了，伸长脖子问："不举灵幡，死人看不见路了哟！"

大师傅吐出一口烟，说："只能这样了，道场钱你们看着给，做不做随你。"

"做，肯定做，要不死人该在那头摸黑了。"松柏老娘泪眼婆娑。

锣鼓响起来了，笑声也从院子里荡漾开去。大门前的白对联也补齐了，一横两竖。横的早先贴好了，竖的还湿津津地泛着墨香，右边：三径寒松含露泣；左边：半窗残竹带风号。

“算是像个样子了！”铁匠看着灵堂前几个敲锣诵经的说。

五

一大早，铁匠就站在檐坎上清点人数。清点完毕，铁匠喊：“今天最重要的事情是杀猪，杀猪匠来没有？”

院门边一个声音答：“来了。”铁匠循着声音看过去，眉头就皱起来了。

一个人提着篮子跑过来，说：“我就是杀猪匠，土庄来的。”所有人都惊讶了，杀猪匠嘛，就该有杀猪匠的样子，大脑壳，络腮胡，腰粗膀圆，杀气腾腾的才对。可土庄来的杀猪匠像根晒干的豇豆，细胳膊细腿，你还看不见他的眼神，因为他戴了一副眼镜。

铁匠嘿嘿笑：“这位，我们请你来是杀猪哦，不是杀鸡。”

杀猪匠点点头，笑着说除了人，我啥都能杀。

铁匠上下打量了一番，说看上去你该有五十出头了吧？无双镇的杀猪匠我基本都认得，没见过你啊！

那人笑笑，有点不好意思，挠挠后脑勺说：“当了三十二年代课老师，不让干了，进城没人要，就捡起我爹的营生了。”

哦！铁匠应声：“教书匠变杀猪匠了，你这弯儿拐得有点儿猛了！”

杀猪匠眼神蓦然黯淡了：“总得混碗饭吃不是？”

院子里一阵沉默。

忽然那人把声调调得老高：“猪呢？在哪儿？”

支好案板，铁匠先站在猪圈门口看了看猪，又回头看了看人。估计了一下敌我形势，铁匠对几个准备抓猪的人吩咐：“这是本地猪，肉头紧，劳力好，轻易不投降，要在圈门口把它拿下，千万不能让它跑出来。”然后铁匠又做了科学而严密的分工，“你抓左耳，你抓右耳，你薅尾巴，杀猪匠拎脑袋。”

几个老者点点头。

“各就各位！”铁匠低声喊，像怕猪把情报偷走。

众人在圈门口布下了一张天罗地网，六颗花白的脑袋像绽开的一把棉球。

杀猪匠顶在最前线，他的身子在微微地颤抖。

“注意，来了！”铁匠一把拉开圈门。

于是，这个初春的早晨，除了被石磨压得抽不开身的松柏老爹，在场的每一个人都见证了一场惨烈的完败。

铁匠后来总结：真老了，六个老者加起来连头猪都不如。

此刻，那头杀出重围的胜利者正在远处的野地里啃青草，不时还抬头朝人满为患的松柏家看看，它看上去相当悠闲，脚步也格外的轻松。

杀猪匠站在院子边，看着远处那头猪，手里还提着那把寒光四射的杀猪刀，他的背影单薄落寞。

他不敢回头，因为院子里的人都在笑他。这也怪不得院子里的人，按照乡村杀猪的规矩，杀猪匠是顶在最前线的排头兵，猪从圈里放出来，杀猪匠要第一个冲上去，牢牢钳住猪脑袋，其他人再揪住那些容易的部分，然后硬生生将要宰杀的畜生提上案板，这时候你才能看出让杀猪匠箍头的奥妙，因为他在头部，顺势将脑袋往上一掰，腾出攥着钢刀的那只手，往喉咙处一递，就能吃上新鲜的猪肉了。遇上追求观感的杀猪匠，还会将杀猪刀叼在嘴里，两眼圆睁，大声喝叫，赢来一帮小屁孩崇拜的目光。

可人们看到的事实是，猪出来了，前教书匠刚伸出手，那猪就一头将他顶倒在地，还嚣张地踏着他的肚子扬长而去。

猪肉没吃上，倒是浓烈的猪粪味随着风儿东飘西荡。

松柏老娘坐在里屋，脸色灰暗，看见杀猪匠进来，把脑袋歪到一边，不搭理。

杀猪匠搓搓手，低声说："大嫂，你看，不要猪血行不行？"

"就算我不要猪血，你又能如何？"松柏老娘气鼓鼓地吼。

"我去追着杀。"杀猪匠说，想了想，他接着说，"既然你不要猪血，那三十块钱的杀猪钱你减掉十块吧！"

"管你哪种杀法，帮忙弟兄能在晚饭时候吃上猪肉就行了。"

杀猪匠点点头，闷着头出去了。

那一天，这个村子的老老幼幼都目睹了一场奇怪的杀猪场面。

先是看见杀猪匠从里屋阴着脸、红着眼出来，手里提着雪亮的杀猪刀。接着就是一场艰苦卓绝的旷野追逐。瘦小的人和肥硕的猪在野地里跑了整整两个小时，最先倒下的是猪，然后倒下的是人，花白的阳光下，那个瘦弱的男人慢慢爬过去，将手里的刀往猪的喉咙猛捅，一刀，两刀，三刀，乃至无数刀，一旁观看的孩子被杀猪匠眼里绝望骇人的光芒给吓得掉头就跑。开始，院子里被人和猪的追逐逗得放声狂笑，慢慢地，是不时的嬉笑，最后，天地都安静了，每个人脸上都起来了一层冰凉的秋霜。

等旷野里那个人和那头猪彻底安静下来后，几个女人眼里有了泪，那泪水经过嘴角，伸出舌头一尝，酸酸的。

杀猪匠站在松柏老娘面前，满身血污，连眼镜片上也有斑斑的血点，透过镜片，是茫然散乱的眼神。杀猪匠接过女人递过来的三十块钱，走了，走了几步，返身回来，把十块钱递回给松柏老娘，说："讲好的，不要血少给十块。"

杀猪匠走了，被跃跃欲试的黄昏裹挟而去，他的背影越来越单薄，仿佛一枚枯黄下坠的松针，就算落了地，也不会有半点声息。

晚饭吃上新鲜的猪肉了，但没人欢呼雀跃，连一直闹腾的嫩苔苔们都闷声了。

还有人怪厨房，说炒的肉一点都不香。

六

道场实在粗糙，绕棺、悬幡、过桥这些带点体力活的程序都省掉了，几个老眼昏花的道士就知道坐着念磕嘴经，念得两扇嘴皮都起壳儿了。大家就有点不高兴了，这样毛糙的道场以前哪能见着啊！就算家境最不济的人家，都会勒紧裤腰带，给死去的一个圆满，也给活着的一个安心。

几个老者团坐在院子里，个个愁云密布，自顾把旱烟吸得滋滋乱炸。

"和埋条狗差不多了！"王明白白了一眼灵堂前念得摇头晃脑的花白脑袋。

铁匠把旱烟从嘴里抽出来，往地上飙了一口清痰说："怪不着啊！你看几个道士先生，一动弹就嘎嘎乱响，你让他过桥？亡人还没过奈何桥，道士先生怕自己就先过去了。"

众人无言了。

铁匠重新填好一锅烟，刚想燃上，司书房那边喊："管事过来一下。"

铁匠应声，站起来，腰有些酸麻了。偏偏倒倒钻进司书房，大师傅问："下葬地看好没有？看好了该带人挖井了。"铁匠一拍脑壳："看我这记性，让狗给吃了，昨天松柏老娘还跟我说过呢！"笑了笑，铁匠接着说，“放心吧，门板上的两年前就给自己把地方选好了，我这就派人去挖井。”

退出来，铁匠往院子里看看，心又提起来了。硬着头皮点了几个看上去还有些精气神的，说你们跟我上山挖井。几个人站起来，一个问，哪儿啊？柳家大坡，铁匠答。

一院子人全都傻眼了。

柳家大坡啥地方啊？无数的沟沟坎坎，空着手上去下来得花上大半天时间，还满山的老火棘树，树上的尖刺又密又硬。

王明白把烟袋往桌上一拍，吼：“要我去挖井也行，不过我得给自己也挖一口。”

大家就把目光转向王明白。王明白四下看了看，又吼：“看哪样？等把谭老者抬上去，估计我也该断气了，你们把我直接扔井里就得了，还省他妈的麻烦。”

院子里议论纷纷，像煮开的锅。

铁匠喊一声，双手往下压了压，说：“我们这里的规矩大家都知道，亡人自己选的地方，是万万不能变的。”

王明白往前一步：“他选北京上海也抬去啊？”

铁匠气上来了，费力不讨好的委屈在胸口横冲直撞，他指着王明白说：“王老者，你狗日的不要一颗耗子屎打坏一锅汤，换着躺在门板上的是你，你还会说这样的折寿话？”

王明白又往前一步，咳嗽一声，满脸自信，看来准备全面反攻，话还没出口，热滚滚的号哭忽然从里屋面汤一样地泼了出来。

松柏老娘跟在哭声后面，一出门就坐倒在地，双手高举：“谭松柏啊谭松柏，你个遭雷打的畜生，爹都跷脚了，你狗日的还惦记着你那两个卵子钱，你们谁都不要管了，就等死人烂在家里头算了。”

几个女人慌忙上前，连拉带拽把松柏老娘牵起来，忙活的过程中，还不忘送给王明白几个白眼。

王明白悻悻地缩回去坐下来，看着松柏老娘说："我也知道'活时选地，死后钉钉'的规矩，但是嫂子，你看看这一院子的人，哪个不是黄泥巴都盖到脖颈了？毛主席还说要实事求是嘛！就算有那心，也没那力啊！"

松柏老娘不答话，只顾哭，她不是不罢休，是不甘心：不把死人埋在他自己选好的地方，子孙要背骂名，从古至今，无双镇还没有人家这样干过。

"我倒有个主意！"王明白把烟卷填进烟锅里说。

松柏老娘忽然收了声，撩起衣服下摆擦了一把泪，把目光转向王明白。

铁匠走到王明白面前，把烟袋从他嘴里扯出来说："有屁就放，啥子主意？"

"找人来抬。"王明白言简意赅。

"放你的狗屁，你放眼看看，咱们这无双镇还有劳力人吗？"铁匠骂。

"不会吧，你想想。"王明白说。

铁匠怔了怔，然后摇了摇头。

"下水滩！"王明白歪着脑袋看着铁匠笑，模样像扔了一块骨头给面前的饿狗。

铁匠一定，随即大笑："你是说那个钻井队？"

"哎！"王明白得意洋洋。

"人家不一定来呀？"松柏老娘仿佛溺水的人抓住了一根救命稻草。

"谁家没有个大屋小事，怕就是要费些钱，请七八个人，一天多少工钱，我们照给。"王明白像极了诸葛亮，就差一把羽毛扇了。

松柏老娘一张脸就怒放了，扬声喊："给，多给，反正钱是松柏那王八蛋的，人不来，钱遭殃。"

七

出门前，松柏老娘泪汪汪地看着铁匠说："他叔，松柏爹能不能埋下去，就靠你了。"铁匠笑笑，说放心吧，都是爹娘养的，再说我们也不亏人家，我让王明白和我去，他那张嘴你也知道，天上的麻雀都能哄下来。

看着铁匠和王明白远去的背影，松柏老娘在心里把算盘扒得叮当乱响：棺材得从厢房移出来，井得挖得深一些，不行就先入殓，直接抬上山。如果时间还充裕，就让几个劳动力运些垒坟用的石头。接下来又有些担忧，怕钻井队开出的工钱太高，这可是松柏两口子的血汗钱，能省则省，要是人家通情达理，一分钱不收也说不定。马上又觉得这怎么可能呢？女人自己都笑了，可女人还是不甘心，白日梦还在继续，要是人家不收钱，就让厨房好好整两桌酒菜感谢人家。

一回头，松柏老娘仿佛看见院子正中央，规规矩矩地摆放着那口气派的棺材。

铁匠和王明白一前一后，在莽莽苍苍的大山中像两粒滚动的黄豆。翻过一座山，就是下水滩了。远远地就听见了机器的轰鸣声，轰隆隆震得耳膜鼓胀。也不知道是哪一天，这支钻井队就进来了，钻得整个下水滩到处是桶沿大小的洞洞。

连滚带爬翻过去，铁匠笑成了一朵花。

散布在钻井周围的，全是年轻汉子，一个个生龙活虎，跳天舞地，肩上扛着粗大的钻头，跑得跟阵风似的。有两个虽说戴着眼镜，但因为年轻，在铁匠和王明白眼里也是难得一见的钢筋铁骨。此刻，眼前的这个山谷，每一个旮旯都是力气，两人耳边全是粗壮有力的呼吸。这样的激动人心实在是久违了。

看够了，两人才走过去，一个戴眼镜的迎上来问：“啥事情？”

听口音，是外地人。铁匠刚想说话，王明白先开腔了，叽哩呱啦说完，眼镜就蹙起了眉头。

“这事怕不成，我们赶进度，耽搁不得。”

“耽误多少时间我们照给工钱。”铁匠说。

眼镜摆摆手：“不是钱的问题。你说的那个是小事，我们这是大事。”

“啥子了尿不起的大事哟？”铁匠问说。

“矿藏勘探。”眼镜说。

“你是说我们这地头藏有宝贝？”王明白来劲了。

眼镜点点头说：“跟你们也说不明白，一句话，你们脚下踩着的是一捆一捆的大票子。”

两个老者眼睛瞪得大大的。

眼镜转身要走，铁匠一把拉住他：“刚才说那事儿，帮个忙吧！”

“都是爹妈养的，帮个忙吧！”王明白附和。

眼镜笑着摇头，走开了。

两人泄气了，找个土坎走下来，王明白扯根青草放进嘴里嚼。忽然，他吐掉嘴里的残渣，说憨哦，我们直接去找那些肉疙瘩。

蹦跳着过去，王明白拉过来一个壮劳力，把事情说了一道。

年轻的肉疙瘩听完呵呵笑，边笑边摇晃着脑袋。最后他指着远处一个正低头打桩的年轻汉子说：“看见了吗？那个打桩的，爹死在家里两天了，遇上赶进度，回不去了。”

回来的路上，两人都没话，耳际只有风掠过山冈的呼啸声。

八

一屋人都沉默了，间或起来一声长长的叹息。

松柏老娘搬张凳子坐在松柏老爹身边，直勾勾地看着死去的人，她也不哭了，嘴里一直在念叨，声音细而碎，没人知道她在念叨啥。

旁边一个老太婆忧虑地对铁匠说：“想想法子吧！你看松柏娘，都有点神神道道了。”

几个女人去拉松柏老娘，老娘一甩手，说不要拉我，松柏他爹有事给我交代。看到这场景，几个女人倚在门边开始流眼抹泪，连灵堂前正在诵经的大师傅也站了起来，看着松柏老娘感叹：“就是饿饭那几年，我也没见到死了抬不出去的；现在有吃有穿，反倒埋不下去了。”

吃完晚饭，没有人离开，孙子孙女们靠在爷爷奶奶、外公外婆的怀里睡去了，大家都想留一下，帮忙出点主意，想点办法。明天就是下葬的日子了，可眼前这局势，还一门不挨着一门，棺材还雄踞在厢房里，死人还躺在门板上。

大家自觉移到松柏老娘旁边，老太婆蓬松着一头的白发，眼神空洞。

铁匠着急了，把凳子往松柏老娘边靠了靠说：“嫂子，你看这该咋整？”

松柏老娘捋了捋头发，冷静地说：“我自有办法！”

大家把脑袋一齐凑过去。

“剁成几节，丢出去喂狗！”

大家一阵唏嘘。王明白站起来，对着大家说：“既然到了这个份儿上，主人家看来是没法子了，我来做个主，要同意，就按着办，免得延误了谭老者上路。”清了清喉咙，王明白接着说，“情况大家也清楚，就我们这一堆货色，抬上柳家大坡是不现实了。干脆，就在这屋子旁边挖个坑，把老家先拆开，弄到坑里头安装好，把谭老者直接抬进去。”

铁匠一听就不安逸了，说王明白，你家这样埋人啊？好主意啊！一股馊臭味。王明白两手一摊说：“你厉害，说个好法子啊！”

铁匠一声长叹。

下葬日，天气有情绪，冷雨一直都在滴滴答答。

大师傅坐在屋檐下，看着一堆忙碌着的老枯朽。井挖好了，棺材解开了又合上了，人抬进去了。

就等大师傅来盖棺了，棺材盖到一半时有个仪式，孝男，也就是死者的儿子要爬到棺材上，拍着盖子喊三声爹。孝男不在，只得孝孙代替了，小屁孩不肯下去，被几只手硬生生按进去的。娃娃没见过这阵势，以为要殉葬呢，吓得哇哇大哭。

大师傅把手里的白幡一挥，高唱：“当大事，水陆道场引亡魂；当大事，江河呜咽送亡人；当大事，细细点查身前事；当大事，双手推开天堂门，灵霄十二殿，接引亡魂人，盖棺——咯！”

咔嚓！棺材盖上了，站在井边的老骨头们都倏然一惊，人人都看到了一团漆黑。

下雪了，今年的第一场雪，来势凶猛，窸窸窣窣落了一夜。松柏老娘起得很早，先给孙子下了一碗面，小崽子端着面趴在门槛上吸得稀里哗啦响。老太婆端着簸箕坐在院子边拣黄豆，转过身，就能看见松柏爹了，正顶着一头白往这儿看呢！

北风过来，撩起一阵响动，门楣上三个大字不知什么时候被风扯成了好几块。

阴谋

一

赵武迈左腿时身高一米六五，迈右腿时身高一米六七。

赵武原是麻绳厂的工人，四十不到厂子就倒了。扛回来几圈麻绳赵武就彻底和麻绳厂没关系了。那会儿小巷每个院子里的晾衣绳几乎都是赵武无偿提供的。下岗后赵武到工地给人挑灰浆，从脚手架上落下来摔断了腿。再后来就什么都干不了了。

才四十六，赵武的背就弯了，白天驼着太阳，晚上驼着月亮。刚下岗时腰还挺得直直的，几年下来就成了圆月弯刀。赵武走路的时候脚尖踮着地，怕踩死蚂蚁似的。赵武氟斑牙很严重，在小巷子里遇见熟人就甩过去一波黄颜色的笑。

赵武还有个弟弟叫赵文，是个狠角色，几年前开枪打死了人，不知道跑哪儿去了。小巷里的居民们晒太阳的时候说起赵家兄弟就感叹这两兄弟的名字安反了。

二

天刚蒙蒙亮，赵武就爬起来了，拿根火钎轰隆轰隆地捅炉子。买到崴煤炭了，炉心里尽是大块大块的铁疙瘩。赵武把声音弄得很大。老婆柳香在床上不干了，说你狗日的掘坟还是盗墓？整得天都要垮下来了，还让不让人睡觉！赵武吞了口唾沫，没敢接话，接话他怕挨巴掌，柳香的巴掌又宽又厚，像扇熊掌，扇到脸上火辣火辣的，五根香肠在脸上得悬挂好几天呢！

儿子赵林起来了，提着裤子往小巷里的公厕跑。赵武在后面喊慢点怕跌了呢！儿子没有理他。儿子不理他并非情况紧急，屙屎又不用嘴，你腾出个嘴来应一声总没有关系吧！儿子已经三年没喊过赵武爸爸了，刚开始儿子不留神还蹦出一声爸爸，一出声柳香就揪着儿子的耳朵说别喊他爸爸，你没有这种窝囊废爸爸。到后来儿子就由自发变成自觉了，说不喊就不喊了，柳香不揪耳朵他也不喊了。

儿子上学去了，赵武把柳香卖卤肉的四轮车推出来，把昨晚卤好的肉码好，往炉子里添了几块煤，推着小车跟在柳香肥大的屁股后面往菜市场去了。

天空像撒了层煤灰，霉扑扑的。菜市场上人声鼎沸，摊贩们都忙着支摊位，柳香的摊位不用支，她围上围裙，从车子的下面取出塑料袋挂好。赵武蹲在卤肉车旁边，两只手圈在一起抱着。

风凉飕飕地直往脖子里钻，天上的煤灰堆成了煤块，好像要下雪了。

柳香转头瞥了一眼赵武，脸上的肉就挤拢在一起骂："狗日的别在这里给我丢人现眼，看你那鬼样子，影响生意。"

赵武从菜市场出来，往西街去了。西街有个斗鸡市场，赵武在人群里转来转去，几个斗鸡的认识赵武，说兄弟下个注吧！有人就说赵武的钱都被他老婆夹胯下了，赵武有屌的钱下注。说完大家就呵呵地笑。赵武也不恼，还是看，一直看到十点钟才离开，该回去做饭了，十二点不把饭给柳香送去，赵武晚上怕又要挨耳光了。

饭送得很准时，十二点差五分赵武就把饭递到柳香手里了。可赵武还是挨了耳光："你个吃拉货，盐是不是减价了？想把老娘给咸死啊？咸死了你狗日的好找个年轻的是不是？"柳香骂完了迎面甩了赵武一耳光，赵武当时就闻到了一大股卤肉味。耳光很响亮，连在摊位前买卤肉的一个姑娘都本能地歪着脑袋闭了闭眼，好像那耳光是落在她脸上似的。

三

赵武正在淘米，邻居毛毛从院门口伸个脑袋进来喊："赵武叔哎，你家兄弟在东街被警察打死了。"

赵文躺在地上，脑门上一个大洞正冒着血，像三只眼睛的二郎神，左手还紧紧地攥着一把一尺来长的猎刀。

赵武往里挤，被一个警察拦住了。他是我兄弟，赵武说。另一个警察走上来说，你兄弟拒捕被我们开枪击毙了。

毛毛指着一个警察告诉赵武，打死赵文的就是脸上有骚疙瘩的那个警察。赵武说你看清楚了，毛毛说我看得清清楚楚，我认得他，他叫沈飞，住文化路的碧雅园小区。赵武说你咋晓得这样清楚呢？毛毛说我打架被这狗日的处理过。

晚上赵武告诉柳香，说赵文让警察给打死了，柳香说你兄弟早就该死了，祸害一个，早死早好。顿了顿柳香接着说：“不过赵文比你强，起码人家敢杀人，哪像你窝囊废一个，要钱没钱，要胆子没胆子，该死的是你狗日的。”

赵林的外公来了，柳香特别兴奋，特地从菜市场买回来一只大公鸡，要给老头接风洗尘。把鸡撂在屋子里柳香说我还得去守守摊子，赵武你把鸡杀了炒个辣子鸡。

柳香傍晚回来的时候，那鸡还在屋子里扑腾，赵武捏着菜刀直定定地盯着悠闲地散步的鸡。柳香一看就傻了，说咋还蹦呢？赵武说我真不敢杀啊！柳香上去就抽了赵武一个大耳刮子，骂，你真是有出息啊你，连个鸡都不敢杀，你还是男人吗你？儿子赵林忽然从赵武手里抢过刀，上去一把把鸡按在地上，“嚓”的一声，鸡脖子就离开鸡身子了，血从两个管子里喷出来，煞是壮观。

赵林和母亲还有外公在屋子里啃鸡，赵武蹲在院子里啃牙齿。冻雨钉子一样地往赵武脸上飞，眼泪在赵武的眼窝子里打滚。

儿子赵林从屋子里出来，手里提着一根鸡腿。歪着脑袋看着赵武，赵武的眼泪就下来了，到底是自己的骨血，父子连心啊！出乎意料得很，赵林没有把鸡腿送到赵武的嘴里，而是把鸡腿塞进自己的嘴里嘎嘎地咬得脆响，还冲赵武挤眉弄眼的，意思是说，我有鸡腿吃，胆小鬼没有呢！

四

星期天，赵武又跑到斗鸡场瞎逛。赵武站在人群后面，脖子长长地伸着，像场子里正在狠斗的两个细颈子鸡。

忽然有人拍赵武肩膀，赵武回过头看见了一张麻脸。是老邻居刘麻子，刘麻子递给赵武五十块钱说光看热闹有个屌意思，来，我借你五十块钱去下个注，这样看起来才刺激。

赵武疑惑地看着刘麻子，刘麻子说多了？那你去下十块钱，把剩下的四十还给我就行，十块钱也不用你还了。

如此慷慨赵武还有什么话说呢？他接过钱摇晃着跑到下注的地方，把钱递给庄家说我买十块钱的"黑旋风"（斗鸡名）。庄家接过钱在阳光下照了照，脸色就变了。一挥手，两个大汉跑过来像踢沙袋一样把赵武撂翻在地。

"拿假钱下注？你他妈活腻了！"庄家把钱扔在赵武脸上骂。

赵武回头往人群里看，老邻居不知道什么时候人间蒸发了。

回到家，柳香还没有回来，儿子赵林在桌子边趴着做作业。赵武搬条凳子坐在儿子对面，呆呆地看赵林。赵林抬起头，目光里尽是厌恶，也不说话，朝赵武挥了挥手，说你滚过去，别在这里烦我。

"赵林，我是你爸爸，你干吗不叫我爸爸呢？"赵武的声音颤悠悠的。

赵林不说话，还是低着头写作业。

"叫爸爸，儿子！"赵武说。

"日脓包！胆小鬼！窝囊废！"赵林仰着头大声吼。

"啪！"赵武狠命地一巴掌扇了过去，赵林像风筝一样从椅子上飘落下去。赵林捂着脸惊愕地看着赵武，目光里布满了愤恨。

柳香推开门，看见儿子倒在地上，赵武则像雕塑一样扬着手立在屋子中间。柳香顿时狂性大发，冲上来一把掐住赵武的脖子，又啃又咬，把赵武狠狠地掼倒在地上，柳香一脚踩在赵武胸脯上，说你他妈的真是长能耐了，还学会了打人，有本事你把我们都杀了，这样老娘就佩服你了，你他妈的还算一条好汉；今天晚上你就给我跪着，没有我的允许你就别起来。

赵武跪在屋子中间，有月光从门缝里钻进来，把地上的赵武一分为二。

赵武的目光里一片昏暗，柳香打鼾的声音在房间里四下撞击，震得赵武的耳膜嗡嗡地响。

下午居委会主任通知赵武，说公安局让他去一趟。

公安局的同志告诉赵武，他弟弟的尸体已经火化，家属付两千块钱的火化费就可以领回骨灰，否则公安局将按无名尸处理。

晚上赵武早早就把饭做好了，还里里外外把房子打扫了一遍，连门口的公共通道都扫得干干净净。完了赵武跑到菜市场左倾右倒地帮柳香把卤肉车推了回来。

吃饭的时候，赵武的眼睛不停地观察着柳香饭碗的动静，看见柳香饭完了，赵武就慌忙站起来给柳香盛饭。

“有屁就放。”柳香单刀直入。

“今天公安局的叫我去了一趟，说赵文已经烧了。”赵武说。

“烧了就烧了，不烧难道放进水晶棺材啊？”柳香说。

“他们说如果要取回骨灰，就得付钱。”

“多少钱？”

“要，要两千呢！”

“老娘的卤肉才十块钱一斤呢！两千块钱买包灰灰？怕是扯疯喽！”

“可他毕竟是我兄弟嘛！”

赵武于是就看见了一道白光，那是柳香飞过来的饭碗，幸好赵武躲得及时，要不然火葬场就怕要多出一包骨灰来。

五

算起来，这已经是赵武这个月挨的第八次巴掌了。

当时柳香在给一个顾客称卤肉，称完肉发现口袋里的钱没了。回头问站在身后的赵武，赵武说刚才被一个小偷用镊子夹走了。柳香问那你为什么不抓住他？赵武说他另一只手里提着刀呢！

柳香顿时一屁股坐在地上号哭起来，旁边几个卖菜的就过来劝柳香，说偷了就偷了，破财免灾嘛！柳香一把鼻涕一把眼泪地诉说我哪是在乎那几个钱，我是哭我怎么就摊上了这样一个王八操的丈夫，看见小偷偷自己老婆的钱也不吱声，这还算是人吗？几个卖菜的又劝，你们家赵武就这德行，犯不着跟他计较。柳香于是从地上蹦起来，给了赵武一巴掌，然后骂，你去死好了，死得远远的，免得老娘看见你恶心。

“是啊！我还算是个人吗？” 赵武笑了笑，走了。

赵武在屋子后面的桂花树下刨出一个油纸包。他小心翼翼地把油纸包剥开，里面是一把乌黑的手枪。这是赵文当年临走的时候交给他的。这一藏就是四年。赵武把枪仔细擦了一遍，拿枪筒对着自己的眼睛，枪筒像一个隧道，一条望不到头的隧道。

赵武笑了，笑得很诡异。

小巷里经常有野狗来觅食，是那种饿得狗味已经很浓的家伙，就是那种远远看见个光骨头之类的就会两眼放光如离弦之箭冲过去咔嚓两声就归于平静的家伙。这个世界在它们的眼里只有填饱肚子的食物，没有其他的。

一条瘦得耳尖毛长的半大狗东张西望、猥猥琐琐地钻进了小巷，在一个潲水桶边工作了一阵子没什么收获，悻悻地抬着头茫然地盯着远处。

赵武坐在门槛上，手里拿着一团剩饭，远远地对着狗叫唤。狗听见了赵武“哦哦”的叫唤声，眼神里虽然充满了警惕，但还是摇晃着向赵武跑过来。跑到离赵武两米左右的距离，那狗停了下来，它好像从赵武的眼神里看到了一种不祥，但又舍不下赵武手里的东西。

赵武掰下半边饭团扔过去，狗恶狠狠地嘶叫着冲过来眨眼间吃个精光，吃完了又抬着头定定地看着赵武手里的饭团。

赵武呵呵地笑了，骂：“狗日的没出息。”想想又笑，说，“本来就是狗日的。”

赵武站起来折进屋子里，站在屋里对狗扬扬手，狗低吼了一声，但没有迈步，赵武就把半个饭团扔在地上，转身躲到门后边。那狗站了一会儿，抖了抖身子，然后慢慢向屋子里走去。刚把饭团含在嘴里，门“咣当”就合上了，狗回头看见了门后的赵武，吼叫两声，迅速向屋角跑去。

赵武搬条凳子坐在屋中间，从口袋里慢慢掏出那支枪来。

狗可能已经明白了点什么，在墙角“呜呜”地哀鸣。赵武“哗啦”把子弹顶上膛，眼露凶光，杀气在小屋子里顿时弥漫开来。

“杀鸡算什么？老子还敢杀狗呢！”赵武端平了手里的枪。

狗这个时候倒是安静了下来，它索性趴在地上，舔着嘴边残留的饭粒，不时抬头看看赵武，眼睛里流淌着安详的哀伤。

赵武打开门，狗离开的时候用鼻子碰了碰赵武的脚尖，出了门晃悠着往小巷口去了。

赵武坐在门槛上，他听见了远处有吆喝声传来：有烂洗衣机烂电视机收来卖，有烂沙发的收来补喽。声音软绵绵的，拖得很长，在曲折迂回的巷子里弯来拐去。

六

早晨帮柳香把车子推到菜场，回家的时候赵武遇上了毛毛。毛毛说："你看电视了吗赵武叔？"赵武摇摇头。毛毛说昨天晚上电视上放了，打死你兄弟的那个警察立功了，好像是二等功，狗日的还得了两万块钱的奖金，还戴红花呢！神气得要命。毛毛把赵武拉到一边，神秘兮兮地问："难道你不想给你兄弟报仇啊？"赵武说我兄弟罪有应得我报什么鸟仇？毛毛说只要你点个头，我叫上几个兄弟把这狗日的揍一顿，不要你老亲自动手，就给我一千块，我给兄弟们发点辛苦费就成。赵武说你的底细我还不知道啊！瘾犯了吧？别骗我了，骗我也得我有钱啊！毛毛说是打警察啊！打警察知道什么罪名吗？赵文可是你兄弟呢，操，窝囊废！

毛毛打了哈欠，泪光闪闪地走了，赵武知道小混混毒瘾犯了。

晚上吃饭的时候柳香很高兴，说卖菜的都知道自己有个杀人犯弟弟，今天一个买卤肉的挑三拣四，老娘和她干了一仗，瘦筋筋的一个干婆娘，气焰还嚣张得很，你猜最后怎么了？赵武摇摇头，柳香说最后我旁边一个卖酸菜豆米的说不要惹她哦，他家兄弟是个杀人犯哦，死婆娘话都不说就跑了，哈哈哈哈，跑的样子像乌骨鸡。

赵林在做作业，赵武谄媚地过去问有困难吗？赵林不理他，把作业压在胳膊肘下面，赵武伸手拉了拉，没拉动，赵武黑着脸说我是你爸爸，看看你写的作业还不行吗？赵林说不行，赵武就硬抢，赵林就站起来和他抢。柳香在一边终于发话了，说就给他看看，拿有一百分的作业羞死他。赵林才放了手，赵武看了一阵子，"啪"的一巴掌按在儿子脸上，旁边的柳香像被电了似的从板凳上一蹦而起，伸手准确地揪住了赵武的耳朵，眼神里射出两道灼人的火焰。赵武把本子递过去说你看看，你倒是先看看啊！

柳香把本子接过来，本子上画了一只猫和一只老鼠，猫的背上写着两个字：赵文，老鼠的背上写着两个字：赵武。

柳香松开了揪耳朵的手，看了看就笑了，笑得摇来摇去的，说画得还真像哎，老鼠比猫画得像，我儿子画画还画得真好。

赵武说我出去走走，柳香在后面喊最好死了不要回来。

小巷里没有路灯，只有一些人家的屋里的光给了小巷几丝温暖。赵武在巷子里走，拿手指头划着墙壁走，手指在墙上划出沙沙的声响。偶尔有收夜摊的回家，蹬个三轮车从赵武旁边经过，三轮车的铃铛发出沙哑的声音在小巷跌落一地。

小巷拐弯处有个废弃的煤棚，黑黢黢的，没有一点光，赵武爬进去，把自己藏在一大堆黑暗里，小巷就成另外一个世界了。赵武从屁股后面拔出那支枪，躲在暗处拿枪指着另一个世界。有人经过，赵武就用枪对准路人，待那人要离开自己视线的时候赵武就在心里“啪”一声。这阵子路人倒是很多，一支烟工夫赵武就在心里“啪”了十来次。赵武也不是每个人他都“啪”，心里头愿意“啪”的就“啪”，高兴放谁就放谁。远远的地方还有个铺面，几个人聚在铺面门口玩扑克，赵武就用枪瞄准他们想：我先杀掉谁呢？是挨着杀还是跳着杀？想着想着就在黑暗中笑了，笑得直不起腰来。

七

柳香给赵武提出离婚的时候天气还很好，老天阳光明媚的，和颜悦色的。赵武下午买回来一点防水油膏，平房渗水很厉害，赵武想给补一补。在院子里熬油膏的时候柳香回来了，把车子推到屋檐下放好，柳香的口气像天气一样出奇地温和，柳香把围裙脱下来蜷成一团捏在手里说赵武别忙了，你腿脚不好，改天我请个人来搞好了。赵武的喉咙一下就硬邦了，他好多年没听见柳香这样和他说话了，话在喉咙里撞击了几下，赵武说我能行，这点活难不倒我。

怔了怔，柳香说，赵武，我们离婚吧！

赵武抬起头，他看见柳香的头垂得很低。闷了半晌赵武说："嗯。"

柳香折进屋去，赵武提着搅油膏的棍子站在门口问："为哪样呢？"

柳香不说话，只是哭，哭了好久才说，我不愿意和个不像男人的男人过一辈子。

赵武手里的棍子掉在了地上，他半天才捡起棍子说糟了，熬过了，然后跑了出去。

赵武艰难地爬上爬下，到黄昏的时候总算把屋顶给抹好了。

晚饭一家人都没吃，赵林在路边买了两个包子啃了就睡了。

第二天下午，赵武吃了碗面条就出门了。小巷口遇见毛毛，毛毛问干啥去？赵武黑着脸说杀人。毛毛说杀谁啊？赵武说去杀杀我兄弟的人。毛毛说好，节约了一千块钱。

赵武走到赵林读书的学校，站在学校的铁门外，赵武想看看儿子。孩子们正在上课，有读书声传来。站了好久，赵武也没有看见赵林。赵武就哭了，蹲在围墙脚伤心地哭，眼泪哗啦啦地淌。

口袋里没有一分钱，赵武是走到碧雅园的。十多站路，赵武走了整整两个小时。

走到碧雅园的时候，天已经黑了。人们像归巢的鸟儿一样纷纷往家里赶。

赵武坐在小区的椅子上，手放在口袋里紧紧地攥着那支枪。

赵武看见沈飞了。沈飞从远处走来，夹着个包，不紧不慢的，满脸的青春痘在路灯下分外地刺眼。

赵武躲到树后，从兜里掏出手枪，瞄准了远处走来的沈飞。赵武感觉到了自己的心跳，他从来没有这样热血沸腾过，他甚至感觉自己路灯下的影子也变得高大起来。

沈飞走到保安值班室，这个位置是最好的了，视野开阔，距离也近，赵武的手指紧紧地贴在手枪扳机上，指头一动，他的阴谋就可以实现了。

一个保安走了出来，和沈飞打招呼，赵武走了一下神，情况就发生变化了，保安取代了刚才沈飞的位置，暴露在枪口下的成了保安。

很快，沈飞就消失在了赵武的视线里。

赵武的枪沮丧地垂了下来。远处的保安站在大门口吸烟，烟雾在夜色里氲成一团慌乱的模糊。赵武重新举起了手里的枪。

“啪”，一声脆响划破了夜空。

忽然，有东西掉在赵武握枪的手上，甫一贴上就化掉了，留下一摊淡淡的水迹。

下雪了。

八

赵武是投案自首的。

在看守所里，赵武安详地躺在冰冷的单间里，手铐和脚镣不时发出叮当沉闷的声响，他觉得自己很轻松。他现在每天都会向看守提同一个要求，希望老婆和孩子来看看自己。赵武最想的就是赵林了，他几乎每天晚上都看见赵林喊他爸爸，他还看见赵林的画了，画的是两只猫。

雪下得很大的那一天，看守打开铁门对赵武说，有人来看你。

在接待室，赵武看见了柳香，赵武的眼睛四处慌乱地扫视着，问：“赵林呢？”

柳香就哭，呜呜地哭，哭了半天把一包东西递给赵武，说给你买的大衣，还有点吃的。

“赵林呢？”赵武问。

柳香又哭了。

“我问你赵林呢？”赵武扑过去掐着柳香的脖子吼。

警卫跑过来拉开赵武，强行按在座位上。

“儿子为什么不来看我？他不是一直都嫌我是个窝囊废吗？你个死婆娘倒是说啊，儿子为什么不来？”

“他说他永远不会来看一个杀人犯的。”柳香号哭着说。

“什么时候枪毙我？”赵武问看守。

“我说了不算。”看守说。

“越快越好。”赵武轻轻地说。

家谱

一

母亲把日历翻过去，回过头对我说，下个礼拜就是七月半了，该给老人们写包了。

在母亲眼里，没有比七月半更重要的节日了。七月半到来的前半个月。母亲就开始变得小心翼翼，见到窗棂上停只蝴蝶，就说那一定是回家过月半的先人的化身。总之是这个时段出现在房前屋后的生灵都是幸福的，它们在家里健在的老人们的荫庇下，可以无忧无虑地逍遥好一阵子。

我们无双镇一到七月半就这样子，除了供奉饭食、打扫庭院这些仪式外，最重要的就是给逝去的先人们写包了。写包又叫封包，程序十分复杂。把买来的纸钱用专门的工具打制成有钱孔的冥币，再用白纸把分放均匀的纸钱用统一的方式包裹起来，最后用毛笔在白纸上书写好收包先人的辈分、姓名、纸包书写以及火化的时间。纸包书写格式要求是极其严格的，比如收包者是父亲，就要写成

“故显考某某老大人收用”，母亲则写成“故显妣某氏老孺人收用”。除了格式要严格遵循，字迹还要端正，错别字是一定不能出现的。小时候我问过母亲为什么写错字不行呢，母亲就摸着我的头说：“写错了先人们就收不到了，那该多可惜啊！”

格式虽然严格，但对封包的数量却没有统一标准。这要根据死者和封包人的关系亲疏来决定封包的多少。每年封包的时候，父亲和母亲故去的直系亲人是最多的，每个人的摞在一起，都到我脖子处了。关系疏远一些的，比如父亲的舅舅、舅妈一类的就少了许多，五六个就成。我上了高中后，写包的任务就落到了我的头上，用父亲的话说，送你读书，还不是图个家里有个写写画画的。

我把桌子搬到院子里，太阳很好，安安静静地朗照着，树叶儿也泛着油亮亮的光，几只蜻蜓在院子上空追逐盘旋，一切祥和得像母亲的脸。

我铺开白纸开始封包。母亲颤巍巍地从屋子里出来，端出来一碗面粉熬成的糨糊放在桌子上，拉条凳子坐在旁边静静地看着我封包。我从五岁开始和父亲一起封包，这些年来，把封包这门活计练得又快又好。母亲看着我，眼神里全是赞赏和自豪。她把封好的包拿在手里，轻轻地摩挲，然后把它们码得整整齐齐。

晌午，包终于封完了。母亲早就把毛笔和墨汁准备好了，最后母亲从里屋取出来一个红布包裹，包裹平平整整的，像我们无双镇用来盖房的薄石片。坐下来，母亲剥笋子样地一层层揭开一方猩红，包裹就真相大白了。那是我们老许家的家谱。家谱是线装的，纸张是我们无双镇自己漂出来的黄表纸。无双镇有十多个纸坊，造纸方式虽然原始，工序却复杂，这里好多上了年纪的老人都是造纸的好手。无双镇造出来的纸像这个地头上姑娘们的脸皮，薄得连阳光都包不住的。薄是薄些，但韧劲很好，时间再久也不会变脆的。这样的纸张用来做家谱纸是最好的了。

母亲把家谱递给我的样子神圣般严肃，双手托举，腰弓一样地弯曲着。我伸出一只手，母亲使劲摇头，脸也涨得红了，我转过身子，双手高过胸，母亲才把那方淡黄递过来。我看见母亲眼角竟然湿润了，像是完成了某种神圣的交接。

我双手托着线装书，一股柔软的冰凉在指缝中游走，我似乎闻到了一种遥远的气息，淡淡的，散发着陈旧的墨香，还有一些涩滞的、让人呼吸不畅的尘土味儿。我小的时候，看见父亲写包的时候用家谱，就问父亲家谱是什么东西？父亲就停下手里的笔，眉头紧锁，很想给我一个圆满的解释，最后还是无奈地说长大你就知道了。

无双镇的纸质地再好，终究敌不过岁月的侵蚀。家谱还是泛黄了，面容呈现出可怜的憔悴。要不是封面上“许氏家谱”几个柳体字还筋强骨健的话，就真没有精气神了。我掀开它，动作轻柔而缓慢，怕把它弄疼了。扉页上的楹联是颜体字，上联是：不求金玉重重贵。下联是：唯愿子孙个个贤。第一页记述的是一个叫许闻达的。我刚念出这个名字，母亲在一旁迫不及待地插了话：“是你爷爷的爷爷的爷爷，做过康熙皇帝平藩的将军，是个很大的官呢！”母亲说这话的时候脸上有阳光一样的颜色。

看得出，这是我们老许家的大人物，有关他的记述占了整整一页。官名处还用红笔画了圈，字体也大了好几号。

夜晚。我伏在桌案上端端正正地书写着。母亲依旧坐在我旁边，父亲在墙角的躺椅上吧嗒吧嗒地吸着旱烟。他的眼睛微闭着，烟雾浸漫在一脸的沟壑里，像大雾弥漫时的无双镇。

“许正文？”我把头扭过去问。

父亲喷出一口烟雾，缓缓睁开眼，说就给个月月红吧。父亲说完又把眼睛合上了。我知道，这个时候看上去安详的父亲其实和安详无关。父亲小时候上过私塾，是我们无双镇为数不多的文化人，无双镇谁家有个写写画画的都会来请父亲，请的时候态度也极其的谦恭。长年累月的谦恭也让父亲的心气越来越高，眼长期半闭着，神情也变得和无双镇的石板路一样冰凉。话也越来越少，最后每句话都拐弯抹角地暗藏机锋，让老实巴交的乡人头疼不已。

我说月月红是多少个呢？母亲说一年有几个月？我说十二个月啊！母亲说那就写十二个嘛。

我依旧写得很慢，很认真，虽然手开始有些犯软，但还是咬牙坚持着。倒不是我有多虔诚，而是稍稍潦草一点，母亲的手指就会如期而至，在我的脑门狠狠一戳。抖了抖酸麻的手，我懒懒地翻开了家谱新的一页。

我有些惊讶了。

家谱上每一个成员的籍贯、经历、出生和死亡年月日时、死亡原因、安葬地都有详细记录。唯独这一页除外。

页面上只有一个叫“许东生”的名字，名字后面是一片辽阔的淡黄。像无双镇秋天西地的那片草场，几个土丘，再向西延伸，就是一望无际的秋意。

“许东生？”我对母亲说。我当时距离母亲很近，清楚地看到了母亲听到这个名字时的反应。她先是一怔，安详的眼神里像是扔进了一块巨石，砸起一人多高的水柱。母亲那一刻是慌乱的，甚至有点魂不守舍了。喘气也变得粗壮起来，气息拂过我的脖颈，像刀刃从肤发上掠过。这一次，母亲没有照例转过头询问躺椅上的父亲，而是粗暴地伸过手来把这一页淡黄揭过了去。

我回头看了看躺椅上的父亲，除了嘴角有一些淡淡歪斜的痕迹，他依然纹丝不动。

“下一个。”父亲的声音像雪夜从门缝里挤进来的寒风。

二

冥包封写完毕了，它们被母亲规规矩矩地堆放在堂屋的大桌上，和水果、猪头一起变成了供奉品，香烟缭绕中，这些冥包被赋予了一种神秘而特殊的含义。母亲依然平静地穿梭在各个屋子之间，父亲仍旧躺在院子里晒太阳。一切平静如水。

我却被那方神秘的淡黄困扰住了。

许东生是谁？为什么在那页纸面上只有一个突兀的名字？在详细的家谱中，这个名字显得是那样的神秘和另类。那厚厚的一摞冥包中，居然没有一个是属于他的。父亲和母亲为什么在遭遇这个名字的时候会那样的惶恐和不知所措？

这些疑问让我格外的亢奋。

我搬了个凳子坐在父亲旁边。

“许东生是谁？”我的口气很舒缓。

父亲睁开眼，侧过头看着我，不说话。

“许东生是谁？”我在音调里掺杂了一些不屈不挠的味道。他的样子有些奇怪，我在他的面前成条蛆虫了，因为他的眼神里尽是厌恶。好半天，他的眼睛又合上了，像一块幕布，戏还没有开始，那面黑色就拉上了。

父亲那天再没睁开过眼，他的沉默没有让我有丝毫放弃的意思，弄清楚这个人物来龙去脉的念头反而愈加强烈。

半夜，蚊虫们在房间异常地活跃，我的大脑和它们一齐在黑暗里欢歌。“许东生”几个字在我的额头上跳来跳去，然后从我的眼眶里钻进大脑，先是在大脑的左边形成一个人影，影子高大干瘦，像一根失去水分的竹竿；紧接着影子愈发清晰，我努力地想看清楚横在面前的那张脸，可脸部的五官却一塌糊涂，我竭力地往前凑，凑近了也没有用，那张面孔还是模糊得像暗夜里的无双镇，你可以感觉到它的存在，甚至可以准确地说出哪儿是山，哪儿是水，哪儿是房屋，哪儿是土丘，可你就是看不明白。

这一夜，这个影像一直折磨着我，他时而高时而矮，时而远时而近，时而清晰时而模糊。直到公鸡在鸡窝里把带有粪味的打鸣声扔满了整个无双镇，我仍然没有摆脱这个影像的困扰。

我从床上爬起来，母亲已经把院子扫完了一大半。我过去接过扫帚，装得很是孝顺的样子说妈您歇着我来扫。母亲的眼睛鼓得大大的，以为我又要向她讨钱赶集，慌忙把口袋捂得紧紧的，说要钱是没有的。我笑笑说妈您别大惊小怪的，我就想知道许东生到底是谁。母亲没有接我的话，而是一把抢过扫帚，呼啦呼啦地又开始扫地，她的脸色也不好，和堆在墙角的茄子叶一样的颜色。

"把牛赶上坡去。"母亲扔给我一句尖厉干燥的话。

我和我们家老牛一前一后地在无双镇后山的山脊上缓缓地移动着。我家的老耕牛都快九岁了，无双镇像它这样高龄的耕牛已经不多了。可能是上了年纪的原因，老牛走得特别慢，目光也格外的悠闲，隔一阵子还会抬起头来欢欢地吼两嗓子。老牛是我一手带大的，我不知道它的来历，只知道是父亲在集市上花钱买回来的，到我们家的时候个头还小，怯怯地站在院子里，眼神里充满了不安，小蹄子不住地刨着地。父亲说刚断奶的犊子都这样，慢慢把娘忘掉就好了。

老牛悠闲地在野地里吃草，我坐在石头上看天。无双镇的天遇上朗照就显得特别的高，山啊树啊看起来离天就远了，远得呼吸都畅快起来。神奇的还是远处那些云朵，打着滚似的变来幻去，刚才还是一整牛，眨巴个眼就变成僵硬的石块了。我的眼睛就在云端上奔跑，希望看见一些自己神往的东西。果然，西边一株高大的杉树顶着一个人，干瘦的，两条胳膊长长地垂着，脑袋半歪着，薄薄的像风中的剪纸。我想那一定就是我们老许家家谱里头的那个人了，他该是个瘦子，五官也不好看，走起路来还没有精神劲儿。

许东生！一会儿在我脑子里，一会儿又爬到了云端上，就这样上蹿下跳地没完没了。

我想我应该去问问爷爷的。我们老许家以前人丁兴旺，到爷爷这里就开始悬乎起来，三代单传让爷爷在一惊一乍中抖抖索索兢兢战战地过了大半辈子。在爷爷眼里，我肩负着重振老许家的神圣使命，所以我从小就被爷爷当宝贝蛋子惯着。再老眼昏花，一见到我他就两眼放光。关键的是，这么多年来，他对我几乎就是有求必应。

爷爷和奶奶住镇西头，那里住的大多是老年人。我们无双镇就这样，孩子娶了媳妇就成横生出去的枝干了，得分家，分家出来的儿子们就往东建房造屋，形成了无双镇东边儿子西边爹的独特格局。

西头全是长长的胡同，胡同一个接一个，循环往复地缠绕着。我顺着胡同一直走，胡同沟子里尽是新鲜青苔的味儿。我特别喜欢这个味道，有些幽远，又有些厚实，像用鼻孔去阅读一本厚厚的古书，苍凉中透着清雅。

果然，推开门爷爷的眼睛就亮了，两只手还在空中兴奋得乱摇，像见到了阔别多年的故友。连他屁股下的藤椅也发出嘎吱嘎吱的快乐的响声。一进门我就迫不及待地蹲在他的藤椅边问：

“许东生是谁？”

爷爷的眼睛在那一瞬间就黯淡下去了，像一汪到了尽头的烛火。然后他把干枯的身子紧紧地贴住藤椅，眼睛定定地望着挂满灰尘的屋梁。

好久，那汪烛火又开始慢慢升腾起来，爷爷侧了一下身子，我就听见了他骨头枯朽崩塌的声响。

“他是我的父亲，长得嘛……高大，特别高大，是我们这一带有名的袍哥，手下有好几十名兄弟，都是些狠人呢。”

“都干些啥事呢？”我问。

“杀富济贫，就是抢富人的钱物来帮助穷人。”

“真的？”

爷爷点点头，花白的脑袋像夯土墙时的大锤，沉重得足以敲碎灶上的那口大铁锅。

“那家谱里为什么不写呢？”

“袍哥是啥？土匪！有啥好写的。”

回家的路依旧要穿越那些胡同，青苔的味儿还在，无影无踪地弥漫在细窄的胡同里。伸手在空中挠一把，在鼻子边把手一松，竟然有些闷人。胡同实在太长了，最后我被闷得连脚步都变得踉跄起来。

三

我不信。

我们无双镇的花灯调子里，杀富济贫的都是当英雄来歌颂的，四处宣扬还来不及呢，哪有连家谱都语焉不详的道理？再说，你看父亲和母亲，我一提到许东生这个名字，两张脸都快成煤块了。

我连续几夜照例看见那个人影，还是干瘦干瘦的，没有一点高大威猛的痕迹。我想这样的体形哪能做袍哥呢？一阵风怕就没影儿了呢！

吃完晚饭，我对母亲说，我想把我们老许家家谱写完整。

正在灯下纳鞋底的母亲惊讶地抬起头，半截棉线还叼在嘴里。她把棉线从嘴里抽出来，说写家谱？就你？再说，家谱又是完整的啊，没有地头空着啊！我说许东生那个地头空着呢！母亲说你又不知道这个祖宗的事情，你咋写呢？总不能胡乱写吧。我说我知道，爷爷告诉我的。母亲一笑，把凳子挪到我旁边，饶有兴致地问我爷爷是怎么给你说的呢？

我把身子端了端，表情也整理得严肃些说："许东生，生于某年某月某日，卒于某年某月某日，无双镇人氏，是本地有名的袍哥，手下好汉云集，常行劫富济贫之义事，为时人所敬仰……"

我还没说完，母亲就笑了，笑得五官都挤成了一堆。她摇摇手说这是爷爷给你说的，我点点头，母亲笑得更欢了，最后连腰都直不起来了。

"我不信。"我冷冰冰地说。

母亲不笑了，她捋直身子，说一个死人和你有什么关系呢？你干吗这样刨根问底啊？

我说是我祖宗呢！祖宗的事情我该知道吧！

"妈，你就给我说到底是怎样的，好不好？"我哀求。

母亲往父亲屋子里看了看，嘴唇动了动，还是摇了摇头。最后母亲把嘴凑到我耳朵边说去问问你大伯公吧！

大伯公是爷爷的堂兄，身体比爷爷好，头发也不见白，都八十的人了还能担担水在镇西头的胡同里四平八稳地行走。大伯公脾气不如身体，火爆得像六月正午的日头。

寻着大伯公的时候，他正在镇西头的大杨树下对和他下棋的赵家老头挥以老拳。远远地就听见他喝骂的声音和赵家老头哀号的声音。赵家老头往东逃遁的时候和我擦肩而过。

"你个狗日的许老鬼，赢得起输不起的老东西。"赵家老头边跑边骂。

我过去拉住宜将剩勇追穷寇的大伯公，劝他说下棋就下棋，干吗打架呢?

"是他被我打，小崽子你搞清楚了。"大伯公吼道。

我慌忙点头。

帮他捡起一地的棋子儿，我把他扶到石凳上坐下。

关于许东生的事，母亲让我来问大伯公是对的。在我的印象里，大伯公是我这辈子见过的最没有撒谎天赋的人，他的话就像射出去的响箭，呼啦有声。我们无双镇讲究礼节，去谁家遇到吃饭，主人总要问"吃过了吗？"客人不管吃没吃过都会客套地说吃过了吃过了，有些还会拍拍干瘪的鼓气肚子说你看刚吃过还胀着呢！只有大伯公，遇到这种情况他就答还没吃呢！主人说那吃点吧！大伯公就往饭桌上瞅瞅说妈的菜太孬了老子不吃。这个世界如果连大伯公的话都不可靠，那就真没可靠的了。

我拍了拍他身上的尘土，看来两个老头在地上肉搏过。问，许东生是谁啊?

大伯公抬起头，说你问他干啥啊？我说随便问问。

"是你爷爷的爹，就是我的叔公，我父亲是你爷爷的大哥。"果然是一串响箭。

我心头一喜："他是不是高个子？"

"去，妈的，矮得像坨牛粪。"

"粗壮吗？"

"瘦得像根豇豆。"

"他是不是当过袍哥？"

大伯公笑了，露出两排猩红的牙床，牙床上点缀着几颗稀疏的黄牙。

“袍哥？就他那样？在村子里耍耍狠还差不多。”

我吞了一口唾沫，继续问：

“他是咋死的呢？”

大伯公不笑了，也不应我的话，转而狠狠地骂：“和老子下棋敢耍赖，看老子明天不扒了你的皮。”

“许东生是咋死的呢？”我嗓门大大地问。

“姓赵的，最好别让老子看见你，那样你就等着睡棺材吧！”大伯公站起来用手指着远方继续骂。

我沮丧地埋下头。大伯公走了，他的步伐还是很稳健，夕阳把他的影子拉得长长的，变形成了一截冬日的老枯树。

四

日历又被母亲揭去了好几页。看得出母亲揭日历时的急迫心情，她恨不得一把抓掉中间的日子，一步踏入七月半。随着日子的临近，父亲和母亲也越来越虔诚，连平素架子大上了天的父亲也变得面色温和，整天把个脸整得笑模笑样的，好像祖宗们真的已经大驾光临了一般。

一大早，父亲就把扫帚绑在竹竿上拂扫屋梁上的尘埃，这个事情每年这个时候都是要做的，大约是想给回家的祖宗们一个相对舒适的环境，让他们吃得好住得好一些。我还在床上，屋子里弥漫着一股浓浓的灰尘味儿，我爬起来，父亲狠狠地瞪着我，像是我睡懒觉让他在祖宗们面前丢了脸似的。

我蹲在院子边刷牙，天空依然高远，风懒洋洋地摇着院子里的几棵枣树。我心里空落落的，那个名字依然在我脑海里盘旋。我想也许此刻，他就立在某一个角落里，探头探脑地打量着这里的一切。转念一想又觉得不太可能，因为在我们老许家那本家谱里，他是最不受人待见的了，这样的境遇下，他八九怕是不会来的了。

有人猛拍了一下我的肩膀，连牙刷都给拍掉了。回过头，我看见了刘光荣。

刘光荣是我小时候的玩伴，因为家穷，小学毕业就回家跟父亲下地了。十一岁那年，他父亲在追小偷的时候被小偷捅死在镇西街的石板路上。我还记得那天天气很好，一大摊血在阳光下红得分外的耀眼。我仰起头，刘光荣的脑袋特别大，把一个天都遮住了。我说你干吗呢光荣。他说找你啊！我说找我干吗。他说我们家包还没写呢，这不来请你了嘛。我站起来说没问题。

出门的时候，父亲说话了。

“你上哪儿去？”父亲声音低沉。

“去帮光荣他们家写包！”我答。

“不许去！”父亲的脸色陡然变了。

“为什么？”我问。

“我说不许去就是不许去！”父亲把手里的扫帚狠狠地掼在地上吼。

父亲的火也把我的火点起来了，从他拒绝让我知道家谱上那片空白的真相开始我就有火了。作为老许家的人，我觉得我有权利知道这个真相，可是所有的人对这件事都遮遮掩掩。一团火在我的心里开始旺旺地燃烧起来。

“我就要去，看你能把我怎么样？”我撂下狠话拉起刘光荣拔腿就走。

路上刘光荣说你老爸怎么会发这样大的火啊。我说鬼才知道呢！

大约是我抢了他的饭碗吧。

光荣家的包没有我家的多，一小堆可怜巴巴地堆在墙角。家谱薄薄的一小本，油腻腻的不说，字迹也歪歪扭扭的。

屋子里光线不好，我叫光荣拉开了灯。

光荣妈给我倒来一碗水，老人好像老了不少，一蓬头发乱糟糟的像个鸟窝，手也格外的黑，把水放在我面前的时候，我看见她黑乎乎的指头正浸泡在水碗里。我写得很潦草，这样速度就快了许多。刘光荣坐在我旁边啧啧地羡慕，说有文化就是好，要不是家穷，我说不定也能上高中、上大学的，那样写个包就用不着求人了。

我笑了笑，很快，我的笑容就凝固了。凝固住笑容的是刘氏家谱上的一行字。

刘新松，光绪三年生于无双镇，幼时蛮横好斗，成人后更是为祸乡里，与同乡许东生合称“无双二霸”，而立年伙同许东生在村西老树林奸淫过路女子，被愤怒乡邻双双乱棍击毙，尸首被野狗分食。谨为记。

“这个许东生不会是你们老许家人吧？”刘光荣指着家谱上的那个名字问。

“不是，肯定不是！”

我握笔的手一抖，白纸上慢慢绽开了一朵黑梅，在一方雪白间妖艳地盛开。

内陆河

一

河流从西山口下来，沿着满坡的嶂峦叠翠，在庄子里羞羞答答顾盼一阵，又向着远处去了。

琼花蹲在河沟边，把一件清洗好的衣服扔进盆里，抬起胳膊揩了一把汗，心思就跟着流水一起淌远了。经常，她都会想，这条河经过了这些目光所及的弯弯曲曲，到底流到了哪里？跳进了更大的河，还是汇入了广阔的海？读书时地理老师讲过，所有的河流最终都融入了大海的怀抱。没错了，一定是这样的。

年轻婆娘们的声音脆脆的，噼噼啪啪砸落在水面上。不断有人起身，抖抖蹲得酸麻的腿，两手端起盆子，往腰上一靠，吆喝一声，顺着石板路去了。

侧脸就能看见站在河沿上的庄子，一溜的二层小楼，都镶着雪白的瓷砖，高高的围墙把每家每户圈成了一个独立的整体。呆呆看上一阵，琼花心里就起来一些怅然。还是过去的青砖瓦房好，没有炫目的雪白，没有高高的围墙，有的是孩子们的欢声笑语和老人们的悠然自得。和春树好上后，第一次走进这个庄子，琼花就被迷住了。经过庄子长长的甬道，每张脸都对着她笑。自己躲在堂屋的角落里，门口挤满了参观的脑袋，叼着旱烟的叔伯，系着短小围裙的姨娘，还有露出一口白牙的毛娃娃们，都一色清澈的笑。

青砖瓦房的消失也就是一眨眼的工夫。先是庄子南口的东生家，爹娘和东生媳妇泪眼婆娑着合计，钱放着反正是死的，不如盖成房子踏实。噼里啪啦放倒了老屋，没多久三层小楼就立了起来。多气派啊！要掀大家掀，很快庄子的颜色就变了，安静的青变成了耀眼的白。公婆就找琼花商量，说掀了吧？琼花不吱声，公婆的脾性她知道，商不商量都得掀。本来琼花想把和春树结婚用的两间偏房留下，公公不同意，说哪有剃头剃半边的，一边新一边旧，不成阴阳头了？搬新家那天，琼花跑到河边坐了一个午后，叮叮咚咚的鞭炮声炸得她心烦意乱。

她老觉得这样对不起春树。

水声潺潺，琼花展开一件铁锈色的格子衬衫，轻描淡写地揉。揉着揉着，竟在水面揉出一张脸来。男人的脸，一点不像春树。琼花有些气短，慌忙把视线投向远处，太阳老高，不怀好意地盯着这边看，琼花也死死盯着太阳看，刺眼的光芒总算驱散了那张黏糊糊的脸。

咬咬牙，琼花又在心里骂了自己一回。

把最后一件洗好的衣服丢进盆子里，琼花索性坐下来。婆娘们都散去了，只剩下潺潺的流水声。

一抬头就能看见春树，在河对面山腰的凹口里头。庄子里三十八个男人把凹口挤得满满当当。

二

回到家，爸盘腿坐在围墙根下，一管旱烟云雾缭绕。琼花拉开门，也拉开了两道老迈的眼帘。窄窄的缝儿，斜着瞥了瞥正穿过院子的琼花，又慢慢合上了。琼花喊声爸，开始抖开衣物往两棵桂花树之间的细绳上挂。一阵摔抖，细绳成了一吊五彩的槐花串。琼花把盆里的剩水往墙根下一泼，回身往厨房去了。

把烟袋从嘴里抽出来，爸往烟雾里丢了一句话："亮堂堂的机器硬是要活活锈烂了！"

妈在忙活午饭，一把铲子在炒锅里上下翻飞。见琼花进来，笑笑说："还下河啊，不是有洗衣机吗？"

"用不惯！"琼花递过去一个盘子。

妈掉头看看琼花，勺子往锅沿上轻轻敲了敲，说："你爸就是怕累着你，才爬坡过坎给弄了一台，我听说那东西老不用会坏掉的。"

琼花小声咕哝："坏掉就坏掉。"

妈没听清，耳朵凑过来问："说啥？"

琼花摇摇脑袋，说我啥都没说。

饭菜上了桌，琼花把着大门喊爸吃饭。春树爸把烟锅子伸到鞋底磕干净，老苗样茁壮了，咳嗽两声，往屋子这头踱过来。

把饭盛好，琼花坐下来，端起碗刚准备夹菜，异样扑面而来。爸脸色铁青盯着妈，妈一脸焦急盯着自己。琼花愣了愣，想想才回过神来，哦了一声，慌慌地把碗丢下，跑到厨房里重新取来一副碗筷。小半碗饭，各式菜样都夹上一点。琼花低垂着头把饭碗放在神龛上，轻轻将筷子搭上碗沿。退了两步，默然片刻。刚转身准备回到座位，爸闷着声开腔了：

“添点酒吧！你不晓得他好这口？”

琼花又急急取来酒杯倒了一杯酒立在饭碗边上，那头才传来碗筷碰击声。

饭桌自然是沉闷的。好玩好耍的事儿都先揣好，神龛上还有个新鲜的亡魂呢！

洗好碗，琼花端条凳子跟妈在院子里的桂花树下拣黄豆。一片哗啦啦响，阳光也跟着豆粒儿跳跃。琼花手快，手里很快握满了细砂石，妈就笑，说：“要不有人念磕嘴经，说这钱是越多越好，年岁是越少越好，日子把眼神都跑花了，连豆子石子都分不清了！”琼花也笑。笑两声就收住了。爸端坐在屋檐下，目光和日头一样灼人。

院门推开了，大宝媳妇。跨过夏天刚好二十五，桂树芽一样的年纪。自从男人躺进了河边的山凹子，大宝媳妇就抖掉了小媳妇家的青涩，套上了当家女人的做派，几乎就和公公婆婆平起平坐了。有时，琼花也会有一些羡慕，但自知终究是比不过人家的。人家有娃，还是男娃，公婆眼里的宝贝疙瘩。有了这层荫庇，大宝媳妇才有了挥斥方遒的底气。

依旧是大嗓门，进门就喊：“琼花，明天去集上不？听说镇东街的服装铺子来了新货。”琼花没吱声，偷偷看了一眼妈。妈似乎耳朵和眼睛一样不济事了，没能听见大宝媳妇的响动？又瞅爸，花白的脑袋落到围墙根下去了。好半天，妈才出了声，喊声侄媳妇来了。又吩咐琼花说给人搬条凳子啊！那模样，像是没有及时发现来客，内疚了似的。

琼花把凳子让出来，大宝媳妇不客气，屁股放置停当后仰着头对倚在桂花树上的琼花说：“去吧！听说这批式样新，都是城里头正流行着的呢！”琼花不置可否，嘴半天才拉开一条线。“巴掌大块地头，花花绿绿的穿给谁看啊？”妈对大宝媳妇说。当然，依旧带着笑。大宝媳妇也笑：“婶，按你的说法，独个一人莫不成光屁股？”妈还是笑：“看这娃娃说的，抬杠能赚银钱不是？”大宝媳妇又仰头：“去不？”琼花还是淡淡地笑。见捡不了结果，大宝媳妇一撇嘴，双手撑住膝盖头，一屈身起来，拍了拍琼花肩膀：“说定了，明早七点我来叫你。”

大宝媳妇也不招呼，噔噔噔去了。妈看着闪出院门的背影，湿嗒嗒冷哼：“没家没教，花里胡哨，男人骨头还热和着呢！”

三

三月的澹庄白日最长，六点不到，窗口就汪满了嫩黄的光亮。琼花赶在太阳前头就起来了。在床上呆坐一会儿，满目的墨黑渐渐被亮白抹掉了。环顾四周，依然是心悸的死寂和冰凉。倒是有一抹红，梳妆柜上的“喜”字儿，色调还没有完全褪去，不阴不阳地冷笑着。

拉开大门，日头泊在对面的山顶，阳光把琼花的影子向后猛地扑倒，一颗细长的脑袋不偏不倚地置放在神龛面前的供桌上。

打盆水，琼花蹲在水缸边洗脸。妈起来了，站在大门口伸懒腰，嘴对着太阳的方向大大张着，喊山一般。看见琼花，妈说不用起这样老早，又不是伺候庄稼的季节，多睡些光景不打紧。

“睡不着，还不如起来摸点事情做。”

“这个时节，能寻摸出啥事情来？”

“挖空心思想呀！缝缝补补，擦擦洗洗，哪能没事？”

妈嘴张了张，没能吐出话来。脑筋再不济事也能听出儿媳妇话里头的疙瘩。往水缸这头移了两步，妈才说："大宝媳妇不是约你赶场去吗？"

琼花把一盆水往墙角的排水口一泼，说："不想和她一道，尽往衣服铺子里凑，我就想瞄一双下地的鞋，有鞋带那种，绑着牢靠，还耐磨。"说完给妈打来一盆水，脸帕搭在盆沿上。妈蹲下来，两手搅出一盆子的波光粼粼。看了一眼坐在房檐下梳头的琼花，妈把两只手从盆里抽出来，伸到腋下擦了擦说："我给你爸说去。"

绑好头发，屋子里传出来声音，声音低沉混沌。

"买双鞋子蹦跳那样远？给去的人一个尺码不就成了。"

"你就犟吧！那可是个活生生的人，不是拴在你腰上的烟袋锅子。"妈低声吼。

沉默一阵，爸说："你就惯吧！这世上可没有后悔药卖。"

一只麻雀落在院子里，来回蹦跳。琼花狠狠白了它一眼，麻雀视而不见，依旧欢快地起起落落。琼花一咬牙，手里的梳子就飞出去了。啪嗒一声，惊得小雀子挫身逃去了。

转过头，妈笑吟吟走过来，把两百块钱塞进琼花手里说："去，放心去。"想了想又补充说，"早去早回！"见琼花不吱声，妈拍了拍琼花的肩膀，说路远，妈给你下碗面去。

转回屋，琼花先愣坐了片刻。折到梳妆柜前坐下来，拉开抽屉，拿出一管口红，轻轻一旋，就是晶莹暧昧的淡红。对着镜子抿抿嘴，口红移到唇边，琼花心里忽然冒出一些稀奇古怪的想法。她先是僵在那里，慢慢脸也潮红起来，像一张被红色颜料洇湿的白纸。

"琼花，吃面了！"那头传来妈的喊声。

琼花一惊，手里的物事差点掉落。仿佛一个隐秘被揭开似的，琼花慌慌地把淡红旋进底部，盖上盖子，扔进抽屉，长长吁了一口气，轻轻拍了拍胸脯。

走到门边，脚步莫名其妙定了下来，想想，琼花又折回来，迅速拉开抽屉，将口红装进口袋，还顺便牵走了抽屉旮旯角边的一面小镜子。

面条很可口，剁碎的青椒和西红柿往油锅里一过，再加上一点肉沫，眼见八成熟了，一瓢清水进去，“滋”一声，香味就到处乱窜。等那锅汤沸腾了，抓一把自家擀的面扔进去，捞起来就是可口的美食。味道，和清晨的太阳一样鲜嫩。

琼花披着一身橘黄，站在院子里呼啦啦吸完面条，大宝媳妇就在外头喊了。琼花应了一声，急急放下手里的碗，说你等等，我拿上包。

兴冲冲跳进里屋，琼花一张脸就冻上了。

窗边的柜子上放着一沓冥钱和一把香。

赶集的兴致去了一半。琼花从衣柜里懒塌塌取出包，过来把纸钱和香往包里一塞。气呼呼出来，正撞着爸在门槛边点旱烟。吧嗒两口，爸说：“过垭口时去洞子边烧点纸钱吧！那是春树丢魂的地头。”

琼花不说话，大步迈过院子，合上院门，里头又扔出来一句泛着旱烟味儿的话：

“啥时候都不要忘了，手里攥着的那点钱是怎么来的！”

四

大宝媳妇话多，爬坡过坎都停不下来。一边汗流浃背爬，一边叽里呱啦说。说到兴致处，还不忘回头对着琼花手舞足蹈地比画。她一只手高高举起：“凭什么让我看眼色？是你儿子不假，可死去的也是我男人！”那手又往下一切，“不要以为我不懂法，我问过了，按顺序，我叫第一继承人，啥叫第一继承人你知道不？”琼花抬起袖子抹了一把汗，使劲摇了摇头。大宝媳妇看样子是急了，肥嘟嘟的身体蹦起来，在空中弯曲了一下，啪地落到琼花面前，像条从树上跌落的猪儿虫。琼花吓得往后退了一步，大宝媳妇把脸面贴上来，急痨痨吼：“就是说你才有权利决定那些钱该如何使哩！”琼花说我管不了。大宝媳妇哀其不幸地叹口气，两手一摊说：“买件衣服都像讨奶吃，这种日子换成我早翻天了。”琼花还是不应，大宝媳妇就一曲一展往坡上游去了，还丢一串叹气声在屁股后头。

翻过垭口，两个女人都没话了，脸色也成了难看的酱色。都不敢往山下瞅，那里埋着澹庄人的噩梦呢！

事情发生在一个傍晚。

十月的傍晚，澹庄诗情画意地揉碎在一团暮色里。该是晚饭的时候，家家户户都在锅灶边打转。忽然一个汉子远远跑来，站在庄子边喊：“煤厂出事了！”

饭是吃不成了，扔掉手里的锅瓢碗盏，一庄人心慌气短地往煤厂跑去。

澹庄人知道，煤厂出事，非死即伤，都是大事，可没想到能大到天去。一庄壮年男人全给窖在了井里。开始听说是爆了瓦斯，后来又听说是透水，没了准信，澹庄人更乱了，漫山遍野爬满了人，沉默着的，抽泣着的，还有号哭着遍地打滚的。很快，车来了，人来了，密密麻麻地布满了整个山沟，像一群乱了营的蚂蚁。

几台机器咣当咣当忙活了五天，三十八具烧得面目全非的遗体在空地上一字排开。琼花至今还记得那天的情景，她裹挟在一堆人群中，拼命往空地上挤，制服筑起的围墙很坚固，挤了几次没成功，就听见有人喊：“都没了，澹庄的力气人都没了。”

琼花胸口一阵难忍的痉挛，眼前一黑，像是一头扎进了煤堆子。

悠悠醒来，琼花好半天才弄清楚自己躺在镇医院的病房里。痴痴呆呆住了三天，琼花才像凋落的黄叶一样飘回澹庄。

没几天，澹庄每家每户桌面上码了厚厚几摞钱。

对面的山坳里则整齐地码出了几排新鲜的坟茔。

两个女人站在垭口上，风撩着她们的头发，却没有一丝的凉意。脚下的煤坝子一片寂然。出事后，一支爆破队进来，轰隆隆几声，就给炸封了。三年了，触目的黑都让雨水冲刷出了些淡淡的黄。

"走哪头？"大宝媳妇问。

琼花指了指煤场子。大宝媳妇鼓起眼，说走不动了？琼花摇摇头，从包里摸出一沓纸钱说："爸让我去煤场子给春树点几张纸。"大宝媳妇冷哼一声说："你爸最烦人了，钱要多些，莫不是要给儿子整个水晶棺，好让你天天对着死人哭一回。"琼花说："话咋这样难听哩？他惦记儿子有错呀？"大宝媳妇撇撇嘴："我就心硬，咋了？第一年，我还经常梦见大宝，第二年就稀疏了，到了今年，大宝的面容都模糊了。"琼花狠狠瞪了大宝媳妇一眼说："好吃好睡，没心没肺！"大宝媳妇咧开嘴笑了笑说："当着大宝爸妈，我倒是做得稳妥，初一十五、清明忌日，都会抢着给大宝烧纸点香，我知道的，他们就欢喜这个。"

琼花没理她，顺着坡下去了。大宝媳妇赶忙喊："不是教你吗？还嫌褢气呀！"

澹庄通往镇上以前只有一条路，爬上垭口，滑下坡，穿过煤场子，就能接上大路了。煤洞窖了人后，澹庄人就顺着山脊重新开辟了一条，远是远了许多，但澹庄人不愿走近路，触景生情，都怕勾起心痛事。

下到坡底，琼花发现这条路上开始有了大大小小的脚印。有人又开始走近道了。这个情形，难免让琼花又感慨一回。

蹲在煤场上烧完纸钱，琼花又在封得严严实实的洞子口燃了一炷香。她往前走了两步，合上双手，闭着眼，心里念叨了一声春树，心里紧了一下。弯腰拜了三拜，琼花心里升起一些愧意。最早默念春树时的那种刺痛，好久以前就没有了。她怀疑自己是个薄情的人，可她没法子，刺痛感越来越弱，想痛也痛不起来了。现在，每次在心里默念春树的名字，她都会紧张，她怕心里那微弱的收缩有一天也会消失掉。

还好，收缩了，真真切切的。

大宝媳妇立在不远处，不耐烦了，冲着这头喊："整够没有？晚去了新款式都让人挑光了。"

琼花没吭声。

两个女人一前一后，走了一段，大宝媳妇先开腔："想男人不？"

琼花从后面拍了大宝媳妇屁股一巴掌。大宝媳妇咯咯笑，回头说："我就想，中邪了呀！晚上老梦见和男人在床上滚。"见琼花脸红，大宝媳妇更得意了，接着喊，"妈妈哟！还不是同一个男人。"

琼花说那就找一个嫁了呗！

大宝媳妇稳住乱颤的身子，正色说："不嫁，你看村里头哪个寡妇敢嫁？嫁了毛毛钱都没一分，我才不做出头鸟。"顿了顿，又嬉笑着说，"你梦见过男人没有？"

琼花追上去，扬起手准备给花心婆娘一巴掌，手在半空停住了。

大宝媳妇呵呵笑："还是想了吧！"

煤场子很快被甩在了身后，折过一道弯，就看见了从澹庄下来的那条河，悄悄默默从一片林子里钻出来。

"你说这条河最后流到哪里去了？"琼花问。

大宝媳妇没应声。

“这条河最后流到哪里去了？”琼花又问。

大宝媳妇定定地看着琼花，半天才说：“咸吃萝卜淡操心！”

五

黄家牛肉馆,常年的雨打风吹和烟熏火燎,招牌儿显得格外老旧。

琼花一直和招牌较着劲。她盯着招牌，招牌也盯着她。腿动了几次，都没有迈出步子。都怪春树，每次带琼花到集上，黄家牛肉馆总是第一站。几次下来,牛肉粉的味儿就在琼花心坎坎上扎根了。一到集上，不等春树招呼，琼花自己就先蹦跶进去了。她才懒得给春树省这钱呢！还有些撒娇的舒坦和得意。现在不同，每次往外掏钱，一闭眼就能见到春树血淋淋的脸。

和招牌争斗了半天，琼花最终还是败下阵来。反正中午总有一顿，哪儿都要耗钱。心安理得进来坐下，要了一个单碗。老板问要不要加肉？琼花摇头。又问要不要加粉？琼花还是摇头。细白的粉条，黄褐色的牛肉，清冽的牛肉汤，琼花先闻了闻，她特别喜欢这个味道，很猛，很冲，和家里桌上亘古不变的风和日丽相比，这碗里就是野性十足的乾坤了。再加上两勺透心辣的辣椒面和钻骨麻的花椒粉，满世界就都癫狂了。

呼啦啦一口气吃完，琼花歇了一会儿，喉咙里呼出的全是爆爆的火气，嘴唇是看不见的颤抖。

大宝媳妇这个憨包婆娘，就想着街尾的老素粉，一进街市，慌不迭就跑去了，还拉琼花，唠唠叨叨说老素粉如何如何好吃。琼花坚持不去，她撒了手说不去拉倒。约好吃完东西服装铺子见面，大宝媳妇就腾云驾雾去了。琼花不喜欢素粉，量倒是大，可寡淡寡淡的，没一点嚼头。

站起来付了钱，琼花问："请问厕所在哪儿？"

油腻腻的师傅一抬手："那头。"

小心闸好门，琼花走到洗手池边，对着镜子大大咧着嘴，确认牙齿是清洁的。趴在池子上深吸了一口气，琼花从口袋里掏出那管口红，甫一旋开，琼花的脸也红了，还辣乎乎的，像是往面上撒了一把辣椒面。定定神，琼花开始描，手和嘴唇都在抖，小心翼翼抹完上嘴唇，门忽然被拍得山响。

琼花一惊，口红差点掉落。

"有人吗？"外面喊。

琼花点点头，想想不对，猫声猫气答："有！"

脚步声远去了。

琼花起来一身冷汗。往镜子里一看，有些吓人，半扇嘴唇红得招招摇摇。

心思没有了，摸张纸揩掉半扇不正经，琼花深吸了几口气，乱撞的心思才算安定下来。

贼似的逃出牛肉粉馆，琼花又后悔了。从家里出来就有的动乱心思，让一声响动就给吓得缩回去了。满大街看看吧，都是抹得花里胡哨的。迎面过来一个女人，脸铺了厚厚一层粉，两扇嘴唇烂桃似的，头发也火苗样地腾腾着。琼花一看，后悔就更辽阔了，虽然她不喜欢这个模样，但她羡慕扭远了的胆子。

街市的繁荣乱而杂，从这头过去，鸡鸭们在笼子里扑腾，摩托车在人群里轰鸣，葱蒜被阳光烤得没了水气。仔细看，每张脸都在寻觅着自己心仪的物事。也有闲散人，年轻的姑娘娃子们，打打闹闹，赶集对他们来说，更多的是找一个可以熟悉和厮磨的机会。

琼花径直朝街口走去，她的脚步和正午的阳光一样黏稠。

远远就能见着那人了。还是那件洗得发白的文化衫，胸前一个怪头怪脑的动画娃娃仰着头傻笑，背后印着四个字：小本生意。男人精壮，匀称，侧面就能给人很瓷实的感觉。他立在一个临时搭建的摊位后面，摊子上还是花花绿绿的一堆女人衣服。旁边是他那辆摩托车，有些旧，但保养得很好，擦得干干净净的。男人的营生很独特，叫转场汉。所谓转场汉，是指那些一辆摩托车、一捆货物满地跑的人。县里每个集镇赶集的日子，都能见到他们的影子。找个地头，搭一个简易摊位，货物往上一撒就开始放声吆喝。转场汉一般都在本县的集镇上跑，也有野心勃勃的，临近的两三个县他们也跑。这类人一般脑筋比较灵光，他们会比较，然后选择几个生意较好的地盘固定下来。

“走过路过，不要错过；千挑万选，不如多看两眼；不管麻雀如何叫，还是质量最重要。”男人声音高亢，冲破那些卖菜买米的、嬉笑吵嘴的杂乱声响，一股一股地撞击着琼花的耳膜。几个月前，琼花就是被这个声音给吸引的。说来也怪，那天本来是给爸打酒，一进街口就听见这个声音了。那次琼花买了一件半紧身T恤衫，米黄色，开领有点低。穿了两次，琼花发现了爸脸上的滚滚乌云。斗争了一宿，崭新的女装就此沉入了箱底。接下来的赶集日，琼花和转场汉又有了一次交易，格子衬衫，铁锈红。衣服慢慢穿得发旧，转场汉那张脸却越发清晰起来。地里头，锅灶边，屋檐下，一愣神他就跳将出来，还不怀好意地钻进了琼花的梦里头。琼花也愧，每次经过堂屋，神龛上那面新鲜的牌位像是洞穿了她的心思，恶狠狠盯着她。琼花就咬牙切齿地鼓励自己忘记那张和自己毫不相干的面孔，努力的结果恰恰相反，转场汉该死的国字脸越发鲜活了。

集上的热闹在升级，辣油泼水一般。琼花装得漫不经心往服装摊位那头移，之间还在一个卖牛角梳子的摊子面前装模作样地挑选了一番。

越来越近，智慧在琼花心里头枝繁叶茂。计划似乎天衣无缝，扯扯衣服下摆，琼花昂首挺胸过去，经过转场汉的摊位，琼花连看都不看。走得远了，猛然回头，哎呀呀！原来这里有个卖衣服的小摊，本来不想买啥，反正是瞎逛，受点累看看吧！脸上还要带些不屑的神情，尽量让自己看起来像个常年闲逛于集市的老油子。

“您看这式样，都是城里最流行的，纯棉的，不信您摸摸！”男人压低声音，像在和面前的女人诉说着某个不为人知的秘密。

琼花没敢抬头，手在一堆衣服上摩挲。

抖开一件格子衬衫，男人把脑袋从摊位后伸出来上下打量了一下琼花，舌头滚落一串惊奇：“多合适啊！像是给您定做的。”

“颜色艳了些！”琼花说。

男人惊呼：“这还艳啊？就您这岁数，裹块黄绿青蓝紫的花布也没人敢吐个‘艳’字。”琼花心思不在这上头，坚持说艳了。男人劝了半天没结果，只得另掂起一件递过来说看看这件吧，色调素素的，怕是合您胃口。琼花接过来，翻来覆去看，嘴角浮起一层微笑。男人一看琼花的模样，知道是成了生意，拍着胸脯表态：“第一次打交道，我给你八点八折。”

琼花心里掠过一丝愤然，从这里衣服都抱走一堆了，还说是第一次打交道。

“我买过几次的。”琼花嗡嗡，像只虚弱的蚊子。

低下头仔细打量了一番琼花，转场汉左手一拍脑袋，喊：“看我这狗记性，想起来了，想起来了，是见过几次，妹子，既然是熟客，我给你七折，这件衣服，六十块钱拿走。”

心里像是开了一朵花，但琼花嘴上依旧风平浪静：“贵了些吧？”男人咬咬牙说：“我这生意，靠的就是回头客，这样，给你个批发价，五十五，要赚你一分钱，我——”男人急切想找个发誓的工具，一转眼看见了摩托车，喜形于色地嚷，“我骑车摔断脚杆！”

把衣服往摊上一撂，琼花撇嘴皱眉说：“不就一件衣服嘛，犯得着这样赌神发咒的？”男人有些窘，慌忙又把衣服塞回琼花手里说我烂嘴巴，胡说八道惯了，别介意啊，妹子。琼花把衣服搭在臂弯上，这个姿势表明，这件衣服她要了。男人等琼花掏钱，琼花不急，在一堆五颜六色里面翻检，模样还很耐心，提起放下，放下提起。

差不多翻了个遍，琼花才装着不经意地问：“这生意挺累人吧？”

男人点点头，叹口气。琼花心里一阵温暖，面前的男人抹掉了生意人那张脸，叹气声也变得热乎乎的。

“来回奔忙，骑车可得小心。”琼花说完就后悔了，感觉自己实在冒失了，这句话已经超出了他们之间单纯的买卖关系。男人似乎不是太在意，呵呵笑着说：“摔过几次，最厉害的一次是前年冬天，掉河里去了。”他边说还边比画，做了一个从河里爬出来瑟瑟发抖的动作。琼花忍不住笑了，露出两排白净的牙齿。看男人盯着自己，发现不妥，又慌忙伸手掩住了嘴。

挨了半天，琼花才把手伸进口袋。摊位面前待的时间已经很长了，先后已经有四五拨人离开，琼花就悄悄骂自己厚脸皮。男人找完钱，又把衣服包好递过来，琼花不敢看男人的脸，接过衣服，低着头逃开了。逃出去远了，男人在后面喊：“妹子，代我向老六问好。”

琼花一怔，立刻沮丧了，仿佛梦里发了大财，正抱着钱数呢，一激灵醒了过来。

老六？屁大二哥认识什么老六。生意人就是生意人，眼睛都盯着钱了，哪还能认清楚人呀？琼花心里骂一回，本想回头再看看转场汉的心思也撤销了。笔直地走出街道，琼花被难受裹成了一个胖胖的蚕茧。

步履沉重地赶到西街服装铺，大宝媳妇正在兴致勃勃地试衣服。见琼花进来，大宝媳妇跳跃着过来，扭扭肥硕的屁股问："这条牛仔裤如何？"琼花蔫苗儿样地点点头。大宝媳妇扬声对着卖衣服的喊："两件衣服和这条裤子，我全要了。"

提着几大包东西站在街口，大宝媳妇跃跃欲试地问："接下来去哪里？"

"回家！"琼花冷冷地说。

六

清明节来了，细雨纷纷，卖着力气从早落到晚。这个时节，澮庄人就把笑脸收起来了，沉痛从家家户户涌出来，汇集在一处，跟着河水一起流淌。

春树爸一大早起来就开始錾纸钱。春树妈说太费事，镇上有现成的，买回来一些就成了。春树爸就骂："集上那也叫纸钱啊？蜘蛛在你眼睛上织网了？春树才去多久，就这样马虎了，哄鬼都有罪，后妈也比你上心。"春树爸一开黄腔，春树妈就不吱声，任凭他从早到晚乒乒乓乓砸得山响。

除了纸钱，需要的物事还多着呢！白蜡烛、熏香、飘纸、供果、刀头肉，爸掰着指头一样一样数给琼花听。琼花点头应承，应承完了说就是刀头肉怕不好弄，这个时节，家家都等着呢，镇子上一天能杀多少猪啊？爸脸立马就变了，站起来把椅子使劲往后一摔，说："好手好脚，不会去守啊？肉摊上不行，就到屠宰场去截，我就不信比饿饭年成填饱肚子还难。"

天蒙蒙亮琼花就出了门，赶到镇上才发现还是来晚了，几个肉摊上的猪脑袋早就给抢光了。琼花埋怨，也不知道是哪个害人精规定的，上供的刀头肉必须是猪头肉，猪身上哪块肉不比那地方好吃?

黄昏时分，爸站在屋檐下看见琼花两手空空回来，五官都移了位。呼呼喘了半天后，朝厨房里的春树妈喊："明早去请王屠户来，把圈里的畜生宰了。"

春树妈从厨房伸出脑袋说："说啥话? 才三个月，还是个猪仔呢！没见哪家杀这种僵疙瘩的！"

"我说杀就杀！"爸斩钉截铁。

琼花站在院子里嗫嚅着说："要不就不用刀头肉了吧？"

春树爸双眼圆睁，猛一跺脚，吼："老的不像老的，小的不像小的，春树才去多久，反眼就不认人了? 你们好好上上下下打量一下，吃的穿的，花的用的，哪样不是坟堆里的人的? 一年有几个清明? 祭坟图简单，那平时吃穿咋个不图简单呢？"

骂着转进屋去，骂声还在往外飘："没心没肺，书都读到狗屁股里去了。"

琼花知道，这句话说的是自己。

晚饭时分，饭桌上就琼花和妈。妈朝里屋喊了几声，屋里人不应。妈摇摇头，琼花也不敢说话，刚端起碗，妈对着神龛努了努嘴。琼花啊一声反应过来，饭和酒供上了，琼花又骂自己猪脑筋，天天提醒自己惦记着这事，关键时刻老是忘记。幸好爸不在桌上，要不又该砸碗了。

第二天一早，春树爸起来草草抹了一把脸，背着手黑着脸出门去了。

去没多久就转了回来，屁股后面跟着王屠户。

王屠户看着院子里撒欢的猪，对春树爸说："太小，杀了可惜。"

春树爸一挥手："杀！"

春树妈站在远处撩起围裙擦了一把手说："这样的嫩猪肉不好吃呢！"王屠户应声说："确实不好吃。"春树爸瞪眼看着春树妈说："我只要猪头，剩下的丢去喂狗。"

祭坟的日子，雨居然停歇了。穿过林子，入眼都是滴滴答答，忧伤从树叶上落下来，捶打着祭坟人的心坎。

看来是个好日子，山坳里头拥满了人。

燃纸、点香、飘挂，一切都在沉默中有条不紊地展开，像是揭开一个陈旧的伤疤，每张脸上都是沉痛。最打眼的就是那些寡妇们，仿佛男人昨天刚刚逝去，伤痛的表情如同脚下的河水，清澈见底。

仪式做完了，春树妈摸着墓碑痛哭了一回，春树爸默默站在一边，悲戚战胜了稍早的愤怒。抹一把老泪，爸说琼花你跟春树说两句话吧。琼花跪在墓碑前，眼泪就下来了。爸说别光顾着哭，给春树说说，吃的穿的，花销用度，爹妈可曾亏欠过你？妈横起袖子拉了一把眼睛对爸说："催魂呀？人家两口子，就算有话也在心里说。"说完扯扯爸衣袖，爸点点头，两个人慢慢转开了。

琼花看一眼墓碑，花花的白。抽泣了一会儿，琼花在心里对春树说："春树你个万劫不复的龟儿子，我愿你上刀山，下油锅。你死了就死去了，还留下那样多烦心事给我，动不得，跳不得。那些臭钱，你一齐带了去，我不要。你有本事也把我带了去，要不换成我替你死也行。我跟你说，我不喜欢你，不喜欢你父母，不喜欢澹庄这个鬼地方，我喜欢上了别人，长得比你好看，我就喜欢他，还在梦里和他做过那种事。你晓得了吧！没听见我就多给你说几遍，我和他在梦里做过那种事了，好多次，好多次。好让你龟儿子晓得，我早忘记你了，上刀山下油锅的东西……"

回过头，爸妈夹杂在一群老老小小中，去得很远了。琼花左右看了看，一溜寡妇整整齐齐跪倒在高高矮矮的墓碑前。

站起来，琼花往脚下看了看，那条河正婉婉转转往前跑，像一块飘向远处的绿丝帕。

七

一晃，清明就去远了。日子还是老样子，规规矩矩往前蹿。

农活密集起来了，茁壮的秧苗们成了伺候的对象。施肥、除稗、打药，得趁着雨水充沛的日子，把活儿拾掇完哩。

一家子都赶在太阳之前出门，到了田边，脱掉鞋袜，裤腿抹到膝盖上，踏着一汪柔软，开始了一天的劳作。中午日头烤人，再勤劳的庄稼人都会歇晌。折回家，咕噜噜灌上半壶凉茶，下碗油光水滑的荞面，痛痛快快把大碗翻个底朝天。最后拉把椅子，在阴凉下半闭着眼，让惬意密密实实包裹着。跨过午时，日头开始变凉。站起来，打个哈欠，赤着脚，拖着两条晒干的泥腿朝田间走去，继续着未竟的活儿。

琼花不歇。

烈日下，树叶蔫了，秧苗蔫了，爹蔫了，妈也蔫了。唯独琼花不蔫，像是南瓜下坡，歇不住了，骨碌骨碌从水田这头滚过去，折过身又滚回来。额头上密密的汗也不擦，后背湿透了，几缕头发贴在湿答答的额头上。妈心疼，直起腰喊："要不歇歇吧？"琼花狠狠把几朵浮萍踩进烂泥，拔起一丛稗子，连着根部的黑泥一起甩到田坎上，咬着牙回："不歇！"

春树爸艰难直起腰，一张脸累得都变了形，看见媳妇的表现，也不敢中途退场，横着衣袖抹把汗，僵硬地开始走进下一垄秧苗。

薅完秧，爸妈松了一口气，想可以歇上一阵了。

一早春树妈就觉察出了异样。还躺在床上揉酸麻的老腿，就听见院子里有了乒乒乓乓的声响。披上衣服出来一看，琼花一身短打，拖着粪耙往猪圈拱。

“干啥呢？”妈问。

“沤粪。”琼花答。

“离给秧苗下二道肥还早呢！”妈说。

“早晚都要沤，早沤的肥劲儿足实。”琼花说。

妈折回屋，爸撑着全身酸痛的老骨头问：“搞啥呢？”

妈苦笑：“说要沤粪。”

爸眉头皱了皱，披衣起身。

“做啥？”妈问。

“奉陪到底咯！”爸咬牙说。

粪没沤完，爸就投降了。第三个沤粪日，听见外面粪耙拖动的声响，爸在床上叹口气，哆哆嗦嗦对妈说：“死活拦住她，再动，我这条老命就沤在粪堆里了。”妈为难地说：“咋拦？人家又不是干坏事。”爸摆摆手：“今天不是赶集吗，让她去。”

妈出来，直截了当：“你去集上散散吧！再这样耍下去，你爸老命怕是要杵脱。”

抬头看了看妈，眼神疲倦，花白的头发在晨风中摇摇摆摆。琼花心里一紧，想起了春树出事那天，妈站在山梁上，也是这个模样。把粪耙靠在墙边，琼花转进屋。妈看琼花脸色不好，以为又有新事情，嗫嚅着问：“又是哪一出？”

琼花进了屋，往门外丢了一句话：“换衣服，赶集。”

一个人翻过垭口，站在高处往下看，煤场子被重新踏出了一条新路。琼花这次没走这条路，她走的是远路，多了三四里的路程。

又见到那条河了，河面在这里忽然变得宽阔起来，施施然摊开一片薄薄的瓦亮。琼花坐在河岸边歇气，眼睛投向更加辽阔的远处。

身后忽然一阵摩托的轰鸣声。回头一看，琼花惊奇了，转场汉搅起一片烟尘过来。看见岸边的琼花，转场汉脚下一点，摩托车停了下来。琼花看着他笑了笑。转场汉大声问："去集上？"琼花点点头。转场汉招招手说："上来我带你。"琼花折过去，看了看摩托车后座说："算了吧！拉着货呢！"转场汉笑笑："不怕害羞就挤一挤。"

迟疑片刻，琼花咬咬牙，腿一抬跨上了摩托车。

摩托车顺着河流淌的方向往前奔。两岸的芦苇也顺着河风往下游跑。几只白鹤忽然从苇荡里面窜出来，振着翅，往高远的天空飞去。

一段烂路，转场汉大声喊："路不好，抓紧点。"

琼花下意识搂住了男人的腰。一股久违的汗味被迎面过来的风吹进鼻孔。琼花双手紧了紧，慢慢把胸脯贴上去，轻轻闭上眼。男人的体温越发真切了。琼花心里一荡，小腹像是钻进了一群慌张的蚂蚁，挠着，啃着；又像是激流奔过石头，涤着，荡着。慢慢地，她有些燥热了，仿佛往枯黄的玉米秆上扔了一把火。琼花在心里鼓励自己，往前些，再往前些。然后她把脸也埋进了男人的后背，起起伏伏中她想起了和春树的那些隐秘日子。

颠簸急而短，琼花的胸脯有节奏地敲击着前面的大山，琼花看不见自己潮红的脸，她只是祈祷，祈祷这段路再陡些，再长些！陡得只有起伏，长得没有边际。

"抓紧了，前面有几个大坑。"男人喊。

琼花心里开了一朵花儿，像是得了鼓励，又像是拥有了充分的理由，琼花把身子往前大幅度挪了挪，像片被风赶着的落叶一样，死死贴在男人的后背上。

起伏过去了，道路变得平缓。

琼花往后退了退。

男人似乎感觉出了撤退的迟疑，笑着说："前面还有好几段烂路呢！"

琼花没有接话，沉默一阵忽然问："你知道这条河跑到哪里去了吗？"

转场汉没听清，大声问："你说什么？"

"我问这条河最终跑到哪里去了？"琼花也扯着嗓子喊。

男人还是摇头，转过头喊："说什么？"

琼花腾出一只手拍了拍男人的肩膀，低声说："好好开车！"

平行线

两条平行线可以相交于一点——偏执者如是说

线段 AB

他说了，他要揍我。他说这话的时候还露出两排白森森的牙。我记得当时天上有乌云，黑压压挤成一团，像老家床铺上的破棉絮。

我蹲在小区裸体雕像的胯下想了好久，也没有想出来我哪里得罪了他。我不怕和人干仗，在老家，我提着菜刀追过赵二狗，带人和邻寨的小青年干过群架。但这一次麻烦得要人老命，那个说要打我的人是个公安。

我站起来，天已经黑了，小区的路灯都睁了眼。近处的草地上有两只卷毛狗在打架，相互疯狂地撕咬，还发出恶狠狠的叫声。回到寝室，崔凡贵正吃着方便面。

崔凡贵和我都是碧雅园的保安。他前些天说他整上了女朋友，他的对象是一家火锅店的洗菜工。我不喜欢和崔凡贵说话，他的底细我清楚得很：老家比我还边远，初中文化（其实才读到初二），说话日妈操娘的。

我的理想不是当保安，是公安，保安和公安只差一个字，但两者的差别我是晓得的，申明一下，我高中文化程度。我离当公安其实就差两分。高考我不听老师的再三劝阻，只填报了公安院校。落选后准备卷土重来的那年我老家三个月没有落一滴雨，父亲指着龇牙咧嘴的稻田说你的补习费让老天爷收了，要读书你找日瞎了眼的老天爷去。学校开学的那一天，我扛着蛇皮口袋搭上了来省城的客车。

睡了一星期的地下通道后我找到了来碧雅园当保安的工作。我当保安除了要吃饭，最重要的是保安的制服和公安的制服很像，把衣服套在身上，我觉得保安怎么都该算是公安的远房老表。

“日，你看你的脸，像爹妈翘脚了似的。”崔凡贵说。

“那个公安说他要整我。”我装作没有压力的样子笑了笑。

“哪个？12栋那个？脸上有几颗骚疙瘩那个？”崔凡贵吃了一惊。

我点点头。

“你惹他了？”崔凡贵问。

我摇摇头。

“日妈！无缘无故打人，没王法了？”崔凡贵吼。

我确实没有惹他，真的，我发誓。前面我说了，我对公安尊敬都来不及，我怎么会得罪他呢？事情是这样的：昨天，我，一个农村来的小保安，在岗亭值班，一辆车慢慢地拐进来，骑在电子门上不动了。我挥挥手，示意车辆赶快离开，那车还是不动。我过去拍了拍车窗，车窗玻璃慢慢地降下来，我就看见了一张妖艳的面孔。车窗继续往下缩，我又看见了两团饱胀的奶子。我当时明显感觉到我的喉结上下滚动了几下，唾液从舌根喷射出来。女人的领口开得太低了，两团奶子招摇地看着我。女人看着我耸耸肩，遗憾地表示，她的车发不动了。虽然口干舌燥，我还是提醒我自己尽量不要去瞻仰那两团二两活肉，但遗憾得很，我的眼睛还是做贼似的往那里钻。活肉的主人也很配合小区保安的工作，她把身体往后仰，这让我的参观面积显得宽阔了许多。

后面刺耳的喇叭声终止了我的参观活动。

有人从后面的警车里钻出来，这就是他了。他今天脸色有点不好，黄黄的，有点像得了肝病。他在后面不耐烦地挥着手吼："搞什么呢？前面的车搞什么呢？"我慌忙跑过去给他汇报，我说前面的车发动不了了，他看着我的脸说："扯个卵，推啊！"我说推？他说他妈的保安不推难道要联合国秘书长来推啊？我当时心里就不舒服了，我没有想到他会骂人，一个人民警察居然骂人，还他妈的，你可是穿着警服的啊！我想。但他的话好像不是和我商量，而是带有某种命令的色彩。

我在后面啊呀啊地整得面红耳赤，那车还是纹丝不动，这时车里的人呵呵地笑了，她伸出头来说使劲啊你。"推啊！把他妈的推到火葬场去。"后面的警察大声吼，于是我又开始新的一轮啊呀啊！半天那车还是原地踏步，这时候车里的人笑得更欢了，她在车里大声说我的妈呀，忘记拉下手刹了。说完那车轻哼一声蹿了出去，留下我在原地喘粗气。

前面的车刚走，后面的就抵了上来。我闪到一边，车里的人民警察脸色乌青地骂："猪啊你？被耍了都不知道，脑髓豆腐渣捏的？"我的火一下就上来了，我说你说话怎么这么难听呢？还人民警察呢！有你这样的警察吗？

车上的人眉毛一下扬了起来，推开车门站在我面前，用指头戳着我的脑门说："你知道你是干什么的吗？你他妈就一守门的狗！"走出去几步他又回头对我说，"猪脑壳，我要打你，迟早！你他妈的最好先到医院预订个病房，骨科的。"

"你得想点办法，毕竟人家是公安。"这是崔凡贵最后给我出的主意。

太阳像老家的"朝天辣椒"，火爆爆的，一条长毛狗在树荫下卖力地吐舌头。它的主人是个老太婆，坐在离它不远的长椅上认真地打瞌睡。岗亭的电话响了，我拿起电话，那头传来了崔凡贵的公鸭嗓，嚣张地说听得见吗你？我故意说听不清楚，能大声一点吗？崔凡贵就骂日，买了个歪货，明天去换个新的。崔凡贵上星期买了个手机，把那玩意挂在腰杆上，比配了枪的警察还神气，往人多的地方一扎就掏出手机喂啊喂的。今天陪他的洗菜工上街瞎逛，不掏出来喂个够才怪。

放下电话，我又看见他了，他的车在自动门边叫唤。打开门，我给他敬了一个礼，他把车横在门上，从车窗里伸出头笑。他的笑很奇怪，嘴拉成一条线，看不见牙齿，连门牙也看不见。"叫你预订的病房订好了吗？妈的！"他说，然后把脑袋又缩进那个铁壳壳里倏地一下蹿进去了。

他其实一点也不像个警察。瘦筋筋的，满脸的骚疙瘩，警服套在他身上松垮垮的，像偷来穿的。导致他不像警察的还有他那张嘴，就一个粪罐，一张口就喷粪，都不知道他是怎样干上这个职业的。我一个高中生都晓得骂人是素质低的表现，他一个正规的人民警察会不晓得？他妈的！要骂大家骂。

我给几个当保安的老乡打了电话，说大家见一面，开始几个人都不来，说忙得很，我就说我请你们吃饭，几个人就说再忙也可以推一推的。狗日的一帮势利眼，一点不团结，难怪要被城里人欺负。

吃饭的地点在城边的一个工地。这个地方还是崔凡贵给我介绍的，他带他的洗菜工来吃过，两个人饱饱地搞了一顿，才花了十块钱。

这是一个临时搭建的简易木棚，四周通花照亮的，苍蝇比天上的星星都多，几张桌椅歪歪扭扭地拼在一起。老板像刚从油锅里捞出来的，绑在身上的围裙像块猪皮子。一个小姑娘穿条油腻腻的牛仔裤蹲在地上洗白菜，露出半截深不可测的屁股丫子，不可思议的是她的脖子上居然挂了一串亮晶晶的项链。

牛二宝最后一个到。一拱进来就骂日你先人板板的这是哪样屎地方，比省长家还难找。然后搬过一把椅子用手指在上面抹了抹，又骂，你家屋头的，这是凳子还是案板呀！小姑娘听了慌忙过来拿袖子把椅子仔细抹了一遍，牛二宝才把屁股抬上去放好。

四个人点了五个菜，喝的是三块钱一斤的枸杞酒，两斤烧酒整下去，大家都有了点酒意。这时候吃饭的人多了起来，进来的都是灰头土脸的，好像都是刚从工地上下来的。他们大多要个炒饭之类的，然后要点泡菜，稀里哗啦就吃上了。

喝了一口酒牛二宝问我这段时间如何，我说其他都还好，就是有个公安说要整我。牛二宝嗓门一下提得老高："敢，日他先人板板的他敢！"想了想他又问，"你说是哪个？""公安。"我说。牛二宝就泄气了："公安啊！"

我说你们倒是给我想想办法啊。牛二宝抬起头问，晓得是哪个分局的吗？我摇头，牛二宝说你最好搞清楚是哪个分局的，我和几个分局的领导都熟，到时候打个招呼屁事都没得。我说二宝你就少吹牛逼了，大家又不是不晓得底细。牛二宝脖子一下梗了起来，说，我给你们讲，公安部门有几个大脑壳都住在我的那个小区，大家熟得很，今天西城分局的局长还给我递了支"玉溪"，招呼是可以打的，骗你们我是万众人日的。

花了三十块钱，我挨打的现状没有丝毫改变。

我这几天感觉自己的魂飞了似的。即将到来的痛揍像一根绳子把我紧紧地捆住了。随着时间的推移这条无形的绳子越来越紧，勒得我都快透不过气来了。我不是怕被人打，我怕的是一个理想远离我而去。我宁愿打我的人是个捡垃圾的，因为我的理想不是去捡垃圾，被这种人打就是被揍一顿而已，起码显得单纯。被警察打性质就不同了。

我决定给他道歉。

黄昏，他来了，车横在大门口，我先敬了一个礼，我知道我的这个敬礼有点单相思的意思，但我还是尽量把礼敬得标准些。“有意思吗？”他说。我吞了吞唾沫说：“以前有什么对不起的地方还请你原谅，我就是个小保安而已。”他笑了，还是那种很古怪的笑，笑完他说：“你没有对不起我。”“那你为什么说要……那个我。”我把“打”字隐去了。“我要打你，就是因为我想打你。”车碾过大门，也碾过我的心坎，把我的五脏六腑都碾碎了。

会计室通知领工资，领完工资我准备到小区超市买件小礼品，我看中了一盒“西湖龙井”，茶叶包装得很精美，上面一个古代美女抱个琵琶在湖边耍，还配了些杨柳、阁楼之类的，反正雅致得不行。一问价格，要两百二十块。我被吓了一大跳，雅致原来也是很值钱的。最后还是买了盒毛尖，包装差了许多，上面也有美女，但美女抱的东西换成了一个提篮，价格是二十块。

星期六，天阴着脸，像天下的人都欠了他老人家钱似的。

要打我的人天都黑尽了才回来。从车窗里我发现他的脸比老天爷的还难看。他把车撂在楼下就蹬蹬蹬上楼去了，那车霸道地横在通道上，一副目中无人的架势。我跑过去，我得告诉他，这车是不能停这里的，一会儿里面的车出不来我娘又要遭殃了，有些业主甚至连我祖宗也不放过。

我折回岗亭，从抽屉里取出茶叶。爬到刚刚亮灯的那家人门口，我的手悬挂在半空，我把希望都寄托在这只手上了，它将为我敲开一个保留了尊严的世界。

门开了，他探出个头，看见我他有些惊讶。

“有事吗？”

“你的车停的位置不对，挡道了。”

“哦！”

“想请你动一下。”

“哦！”

“谢谢了，这是我的一点小意思。”我递上茶叶。

很顺利，他接过了茶叶，又“哦”了一声。

“其实我最大的理想就是当警察。”我自豪地说。

我下楼的时候真的有腾云驾雾的感觉，轻飘飘的，像唐僧揭掉了五台山上的几张灵符，悟空一抬屁股就能冲上云霄。

路过他那辆车的时候，我看见他连车窗也没有关。警察就是警察，比谁都牛逼。借着灯光，我看见座椅上放着一件衣服，警服，镶在胸前的警号牌在灯光下亮闪闪的。

一声脆响，一个东西掉到不远处的草地上。碧雅园有部分业主的素质真的是低，乱扔乱倒是家常便饭。崔凡贵上星期值夜班巡逻，半空中掉下一个安全套，幸好崔凡贵脑袋规格比较大，才没有成为套中人。崔凡贵回去洗了六次头，用去半包洗衣粉。

我过去捡起楼上扔下来的东西，是盒茶叶，包装上有美女，提着个篮子看着我暧昧地笑。是嘲笑，美女嘲笑我热脸对着冷屁股，一头热呢！

我的心沉了下去，像春风满面地逛街的当口冷不丁掉进了下水道，一下子陷入了无边的黑暗中。我把茶叶抛进远处的竹林，砸出一对正在竹林中苟合的猫，一只是名贵的波斯猫，另外一只是我老家那种满村子乱窜的土疙瘩货。

我在小区里来回踱了一阵，跑到他的车子前，四下查看了一下情况，只有几只蛐蛐躲在暗处唱歌，连两只苟合的猫也不知道跑哪儿去了。我伸手拎起座椅上的那件警服，猫一样无声无息地逃离了现场。

我把警服用塑料袋包好后藏到岗亭的沙发后面。

一连过去了三个星期，屁事没有。

他依然在小区进进出出，看我的眼神依然是冷冰冰的，每一次都把我盯得全身发凉。

秋天是来了，小区成了一幅油画，黄灿灿的。我一个人值夜班。崔凡贵已经走了，他把洗菜工的肚子搞大了，洗菜工说不结婚就去公安局告他强奸，崔凡贵屎钱没得一分，只好带着他的洗菜工回老家结婚生娃娃去了。走的时候崔凡贵像一个被送上刑场的死刑犯，眼睛里空闹闹的，除了茫然，还是茫然，他的手机依然骄傲地悬挂在裤带上，只是以后怕只能当个电子表用了。

夜有些凉，人们都睡下了，远处有盏路灯忽闪忽闪的，风撩得竹林沙沙地响。偶尔有人过，都低着头，看不清面目。

夜深了。

我从沙发后面取出塑料袋，把里面的东西翻出来平展地铺在沙发上，小心翼翼地把它捋平，在几个有金属物的地方哈了气，拈起袖子把它们拭擦了一遍，最后，我脱下我的保安服，把那件衣服轻轻地套在了我的身上。

很合身，很熨帖，像给我定做的一样。我伸出脑袋看了看外面，别说人影，连鬼影都没有。我挺着胸昂首走出岗亭，在路灯下走过来走过去，我的心在胸腔里左冲右突，嗓子眼干燥得不行。说来你也许不信，我路灯下的影子都比平时显得粗壮和高大，真的，起码高出了一个头。

最后，我靠在那辆警车前。

我是警察，我对我的影子说。

远处忽然传来一声闷响，几乎在听见响声的同时，我看见我的影子猝然倒向了一边，我闷得很，气也接不上来了，我发现我的胸前多了一个洞，鲜血正从里面喷涌而出。

接着我就看见了黑暗，好大的一团黑暗。

线段 BC

赵成手里的枪顶在我的额头上，枪筒像要扎进我的脑袋里似的。

我拇指一动，活警察就变成死警察了，赵成说。

我一屁股坐倒在地，那支枪像毒蛇一样牢牢地咬着我的额头，我下身一紧，尿出来了。

我说开枪吧，好歹老子还能混个烈士。

“烈士？”赵成看了看我的裤裆，“有吓得尿裤子的烈士吗？”

“知道杀警察什么后果吗？”

“我背着三条人命，切，老子还告诉你，别说警察，就是美国总统老子照样挂了他。”赵成嘿嘿地笑。

赵成扣动了扳机。

我记得我老妈多次对我说过我们家祖坟埋得好，看来我老妈还真没有胡说八道。赵成的枪没有响，我的枪响了，赵成的脸在阳光下迅速收缩成一个问号，嘴大大地张着，像问号下面的那个大黑点。“咕咚”，一个硕大的身躯像树桩一样直挺挺地倒了下来。

我站不起来了，我腿肚子抽筋了。

小巷里有人围过来，远远地站着看。

我索性躺倒在地，天空很高，没有云，干干净净，一尘不染，像一面透明的大玻璃。

“这个混蛋怎么会落在你的手里？”局长问。

“是我落在了他的手里。”我说。

局长把我拉起来，拍着我的肩膀说：“追了他八年，踏破铁……”

“踏破卵！老子刚才差点就被他踏破了，尿都踏出来了，我的大局长！”我声嘶力竭地对着局长吼。旁边验尸的小陈抬头看着我，我说看个屌啊！活的时候你怎么不来验啊？成条死狗了才来。

回到刑侦队，内勤王小筱说我们的神枪手回来了。我说再叫我神枪手我把你的胸罩给扒了。王小筱伸了伸舌头跑开了，一会儿又屁颠屁颠地跑过来，背着手站在我面前看着我笑。

“真想被我扒啊？”我说。

她从背后伸出手来，手里攥着一盒中华烟：“从我老爸那里偷来的。”

“哟！有孝道啊！”我接过烟，挥挥手，“好了，去吧！以后要偷就偷两盒，啊！”

我燃上一支烟，贪婪地吸了一口。妈的，赵成的枪要不卡壳的话，现在吸烟的就是他了。

我真没想到我会遇上赵成。说老实话，我愿意遇上景阳冈那只大虫我也不愿意遇上他。

从超市出来我就看见赵成了，第一眼我就感觉是他，他那张脸我印象太深了。

一直跟到胡同口，这混蛋居然不见了。一回头，我看见了黑洞洞的枪口。

…………

我给老妈打了一个电话，我说妈哎我们家祖坟到底在哪儿啊？老妈说你要干吗，我说我想给祖宗们上炷香呢！说这话的时候，我的喉咙硬邦邦的。

赵成死了，局长给我放了三天假。

我决心利用好这三天的时间，我的安排是第一天睡觉，第二天睡觉，第三天还是睡觉。当了整整十年警察，没想过当官，没想过发财，没想过立功，想的就是睡觉。操！睡觉都变成了理想，啥世道？

我在碧雅园有套房子，是买来结婚用的，房子啥的都齐了，就差个新娘。老妈说了，硬件要跟上了，还怕引不来金凤凰？今年我都三十二了，别说金凤凰，黑乌鸦也没见一只。

把车开到小区门口，前面的车黏在那儿不动了，一个小保安趴在车窗前和车里的娘儿们调情，我操！真他妈会选地头啊！我最烦的就是小区的几个小保安，人模狗样地套身皮子，往那儿一戳，还把自己真当回事了。其实就是些农村来的好吃懒做的混混儿，整天就知道敬礼。最恶心的就是另外一个邪眉吊眼的，在小区门口整天翻着个手机喂呀喂的，就怕别人不知道他有个手机。

我下了车，对前面喊：“搞什么呢？前面的车搞什么呢？”

那个小保安跑过来对我说前面小姐的车发动不了了。

“扯个卵，推啊！”我说。

他的两个眼睛瞪得像牛卵子：“推？”好像他的身份是不干推车这样的粗活的。

“你他妈保安不推难道还要联合国秘书长来推啊？”我说。

小保安的脸涨得通红，上下打量我，最后还是跑过去开始推车。

“推啊！把他妈的推到火葬场去。”我在后面给小保安打气。

那车最后开出去了，小保安在原地大口大口地喘气。

我把车停下来骂：“猪啊你？被耍了都不知道，脑髓豆腐渣捏的？”

“你……你……说话怎么这样难听？有你这样说话的吗？还人民警察呢！有你这样的警察吗？”他说话像机关枪一样，噼里啪啦地像我扫射过来。他不提警察还好，一提警察我就上火，我打开车门，横在他面前，拿手戳着他脑门骂：“你知道你是干什么的吗？你他妈就一守门的狗！”想一想还觉得不解恨，又回头骂，“猪脑壳，我要打你，迟早！你他妈的最好先到医院预订个病房，骨科的。”

当然，我骂人只是解解恨，我是不会打他的，无缘无故我打他干啥？

三天假期放个屁的工夫就完了。回到刑侦队，王小筱告诉我接待室有人找我，都等我半天了。

推开接待室的门，我看见一个干瘦干瘦的人坐在条椅上抽烟，看见我进来，他矜持地站起来，慌忙把手里的烟掐灭，把剩下的半截烟头塞进口袋里。

“你就是沈飞警官吧？”

“我就是，你有事吗？”

“哦！沈警官您好！我叫赵武，是赵成的兄弟。”他还是笑，笑得很谦卑，“听说是您把我哥给打死了？”

我点了点头。

“我爹妈死得早，是我哥一手把我拉扯大的，我哥他挺不容易的……”

“你哥打死了三个人你知道吗？”

“知道，知道，我哥该死，可他要是被你们抓住，判了死刑，拉去枪毙，我赵武没有半句屁话。可是您就这样不明不白地把他打死了，我心里头膈应啊沈警官。”

“那你的意思是？”

“我要杀了您，为我哥报仇呢！”他说这话的时候还是笑，像在问候我吃过饭了吗一样客气和自然。

我笑了笑，歪着头问你准备怎样为你哥报仇呢？他从口袋里摸出半截香烟扬了扬说抽支烟可以吗？然后把烟点燃，吐出一大口烟雾说这是我的事情沈警官。

“我告诉你，你最好想清楚了，我不希望你们两兄弟都他妈的倒在我的手里。”我几乎能感觉到我脸变成了墨绿色。

“猫有猫路，沈警官，我如果杀不了您那是我运气差，但杀您这个态度我应该有，要不我如何去那边向我哥交代？再说既然决定做一件事情，我还是想把它做好，您说是吧？”他递过来一支烟，“烟不好，沈警官您凑合着抽着玩。”

这么多年来，我好像还没有遭遇到这样可怕的挑衅，作为一个警察，你可以打死我，但你不能侵犯警察的尊严。

赵武不是第一个说要杀我的人，好多被我送进监狱的家伙都会恶狠狠地说老子出来非把你大卸八块，可至今我还是一整人儿。凶巴巴说要宰了你的那是赌气，不是挑衅，在牢里想几天他就通了，他就明白这个世界贼和警察就是冤家，栽倒在警察手里就像老鼠遇见猫一样地自然。

可这一次不同。赵武说他要杀我的时候笑嘻嘻的，客客气气的，甚至是唯唯诺诺的。他不是泄愤，更不是开玩笑。

尽管秋天还没有到，但我已经感觉到了凉意。

我给局长打了个报告，要求二十四小时配枪。

“被吓傻了你？”局长说。

“少扯淡，同意还是不同意？”我说。

“好，我同意，但是有个条件。当年赵成抢的是两支枪，你打死他的时候他手里只有一支，还有一支下落不明，你必须得把另外一支枪给我找出来。”局长说。

局长不知道我的处境，他整天就坐在宽大的办公桌后面发号施令，我们这些细节他知道个屎。这事我没有告诉他，告诉他有个屁用，赵武的情况我了解过，良民大大的，总不能说人家随便说说要杀了谁就把他赵武投进大牢吧！把这事告诉局长，他肯定就是老招式，把这厮监控起来，蠢哦！俗话说，君子报仇，十年不晚，人家万一打算十年后再动手，你就监控他十年啊？

回家的时候，我又看见了那个小保安，他很卖力地给我敬礼，我看见他就想笑，我笑着说叫你预订的病房订好了吗？妈的！他的脸色尽是委屈和迷惑，看来吓得不轻。我怕自己笑出来，赶快把车开走了。

昨天在刑侦队问赵武的情况，王小筱告诉我，西郊分局的政委唐大柱和赵武是初中同学，两人还是亲戚。

我给唐大柱打了电话，约他在茶楼见个面。

唐大柱进来看见我，说你娃娃厉害啊，追捕了八年的亡命徒被你一枪就搞定了，等着立功吧你。我说立功？立你妈的脑壳，找你来就是这事惹了麻烦了。

我把情况简单地给唐大柱介绍了一下，唐大柱笑得摆来摆去的。他说赵武要杀你？不可能，我给你说，去年我和几个人去他家了解赵成的情况，他杀鸡招待我，操！他老婆宰的鸡。他连鸡都不敢杀，他敢杀人？

我说大柱你别笑啊，可怕就可怕在这里。唐大柱说我把他叫来，然后给赵武打了一个电话。

一支烟工夫，赵武来了，看见我们，赵武远远就哈着腰，说沈警官您也在啊！

唐大柱拉开一把椅子让赵武坐下，赵武很拘谨，两条腿并在一起，两手放在腿上不停地搓。

“沈飞说你要杀他？”唐大柱问。

赵武的眼睛一下瞪得圆圆的，仿佛看见了天外飞仙。

“谁说的？我……我干吗要杀沈警官啊？”

“他把你哥撂了嘛！”

“我哥罪有应得，早死早安宁。”

“你看看，沈飞，你看看。”唐大柱摊着两只手说。

“两位警官，要没什么事情我先走了，老婆管得死，回去晚了要挨骂呢！”赵武站起来说。

唐大柱挥挥手，赵武点着头说两位聊好，两位聊好，三步一回头走出去了。

“看见了？熊人一个，还杀人？我看也就只能在床上杀他老婆吧！”唐大柱呵呵地笑。

我没有说话，我想晚上得去姓赵的家里一趟。

我把车停在胡同口，赵武的家在胡同尽头，这里没有路灯，和繁华的闹市形成了鲜明的反差，好像两个世界。

我敲开门，赵武看见我一点没有吃惊的意思。

房子不大，倒还干净。

“沈警官您请坐。”赵武给我倒了一杯水，“孩子刚睡下，唉，如今的孩子就是苦，作业多，不到十一点收不了。”

“几年级了？”我问。

“五年级。”

“成绩怎么样？”

"还行，比我当年强多了，还是班长呢！"赵武一脸灿烂的笑容。

沉默了一阵，赵武先说话了，他说沈警官，那事我想得赶快动手才行，我怕时间长了我下不了手了，仇恨这东西最怕在时间里泡，泡得久了就泡软了，泡化了。

"没想过老婆孩子？"我说。

"谁叫他们摊上我了，他们就这命。"

"一定要干？"我问。

"肯定干，我这人难得做回主，这家基本都是我老婆说了算，这次我得自己做回主了。"

我把枪掏出来，放在桌子上说你要报仇来啊，来啊，你他妈的倒是来啊。

赵武慌忙把枪推到我面前说沈警官请收好，孩子看见多不好，再说我哪能这样对待客人啊?

赵武用手电筒把我送出胡同，我发动车，赵武在后面喊沈警官您慢点，这条路不好走。我在反光镜里看见赵武立在胡同口，手里的一道光柱笔直地插在小巷里。

"你杀不了我。"我喊。

"我尽力吧，沈警官。"赵武在后面答。

这几天我感觉特别不好，下午我开着车在二环路上漫无目的地瞎逛，一直到黄昏才回家。到小区门口，那个小保安又跑过来给我敬礼，我把车横在大门口说："有意思吗？"他喉结滚了滚说："以前有什么对不起的地方还请你原谅，我就是个小保安而已。"操！居然给我道歉，我想起了赵武，我也想给赵武道歉，但是道歉能有用吗？再说我是警察，击毙犯人是法律赋予我的权利，我他妈为什么要给他道歉啊？生活不是这样简单的。"你没有对不起我。"我说。"那你为什么说要……那个我。"他没有提那个难听的"打"字。"我要打你，就是因为我想打你。”我恶狠狠地发泄。

星期六，我到器械室领了一件防弹衣。最近我的感觉是越来越不好了，我观察了几天赵武，没什么动静，但这看似平静的背后似乎隐藏着某种不平静。

我忽然想起了那支枪，赵成当年抢了两支枪，还有一支下落不明，如果这支枪在赵武的手里。妈的，我都不敢想了。

我在二环路上开着车飞奔，公路两旁一片深黄，秋天来了。

天黑了我才回家，我现在必须尽量缩短我在空旷地带的停留时间。我老觉得暗处总有一双眼睛阴毒地盯着我，这种感觉不是空穴来风，是十年警察经历练就的感觉。

把车停下来跑上楼，准备放缸水洗个澡，刚拧开水龙头，门响了。我掏出枪，透过猫眼，我看见一张变形的保安脸。打开门我问有事吗?

“你的车停的位置不对，挡道了。”

“哦！”

“想请你动一下。”

“哦！”

“谢谢了，这是我的一点小意思。”他递给我一盒茶叶。我真的觉得好笑，但我把表情收拾得很严肃。我接过茶叶，哦了一声，他又说，其实他最大的理想就是想当个警察。

一盒很劣质的茶叶。坐在沙发上我顿时陷入一种无边的悲凉。我忽然发现当个保安真他妈的幸福，遇上麻烦了一盒劣质茶叶就可以轻松搞定。他们单纯得就知道敬礼，敬礼，再敬礼。

我把茶叶从窗口扔了出去。

王小筱约我晚上看电影。我爽快地答应了，我正好有事要求她。

我最近点子确实很背，前几天居然把警服给弄丢了。按规定这事要被处理的，我想到了王小筱，这丫头对我好像有点意思，但我不太感冒。一是年龄差距大，泡上个刚从警校出来的黄毛丫头，刑侦队几个王八蛋不说我老牛吃嫩草才怪；二是这丫头身世也太显赫了点，老子是个开着奔驰满街跑的主；三是我的条件我也明白，青春他妈没了，还一脸的痘，瘦得像三年自然灾害出生的。局长都说了，我的样子简直是丢警察的脸，不知道的人还以为我们人民警察都没吃上饱饭呢。

到了电影院，我说王小筱，我陪你看电影是假，求你办事是真。王小筱说你也会求人啊？我说这不英雄末路了吗，我把警服给弄丢了。

王小筱眼睛睁得比还珠格格的还大，她说你怎么连件衣服都看不住？我说老虎也有打盹的时候不是。王小筱说这事我倒是能给你想点办法，不过你怎样报答我呢？我说除了以身相许，其他的都成。王小筱上下打量了我一番说就别做梦了你！

分手的时候王小筱说沈飞能问你个问题吗？我看她的脸蛋上飞着两朵红云，我意识到了问题的严重性。我说你问吧，她说你为什么总喜欢说脏话呢？你要文明一点就是一个好人。我说说脏话的就是坏人吗？她说我说的是那种好人。我说哪种？她说就是那种那种可以那种的那种好人。

我看了看王小筱，我说别这个那个的，先把警服的事情搞利索喽！其他的我们再议啊再议。

走出几步，王小筱在后面骂："你个现实的势利鬼，你去死吧你！"

我陡然一惊，我第一次听见死字这样刺耳。

我回过头恶狠狠地骂："王小筱，再说死，小心我扯掉你的胸罩。"

我是凌晨被电话吵醒的。我抓起电话，是局长，他说刚才有人报警，说你们小区发生了枪杀案，就在你楼下，你先赶过去保护好现场。

我从床上翻爬起来，跑到窗户边一看，楼下已经围上了一大群人。

跑到楼下，我看见了那个保安，他的身上穿着一件警服，他躺在地上抽搐着，胸前正汩汩地冒着鲜血，警号被鲜血染成了赤红。妈的，这不是我的警服吗?

我用手压着伤口，他的腿一蹬一蹬的，肩膀一抽一抽的。

“叫救护车！”我对着人群喊。

局长他们赶过来的时候，小保安已经送走了。

“听说挨枪的是个警察，一开始我还以为是你小子。”局长说。

“差不多。”我茫然地答。

局长手机响了，听了听他把电话递给我说找你的。打电话的是王小筱，听见我的声音，王小筱在电话那头就哭了，她边哭边问：“沈飞，你还活着吗？”我说活着呢，她说我以为你死了，刚才那个叫赵武的人来投案自首，说他在你们小区把你给杀了。

“沈飞，我喜欢你，你喜欢我吗？”王小筱问。

“再说吧！”我说。

求你和我说说话

一

王甲乙的脑袋和日头一样地往西偏着。日头还有转过去的时候，王甲乙的脑袋不行，他的脑袋以前也能骨碌骨碌地乱转的，但被人从塌顶的煤洞里拽出来后，脑袋就和左肩粘在一起了。

王甲乙坐在垃圾池边动情地啃着手里的半截甘蔗，上一个啃这棵甘蔗的人想来是个有钱人，还剩一尺来长就扔掉了。甘蔗很甜，甜味顺着舌头往四肢百骸里流淌。王甲乙咂吧甘蔗的声音很嘹亮，两瓣嘴唇像轧钢厂的两瓣气锤，硬把水实的甘蔗碾成了粉末才吐出来。

王甲乙只在吃东西和打哈欠的时候才张嘴，所以他的两片嘴唇很有力量，能把别人不能吃的东西都吃了。铁疙瘩样的硬馒头和钢弹珠似的冷饭到他嘴里嘎巴嘎巴几下就到胃里了。王甲乙不像大街上来来往往的行人每天把精力消耗到无休无止的絮絮叨叨里，特别是那些买菜的女人们，往大街上一戳就能从晨曦初现唠到日头当顶，分手的时候还不忘回头招呼说咱们明天接着聊啊！王甲乙不是不想说话，而是没有人和他说。在别人眼里，王甲乙和那些嘤嘤嗡嗡的苍蝇没什么区别，谁愿意和一个成天守在垃圾池边淘食物的邋遢货说话呢？

上一次说话是什么时候王甲乙还真忘了。好像是两个月前，蹲在早餐点前的王甲乙被卖早餐的女人吼。

“滚开！”

“哦！”

又好像是三个月前，正在垃圾池里挥汗如雨的王甲乙看见一个扔垃圾的女人对着他扬扬手里的垃圾袋问。

“剩饭要不要？”

“嗯！”

王甲乙不怕夏天，怕冬天。一进冬天，不说话的两瓣嘴唇就容易粘连，再出点血，就跟万能胶粘合上了一般。看见好吃的譬如猪骨头之类的也不敢大开大合，得先用口水把两瓣嘴唇润一润，再小心翼翼地尝试着把它们分开，分开的效果往往不理想，鲜血淋漓是难免的。把手里的猪骨头痛并快乐完成后，手里那根硬邦邦的东西就像刚从猪身体里抽出来的，通体血红。一个冬天下来，嘴唇上的薄皮儿得掉好几层呢！

啃完甘蔗，王甲乙站起来，把两只手交叉伸到腋下擦了擦。有风从裤腿里进去，凉飕飕的，街道两旁的行道树也可怜得光着身子，地上的叶片在风里绕着旋儿。冬天还是来了，在王甲乙啃完半截甘蔗的当口来了，来得无声无息的。

可王甲乙的眼睛里有光，还半斜着，看样子没把这个冬天放在眼里。

回到桥洞的时候夜正往城市的每一个角落流淌，很快就漫过了东街立交桥的第四个桥洞。王甲乙站起来，伸了一个懒腰，他的眉梢挂着淡淡的笑。跑到远处的喷泉边认真地洗了一个脸，把几缕油腻腻的头发往耳后拢了拢，就开始顺着立交桥一排桥洞来回地遛。

王甲乙显得相当的若无其事，他就像一个吃完晚饭出来闲逛的城里人，他想如果有一支烟就更好了，那样看上去就会更自然一些。遛了三四个来回，他开始有些沉不住气了，生出些蠢蠢欲动的念头来。于是他狠狠地给了自己一个巴掌，将军样地命令自己一定要绷住，还应该多遛几趟才行。捡个女儿不比在垃圾堆里淘剩饭，哪能那样容易呢？得像老家花灯唱段《大破天门阵》样地拐好几个弯弯才行。

遛到第十八个来回的时候，王甲乙好像听到了一个女孩的哭声，哭声幽怨而纤细，像小河淌水，不侧着耳朵你都听不见。王甲乙就歪着身子把脑袋伸过去，没错，是个女孩的哭声。王甲乙的眉头就蹙起来了，脸上还生长出来一些焦虑。听哭声，应该是从桥洞里出来的。王甲乙顺着桥墩爬上去，攀爬的时候王甲乙想，谁家的孩子会夜里躲在桥洞里一个人哭呢？

女孩在第二个桥洞。十七八岁的样子，白白净净的，有一头乌黑的长发，穿一袭黑色丝绸的吊带睡衣，两个饱满的乳房在路灯的照射下泛着白森森的光。她的嘴咧着，不是哭，是十分暧昧地在笑，这种笑像王甲乙老家刘寡妇的，隔座山都能把男人的魂儿勾了去。

王甲乙有了一些挫败感，他觉得这个设计没有他想象中的那种效果。明明听见的是哭声，可发现的是一张笑得莫名其妙的脸。所以刚才听到的应该是笑声才对，又一想，还是有问题，可到底有什么问题王甲乙又一时想不过来。

抿了抿嘴，吞了泡唾沫，王甲乙还是没法原谅自己。此时他才发现，这个开头太重要了，开头不成立，后面的一切就都没有什么意义了。

翻下桥墩，王甲乙又开始来回遛，遛一阵子他终于听到声音了，声音是哭声还是笑声王甲乙拿不准，反正有声音。王甲乙心安理得地爬上桥墩，然后他又看见了那张笑脸。笑容依然暧昧，还有刘寡妇的味儿。

“你……你……”王甲乙觉得喉咙有些发涩，还有点紧张。清了清嗓子，他问：“你一个人在这里哭什么啊？”顺眼看过去，还是一张让人骨头发酥的笑脸。王甲乙怔了怔，重复了一遍刚才的问话，把问话中的“哭什么”改成了“干什么”。

“我……找不到回家的路了！”

声音粗得像条成年的蟒蛇，王甲乙被自己的声音吓了一跳。他把舌头往后缩了缩，上下颌紧了紧，像调试二胡地样地又重复了一遍，效果好了一些，有点女人说话的味儿了。但王甲乙还想再接再厉，他觉得这样好看的女孩儿该有好听的声音才对。直到舌头发麻，两腮酸软，二胡才拉出一些淑女的味道来，尽管像感冒了的淑女，但王甲乙对自己的表现总算是满意了。

粗：“有打算吗？”

细（呜咽）：“不知道。”

粗：“要不先到隔壁桥洞将就一下？”

细（摇头）：“我不去。”

粗：“我不是坏人，不信你去问村长。”王甲乙嘴撇着，样子急切而诚恳，怕对方不相信，他接着说，“我都六十三的人了，你想。”

接下来是比夜还深的沉默。王甲乙觉得这里就该这样，这不是一个简单的决定呢！该给人家一段考虑的时间才对。

好半天，王甲乙才从喉咙里发出一声尖细的“嗯”，像母鸡艰难地挤出来的一个蛋。

王甲乙笑了，笑容把他的眼和嘴牵成了三条窄细的横线，过去把桥洞里的女孩牵起来，上面的两条横线里居然有温热的液体流出来。

抱着女孩从第二个桥洞向第四个桥洞攀爬的过程中，王甲乙对自己的手和眼管得很严。他尽量不让自己的手碰到女孩那些敏感的部位，目光也直直地往前伸展，像一束坚定的光柱。

二

王甲乙今天翻越垃圾池的辐射面比平时都宽广，黄昏时分他就回到了桥洞下。钻进洞里，他对斜坐着的女孩笑了笑，从兜里掏出两个黑乎乎的馒头递过去，说："来！"把馒头塞进女孩的手里，想了想又把馒头拿回来，把馒头表层的黑皮剥掉，重新递过去说吃吧好面粉呢！

一如既往的那抹笑。王甲乙忽然发现这笑没有刘寡妇的味道了。

"我有口吃的，就饿不了你。"王甲乙的声音像打铁。

夜深了，鼎沸的人声像逐渐凉却的开水，桥上桥下车辆的呼啸声也少了许多。王甲乙横躺在桥洞里，脸对着墙壁。风不大，从桥洞里掠过，在耳际拉出一串杂乱的呼哨声。

"咱俩说说话吧闺女！"王甲乙翻起来说。

对方没有声音。

"求求你和我说说话吧！"王甲乙又说。

"嗯！"王甲乙对自己的模仿能力感到有些吃惊。

"我有个想法，同意你就点头，不同意就摆头。"

“你说吧。”这一句王甲乙不是很满意，还是有些粗，这话一长就容易跑调呢。

“就做我亲闺女吧？”

一段更长的沉默。

“睡觉，你想想再答复。”

这是多大的事儿啊！王甲乙想应该给人家闺女更多的时间考虑，毕竟是认个爹呢！

王甲乙重新睡下，他的心怦怦地乱跳，本来他计划过几天再提出这个要求的，可刚才这脑袋一热就说出来了。王甲乙有顾虑，他觉得人家闺女长得白白净净的，不一定会答应认他这个淘垃圾池的残废做爹；再说你王甲乙是好人坏人人家还不知道呢，怎么可能随随便便认你做爹啊！一想到这些王甲乙就沮丧起来，不该这样草率的，处上一段时间再说也不迟啊！这样他的心跳就更快了，他暗暗地掐了一下自己的大腿，心里骂，你咋就这样浑哦！再等等你会死啊！

天刚亮，王甲乙就听到了鸟叫声，是喜鹊，在路边的行道树上叽叽喳喳地闹。

翻起来，阳光把桥洞塞得满满的，对面的女孩身上撒满了一层橘黄色的光芒，薄薄的丝绸下，一对饱满的乳房高傲地挺立着。王甲乙慌忙把目光移开，逃似的拱出桥洞。

今天运气不错，王甲乙收获了半边长毛的烧鸡，还有小半瓶没有喝净的可乐，一件女式毛领旧大衣。

蹲在桥墩下，王甲乙想了很多。他想起老家，老家的人似乎话都特别多，田间地头遇上那自然是要聊上好一阵子的。就是隔沟吊坎的也要吼上两嗓子。这里的人也喜欢说话，好像比老家的人还爱说。只是没有人喜欢和他说罢了。

爬上桥墩，王甲乙捋了捋头发，心也跳得愈发快了。

女孩还是坐在那里，若有所思。她的目光直直地盯着进来的王甲乙，不遮不掩。王甲乙感受到了女孩眼神里的内容，除了关切，还有信任。

“爹！”声音模拟得很蹩脚。

这怪不得王甲乙，还没有喊出这个字他的喉咙就变哽了，眼泪也簌簌地落了下来。胸膛一起一伏的，脑袋里有嗡嗡的声响，像装了鼓风机一般。眼泪也流得特别的多。王甲乙是感动了，他没法不感动。这么多年来，连和人说说话都成了最大的梦想，当有一个白白净净的女孩站在面前叫他爹的时候，王甲乙是抵挡不住的。

王甲乙没有答应，只是一个劲地点头。

晚饭有点宴会的味道。王甲乙把半瓶可乐和烧鸡没有长毛的部分剔出来给了女孩。王甲乙嚼着长毛的鸡肉，他嚼得很慢，倒不是因为鸡肉难吃，而是王甲乙有意想延长这个过程。他已经很多年没有和别人一起吃过饭了，现在不仅和别人一起吃上了饭，和他吃饭的还是他的干闺女。

“从今以后，你就叫王说说吧！”王甲乙的语速像拉面，慢是慢了点，但很坚决。他觉得这个事情没有商量的余地，在老家，认个干闺女是一定得取个名儿的。王说说这个名字他可是想了好几天了，把闺女从垃圾堆扛到第二个桥洞里，这个名字就在他心里扎了根了。王甲乙斜着眼看了看对面的女孩，还好，笑眯眯的，没有不愿意的意思。

“名字好听！”王说说说。

王甲乙笑了，说：“还以为这辈子就这样没了，呵呵，呵呵，呵呵呵！”

王说说也笑，还是那样的笑，但在王甲乙眼里这笑早就脱胎换骨、改邪归正了。

“有点酒就好了。”王甲乙说。这样喜庆的事应该是有酒的，这让他觉得有些美中不足。

王甲乙一夜没睡，他有心事，翻了几个身，他还是没有一点睡意。

月亮出来了，悬在桥洞的边缘，像个冰冷的煎鸡蛋。

侧过身，王说说像是睡着了，夜风撩着她的裙摆，在冰冷的夜里像一只孤独的蝴蝶。王甲乙把白天捡来的女式大衣轻轻地盖在王说说身上，刚转过身，王说说叫了一声爹。

“把你吵醒了！”王甲乙说。

“没关系的。”

“唠唠？”

“嗯！”

“我是爹了现在，你看这天这样冷，你还穿那样薄的衣服，再说，你看你那衣服，露胳膊露腿的，这件大衣是给你的。”

王说说不说话。王甲乙不敢看女儿的脸，他有些心虚，这样的过问显得有些不合时宜。对方虽然是自己的闺女了，可这本身就有些让他胆怯，他隐隐感觉到事情的发展不该是这样的，但该是怎样的，他也想不清楚。

重新躺下，王甲乙才感觉到，天气真的变冷了。

三

每隔一段时间，西街的来福餐馆就能让王甲乙幸福一回。吃个饱是没有问题的，耐心一点，还能从泔水桶里捞出几块猪腿子肉。一大早王甲乙就守在泔水桶边，像一个布好机关的猎人，需要做的，就是等待猎物了。

出来倒泔水的是一个小姑娘，一看就是农村来的，尽管嘴唇涂得像片新鲜的猪肝，依然掩饰不住那股子属于乡村的烟火味。把泔水倒进桶里，小姑娘就看着王甲乙笑。王甲乙一撸袖子，手伸进桶里就开始捞。小姑娘笑得更欢了，还露出两排白亮亮的牙。王甲乙的手都变成一张网了，就是捕不到鱼。往泔水桶边一倒，他开始呼啦呼啦地喘气，眼神里自然有失望，甚至还夹杂着稀薄的怨恨。

小姑娘扬了扬手里的塑料袋，腰都笑弯了。把塑料袋递过来，王甲乙闻到了香水和猪脚肉的混杂味道，难怪泔水桶里捞不出什么内容了。王甲乙鼻子抽了抽，问你是哪里来的啊？小姑娘左右看了看，有行人的目光往这边跑，小姑娘眉头就皱起来了，嘴抿得紧紧的，不说话，脑袋也向一边歪着，她看不见面前的王甲乙了。小姑娘蹦跳着进到店里去了，一股淡淡的余香还弥漫在王甲乙周围的空气中。

王甲乙忽然想起了王说说。

太阳刚偏西，王甲乙就准备回家了。他想王说说肯定饿了，中午饭都没吃上呢！

兴致勃勃地爬上桥洞，王甲乙的脑袋咣的一声，像引爆了埋在脑袋里的一枚定时炸弹。

他的闺女王说说不见了。

王甲乙就开始哭，眼泪哗哗地淌，在他黑黢黢的脸上拉出两道雪白的鸿沟。哭了一阵子他想王说说为什么会不见了呢？想来想去，他确定是昨天晚上自己关于对王说说穿着的建议伤了闺女的心了。于是王甲乙就开始怪自己多管闲事，你王甲乙算什么东西，不就是一个满大街淘垃圾为生的残废吗？你有什么资格对人家穿着指手画脚的？你以为是自己的干闺女就可以了？你他妈的撒泡尿照照你自己，不人不鬼的。这样一想，王甲乙愈发恼怒自己了，随手把手里的那包猪腿肉往桥洞外一扔，刚好砸在一辆飞驰的轿车顶上，啪地一声，那车就变成一头飞奔的瘦肉猪了。

但有一点王甲乙可以肯定，那就是王说说一定不会走远的。闺女是在和他生气呢！正在某个地方等他去哄、去说好话、去赔礼道歉呢！

城市被笼罩在迷离的灯光中。王甲乙在人行道上漫无目的地走，像一摊被泼洒在地上的水，没有方向地向四周漫延。他仔细盯着和他擦肩而过的每一张女人的脸，这些脸都不好看，恶狠狠的，眼里的光像是射出的箭。他更想王说说了，王说说才不像她们这样呢！王说说总是笑，笑得像朵花，还是一朵永远都不会枯萎的花。

都下半夜了，王甲乙才回到立交桥下。他看上去很疲惫，两条腿像两根煮熟的面条，晃荡来晃荡去的。立交桥旁边是一个加油站，一辆货车在加油，加油员是个胖得像南瓜一样的女人。王甲乙一歪一扭地走过去，还没有走进加油站，胖女人伸手往王甲乙这边一戳，王甲乙就中了孙大圣的定身法了。

“滚出去！”胖女人远远地吼。

王甲乙退后了两步，说我闺女不见了。女人回过头又专心地加油，不再理他。

“我闺女不见了。”王甲乙很委屈地喊。

货车驾驶室伸出一个半秃的脑袋，在灯光下发出油腻腻的光泽。

“你闺女叫什么名儿啊？”秃顶男人问。

“王说说，和我住那边第四个桥洞里。”

女人加完了油，把加油器挂好，脱下手套接过驾驶室里递出来的钱，边点钱边咕哝：

“不要理他，死叫花子，脏兮兮的恶心。”

货车闷哼两声，屁股放出一股黑烟，吱溜一下蹿出去了。女人走回值班室，走到门边又回头把王甲乙戳了一回，直到看见王甲乙走远了，她才嘭地一声把门砸上。

坐在行道树下，王甲乙都成路上那个被汽车轮胎压瘪的可乐瓶了，心里空落落的。他的王说说不见了，走了，烟样地飘走了。城市这样大，她会到哪里去了呢？她穿得那样少，天气又这样冷，着凉了怎么办？遇上坏人怎么办？王甲乙越想越紧张,连汗都下来了，他站起来，想不论如何也得把王说说找回来。可还没有迈腿，他就气馁了，城市像一张巨大的网，无边无际，他就像网里的一只虾。

费了好大的力气他总算爬上了桥洞，骨头都散架了，躺下来，桥洞里还残留着王说说的味道。他的王说说像一个遥远的传奇故事，进入他的世界和离开他的世界都突然得让他猝不及防。桥洞像一个冰窖，王甲乙忽然感觉到了两道温热，他又流泪了。

王甲乙做梦了。他和他的王说说在回老家的路上走，沿路有野花的香味，还有盘旋着的蜻蜓。他们走得很慢，很高兴，走啊走啊，走到一个悬崖边，王说说就掉下去了，王甲乙傻了，他跪在崖边喊王说说，嗓子都哑了。

醒过来，王甲乙感觉这种折磨已经超出了他的承受范围。

他是等不及了。

…………

天刚亮，王甲乙就径直爬进了第七个桥洞。

把王说说抱回来，王甲乙火就上来了。

“我找了你一整晚。”王甲乙说完眼泪又下来了。

王说说不说话，错误大得去了，她哪里还敢说话。

“才说了两句，就受不住了？”

王说说还是不说话。

“你想想，这样的天气穿那样的衣服哪能行啊？怕冻着你呢！”王甲乙只强调了天气因素，没有提太过暴露这一茬，他怕伤王说说的心。这丫头倔着呢，王甲乙想。

“穿上吧！”王甲乙把那件女式大衣递过去，他的语气坚硬得像石头，很有父亲的威严。

“嗯！”王说说妥协了。

帮女儿把大衣穿上，王甲乙就笑了，他的闺女这下看上去顺眼多了。乖巧了不说，还贤惠了不少，像一个好人家的孩子了。

又高兴得抹了一回泪，王甲乙说我得给你淘双鞋。

四

王甲乙现在很有规律。中午是他淘垃圾的时间，晚上就和王说说说话，说好多好多的话。王说说也和他说，王甲乙一说起来就没完没了，说得腮帮子都酸了。

什么都好，王甲乙还有一个心愿没有完成。

他答应了王说说的，得给闺女淘双鞋子。可这一阵子附近这些人什么都扔，就是不扔鞋，王甲乙就跑到很远很远的地头去淘，不仅鞋子没有淘到，还被打过一顿，脑袋疼了好几天。这些他自然是不会让王说说知道的。由于给闺女许的愿迟迟没有实现，王甲乙都有些气短了，和王说说说话的时候都低着头。

白天都下去了，王甲乙还守在垃圾池边，他想多等等，他怕自己一抽身就有人往垃圾池里扔鞋子，说不定还是一双皮鞋呢！

天气是越来越冷了，从旁边经过的人都低着头，把衣服捂得紧紧的，脑袋也低着，直冲冲地往前赶。王甲乙圈着手，往垃圾池边靠了靠，这样风就刮不着了。

等了多久王甲乙不知道，反正城市都安静下来了，这期间别说扔鞋的，就是扔垃圾的都没有。王甲乙决定回家了，他的王说说还在家里等着他呢！

穿过两条街道，桥洞就在眼前了，那里有他的闺女王说说。

加油站的灯还亮着，胖女人从值班室里出来，和王甲乙擦肩的时候她闪得远远的，像见着了瘟神一样。

“恶心！”她说，像是说给王甲乙听的，又像是说给自己听的。

王甲乙的头低得更厉害了，知道女人像抛出去的铅球滚远了，他的脑袋才伸腰的豆芽样直起来。和腰一起直起来的还有胸腔里的一股气。我王甲乙是什么人？是有家有闺女的人，你一个水桶样的婆娘凭什么挤对我？王甲乙越想越气，心也越来越窄，跑到一个工地边操起一块板砖就往胖女人后面追上去了。

巷子很黑，像王甲乙压歪脖子的煤洞；还很安静，只有女人高跟鞋吧嗒吧嗒的声响。

“救命啊！抢人了！”声音虽然凄厉，但王甲乙还是听出来了，是滚到黑暗中的铅球发出来的。王甲乙高兴了，恶人自有恶人收，老家村长说的，看来一点不假。

笑眯眯地转身刚想离开，王甲乙忽然生出一个想法。他想达成一笔交易。他决定去解救胖女人，他没有什么要求，只希望被他救下的女人能给他买双女式皮鞋，红色的，有毛就更好了。他问过王说说，闺女就喜欢红色，他也喜欢红色，大红色，城市人叫作农民红的。

这样一想，王甲乙就充满力量了，他转眼就成了一辆加满油的汽车，向发出声音的地方蹿了过去。

看来皮鞋不是那样容易到手，抢劫犯有两人，都是正吃长饭的壮后生，手里还有明晃晃的钢刀。女人躺在地上，死死拽着她的挎包，地上有一摊殷红的血迹，看来女人是挨了刀了。

王甲乙冲上去，一拳就打了过去。然后就是凌乱的混战。

混战持续时间很短，王甲乙就中了刀，第一刀刺在胸部，倒下去的瞬间他又看见了一道冰冷的刀光，他本能地把脑袋一歪，想避过刀锋，歪脑袋的瞬间他就知道完了，他的脑袋永远都歪向一边，是没有法子移动分毫的。这一刀砍在他的下巴上，着地的时候他看见他的下巴掉了，在地上顽强地跳动着，下巴上还有一排牙齿，他现在才发现他的牙齿真的好黑，想起和王说说说话的时候经常张口大笑，他顿时有了一些失落。

接警的是两个警察，一胖一瘦，两人在医院手术室过道里抽烟。包扎完毕从手术室里出来的胖女人对两个警察说救他的人有个家属，好像是他女儿，在城东立交桥第四个桥洞里。

瘦子就让胖子去接，胖子不肯，两人就扔硬币决定谁去，胖子运气差，出门的时候还悄悄地操了一回瘦子的老娘。

瘦子依然坐在过道里抽烟，被进进出出的护士吼了几回还是偷偷地抽，其间还吐出了五个好看的烟圈。吐出第五个好看烟圈的时候，瘦子的电话响了。电话是胖子打来的。

“找到了吗？”瘦子问。

“白跑一趟！”胖子说，“你猜我在桥洞里发现了什么？”

“有屁就放！”瘦子说。

“一个充气娃娃，操，想不到吧？流浪汉也有需要的啊！怎么样，要不我带回来给你？反正你小子也没结婚，正好用得上。”

“少扯淡，快赶过来，活还多呢！”

胖子回来的时候手术室的灯终于灭了。几个医生从手术室里一脸疲倦地走出来。

“怎么样？”两个警察迎上去问。

“命是保住了，可下颚完全脱落，缝合效果很不理想，这辈子怕是再不能说话了！”医生取下口罩说。

天地玄黄

一

天蒙蒙亮，窗外有鸟叫声。

许歪歪整晚都没有睡好，老做噩梦。昨天晚上，黄蓉中毒了，她的靖哥哥背着她到处找人医治，还没找到医生，狗日的字幕就升起来了。电视机是黑白的，可许歪歪清楚地看见了黄蓉靠在靖哥哥肩头的那张脸，死黑死黑的，和去年无双镇上喝了敌敌畏死去的梅时鲜的脸色一样。蓉儿中毒以后，要不是电视机前坐了黑压压一片人，许歪歪早就哭出来了。

起床后，母亲把一碗面条递给许歪歪。面条是母亲用自家的面粉在镇东的陶家磨面房擀的。颜色不好，黑黢黢的。但味道和劲道都极好。许歪歪接过碗就开始吃，饿痨了，掉了一根。母亲跳到许歪歪面前，黑着脸指着地上的面条说："饿鬼投生的吗？捡来吃了。"许歪歪连忙背过身，眼前这个女人的脾性许歪歪一清二楚，光打雷不下雨，不理她就行了。果然，见许歪歪转身示弱，她就骂骂咧咧出门干其他事情去了。看着女人的背影，许歪歪有点可怜她。她要有个男人就好了。

乡村的早晨总是湿漉漉的，连呼吸都带着浓浓的水汽。许歪歪沿着两旁长满槐树的马路往学校赶。前后瞅瞅，四下无人，许歪歪掏出红领巾蒙住半边脸，从路边捡来一根树枝攥在手里，指着路边枯死的一截树桩说：

“阁下到底何人？在下从不杀无名之辈。”

对方果然是个高手，站在原地，一语不发。

哈哈哈。许歪歪大笑三声，抢上前一步，语气阴沉地说：“那就别怪我不客气了，遇上我北丐洪七公，明年的今天就是你的忌日。”话音一落，许歪歪身形一闪，手中的打狗棍就刷刷连出三招，分攻对方上中下三路。三招出完，许歪歪就知道遇上了劲敌。要知道许歪歪这三招都用上了起码九成功力，中三招依旧屹立不倒，放眼江湖，也就寥寥数人而已。攻击无果，许歪歪连忙腾身后撤，许歪歪知道，要破对方这身惊人的横练金钟罩，非“降龙十八掌”不行。凝神、定气、束身，这一招石破天惊的“亢龙有悔”，对方是万万接不住的了。

刚想出招，远处有声音传来，喊话的是许歪歪二伯，没有外号，也没有门派，是无双镇的唢呐匠。

“许歪歪，你个砍脑壳的，都要迟到了，还在路上疯！”

许歪歪一听，想二伯果然厉害，我都蒙面了他还认得。

逃得远了，才回头对路边的树桩说：

“今天算你走运，下次你就死定了。”

粮站有模有样地雄踞在一块平旷的土地上。这里不仅有榨油的香味，还有许歪歪的好朋友金卯卯。推开门，金卯卯正提着油瓶往锅里倒油。每次看他满不在乎地往油锅里狂倒菜油的时候，许歪歪脑子里就浮现出母亲炒菜时的小脚小手和反复掂量。听许歪歪进来，金卯卯也不看他，只是问："吃点不？"许歪歪摸摸肚子，似乎还有不小的空隙。许歪歪说行。许歪歪说完，那油瓶子又咕噜噜响了一阵。

接过金卯卯递来的一碗饭，许歪歪想，有个爹真好，有个当粮站站长的爹简直是好上加好！一家人轻轻松松就直接跑进共产主义了。碗里的油几乎都把饭淹没了，许歪歪吞了泡口水，埋头连油带饭刨得精光。金卯卯吃得很慢，不像自己这样饿痨，狗日的一看就是大户人家的娃娃。粮站站长的儿子是先吃饭，再喝油。许歪歪问他为什么这样做，他说喝油时得加点盐，口感会好很多。不过让许歪歪奇怪的是，在菜油里泡大的站长儿子却干瘦得像根晒干的豇豆。许歪歪想他定是把乌黑瓦亮的菜油都当着尿水给排掉了。和金卯卯比，许歪歪只一点比他强，许歪歪有妈，他没有。他甚至没见过他妈的模样，胡四姑把他从他妈肚子里抱出来不到一支烟工夫，他妈就死了。不过他父亲很讲义气，之后一直没有娶，粗粗糙糙把儿子养到了小学五年级。卯卯跟许歪歪说，他老爸基本算个好东西，凭他粮站站长这个身份，什么女人找不来？

抹抹嘴，金卯卯把书包往头上一套，回身朝里屋喊："饭在锅头。"

里屋传来他哥含混不清的声音："走就走，屄话多，老子才不吃你炒的油泡饭呢。"

说话的是金大毛，金卯卯的哥。绝对的坏人。喇叭裤，花衬衫，尖头皮鞋，有事无事还提着个录音机满街逗姑娘。说话也不跟路，脏话连篇，满嘴喷粪。

出了粮站，是一个斜坡。斜坡上不长草，全是裸露的泥土。放眼望去，天地之间弥漫着黏稠的黄，仿佛一张粘苍蝇的糖纸。顺着斜坡下去，道路两旁是粗大的槐树，它们最好看的时节在四月，一棵棵挂满了槐花串。槐花味道很好，有淡淡的甜，但不能贪吃。许歪歪贪吃过，脑袋变得空落落的，气儿也喘不上来了。

沿着槐树一直走，许歪歪和金卯卯合唱了三遍《射雕英雄传》的主题歌，就能见到第一户人家，青砖瓦房。主人是女的，姓胡，许歪歪叫她胡四姑。胡四姑是无双镇最有名的接生婆，听许歪歪妈说，她手艺极高，这一带娃娃基本上都是她抱出来的。

金卯卯左右瞅瞅，掏出鸡鸡，对着四姑的屋子撒了泡尿。站长儿子清晨第一泡尿都送给了接生婆胡四姑。他很肯定地猜想过，他妈就是被接生婆给害死的。按照无双镇的说法，对着谁家撒尿，谁家就会一直走霉运。可惜金卯卯不屈不挠对着四姑家撒了几年，接生婆也没见着走什么霉运。倒是金卯卯撒尿的地方，那棵小白杨正茁壮成长。

站长儿子边走边收拾他还淅淅沥沥的小鸡鸡，刀枪刚入库，笔直的道路一下被扭成了麻花。转过一段几乎被折断的弯拐，就能看到那个一年四季坐在屋檐下的干瘪身体了。老者叫陈述命。有人说他打过仗，许歪歪不大相信，只是触目惊心于他的老。许歪歪偷偷看过他，他的眼睛里面布满了云雾，他肯定是看不清世上的一切东西了。阳光好的时候，他会撩开裤裆摸虱子，顺着裤缝一直摸，抓到肥大的，喉咙里会发出呵呵呵呵的响亮声响。

等到陈老者的呵呵声从耳朵甚至脑海里消失，占领耳朵的就是亢亢亢的咳嗽声，这个声音伴随许歪歪从小学一年级一直到五年级。声音很熟悉了，像老朋友。但是咳嗽声的主人许歪歪没见过，只知道是肺痨。房屋和主人一样神秘和诡异，隐藏在一堆高大的杂木林子里，须从一个固定的角度才能窥见院子里的大概。许歪歪从一年级开始站在两棵梓木树之间窥探，五年来，他家院子里的东西越来越少，门口土坡边的中药渣却越堆越高。痨病鬼许歪歪没见过，他老婆许歪歪见过，是个铁匠，有五个许歪歪这样大。许歪歪在粮店看见她搞搬运挣散钱，一百六十多斤的粮包扛在肩上跑得比兔子还快。

接下来就是棺材匠家了。狗日的棺材匠总是一脸死相，每次见到他，他都哼着难听的丧曲弯着腰在院子的马凳上推木板。边上还摆放着一口白森森的新鲜棺材。他逢人就吹，说他准备给自己做一口世界上最好的棺材，不仅要上好的楠木，还得雕龙画凤。不过没人相信他，说他吹牛逼的本领比做棺材的本领高。许歪歪有点怕他，不光他干的活计，主要是他见到许歪歪时阴冷的笑容。每次他对许歪歪笑完，晚上许歪歪总会梦见他露出白亮的獠牙扑过来咬自己。

穿过恐惧，阳光就明媚了。这里是无双镇的卫生院，里面住着许歪歪的好朋友王荣贵。他是医生王明君的儿子。

二

王荣贵昨晚刚被父亲特别狠地揍了一顿。荣贵老爹是那种能下狠手的人，手边能挠到什么就用什么招待儿子。先是顺手抓起一把菜刀，老娘一看吓得面如土色，冲上去刚把菜刀抢过来，荣贵老爹又顺手挠起了一把火钳。几火钳下去，王荣贵就瘫软在地了。打得很惨，但绝不招安。不仅没有泪，还在心里骂了父亲好几十句狗日的。打完，荣贵爹往椅子上一坐，呼呼喘了一阵，抓瓶碘酒往桌子上一砸，点燃一支烟，惬意地吸了两口，转到门外喂兔子去了。医生就有这点好，修理完儿子能迅速上药，防感染防恶化。

手段很残忍，原因很简单。也就是和老娘顶了两句嘴。老娘说写篇作业像鬼画桃符，儿子说有本事你写一篇给我看看。老娘说你不知道你妈才上个小学二年级吗？儿子就说文凭还没我高凭什么说我写得不好？父亲听完操起菜刀就冲过来了。

王明君矮胖，长年累月眯着眼，乍一看温顺得像只老绵羊。那是表象，骨子里那股狠劲无人能及。作为无双镇医院两个医生里头唯一的卫校毕业生，有的不光是技术，还有胆子。有次半夜送来一个急性阑尾炎，正遇上医院停电，不手术那人就得活活痛死。王医生点上三十根蜡烛，灌了半斤烧酒，瞪着血红的眼睛提着手术刀就上了手术台。捡来一条命的病人过后扛着一袋大米来感谢救命恩人。救命恩人一瞪眼，说你那命就值一袋米？来人以为王医生不收礼，刚想撤退，救命恩人补充："也该捎上一只鸡才对呀！"这次惊险的手术养成了王医生一个习惯，手术之前都要喝上二两烧酒。烧酒就放在白大褂口袋里，扁瓶子，锡质的。有半麻的病人从手术室出来透露，说狗日的在手术过程中都要腾空喝两口。也有心虚的，怕医生灌了烧酒把大肠当作阑尾，告饶说王医生你能不能手术的时候不要喝酒。老王抬起手扬扬说，不喝酒手会发抖，你就不怕手一抖把你戳出几个窟窿。

被恶揍了一顿，报复是理所当然的。趁老爹睡熟了，王荣贵偷偷潜进屋里，从老爹搭在椅子上的衣服里摸个一块两块的。理由很强壮：你狗日的打了我，总该给点医药费噻！

刚把书塞进书包，王荣贵就听见了门外的口哨声。

许歪歪和金卯卯看见王荣贵一瘸一拐出来，就知道昨晚又被亲爹练了。金卯卯过去撩起荣贵的衣服看了看，愤怒痛斥："亲儿子呢！禽兽不如。"王荣贵说随他打去，反正他得死在我前头。许歪歪伸着脖子说你不会是想杀了你爸吧？荣贵摇着头说杀不了，他会轻功，我是说他年纪比我大，得先死。

金卯卯说："你爸会轻功？"

王荣贵脖子一直说："骗你我是你儿，我亲眼看见的，那晚有月亮，他从医院的院子里嗖一声，就飞到屋顶上去了，还踩落了好几块瓦片。"

连细节都如此牢固，许歪歪和金卯卯不得不信。

一提到功夫，许歪歪神情一下就凝重了。他哀伤地说："昨晚蓉儿中毒了。"

金卯卯一挥手，说有郭靖呢！怕个屎。

三个人刚折出医院大门，远处学校的上课铃声就响了。铃声很响亮，是个废旧的轮胎钢圈发出来的，他们闹不明白，那个锈迹斑斑的圆东西哪来那样震耳的声响。

铃声一响，许歪歪和王荣贵拔腿就开跑。跑出去老远了，才发现金卯卯依旧慢条斯理地踱着步。"还不快点，都迟到了。"许歪歪喊。金卯卯嘿嘿干笑，说骂你傻你立马就淌鼻涕，你跑得再快还不是一样迟到，反正都是迟到，不如多迟到点时间，膝盖还少受点罪。

挠挠后脑勺，许歪歪觉得金卯卯说得有道理。

三个人并排着，这时候太阳起来得老高了，阳光从高大的槐树里流下来，淌满一地。他们懒散的脚步踩在铺满细石的马路上，发出嘁嘁喳喳的声响。要不是三个人都挂着一个书包，你会以为他们是出来散步的。

许歪歪踢飞一块石子，说："今天我要靠窗的位置。"

王荣贵说少来了，那个位置一直都是我的。

推开教室门，最前面的许歪歪喊了一声报告。

这节是班主任的课。班主任叫李学儒，半百老头，瘦得像支铅笔。扭头看了看门边的三个人，说："报告？报告什么？报告你们三个人整齐地迟到吗？"门边的三个人低着头走到讲台上，分别捡了一个地头就跪了下去。许歪歪和王荣贵为了争夺靠窗的位置还相互推搡了一番。李老师把书放在讲台上，抱着手说："争什么争?坐客车进城吗? 还要选个靠窗的位置看风景。"

三个人身体拉得笔直。

李老师说："业务很熟啊! 你们三个天天迟到，把我这讲台都给跪裂了。撂句话在这里，你们三个要是哪天不迟到了，我给你们下跪。"

金卯卯低着头小声咕哝："就怕你老龟儿后悔! "

一巴掌拍在桌子上，李老师吼："有本事把话放到台面上说。"

金卯卯连忙低下头，脑壳都快掉进裤裆了。

李老师这才平息下来，转过头看着下面的学生说："同学们，下面我们开始上课，今天给大家讲讲上个星期作文的情况。这次作文啊——"咳嗽两声，不情愿地说，"这次作文总体情况不太好，只有少部分同学没有跑题，有三个人写得不错，一个是金卯卯，一个是许歪歪，一个是王荣贵，下面我把他们三个人的作文给大家念一念，大家要认真听，看看他们的作文到底好在哪里。"

此刻，王荣贵正跪在窗户边，眼睛瞟着窗外，他们的校长挺着圆圆的肚子，篮球一样从操场上往办公室方向缓缓滚动。

三

李学儒不仅是金卯卯的班主任，很多年前还教过他爹。许歪歪听他爹说过李老师，一脸的崇拜，还对儿子说："李老师是见过大世面的人，当年扒火车去天安门广场见过毛主席。"这事金卯卯知道，两鬓斑白的小闯将从一年级就给学生们念叨这事，一直念叨到五年级，而且还没有闭嘴的迹象，估计得念叨到他们小学毕业。

班主任说起这事的表情是这样的：一脸肃穆，双目放光，连秃顶也金光闪闪；动作也很规范，头颅高昂，扬着一只手给学生模仿老人家的挥手之间；语言就更霸道了，全是感叹句：那绝对是伟大的时刻啊！我亲眼见到主席头上顶着光圈的啊！广场上群情那个激动啊，你们根本无法想象的啊！

再精彩的东西也经不住这样折腾。就像那副裸体扑克，金卯卯刚看到的时候眼珠子都成一百瓦的灯泡了，翻来覆去看了半个月，灯泡就成十五瓦了。

早上第三节写字课，班主任把两只脚架在讲桌上，悠闲地看着弟子们横平竖直地干得热火朝天。他忽然一下子蹦起来，大声喊都先停下先停下。几十颗脑壳看着老师兴奋的样子，心里都打鼓，想老东西千万不要再说天安门城楼了。

菩萨保佑，闻所未闻，新鲜得如同挂满露水的蔬菜。

一挥手，李老师神秘地说："跟你们讲两件事，最近发生的，都是大事。一是南京长江大桥，南京长江大桥知道吗？"

下面集体摇头。

"很著名的一座大桥，顾名思义，桥在南京，"走到门边飙了一泡口痰，转回来撩起衣袖揩了揩嘴，李老师接着说，"大桥因为重要，有战士在桥头执勤。有天晚上，一名执勤战士发现一个女人抱个娃娃放在桥中央，慌慌张张就跑了。"

悬疑发生了效果，下面没有一点声音，全都站了起来，木鸡样地看着他们的班主任。

李老师清清嗓子，接着说："执勤战士觉得蹊跷，哪有把娃娃扔掉的？跑过去把娃娃抱起来，掀开被褥一看，娃娃瞪着眼睛，就是不会转动。"

王荣贵一巴掌拍在课桌上，对金卯卯说："日他妈的，肯定死了。"

手指隔空一戳，李老师说王荣贵，谁教你骂人的？王荣贵连忙说我刚吃大粪，后来呢？瞪了王荣贵一眼，李老师轻轻点点头说："你猜对了，确实是个死娃娃。战士把娃娃身上的被褥全部打开，你们猜他看到了什么？"

教室里空气都凝固了，全是粗壮的呼吸声。

"娃娃肚子上居然有个大口子，扒开口子一看，内脏全被掏空了，取而代之的是一颗已经启动的定时炸弹。"班主任得意洋洋。

好几个学生一屁股掉在座位上，一脸恐怖，耳根潮红。

"同学们，"李老师声音陡然提高了很多，"这说明什么？说明敌人亡我之心不死，随时准备对国家和人民进行疯狂的破坏和报复。要不是那个英勇的解放军战士奋力将死娃娃抛向江心，宏伟壮观的南京长江大桥就彻底毁掉了。"

同学们还没来得及消化掉刚才的惊惧，李老师趁热打铁。

"第二个事。有个村子，多年前来了一个瘸子，和村民们生活了很多年，老实本分，有天忽然被抓了。公安局说他是特务，大家都不相信。公安人员搬掉他的瘸腿，是假肢，假肢里面竟然藏了一台发报机，也就是电台。"李老师嘿嘿笑了两声，对目瞪口呆的弟子们说想不到吧，呵呵，你们绝对想不到。

许歪歪现在相信他爹的话了，李老师真是了不起，他让许歪歪知道了什么才叫坏人。原本他以为，像金卯卯的大哥金大毛那种穿喇叭裤花衬衫，提着收录机逗姑娘的就是最大的坏蛋了。哪曾想，和炸大桥的女人比，金大毛算个卵。

放学回家，出现了难得的沉默。他们三个人甚至连黄蓉中毒这样的大事都忘记了。金卯卯说了，敢拿脑壳担保，无双镇上肯定有坏人。王荣贵补充，不是坏人，是大坏人。许歪歪最后很郑重地对两人说："坏人肯定有，最重要的是把他揪出来。"

这时候夕阳已经上来了，把路边几段废弃的围墙涂成一片金色。围墙上有刚刷的标语。三个人沿着围墙站成一排。许歪歪打头，正对着"严"字撒尿，金卯卯和王荣贵端着鸡鸡争着用尿液冲刷挨着的"打"字。哗哗一阵响，尿液裹挟着白灰往下淌，像是围墙流下的白色眼泪。三人撒尿的表情很可贵，庄严肃穆，完全没有平时端着鸡鸡相互飙尿的嘻嘻哈哈。

四

从那天开始，上学路和放学路就变得沉重而神秘了。一切都变得可疑起来，包括黄昏时分影影绰绰的树和夹着尾巴低头乱窜的狗。

许歪歪坐在学校围墙上，身体僵直得像块石碑。金卯卯和王荣贵一左一右，目不转睛地盯着来来往往赶集的人流。糟糕得很，每个人都可疑。比如早先过去的那个年轻人，大热天穿得像个粽子，眼神也不对，前后左右乱瞄；还有刚过去的老太婆，怀里抱了一只猫，那猫一动不动，会不会内脏也给掏空了？许歪歪刚想从围墙上一跃而下，那猫忽然抖了抖毛。

昨晚王荣贵又报复了他爹。他爹下手比较狠，他更狠。从老家伙口袋里咬牙切齿拿了整整十块钱。十块钱啊，放全中国都算巨款。

正午的集市热闹非凡。食欲暂时取代了正义，一个有钱人带着两个穷鬼满街乱窜，就是想找好东西吃。老师常常给他们强调集体主义的种种好，最后发现还是独裁管用。集体商议了半天，一个说包子好吃，一个说面条好吃。争了半天没个结果，最后有钱人一声暴喝：凉粉，不喜欢吃的滚蛋。两个无产者哑声了，乖乖坐上了凉粉摊。卖凉粉的是个好人，碗都堆不下了还不屈不挠往里塞。旁边有人端着碗对比了一下，不干了，说为什么给三个娃娃的比我多？卖凉粉的解释：学生娃娃嘛，多给点好读书噻！

抹着嘴离开凉粉摊，三个人窜进了老街。老街不仅岁数大，人气也稀薄。街边稀稀拉拉散落着一些稀奇的买卖。狗皮啊，滑石粉啊什么的。一大碗凉粉落肚，又沐浴着和煦的时代阳光，三个人都有了睡意。牵着长长的哈欠过了几个门脸，三个人一下定住了，连哈欠都定住了，三张嘴大大张着，目光同时落在路边一个简陋的草药摊上。

那人居然穿了一身道袍，头上挽着高高的发髻，发髻上插了一只黑色的筷子。最奇特的就是两条腿了，缠了厚厚的一层绑腿。

三个人闪进街边一处隐蔽的墙根下，开始了激烈的讨论。

金卯卯说："几时见过我们这里有道士？"

王荣贵说："大热天为什么打上厚厚的绑腿？"

许歪歪说："摊子上好几种根本不是草药，是猪草。"

反复讨论，仔细斟酌，最后确定，两条腿肯定有问题。

先排除了炸弹。原因很简单，炸弹藏在绑腿里，引爆了自己也得报销。坏人都怕死，不可能同归于尽。那就是电台，也只能是电台。

王荣贵咽了一大泡口水，压低声音说："不要打草惊蛇，更不能暴露，先找个隐蔽的地方埋伏起来，跟踪他。"

考虑到王荣贵有长期对爹作战的经验，其余两人点头表示赞同。

监视原来是件枯燥乏味的事情。三个人窝在道士对街一间废弃的破屋子里，通过歪斜破烂的窗户监视对面。屋子阴森潮湿，布满了密密麻麻的蜘蛛网，还遍地大便，金卯卯好几次差点就呕出来了。

倒是对面的坏人安逸。其间不仅做成了三单生意，还抽空打了一个盹。火辣辣的阳光也奈何不了他，太阳进一步，他就拉着摊子往后退一步，躲在阴影里惬意地谋划着他见不得人的勾当。

关键时刻，许歪歪总是暴露出自己的不坚定。他两次提出已经到了下午上课时间了。还说体育老师的脾气你们也知道，杀猪匠的外号不是白来的，平时迟到都得挨他俩窝心脚，旷课还不让他活活掐死？许歪歪一说完，王荣贵就开了黄腔："都这个时候了，你狗日的还惦记上课？揪出这样一个大坏蛋，保护了人民的生命财产安全，学校还不给你发张课桌大的奖状？"

全是大气磅礴的词儿，许歪歪只敢小声申辩。

两人争吵吵，忽然听见金卯卯小声喊："你们来看。"

三颗脑袋凑到窗户边。果然，道士正用手使劲挠着绑腿。

"一定是在发报。"金卯卯斩钉截铁。

"也可能是挠痒痒。"许歪歪说。

王荣贵和金卯卯盯着许歪歪，像盯着地上的大便一样厌恶。许歪歪意识到了自己发言的不合时宜。扭了扭脖子，凑到窗户边看了看，矮下身说："还在挠，痒痒不可能挠这样长的时间。"王荣贵和金卯卯相互看了看，没说话。补救有了效果，许歪歪长吁了一口气。

夕阳西斜，金黄的色彩在街道上涌动。

道士终于起身，将地上的药材收进一个大大的布袋。左右看看，袋子往肩上一搭，迈步离开。

金卯卯和许歪歪倚着墙壁，睡得格外香甜。许歪歪还吧嗒吧嗒咂着嘴。看见道士要走，负责监视的王荣贵惊呼一声。三颗脑袋凑到窗边盯着道士远去的背影。

"咋办？"王荣贵问。

"跟上，"金卯卯说，"绝不能放过这样的大坏蛋。"

比起固定监视，流动跟踪费死呆力。在镇上还好，赶集归家的人流还能提供掩护。出了镇甸，就麻烦了。道路直溜溜，根本没有一个行人。远了怕跟丢，近了怕暴露。

许歪歪建议，钻林子，不容易被发现。

开始还好，借助高高矮矮的灌木丛和土坡，道士的行迹尽在掌握中。慢慢就不妙了，林子大了起来，全是密密麻麻的火棘树。火棘树都有了岁数，满身的尖刺又尖又硬。三个人猫着腰龇牙咧嘴在林子里拱，手上脸上都挂了彩。再看道士，阔步走在宽阔平坦的马路上，还哼着小曲，悠闲得像只吃饱散步的狗。

太阳卡在山脊上，黄昏摩拳擦掌。

道士终于拐进了一条细窄的岔道，慢慢悠悠向不远处的一户人家走去。三个侦探潜到一处土坡后，趴下来，横起衣袖抹了抹满脸的血珠子，喘了半天，才从土坡后伸出脑壳。

地势很好，院子尽收眼底。

一个女人正站在院子里收拾挂在细绳上的衣物。道士走进院子，把肩上的袋子递给女人。女人接过袋子折进屋去了。不多会儿，女人出来，递给男人一碗水。咕噜噜喝完，男人解开道袍的布扣子，连喊热死人。女人扑哧笑出了声，说："不就卖点草药吗？大热天搞得诡诈兮兮的，就不怕给热死？"男人说你不懂，不搞得诡诈点，谁买你的药。女人又笑，说赶快脱了吧，我给你做饭去。

男人慢条斯理脱掉道袍，道袍里面的真相朴实简陋。一件破破烂烂的白汗褂，好几处都打着补丁。接下来，男人弯腰开始解脚上的绑腿。

不远处的土坡上，六只眼睛鼓得比山脊上的圆盘还大。

绑腿一层一层解开。许歪歪能听见旁边金卯卯吞咽口水的声响。王荣贵则两手攥得紧紧的，脚费劲地蹬着一块大石头，仿佛随时准备飞出去。

真相是两腿浓密的黑毛。

发报机是没有了，狗特务也没有了。三个人你看看我，我看看你。

金卯卯往地上狠狠啐了一泡口水，看着两人大骂："两个日脓包！"

许歪歪扭扭脖子纠正："是三个。"

五

回家的路长得像个感叹号。路上没人说话，叹气声此起彼伏。将一块石头踢出老远，金卯卯鼓励大家，作文都有跑题的时候，抓坏人这样的大事，搞错一两次也是难免的。

黄昏结结实实，路边的树林和人家都变得难以琢磨。

棺材匠还在院子里拉锯，锯条在木头里艰难游走的声音仿佛要将整个夜晚锯穿。挂满蛛网的檐灯像只垂死的萤火虫，灯光把棺材匠的影子扑倒在一地的木屑堆里。踮起脚尖看了两眼，许歪歪背心里就起来了一层冷汗：太吓人了，光看影子，还以为棺材匠在肢解着什么。

"狗日的不是啥子好东西！"许歪歪语气惊惶而确凿。

金卯卯伸长脖子往院子看了一眼。他是个懂得总结经验教训的人，对道士判断的失误让他变得谨慎了许多。从裤兜里掏出红领巾擦了擦额头上的汗，他说不像吧，从一年级开始就看见狗日的在院子里又砍又锯，这些年来都一直在锯木头啊！

"锯人他会请你去看？"王荣贵挤对他。

"不晓得你们注意看过他眼睛没有，有点像死人的眼睛，长期半睁半闭的。"许歪歪说。

金卯卯扬起手正准备反驳，肚子喊了一声。咽下一泡口水，他说明天我们去探探风，就晓得有没有问题了。

“爸爸，饭了！”

院子里传来嫩嫩的一声喊。棺材匠的女儿，还不到两岁，三个字以上的表达还没有完全掌握，“吃饭了”给简化成“饭了”。王荣贵见过小姑娘好几次，最近一次是几天前，医生一家正准备睡觉，棺材匠背着女儿把门拍得山响。棺材匠满头大汗抢进门来，不停地喊：“王医生，快救命。”借着灯光，王荣贵看见伏在棺材匠背上的女娃子一动不动，嘴唇青紫，像个刚摘回来的茄子。他爹当时正在洗脚，一挫身从凳子上跳起来，赤着脚拉起棺材匠就往急诊室跑。老娘提着鞋子跟在后面追，“穿上鞋子嘛！”

一整天老爹才回来。一进屋就喊：“悬，太悬！”接过老娘递来的毛巾擦了一把脸，又说，“晚送来十分钟，娃娃就没得了！”

“哪样病这样危险？”老娘问。

叹口气，荣贵老爹说：“心脏有问题。”

“那咋办？”

“得手术。”

“你给做？”

“我做个尿！”

“也是，你呀，小打小闹还成，割个阑尾就算顶天了。”老娘笑。

医生脖子一梗，“死婆娘，真以为虾子无血是不是？哪天我就做一个给你看。”

女人又笑，男人的脾性她晓得，鸭子死了嘴壳壳硬。收起笑，她问：“你让他去大医院没有？”

荣贵老爹偏着头上下打量了老娘一眼说：“你脑髓豆渣捏的？这样的手术，没个万儿八千，能成？”一个长长的哈欠过去，荣贵老爹又说，“就靠卖棺材，只怕他自己都进棺材了也没准能凑齐手术的钱。”

老爹最后那个眼神让王荣贵印象深刻，疲倦的双眼堆满了无奈。

穿过医院木板铺成的走廊，王荣贵看见老爹猫着腰在院子里收拾晾晒的草药。窗户里透出橘色的光线，把老爹的身影勾成了一张泥弓。

直起腰，荣贵老爹就看见了儿子。没有埋怨，没有咒骂，直奔主题。荣贵老爹径直冲过来，手里攥着的草药劈面就扔了过去。王荣贵听见风声，心想不妙，一举头，泥沙带着腥味直往鼻腔里钻。鼻子一涩，喷嚏还没出来，胸口就中了老爹一窝心脚，王荣贵双手高举，身体向后飘了出去，像只翩然的枯叶蝶。接下来王荣贵陷入了某种困顿，脑子里全是那种拳脚落在身上发出的奇怪空响。

老娘出现得稍微再晚点，王荣贵估计自己就报废了。

晚饭王荣贵自然没吃上，也吃不下。喉咙里有浓烈的血腥味，看见饭菜就想吐。老娘心疼地在灯光下给王荣贵身上大大小小、宽宽窄窄的创口涂抹碘酒。创口有些是稍早在火棘树林里给拉的，有的是父亲新近创作的。新伤老伤融为一体，老娘一股脑全算在了父亲身上。

“打强盗也不该这样狠吧！”老娘埋怨。

老爹白了一眼老娘：“强盗？狗日的现在比强盗还坏！”

“他哪里比强盗坏了？”

闷头想了想，荣贵老爹也提交不出什么有力的证据，讪讪地说：“你就惯吧，迟早惯成根断肠草。”

不是所有的老子都骑在儿子头上作威作福。金卯卯推开门，粮站站长正在灯下算账。把书包往凳子上一丢，金卯卯说：“饿屎了，有吃的没有？”站长连忙停下手里的活路，连声答有有有，我给你热一下。儿子摆摆手说，大热天的，热个屎，将就吃了。站长慌不迭点头，连忙把饭菜摆上。儿子吃着饭，老子还垂首在一边站着。的确是饿了，中午那海碗凉粉早就在和坏人的斗智斗勇中消耗殆尽了。吃急了，噎得不轻，只见金卯卯鼓着两眼，腮帮子高高坟起，半天才艰难地捋顺了呼吸。

“没看我噎着了，倒杯水啊！”儿子眼泪汪汪地朝老子吼。

老子应一声，脚步慌乱地朝水缸跑去。

伺候儿子用完膳，站长重新开始算账。在纸上划拉了几笔，忽然抬头对儿子伤感地说：“你哥又偷我钱了！”

“多少？”金卯卯问。

“五十六块三毛。”站长说。

“肯定又是偷去逗姑娘了。”金卯卯说。

“就怕他学坏了。”站长叹气。

金卯卯把凳子转过来朝着父亲说：“他本来就是个坏人。”

站长不言语了，眼睛长时间盯着瘦削的儿子，像是陷入了暗黑的泥淖，半天才期期艾艾说：“还是你懂事，晓得好好读书。”

最晚到家的许歪歪先跑到水田边挖了些稀泥拍打在裤腿和袖子上，然后信心十足地往家走去。

看见儿子泥猴样地推门进来，歪歪妈拖着长长的调调喊：“野到哪里去了？看老娘不敲断你的狗腿。”许歪歪不看老妈，舀瓢水咕噜噜灌，边灌边含混不清说：“学校组织大扫除，清理排水沟，老师让我拱进沟里头掏东西，”歪头瞥了老妈一眼，许歪歪接着说，“脑壳刚伸进去就看见了一只耗子，有半个猫那样大。”耗子这一段多余，老妈早就深信不疑。把一碗饭塞给儿子，嘴巴也不闲着：“再晚回家连屎都不给你吃。”

随便刨了两口饭，许歪歪就往镇上跑。蓉儿的病情让人牵肠挂肚，郭靖二傻二傻的，就怕他在关键时刻出纰漏。许歪歪觉得，蓉儿要有个三长两短，郭靖要负主要责任。黄蓉都不在了，还射个屌的雕？

无双镇一共有三台电视机可供选择。一台姓郎，主人是开百货店的；另外两台就不提了，屁股大小，坐第三排你都看不清黄蓉的俏脸蛋。许歪歪只看郎家的那台，有四个屁股大，远远的都能看清降龙十八掌的招式。最安逸的是主人家还给电视机戴上了红黄绿三色卡片，这样就生动多了。就一点不好，郎家对来看电视的人态度冷硬。有次电视机出了毛病，郎家婆娘硬说是人多眼杂给盯坏的。

金卯卯早到了，还占领了个好位置。院子里人头攒动，电视机架在门边的高脚八仙桌上。主人一家理所当然占据了头排位置。许歪歪刚挤到金卯卯身边，屏幕上正播放射雕之前的最后一个广告：四川乐山大佛，游泳之乡，风光秀丽，四川乐山竹根机械厂为您提供大中小型各类锅炉，半年包换，三年包修。

“蓉儿会死不？”许歪歪费力掀开一个空位坐下来问。

睖了许歪歪一眼，金卯卯说：“他死了我是你亲儿。”

许歪歪也睖了金卯卯一眼：“不稀罕。”

左右看看，许歪歪问：“王荣贵呢？”

金卯卯横起衣袖拉了一把鼻涕答：“估计又挨他爸的打狗棍法了。”

六

黄蓉得救了，实在是普天同庆的好日子。

歪歪妈今天也高兴，她高兴不是因为黄蓉得救，是昨晚一泼雨水，地里日渐枯黄的苞谷有救了。这人一高兴就犯傻。清早许歪歪背着书包刚出门，被老妈笑吟吟牵住，把两块钱拍在许歪歪手掌心。

经过郎家商店，好人许歪歪心想，天天白看人家电视，该是到报答的时候了。商店刚开门，郎家婆娘睡眼惺忪在柜台后整理货物。许歪歪把两块钱排在柜台玻璃上，声若洪钟："两块钱的水果糖。"郎家婆娘抓起钱，笑得像个爆裂的石榴。许歪歪发现女人笑起来其实很好看的。两块钱换了半书包水果糖，许歪歪暴发户样地跨出了商店门，身后传来女人的喊声："晚上早点来，占个好位置。"

照例吃一碗金卯卯炒的油泡饭。许歪歪刚把油喝完，金卯卯的哥金大毛穿个裤衩从里屋出来。大毛很瘦，像片薄薄的蔑条。头发很长，还抹了不少发油。发油过了夜，发出一股怪怪的味道。划根火柴点燃一支烟，金大毛阴着脸对金卯卯说："你跟老者说我偷他钱？"金卯卯白了他哥一眼，说："关我屎事，你偷钱还是老者给我说的呢！"金大毛狠命吸了一口烟，甩甩长发说："我的事情你最好少管。"金卯卯讥笑说："管你卵事？跪着求我我也不管。"大毛抢上一步说："你再说一遍？"金卯卯斜眼看着金大毛说："再说十遍又如何？"

许歪歪以为大毛要发飙，哪晓得大毛一下委顿了。眼睛里的凶光一下溜得精光，绵羊样地坐下来，在桌子上一大堆磁带里翻了半天，才把一盒磁带放进收录机，狠命一按，录音机嗞嗞响了一段，一个女人开始唱：

谁知道角落这个地方，爱情已将它久久遗忘。当年她曾在村边徘徊，徘徊，为什么从此音容渺茫。嗯……

谁知道角落这个地方，春天已将它久久遗忘，当年她曾在山头停留，停留，到何时她还会来此探望。嗯……

金卯卯抹抹油嘴，提起书包往外走，走到门边蹦出一句："鸡巴得难听！"

金大毛对弟弟是惧怕的，这种惧怕源于自卑。金大毛刚上三年级，弟弟出世了，老娘却没了。父亲陷入悲痛的泥潭不能自拔，根本没心思管大毛的学习。大毛瞅准机会，直接辍学了。辍学原因简单得很，用他自己的话说：读不走。三年级学生了，两位数加减法都捋不抻抖；老师让他用“原来”造个句，他站起来挠挠头说：“我爸爸原来是个男的。”老师哦一声，作恍然大悟状：“你爸爸现在是个女的！”金大毛说：“真的是呢，他天天给我弟弟喂奶，洗尿片，熬稀饭，这些活都该是女人干的呢！”

辍学的大毛倒是吃喝不愁，老爹是站长，粮站里米油多得是。大了些的大毛还自学成才，掌握了一门手艺，隔三岔五偷点粮站的米油出去卖。后来觉得这手艺拐弯太大，干脆直接从老爹口袋里偷钱。次数越多，数额越大，大毛很快就小康了。喇叭裤有了，收录机也有了，每天吃饱喝足，下面就开始蠢蠢欲动。最喜欢赶集天，四里八乡的好看姑娘都来了，大毛就提上他的凯歌牌收录机，揣上几盘流行的录音带，满大街逗姑娘去了。

二流子金大毛对弟弟其实打心眼里敬佩。金卯卯从上学开始，成绩都好得要命。二年级还拿了两个满贯，语文数学都是一百分。粮站站长高兴得像是家里出了状元，拿着两张试卷对来买米买油的人显摆，说满分呢！顶天了，放全中国都是第一。显摆完了还不忘记教训一下金大毛，“你看你弟，你再看看你自家，正事不干，你要有你弟一半好，老子就天天念阿弥陀佛了。”金大毛心服口服，一点不嫉妒，还有些自得。暗地里还给搂在怀里的姑娘吹：我有个弟弟，是个神童。

神童不光成绩好，点子也多。上学路上，他和许歪歪决定去棺材匠家打探消息，蹲在大树下想了半天，最后金卯卯站起来说，有办法了，你跟我进去，少说话，看我眼色行事。许歪歪连忙点头。

推刨在木板上前前后后跑，一层一层蚕食着乳白色的棺材盖子。

棺材匠嘘风打哨，丧曲在纷纷扬扬的木屑中高低跳跃。

听见身后的木屑响，棺材匠转过头，眼神冰凉地看着进到院子的两个娃娃。

只一眼，许歪歪心里就咯噔了一下，棺材匠的目光仿佛射来的两支响箭，一下就把他打得垂头丧气。低着头往边上闪了闪，砰一声撞上了放在马凳上惨白的新棺材。猛地往后一跳，许歪歪心里咣当咣当跳。相比之下，站长儿子就自然多了。若无其事走到棺材匠边上，背着手，煞有介事地欣赏棺材匠的手艺。

“你两个不去读书，跑这里来干啥？”棺材匠停下手里的活儿问。

冷笑一声，金卯卯说：“老师今天肚皮痛，不上课。”

棺材匠斜眉吊眼睖了一眼金卯卯：“吹牛逼不上税啊！老师肚皮痛？所有老师都肚皮痛啊？”

金卯卯脸一白，心想坏人就是坏人，心眼就是多。又想起李学儒老师的教诲：坏人像弹簧，你弱他就强，要敢于同坏人坏事做斗争，为了国家和人民的生命财产安全，就算付出宝贵的生命也在所不惜。想到这里，金卯卯胸中升腾起万丈豪情，胸膛一挺，表情嚣张地吼：“允许你干活，就不允许我们看？”棺材匠听了嘿嘿笑，说：“做棺材有看头吗？你又不是来订棺材的。”

看到金卯卯大义凛然和坏人坏事做斗争，许歪歪羞愧难当，猛地跳到棺材匠面前说：“我就是来订棺材的，怎么样？”

“给谁订啊？”棺材匠问。

许歪歪本来想说给我老爹订的，又觉得不吉利，支支吾吾说：“给我爷爷订的。”

棺材匠把推刨往木板上一砸，吼：“你爷爷四年前就躺进我做的棺材里头埋掉了。”

大门嘎吱响了，棺材匠的女人推门出来，站在檐坎上说：“吼什么呢？”

许歪歪看了看女人，吓了一跳。

女人脸色灰黑，像刚给烟熏过一般，嘴唇乌紫，一说话露出两排白森森的牙。最怪的是她的眼神，疲倦中透着焦灼，半年没睡过觉似的。

“金家和许家两个逼娃娃嘛！学不去上，跑来跟老子神神叨叨的。”

慢慢从檐坎上下来，女人拢了拢有些凌乱的头发，眼神忽然柔软了。看了看许歪歪和金卯卯，说打棺材有什么好看的，上学去，啊！不上学的时候再过来看。

金卯卯和许歪歪相互看了看，一时拿不定主意。身后突然传来一声暴喝：“还不给老子滚！”

两人回头，棺材匠的儿子，小名小矮子，实际身材高大，还结实，核桃木样。

金卯卯和许歪歪被小矮子恶狠狠的眼神吓得不轻，兔子样地抢出院墙，越过树林，蹚过沟坎，一直跑到医院门口才停下来，弯腰拄着膝盖大口喘气。喘了半天才算风平浪静。金卯卯说你给王荣贵打个口哨吧。许歪歪说我打不了，我气都跑脱了。

没等打口哨，王荣贵就从医院宿舍出来了。

要不是那身熟悉的土灰色咔叽布衣服，许歪歪和金卯卯都快认不出他来了。眼圈乌黑，隔得远了，你还以为他戴了副黑框眼镜。两颊淤青，仿佛一夜之间就长成了络腮胡。腿也瘸了，一拐一拐走过来，王荣贵以为两个狗日的又要笑自己了。哪晓得没有，两人眼里堆满了同情，许歪歪还伸手在他脸上轻轻摸了一把。

“痛不痛？”许歪歪问。

王荣贵嘴咧了一下，说：“你说呢？”

金卯卯摇摇头说：“报仇没？”

王荣贵摇摇头，说腿被打瘸了，不方便，怕弄出响动来。

金卯卯有些不满，咕哝："没得逼出息！"

王荣贵忽然咧嘴一笑，忘记处境了，笑容牵动了淤伤，疼得龇牙咧嘴。慢慢合上嘴，伸手从书包里掏出一把东西，小心翼翼喊："不过我偷了一把气球。"

三人都有了快乐的笑。把气球摊在手里数了数，一共六个，每人刚好两个。分发完毕，许歪歪迫不及待抓起一个就开始吹。腮帮子一起一伏，气球也跟着一起一伏。拇指大小的气球很快就鼓胀了，前面那个凸点也变得神采奕奕。吹好，许歪歪从书包的背带上扯下一根线来，扎紧。然后把气球系在书包上，迎着晨风飞奔，发出噼啪噼啪的声响。

七

一夜之间，无双镇忽然变得异常热闹。人们说话的嗓门变大了，树上的蝉叫得格外响亮，连旧成文物的陈老者陈述命都亢奋了，每天坐在屋檐下扯着破锣样的嗓子唱歌曲：

雄赳赳，气昂昂，横渡鸭绿江，保和平，卫祖国，就是保家乡，中华好儿女，齐心团结紧，抗美援朝鲜，打败美帝野心狼！

难得一见的雄壮把从门前经过的放学娃娃们吓得一惊一乍的。有胆小的，干脆捂着书包一溜烟不见了。

最惹眼的当数那辆整日来回盘桓在泥水路上的吉普车了。车看起来比陈老者还糟糕，一迈步就哆嗦，松松垮垮的模样让人揪心，就怕一不留神就散架了。烂是烂点，但动静大，全身咯咯嘎嘎乱响，最骇人的还是背上背着的那个大喇叭，震得人耳膜鼓胀。叫唤的内容不新鲜，反复唠叨着一段话。啥坏人太多，要从重从快打击啊！

开车的是驻乡民警阮全安。无双镇是个小镇，人和猪一样多，所以不设派出所，只有一个驻乡民警。阮全安黑瘦黑瘦的，像吊烤煳的辣椒。阮全安一年四季都穿着他那套死黄色的警服。警服有好几个破洞，打着大红色的补丁，这样阮全安就成了营养不良的瓢虫。

地方太小，平时屁事没有，瓢虫就满镇子乱转，可惜转了十多年，也没遇上个大案子。平时遇上个婆媳不和、邻里纠纷什么的，都会让阮全安兴奋异常。

八

最后一节写字课，李学儒没让学生写字。眉开眼笑给学生宣布，清明节就要来了，学校准备了丰富多彩的活动，除了给烈士上坟，还要请一个革命老战士给全校学生讲他的英雄事迹。下面立刻欢呼。规律的日子总是让人沮丧，早就期待有点变化了。

清明节，没有一贯的淫雨霏霏。老天格外给英雄面子，阳光普照，大地生辉。英雄陈老汉端坐在主席台上，崭新的黄军装，胸前挂了两个金光闪闪的勋章。橘黄的光芒映着他满是褶皱的脸庞，仿佛无双镇秋阳下收割完毕的山山水水。看着下面整整齐齐的嫩苔苔，老英雄连沉重的呼吸里都是激动。仿佛一夜之间，他就退去了坐在自家屋檐下的老迈昏聩，像扯了一夜露水的禾苗，在一片朝霞里又脱胎换骨了。

校长站起来，圆滚滚的肚子把面前的桌子推出了一截。他对着下面的学生大声说："同学们，今天，我们请来了抗美援朝的老英雄陈述命，老人家曾经在朝鲜战场上浴血奋战，为保卫祖国做出了不可磨灭的贡献。下面，让我们用热烈的掌声欢迎老英雄为大家讲述他的英雄事迹。”

掌声散去，陈述命努力往前凑了凑，深情肃穆，嘴不停地动，就是没有声音。下面一阵笑。正剧成了喜剧，校长慌忙跑过来抱起话筒鼓捣，鼓捣一阵，话筒总算有了动静。恭敬地把话筒摆在老人面前，校长说大家要认真听，听完了每个同学都是要写一篇作文的。

老人颤巍巍伸出一只手把住话筒的腰杆，慢慢悠悠开始讲：

“我当时是侦察兵，为了保家卫国，雄赳赳，气昂昂，跨过鸭绿江，去打击入侵的美帝国主义。”咳嗽一声，老人接着讲，“我们一个侦察连，在一次执行侦查任务时，被一个营的敌人包围，我们和敌人激战了整整一天一夜，全歼敌人，我方只有两个战士负伤。”

下面一阵惊叹声，校长见缝插针，带头鼓掌，还用力喊了一声好。

摆摆手，老人眼睛一亮，脖子高昂着说：“我们靠什么支撑了一天一夜？靠的是对毛主席无限的忠诚和对帝国主义无比的痛恨。”

响亮的掌声后，老人忽然陷入了沉默，嘴大大张着，还不时侧脸看边上的校长，嗫嚅着说：“就这些了，还讲吗？”校长伸长脖子说：“老英雄继续讲，只要是表现你们英雄事迹的，讲什么都可以。”

抬头看了看天，日头太耀眼，老人双目一下合得紧紧的，半天才睁开，脸上涂满了伤感。他表情悠远，仿佛在打捞一些陈年旧事。

“太惨了，”陈述命抹了一把嘴说，“几百号人，一颗燃烧弹，一眨眼工夫就成了炭棍子；狗日的最可恶的还算是飞机，炸弹黄豆样地抛撒下来，一炸就是一大片。这种鸡巴仗你让我们咋个打法？我跟你们这样说，我在部队就没一个熟悉的人，还没等你熟悉，就给打死了，最长一个待了三天，刚搞清楚他是湖南邵阳人，就给炸成了好几块。”

两行老泪无声地顺着沟沟坎坎往下流，老人慌忙伸出手擦拭，擦不干净，又撩起衣角揩。干净了，侧身往地上啐了一口痰，陈述命眼睛一鼓，手一挥说："老子们也不是吃素的，有次好不容易抓了几个美国兵，绑在树上，脱掉衣服才发现，狗日的可能是生肉吃多了，胸口上全是毛，我们就一把一把扯，扯得胸口上全是血珠子，还不算完，最后弄些旱蚂蟥上去。"陈述命说到这里开始笑，笑得歪来倒去，半天止住笑，身子一下拉直说，"妈个逼，整得差不多了，啪啪几枪，全送回老家了。"

可怕的死寂。一排排的嫩苔苔全都瞪着眼看着台上的老英雄。

校长本来听得入神，猛然醒悟过来，面色一下变得煞白。蹦跳着过去抢过话筒，声音抖颤着说："好了，今天的报告会就到这里，下面让我们用热烈的掌声欢送老英雄。"

日子像被风过稻田，风一过，一切就平静下来了。

陈述命依旧坐在屋檐下唱歌，只是歌声没有了以前的高亢豪迈，反而有些躲躲闪闪。三个人站在围墙外，扯着鸡鸡对着唱歌的陈老者撒尿。金卯卯一鼓眼，侧脸对边上的王荣贵和许歪歪说："尿，尿死个老狗日的。"

胯部整齐地一挺，三股白亮射向远方。

掖好裤带，三个人跳过围墙。

陈述命悠悠唱完，缓缓睁开眼。三个人正叉着腰站在他面前。

"搞哪样？"陈述命问。

金卯卯往前跨了一大步，伸出手往陈述命脸上一戳，大义凛然状，声音也格外粗壮："你个吹牛逼的死老者。"

脸色一沉，陈述命立起身，手里拐杖往泥地上狠狠一杵："说哪样？"

三个人齐齐冷笑，金卯卯后撤两步，他不是怕微风都能刮去半里地的陈老者，只是有点担心陈述命手里那根火棘树做成的拐杖。

目测了一下距离，确认陈述命的拐杖够不到自己，金卯卯才咬牙切齿地说："说自家是侦察兵，屎，就是个做饭的，叫火头军对不对？"

拐杖高高扬起，扬到最高处停住了。

"哪里听来的？"陈述命面色灰白。

金卯卯笑了，得意洋洋往前跨了一大步，想了想，又小心翼翼往后撤了一小步，说："我外婆家那头的焦老者，人家才是真正的侦察兵，你以为别人不知道你的底细。"

颓然坐下来，陈述命脸色转成惨白，把拐杖往院子里一扔，低声骂："狗日的不讲信用，说好不揭我老底的。"眼神悠悠、怪模怪样神游一阵后，陈述命脸上慢慢浮出一线笑，捋了捋下巴几根稀稀疏疏的白胡须，喃喃说："比我还大九岁，居然还不死，好，好，狗日的和打仗一样，磨得，耐得。"

"火头军！"金卯卯吼了一声。

本以为陈老者会反弹，没有，还丢来一个慈祥的笑，招招手，陈述命喊卯卯娃，你过来。金卯卯警惕地往后退了退，他怕火头军哄他过去是要掐死他。想想嘛！牛逼哄哄的侦查英雄一下就成了煮饭的，不起杀心才怪呢！

金卯卯定在原地，一脸怒气。

看金卯卯不动，陈述命把手伸进夹衣，颤颤抖抖摸索，半天摸出一把皱巴巴的票子，先挑出一张五毛的，顿了顿，放回去，又拿出一张一块的。拿着票子对金卯卯扬了扬，说："跟我说说焦老者，一块钱就归你了。"

"说哪样？"

"他老得厉害不？"

"头发都白了，黄皮寡瘦的，还淌清口水。"

"老狗日的怕孙子都遍地跑了吧？"

“还孙子？卵子还差不多！和你一样的，老孤寡一个，吃的全靠寨子头，每家每户都排了队的，我还替我外婆给他送过干面条呢！”

陈述命开始笑，那笑很奇特，只有模样，没有声音，还越来越激烈，到最后他实在笑得不行了，用手不停地拍打着竹竿样的两条瘦腿。边上的三个人都蹙着眉头，头歪着看着他，就怕上身的两截骨头让下身的两截骨头给震粉碎了。

起风了，顺着围墙的豁口窜进来，在院子里打了一个旋，卷走了几片枯叶，也卷走了屋檐下那阵奇怪的笑。陈述命的面部扭曲得很厉害，等蜷成一团的脸重新绽开，那笑变成了哭。和笑一样，只有哭相，没有哭声。三个人表情惊人的一致，嘴角下压，眼睛半眯，着急得不行。共同的愿望是希望陈老者多多少少发出点声音来，这种哭相实在诡异，让人格外难受。

声音是在一滴老泪掉落时发出来的。

“焦先立啊焦先立，打仗凶又如何？你狗日的还不是和我一样，光杆杆来，光杆杆去。”

风变大了，气势汹汹往院子里灌，掀起三个娃娃的衣角，发出噼噼啪啪的声响。

“没得逼出息，胡子都白了还哭。”王荣贵一脸鄙夷。

“他就会说假话。”许歪歪说。

“老子要跟全学校的人说，陈老者是个火头军。”金卯卯说。

抹了一把泪，陈述命慢慢褪下衣服，手臂一伸，肩膀上赫然出现一个大大的肉洞。三个人一睖，都有了一个寒噤，风呼一下过来，似乎穿过了那个深不可测的大洞。陈述命咬着牙，伸出左手食指，缓缓插进洞口，没等指尖穿透，王荣贵就啊地尖叫了一声，仿佛那一指透进了他的心脏。

三个娃娃飞奔而去，后面陈述命一字一顿：火头军也杀过人。

九

阮全安坐在破旧的办公桌后，捏着一支笔做记录。桌子不争气，一用力四条腿就成了烂面条，晃来荡去。钢笔不守妇道，笔尖得意洋洋地叉着两条腿；墨水不是洪灾就是旱涝，要么吐得明晃晃的一摊，要么划来划去都是白印。

对面一条长凳，秀芝不停地用手帕拭泪，母亲则开着黄腔：

“金家这根天杀的，老娘日他祖宗十八代。”

正跟桌子和钢笔较劲的阮全安心里本来就不舒服，一听这话，咧着嘴问：“你一个婆娘家，咋个日法？”

秀芝老娘愣了一下，没敢接话，低着头磨牙。

朝秀芝努努嘴，阮全安说：“接着讲。”

又抹了一把泪，秀芝说：“金大毛坏主意早就打定了的，约我见面的地点都是事先查看好的……”

阮全安连忙摆手，说：“你慢点，你慢点，这真是他妈一支老笔，连大姨妈都不来了。”划拉了几下，他抬起头来问，“查看的查是哪个查？”秀芝收住哭，默想了一下，说上面一个木，下面一个旦。阮全安笔刚落到纸面又停住了，又举起脑袋问：“鸡蛋的蛋？”秀芝拿手在空中划拉，划拉了半天阮全安还是不得要领，招着手说过来过来，干脆你写一个给我看看。秀芝写完，阮全安一拍脑袋，恍然大悟状，连声高喊：“这个查啊，脑壳短路了，脑壳短路了，这个字简单得很，我写得来的嘛！”

然后抬手，示意秀芝继续。

“先说了一阵子头天看的电视剧，他就朝我这头靠。”秀芝眼泪又下来了，“我拼命躲，他就用力死死箍住我，我气都喘不过来了。”

阮全安先是皱着眉听，最后把笔往桌上狠狠一扔。秀芝娘一看驻乡民警都愤怒了，连忙趁热打铁说：“阮同志，你说说，这还是人不？你既然想和秀芝耍朋友，你就好好耍嘛，急痨痨的，狗日的畜生啊！难怪你会冒这样大的火。”

阮全安摆摆手说：“我秉公办事，不会冒火，我是觉得秀芝你说话不要冷僻字太多，我写不起。”

从红日初升一直忙到夕阳西下，驻乡民警阮全安终于完成了案件的记录。绝对的大案要案，金大毛强奸犯的帽子是甩不脱了。忙活了一整天，阮全安没有一点疲态，他在屁股大小的办公室兴奋地踱了好几十个来回，想到底是先通知县里还是先抓人。先通知县里吧，又怕罪犯跑了；先抓人吧，自己干筋筋的，不一定拿得下金大毛。拳怕少壮啊！理智最后占了上风。他草草擦了一把脸，出门拱进那辆嘎嘣乱响的吉普车，往县城方向蹦跳着去了。

吉普车在坑坑洼洼的乡村路上哆嗦了一个多小时，才跑出去二十里。遇到一个深坑，干脆利落地趴窝了。阮全安下来推了推，那车耸动一下就不理他了。正毛焦火辣的当口，接生婆两口子扛着两根竹子从远处过来。

两男一女使出了吃奶的劲，总算将车推了出来。拍拍手上的泥土，阮全安说多亏了你家两口子。胡四姑说遇不上我们也没关系，顶多晚上当一回山大王。阮全安嘿嘿两声，“当回山大王倒是无所谓，就怕误了大案。”胡四姑呵呵笑：“这地头能有大案？顶天了也就馋嘴的抓只鸡抱个鸭。”阮全安拿手顺着原路戳回去，顿了顿说：“出强奸犯了，稀奇吧？”胡四姑两口子眼睛瞪得比落日还大，“谁啊？”胡四姑问。阮全安摆摆手，“不能说，不能说。”胡四姑一睖，说你怕我给你漏了，说来听听。阮全安本来不想说，无奈这么多年来第一个大案，他实在控制不住了。左右瞅瞅，缩着嗓子小声说：“还会有谁，金大毛这根骚包货咯！”

“哪家姑娘？”四姑问。

“皮匠家秀芝。”阮全安说。

“两个人不是在耍朋友吗？”四姑问。

“等不及了，想提前把活路做了。”阮全安说。

“小情人呢，这算强奸？”四姑问。

阮全安正色说：“书上写得清清楚楚，只要女的不同意，男的硬来，就是强奸。”

爬进车里，阮全安对怔在原地的四姑两口子伸出一个巴掌：

“最少五年！”

回家的路途猛然间变得更加崎岖了。四姑一路都魂不守舍，喃喃念叨：“入了班房，出来就难做人了。”男人在前面哼一声，“自找的，多判两年才好。”

转过一道弯，四姑把肩上的竹子往地上一撂，说我累了，歇歇吧。

两个人坐在路边的石头上，黑夜势大力沉，月亮在暗黑的云堆里拼命往外挤。揉揉腿，四姑说：“大毛这娃娃是我从他妈的肚子里抱出来的。”男人点燃一支烟，火光在黑暗中时隐时现。咳嗽一声，男人说：“无双镇哪个娃娃不是你抱出来的？”四姑叹口气，说：“但是无双镇死在我手上的女人不多。”男人说：“她大流血，关你啥事？”四姑忽然哽咽着说：“我大意了，准备充足点，她死不去。”

男人站起来，手里的烟卷划过一道弧线，在马路中间炸开一团耀眼的光芒。他一字一顿说：“这话今天说了就丢了，不许再提第二次。”坐下来想想骂了句，“憨婆娘！”

暗夜中，两根竹竿吊着一对男女晃晃荡荡往镇子上赶，经过粮店，四姑说喂猪的苞谷快尽了，买点吧？男人没说话，把竹竿平放下来，靠着围墙坐下来，又燃了一支烟。女人的背影水一样朝着粮店的大门漫过去。男人摇摇头，女人的脾性他晓得，接生的娃娃越多，心肠变得越软。

屋子里烟雾缭绕，大毛爹和几个人正在屋子里耍纸牌。四姑推门进来，朝大毛爹喊："金站长，我想买点黄苞谷。"大毛爹把手里的纸牌合拢，虽然心里不高兴，脸上还是带着笑说："四姑，半夜三更的，明天吧！"四姑摇着头，神情坚定，"不行，就今晚。"其余几个玩牌的怨气冲天，对大毛爹吼，去去去，快点卖给她，不要误了正事。大毛爹立起来，把牌往兜里一揣，说等着我，不要露牌，我这回牌好得很，回来收拾你几个。

一前一后来到仓库门口，大毛爹掏出钥匙刚要准备开门，四姑在身后说不用了。大毛爹回头笑笑说四姑，黑咕隆咚喊我出来，不买不卖的，不曾是想打我的主意?

"你让大毛赶快走吧，走得越远越好。"四姑说。

大毛爹把一串叮叮当当揣回裤袋，惊讶地问："为啥？"

"他把人家秀芝给强奸了。"

对面没回声，两个人立在淡黑中，能听见彼此粗重的呼吸。

噔噔噔噔，大毛爹摇晃着跑走了。

四姑呆在原地，准备好的一句话忘说了，她想交代大毛爹，千万不能说这个消息是自己透给他的。

十

金卯卯当时在梦中，他梦见自己练成了绝世轻功，比铁掌帮帮主裘千仞还厉害。在一处绝壁，他噔噔两下就飞了上去。他甚至能听见脚板踩踏石壁发出的声响。醒过来才晓得那声响是自家老爹的。老爹的步子踩着浓重的恐惧穿过他的屋子，最后在大毛的屋子里停了下来。大毛正睡得安逸，春梦整晚萦绕着他，老爹掀开被窝，他一只手还握着那根惹祸的家什。

听到强奸犯三个字，大毛就急了，被窝一掀，跳到屋子中央，手指着窗外大声骂："胡鸡巴扯，那是她自愿的。"老爹连忙过来捂住他的嘴，哭丧着脸说亲爹，你小声点行不行？大毛扒开亲爹，一屁股腾到床沿上，愤愤地说："搞完了硬跟我要块上海表，我没鸟她，以为她气两天就没事了，不曾想，告我强奸，滚他妈九九八十一座山去。"

听到老爹喊大毛快跑的时候，金卯卯心里咯噔了一下。他辛辛苦苦找了这样久的坏人，想不到坏人就潜伏在自己家里。强奸犯啊！他觉得这是比特务还坏的坏人。狗日的金大毛，千刀剐的金大毛，下油锅的金大毛，做了强奸犯还想跑。还有粮站的站长，你不是我爹，你是个专养强奸犯的老鬼蛋，儿子犯事了，你还通风报信让他跑路，老子是不会再给你好脸子了的。

金大毛背着包惊慌失措经过弟弟房间，他停了下来，过来站在金卯卯的床前，俯下身看了看，回头扑通跪倒在老爹面前，带着哭腔说："爸，我是混蛋，你好好带卯卯，他不像我，将来指定有出息。"老爹轰鸡一般扬着手说："快走快走，晚了就怕来不及了。"

门外，一阵急促的奔跑和一声沉重的叹息。

金卯卯爬起来，看着窗外朦胧的微光，忽然之间喉咙就哽了。他觉得一夜之间自己就失去了一件最宝贵的东西。一直以来他都没有觉得那个东西有多好，忽然之间，他却消失了，不知道什么时候他才会回来，也许，永远也不会回来了。他靠着墙壁，悲伤冷风一样吹拂着他，他开始了低声的抽泣。他很后悔，不该装睡，应该起来跟那个人说句话的。

消息是在抓捕扑空后传开的，比风还快。第二天下午，连久不面世的痨病鬼都知道了：实行抓捕的是十一个公安加上一个驻乡民警，刚好一打。未果后，又连夜对无双镇周围的几个山坡进行了地毯式搜索，依然未果。一打人耗尽了气力，终于怏怏返回阮全安办公室，风卷残云吞掉了十六斤干面条后，打着饱嗝谋划着下一步的计划。

愤怒随着消息一起蔓延。男男女女，老老少少，说事之前都先来句“天杀的”。全镇人都狠狠咬着牙，鼻腔都呼呼喷着火。

痨病鬼老婆铁匠，端着满满一撮箕药渣子出来，往土坡边药渣堆成的小山有力一簸，山丘变得更高了。女人刚准备回屋，棺材匠老婆就过来了。相视笑笑，棺材匠老婆把一缕乱发拢到耳后夹好，问：“那事晓得了不？”女人点点头。相互走近两步，都斜着身子，这是乡村女人准备长谈的姿势。慢慢有人加进来，先听，拿住话把就插两句。最后连痨病鬼都出来了，扶着墙壁缓缓飘过来，一张煞白的脸在人群中很是惹眼。有人发现痨病鬼过来，眼里闪过一丝惊恐，但随即就平静了下来。此刻的话题比痨病鬼糟糕多了。

你一句我一句，意思差不多：你金大毛既然干了坏事，就要像个男人样担起责任来，脚底抹油溜了，算哪门子事情。接着猜测罪犯的去处，有说进望乡林了的，有说钻滴水洞了的，还有胆大的，说可能去了云南。

“亢亢——亢亢——”是痨病鬼，捂着嘴咳，脖子上青筋蚯蚓样地起起伏伏，“我敢肯定，他绝对没有走出无双镇。”

十一

推开教室门，金卯卯看见王荣贵和许歪歪跪在讲台上。看他进来，许歪歪自觉往边上挪了挪，给他腾出空位。李学儒斜了一眼门边的金卯卯，没有像平时一样山呼海啸，和颜悦色说金卯卯同学，你先去趟办公室，校长在等你。

校长像是接待上级领导，准备找杯子给金卯卯倒水，找了半天没找着，干脆把自己的杯递了过来。金卯卯摇摇头。校长拉把椅子在他对面坐下来，清清嗓子说："你哥的事情你晓得不？"金卯卯迟疑了一下，点点头。校长又问："晓得他去哪儿了？"金卯卯摇头。"不晓得？"校长伸长脖子，像只够食的鸭子。金卯卯继续摇头，怕校长不信，又使劲摇了两下。校长缩回脑袋，手指在眉毛上刮了刮，神情一下严肃得像开学生大会，"金卯卯同学，我告诉你，包庇坏人是犯罪行为，不能因为坏人是自己的亲人，就对学校撒谎，"探过身子拍了拍金卯卯的肩膀，校长更是语重心长，"你揭发他，是帮他，是为民除害，你懂不懂？只要你说出来，我敢保证，年底你三好学生的奖状就稳当了，为什么呢？你为人民立了大功，你配得上。"

金卯卯一直低着头，两只手相互搓捏，就是不说话。校长渐渐坐不住了，站起来在屋子里开始快速踱步。十多个来回后，脸色终于变了，手一伸，直戳金卯卯面门，"你要敢包庇强奸犯，老子让阮全安把你也送进大牢。"

小学生终于抬起了头，看着校长，眼泪汪汪，一字一顿，声音像是嚼碎了吐出来的。

“我真不晓得我哥在哪里，骗你我是狗日的。”

金卯卯没再回到教室，许歪歪给他腾出的地盘一直空着。校长说了，他不能上课了，先回家反省几天。

一个人放学回家还是第一次，阳光很温暖，金卯卯心里却冰凉冰凉的。他觉得自己被抛弃了，被热闹非凡的学校抛弃了。此刻，他心底最大的愿望是能马上完成一件惊天动地的大事，譬如拦下一匹惊马，扑灭一片山火什么的。四下望望，惊马是不会有了，远处近处的山峦郁郁葱葱、苍翠欲滴，没一点起火的征兆。找一块石头坐下来，他后悔那晚没问清楚大毛这狗日的到底要去哪里，那样就可以理直气壮将他揪出来，校长的脸色也不会那样难看了。想想他又跟自己说，这样绝不是为了年底的三好学生。老子才不稀罕那个，一张破奖状，外加两个作业本。

糊里糊涂坐了好久，路的那头传来喧闹声，应该是中午放学了。金卯卯忽然有了心惊肉跳的感觉，慌忙跳进路边的树林里，伏下来，看着一双双解放鞋、白边鞋踢踢踏踏跑过去。

就在金卯卯伏在草丛中的当口，他老爹正伏在自家饭桌上长声吆吆号哭。

几个人围坐在房间里，杀气腾腾盯着他。

“我不晓得，我是真不晓得啊！”卯卯老爹抬起头来，眼泪汪汪喊。

屋里刚喊完，屋外有人喊：“王医生来了。”喊话的是阮全安，别看驻乡民警文化不高，点子却不少。他知道两年前乡村医生王明君救过粮站站长一条命。站长那时好酒，提了十斤烧酒和人划拳，站长拳风不顺，咕噜咕噜连喝了五碗，立马现场直播。站长吐完大家将他扛到床上。半夜大毛欺负老爹人事不省去偷钱，结果发现老爹没气了，钱也不偷了，背起老爹就往卫生院跑。王医生见多识广，说是呕吐物堵住了气管，倒提着活死人抖了好几十下，抖出一堆秽物的同时，也把一只脚跨进了鬼门关的站长老命抖了回来。

别看王明君平时软塌塌的，烂稀饭般的表情从年头悬挂到年尾，但他说话管用，一句顶一万句。更何况他救过粮站站长的老命，说话估计就更管用了。阮全安鬼精，参透了这个道理，所以才软磨硬泡把王明君拉了过来。

王明君刚跨进来，一屋人都站起来让座。也不客气，王明君拉条凳子坐下来，朝正号哭的站长喊了声："屁大点事，丢鸡巴人。"站长听出了声音，连忙站起来，袖子横在脸上一拉，才拉出一个清晰的救命恩人来。

"明君，这不是小事哟！"站长哭着说。

两手一摊，王明君说："大毛这狗日的整日吊儿郎当，你呢？又管不住，我看进去管教管教也好。"

站长撇撇嘴，止住哭，看样子是听进去了。乡村医生接着说："最多四五年，表现好点，三年就可以回家，你还省心。"站长点头，王明君又说，"我觉得这不是坏事，烂疮早治早好，等烂穿了，就没治了。"站长不住点头，说你说得在理。既然在理，你得告诉人在哪里啊！阮全安接话。站长哭丧着脸说："我是真不晓得。"

王明君忽然站起来，一脚踢翻身前一条凳子，指着站长恶声恶气吼："亏你还读过两年书，都钻狗屁眼了。"说完转身就走，刚到门边，站长声音低沉说："具体我真是不晓得，不过他说先去观音山躲两天。"

十二

根本不用发动，无双镇男女老少就自觉出马了，扛锄拿锹，浩浩荡荡就杀奔观音山而去。观音山林木丰茂，地广人稀，算是藏身的好去处。可惜啊！无双镇人比强奸犯还熟悉的这块地盘。半天工夫不到，就把满身污泥的金大毛从一处隐秘的山洞里头揪了出来。

几个县上下来的公安刚把金大毛塞进警车，王明君从人群外挤进来，把两条烟塞进车里，大声喊："大毛，好好改造，要不了几年的。"

大毛被抓后，一个镇子很快就平静了下来。

四姑依旧到处接生；陈老者照旧坐在屋檐下唱歌；痨病鬼偶尔露一下面，照例吓得鸡飞狗跳；棺材匠还弯着腰在自家院子里推得木屑纷飞，只是丧曲越来越难听了。

许歪歪拖拖拉拉来到粮店，吃一碗金卯卯炒的满菜籽油的米饭。收录机还在，几盘磁带散落在桌面上，爬满了灰尘。许歪歪不敢提，他怕金卯卯难受，倒是金卯卯不在乎，动不动就说："最好多判他狗日的几年。"

进入秋季，雨水特别多，一下就是好几天。最烦人的是细雨，滴滴答答，没完没了，汪得一个镇子满腹心事。在没完没了的浸泡中，人都似乎变得格外懒散，只有阮全安那台破吉普格外勤快，从早到晚沿着破旧的公路不停地跑，那模样像是吃了春药。车顶大喇叭声嘶力竭，所过之处，飞沙走石。

路中间积满了明晃晃的水，三个人只好沿着路基慢慢走，到了一处狭窄处，身后忽然一声闷哼，那台破吉普嘶叫着窜了过来。一排浊浪劈面打来，还没回过神，那车耸动着跑远了。抹了一把脸上的脏水，许歪歪回头看了看。王荣贵更惨，头上还堆放着两块黄泥。金卯卯伸手把王荣贵头顶上的黄泥扒拉下来，朝着远去的车大骂："阮全安，我日你先人板板。"

推开教室门，所有人都惊呆了。三个人站在大门口，身上还滴着黄泥，像是刚从黄泥地里拔出来的萝卜。最前面的王荣贵喊了一声报告，声音有点抖，像台信号不好的收音机。李学儒足足看了半分钟，说今天不用跪讲台了，你们先到门外等着我。三个人站在破旧的窗户根脚，李老师洪亮的声音震得窗框嗡嗡直响。

"我这辈子什么人物没见过，连老人家我都见过，你们是没见过那个场景，人山人海。我记得那天天气很好，一轮红日挂空中，主席挥手的时候，头上有个五彩的光圈……"

抽抽鼻子，金卯卯咕哝："又来了。"

王荣贵哼一声："就不晓得累，老子都听累了。"

打了一个喷嚏，许歪歪说："他这样翻来覆去说，说不定是真的呢！我爷爷供了一个菩萨，脑壳上也有个光圈呢！"其余两个人没答话，以前意见一致，都觉得班主任吹牛皮，现在不敢随便反驳了。王荣贵说了，我们也没见过，哪晓得真的假的。破旧的轮胎钢圈终于发出了当当当的声音。班主任红光满面夹着书出来，一挥手说你们跟我来。

三个萝卜在办公室屋檐下堆成一排，李学儒手里拖根塑料水管。水压很足，水管在地上不安分地跳动。"闭眼！"李学儒大喊，三个人连忙用手挡住脸。许歪歪刚闭上眼，一股激流喷射过来，仿佛一只有力的大手，捶得他肋骨酸痛。

花花绿绿的学生娃娃围了好几圈，嘻嘻哈哈看着水柱后面左推右挡的三个人。连李老师都在笑，别看上了年纪，依旧目光如炬，星星点点的泥点他都看得清楚，水柱忽上忽下，忽左忽右，射得一个校园欢声笑语。

李老师看着三个蹦来跳去的娃娃，童心复苏了。冲刷已经完成，六对细胳膊细腿藕样白嫩。李学儒不想停下来，水管成了批改作业的钢笔，钩钩叉叉来回画。单薄瘦削的王荣贵终于先委顿了，伏下身来，脑袋埋在裤裆里，两扇薄薄的屁股对着那股凶猛的白亮。

笑声越来越大，还有娃娃开始欢呼，几个高年级的甚至有些跃跃欲试，恨不得接过水管也痛快喷一回。班主任被热烈的场面感染了，楷书变成了狂草，横撇竖捺，冲出对面声声惨叫。

就着一身冰湿挨到放学，三个人身上都没有干透。回家的路上，天地间都响彻着噼里啪啦的水响，耳朵一直嗡嗡，双脚一直抖动。

十三

华山论剑的日子就要到了，大家都忌惮欧阳锋，老毒物练成了“九阴真经”，坏人比好人还厉害，这场架有点悬。几个社会经验和生活阅历都很丰富的电视散场后还分析，说东邪、南帝、北丐加上郭靖也未必是欧阳锋的对手，听见这样的话，金卯卯他们几个就更难受了。焦心的还有郎家那台电视机，放着放着就成了冬天，那雪花飘啊飘啊！抱着天线杆子转半天，才算把个险恶的江湖摇出来。郎家婆娘老样子，总把电视机的健康问题归咎于盯着它的眼睛太多，动不动就当着一院子人发脾气。王荣贵几个不敢怠慢，从老爹那里顺点钱出来，就赶忙跑去郎家商店买东西，算是给老婆娘的一点安抚。

几个人最近喜欢上了陈述命。一是老家伙鼻子以上特别像洪七公，二是身上那个大洞很是让人敬仰。三个娃娃没事就去听陈老者摆龙门阵。陈老者就会讲战场上的事情。英雄事迹是没有的，只有死亡和逃跑；语气也不激昂，全是唉声叹气，说到最后总是哭，娃娃一样伤心地哭。开始几个娃娃还劝劝，劝了几次没效果，金卯卯就说不要管屎他，哭够了他会收声的。陈老者吃得不好，一个月也见不到点荤腥。金卯卯就继承他哥的优良传统，偷偷从粮站仓库给他顺。

今天老家伙精神头特别足，三个娃娃要他摆事情。他抠抠乱蓬蓬的头发，手指伸进鼻孔掏掏，最后摆出难得一见的正经状：

“要学做个好人。我很小的时候，村子里有个男人，很老的男人，和儿媳妇有瓜葛，叫作扒灰的。有一次他去赶集，遇上一个道士，道士跟他说，你最近有血光之灾。男人吓着了，忙问具体时间，道士不说，男人就掏出所有的钱塞给道士，道士伸出两个指头。男人明白了，应该是两日之后。又问道士能不能解，道士摇着头说解不了了。男人更害怕了，拉着道士求解法。道士只是不说，挣脱着跑了，跑远了回头朝他喊：‘远离火源，或能避祸。’过了两天，男人为了避开火源，干脆跑到村里的池塘边，从早上一直坐到半夜。正当他暗自庆幸逃过一劫，天上忽然掉下一个大火球，在地上砸了一个很深的坑，男人也砸成了肉饼。”

王荣贵战战兢兢问：“那东西是哪儿的？”

陈述命一根手指戳向天空。

“肯定是玉皇大帝要他的命。”许歪歪说。

“省上来人看过，说那东西叫陨石，出事没几天就给运走了。”陈述命说。

打了一个长长的哈欠，陈述命接着说：“所以说呢，这人要干了坏事，天会收你的。那块石头不砸张三，不砸李四，为啥就偏偏砸了他呢？妈个逼，这就是报应。”

大家对陈述命这个故事很满意，一直走到痨病鬼家门前，那股惊奇都还在持续。

痨病鬼媳妇站在马路边，拉着胡四姑的手一直哭，哭的间隙偶尔有笑跳出来，表情在哭和笑之间来回转换，女人的面都变得有些僵硬了。

两个人还说悄悄话，声音很小，许歪歪还是听见了。

“姑，我以为这辈子都不会有了，哪晓得——”

“实在难得，你要好好养，前三个月最重要，不要动了胎气，不要干重活，粮店的麻包是不能去扛了。”

他们对两个女人的话题没什么兴趣。

“你痨病鬼媳妇大不大肚子跟我们有屌关系，反正你那肚子不是我们搞大的。”许歪歪说。

三个人很淫邪地笑了一通，王荣贵提出，下午的课干脆不上了。刚提出就得到了另外两个的热烈响应。除了贪恋玩耍，更重要的是李学儒。一想到他，新仇旧恨泛着泡沫往胸口涌。

找到一处开阔地，对着一截干枯的老树桩子撒了一泡热尿。收好东西，金卯卯弓着背围着树桩子转了三圈，猛地直起腰指着树桩子问：“像哪个？”其余两人端详一阵，摇头。

“李学儒。”金卯卯说。

又盯着瞅了瞅，两个人不说话。

金卯卯招呼：“来我这头，朝这边看，像惨了。”

许歪歪和王荣贵过来，端着下巴盯了片刻，微微点了点头。

三人目不转睛看了半天，大喊：“太鸡巴像了。”

转身折来三根树枝，金卯卯给另外两人各分了一根。他先把树枝插进裤袋，作斜挎状，然后对着两人说：“二位，今天这场战斗非同寻常，不是你死就是我活。对付李学儒这样歹毒的老贼，咱们也就别讲什么江湖规矩了，大家一起上，杀了老贼，为民除害。”

许歪歪剑锋一抖，瞪着眼说：“我与老贼不共戴天。”

“就算你练成了九阴真经，老夫又有何惧？”王荣贵大义凛然。

三剑平胸，围着树桩疾走，忽听得金卯卯一声暴喝：“出手！”剑尖直指中心，分上中下三路疾刺，电光火石间，班主任连中九剑。

班主任没倒，王荣贵先倒了。转圈太快了，脑袋有点晕，脚下一拌蒜，跌了个货真价实的狗吃屎。另外两人看王荣贵猝然倒地，吓了一跳，纵身跳出圈外。许歪歪一抱拳，喘着粗气说：“九阴真经果然了得，今天我三兄弟技不如人，咱们后会有期。”金卯卯本来也想说点什么，刚张嘴，就一屁股坐倒在地，连打了四个干呕。

战斗很激烈，体力消耗特别大。撤出战斗后，三个人急着补充体力。用金卯卯的话说：尽快恢复元气，提防老贼追杀。为英雄们提供体力支撑的是土坡下那块刚收浆的苞谷地，苞谷的主人是棺材匠。此刻正在院子里捶打榫头的棺材匠无论如何都想不到，他家地里的六个粗壮的苞谷为正义的事业牺牲了自己。

烧苞谷的火堆就架在班主任身上，被戳得伤痕斑斑的老贼成了少林寺里头的方丈，无论如何，他都难逃厄运了。饶是有九阴真经护体，等到六个苞谷烧熟，老贼已然面目全非了。刚才还粗大的身躯此时已经剩下瘦弱的一截。

呼啦呼啦吃完苞谷，金卯卯站起来，飞起一脚，老贼顷刻之间身首异处。

抹抹黑乎乎的嘴巴，金卯卯说：“念在师徒一场，我会厚葬你的。”

十四

金大毛自从被抓后，泥牛入海，针尖大小的消息都没有。他爹去过几次县上，连关押地点都不清楚。最近一段时间，才有些传闻过来。有说判了五年的，有说判了七年的，传闻中也有胆儿大的，言辞凿凿说判了十五年。

苞谷还没收完，消息就来了。

早晨第三节课，李学儒在讲台上宣布，星期五不上课，全体学生到粮店晒谷场参加公判大会。

粮站站长同时接到两个通知，一是腾出晒谷场开公判大会，二是金大毛的案子也将在这次大会上宣判。站长不敢怠慢，他公私都占了，连夜招呼人清理坝子。

星期五，天气出奇的好，太阳公公一大早就迫不及待爬了上来。粮站两扇铁门一打开，人流来得比气流还快。眨眼工夫，粮站坝子连根针都插不进去了。只有那个连夜搭建的高台杵在那里，空空荡荡，满腹心事。

太阳当顶，车队抵达。前面三辆套着绿色帆布的吉普车，后面四辆大卡车。每辆卡车上三名五花大绑的罪犯，每个罪犯由两名荷枪实弹的武警押解。最扎眼的还是卡车车头那挺轻机枪，在阳光下散发着古铜的色泽。乡下人从来没见过这样多的枪械、军人和罪犯。所有眼睛仿佛随时出膛的子弹，将老嫩的面孔都拉得变了形。

第一个发现金大毛的是陈述命，老东西毕竟是见过大阵仗的人，枪枪炮炮见得多了，心思没有那样大的起伏。他注意的是人，那些反剪双手的人。一下聚集了这样多的坏人，他有些兴奋，老眼瞬间不再昏花。罪犯的面前都挂着一块纸板，上面有他们的名字和罪名。他挨个检视。目光来到第三辆卡车，他看见了金大毛。大毛胸前纸板上的字写得不好，歪歪扭扭，名字还看得出些耐心，罪名就潦草了，“强奸犯”三个字要不连在一起，你都认不出来。

“大毛！”陈述命大喊。

所有目光都在晃动，最后都一齐盯在金大毛身上。

一看到大毛，粮站站长眼泪就下来了。儿子更瘦了，像根晒干的豇豆。脑袋软塌塌悬挂在脑袋上，随时都有掉落的危险。要命的眼神，被掏空了一般，啥东西都没有。

“大毛！”站长凄楚地喊一声，扒开人群往卡车那头挤。刚挤到卡车边，锋利的刺刀拦住了他。罪犯被押下来，挨个儿提上搭好的台子。在台子前边一溜排开，全都低着脑袋。阳光直射下来，将他们的影子捏成密集的一小团。

金卯卯脖子伸得老长，他想看看哥哥的脸，看不到，大毛的脑袋垂得很低。

宣判的声音异常洪亮。

宣判词很短。无一例外，每个罪名后面都是那句话：判处死刑，立即执行。

宽大的坝子，鸦雀无声，只有威严正义的声响在回荡。金卯卯听不见，他脑子里全是大毛平日那些烦人的话语，“金卯卯，狗日的还不回家吃饭。”“金卯卯，我刮了你的皮。”“金卯卯，老子掐死你。”

人群一直平静。罪犯大多是乡人，他们的死活离坝子里的人太远。终于到了金大毛，人群更安静了，都竖着耳朵，怕漏掉一个字。所有人都在猜测，五年？七年？还是十五年？

没有对粮站站长儿子搞特殊，“判处死刑，立即执行”。

对大毛的宣判刚结束，粮站站长就晕过去了。

王荣贵捅了捅金卯卯，低声说："你爸晕死过去了。"

金卯卯不动，依旧伸长脖子看着台上。

"你爸晕过去了。"王荣贵又捅了捅金卯卯。

不耐烦地打开王荣贵的手，金卯卯哑着声说："晕死就晕死，老子才不管屎他。"

有人喊王医生，王明君过来，招呼几个人将站长抬回了屋。

最后台上那人高喊："现在，将罪犯验明正身，押赴刑场，执行枪决。"

这时候一个人过来，手里拿着一管毛笔，挨着在死刑犯们胸前牌子上写着姓名的地方画了一个大大的红叉。金卯卯想到作业本上每道错题下面的那个红叉。

他忽然回头急切地问："刑场在哪里？"

人群中有人答："赵家沟。"

扒开人群，金卯卯飞似的跑了。

许歪歪和王荣贵追得腿肚子都快抽筋了。纳闷得很，金卯卯像是得了裘千仞真传，一身轻功出神入化，转眼就不见了。等转过一道弯，才看见金卯卯。一个豆大的人影在山路上飞奔，步伐飞快，像在追赶一只远去的苍鹰。

喝菜油的还是没能跑过喝汽油的。离赵家沟三里地时，卡车就超过了金卯卯。车队拖着绵长的杀气，搅起一路烟尘，咣当当过去，金卯卯就什么都看不见了。滚滚的烟尘中，终于传出了一声撕心的号叫。

"哥！"

烟尘散尽，王荣贵和许歪歪才赶到。金卯卯横躺在路边的排水沟里，两个眼睛盯着湛蓝的天空，嘴里还在喃喃喊："哥！哥哦！

哥呢！”

许歪歪弯腰叉腿说：“快起来跑，要不看不到你哥了。”

沟里的一动不动。

金卯卯最后是被王荣贵和许歪歪背到赵家沟的。

刑场在一个低洼的平地上，洼地四周的山坡上全是人，花花绿绿一大片一大片，就像野花怒放的季节。三个人爬上山坡，他们才发现枪决已经准备就绪了。

死刑犯们跪成一排，每人身后都站有一个行刑的枪手，端着半自动步枪，戴着白色的口罩。一个套着白大褂的人用粉笔在犯人的背上画圆圈，那是标明心脏的位置。

金卯卯跪在地上，两只手深深嵌进泥土，两挂鼻涕挂着，眼泪无声无息地淌。边上忽然有人说话，两个男的，一个络腮胡，一个剐骨脸。剐骨脸说：“十多年前这里也枪毙过一个人，手里捏了五条人命。枪毙那天，连打了八枪都没有死。打完第八枪，开枪的那个人吓得浑身发抖。最骇人的是倒地的罪犯挣扎着扭头对行刑的人说，老子一枪之罪，你为何没完没了？那个行刑手当即就疯了。最后还是另一个人上去，掏出手枪，一枪爆头，犯人终于死透。”

络腮胡说：“这事我晓得，就是不清楚为何八枪都没能打死。”

剐骨脸笑笑说：“后来法医解剖，狗日的心脏长反了。”

“准备。”下面一声高喊打断了两人的谈话。

小红旗一挥。啪啪啪啪。

杂乱的一阵枪响，天地寂然。片刻，洼地里升腾起呛人的火药味，接着，是血腥味。烟雾散尽，十二个人齐齐倒在洼地里。

“哇”一声，王荣贵吐出一摊秽物。然后他铁青着脸对许歪歪说：“血腥味太难闻，忍不住。”许歪歪刚想说话，金卯卯忽然说：“狗日的金大毛死尿咯！”

声音清脆干净。

今天没有出现剐骨脸说的情况，犯人们的心脏长得都很规矩，子弹很准确地洞穿了它们。法医开始挨个检查，检查完毕，对着指挥死刑的长官点了点头。接下来是拍照，将犯人翻转过来，牌子端端正正放在血肉模糊的胸口上。相机对着尸体咔嚓咔嚓叫唤好几声才算完。

山坡上陆续有人开始号哭，都是犯人的家属。

一切完毕，车队拖着长长的烟尘离去。

收尸是个伤感的活路。家属们边啜泣边打整。每家每户都找来木板，先用纸钱把胸前那个大洞堵住，再用白布把尸体裹好，最后放到木板上。

大毛含着一嘴泥，眼睛大大鼓着，恐惧还清晰地印在脸上。给他收尸的不是家属，老爹还昏死在床上，上小学的弟弟跪在半山腰。负责这个活路的是王明君、胡四姑、棺材匠和几个近亲。痨病鬼老婆本来想帮忙，让四姑给赶开了，说你怀身大肚的，不要惊了肚子里头的崽崽。收拾过程中，棺材匠很惊奇地发现，子弹进去的地方只有一个胡豆大小的洞洞，出来却拉开了碗大的窟窿。

四姑轻轻解开大毛身上的绳索，忽然放声痛哭，边哭边说："当年我亲手把你抱出来，今天又亲手把你送回去，你娃娃到底是造了哪门子的孽哟？"

把大毛裹好放上木板，刚准备抬走，陈述命在人群中说："把沾有血迹的泥土也刨走吧，这样才算全尸。"

一行人抬着大毛往家赶，陈述命递给金卯卯一沓纸钱，让他走一段撒几张，还高喊："金大毛，三魂七魄回家咯！"

他们的身后，是蜿蜒的人流，全都阴着脸，没一点声息。

十五

八月的乡村仿佛寓言，浓稠的绿色开始消退，黄色瘟疫一般逐渐蔓延。进入九月，枯黄主宰一切，只有高高矮矮的常青树，还顽强抵御着无孔不入的残破和凋零。

不断有杀人的消息传来，临近好几个镇子都开了大会，枪声爆豆样响个不停。人人都成了苍蝇，对血腥的味道尤其敏感，刑场枪声未响，围观者早就挤满了附近的沟沟坎坎。金卯卯他们在几个镇子间来回奔走，看弹壳跳出枪膛，看子弹击穿胸口，看鲜血浸湿土地。最近一次从刑场回来的路上，王荣贵兴高采烈对金卯卯说："我闻到血腥味都不恶心了。"

还没翻过九月，站长就凋落了。仿佛一片满身虫洞的落叶，跟着风的方向在镇子里漫无目的地飘荡。他的头发黏成了股状，像是顶了一头乌黑的绳索。衣服斜披，风一来就撩得噼啪乱响，露出两排骇人的肋骨。他对遇见的每一个人说："大毛给我托梦了，说他寿源未到，阎王不收，所以魂魄至今还在三界外游荡。"

听的人很认真，听他说完，还会伸手在他肩上重重拍打两下，算是无言的慰藉。都心虚，把强奸犯从观音山揪出来，人人都有功劳。也有理壮的，背地里说站长脑壳出毛病了。奇怪的是，站长照样上班，每笔账都清清楚楚；也还收粮，磅秤后头一站，干的湿的，一斤半两，分毫不差。站长神神道道总在晚饭后，账本封存，粮食入库，脸色一抹，状态立马混沌。

迎着绚烂的晚霞，站长沿着高低不平的道路漫无目的地瞎逛。他还唱歌，歌词是老戏文，死人道场上用的。边唱边开始解衣服。

远处有姨娘见了，喊一声："叔，秋凉呢！"站长不看喊他的人，自言自语："胸口里头有个大包，滚烫呢！解开衣服好过点。"

胡四姑见站长腾云驾雾的模样，怕摔了，连忙迎上去，说慢点走，路不好。站长盯着晚霞，眼里翻滚着浓烈的血红。走近了，站长神秘地把嘴附到四姑耳根边说："大毛给我托梦了，说他寿源未到，阎王不收，所以魂魄至今还在三界外游荡。"四姑喉咙一紧，眼泪就下来了，挂着两吊泪目送站长蹦跳着远去。站长在陈述命屋檐下停留的时间最长，站长先说了大毛在阴间的处境，然后住了嘴，接着就是陈老者一个人说。老孤寡的事情和他的身板一样老旧，口齿也不清，絮絮叨叨絮絮叨叨。说了好半天，一扭头，才发现站长不知道什么时候跑走了。颠簸着到了痨病鬼屋前，站长扯着嗓子大声喊："大毛给我托梦了，说你日子也不长了。"痨病鬼婆娘正好再往药山上添了一层，听着不舒服，也扯着嗓子喊："叔，这折寿话可说不得哟！"还算棺材匠鬼精，没等路上的人开口，他就先喊："大毛给我托梦了，说他寿源未到，阎王不收，所以魂魄至今还在三界外游荡。"站长听完，一言不发，立马原地后转，驼着无边的霞光转回了家。

双脚迈进粮站的地盘，站长眼睛一抡，混沌立时踪影全无。拍打拍打身上的灰尘，把扣子一颗一颗认认真真扣回去。步伐也踏实了，推开门，先问硕果仅存的儿子："卯卯，饿不？我给你下面。"屋里恶狠狠丢出一句："管事管得宽，管到老子脚杆弯，老子饿不饿关你屌事。"站长就连声应诺，说好好好，等饿了我再给你做。这时候屋子里总有异物飞出来，或者一本书，或者一把扫帚，要不就是那口黢黑的铝铸水瓢。

隔三岔五，王明君就会上门来和站长喝两杯。两个都好这口，也不管酒好酒坏，咕噜噜灌下几碗，就搂着肩膀喊兄弟。每次两个人都哭，王明君说兄弟啊！我对不起你啊！是我让你把大毛交出来的啊！站长也哭，长声吆吆说兄弟啊！不关你的事啊！娇惯出败儿啊！哭完继续喝，喝了继续哭，直到在地上拉直了，才算消停下来。

站长怕清醒，可总是清醒。一入夜，他就成了田里的青蛙，精神得很，要是会叫，他都想一直叫到天明。他发现，自己现在记性变得格外好，那些早就湮灭在记忆里的，关于大毛的点点滴滴，全都跑回脑壳里来了。大毛第一次走路，第一次说话，第一次生病，甚至第一次骂狗日的，他都记得清清楚楚。想着想着就开始痛哭，哭是个体力活，哭一阵就有睡意上来了，刚闭眼，那头屋子里有声音过来，声音断断续续，还夹杂着磁带摩擦的嗞嗞声：

谁知道角落这个地方，爱情已将它久久遗忘。当年她曾在村边徘徊，徘徊，为什么从此音容渺茫。嗯……

谁知道角落这个地方，春天已将它久久遗忘，当年她曾在山头停留，停留，到何时她还会来此探望。嗯……

听完，又结结实实哭一回。

十六

厕所里，相邻两个蹲位的学生在说话。

“你看到子弹打进胸口的样子没得？血飙得老长。”

“最刺激的是最后那声喊，有点像杀猪的声音。”

“我闻到人血的味道，苦胆水都能出来。”

“老子就喜欢那个味道，一闻，鸡鸡都硬了。”

金卯卯正站在尿槽边撒尿，听见两个人的话，他抖净残存的尿液，慢慢穿好裤子，回身盯着两个人，眼里蔓延着无边的杀气。

“说完没得？”他问。

一个白了他一眼，说：“关你屌事。”

话音未落，金卯卯照着他的脑袋就是一脚，怪叫一声，屁股刚好卡在坑道上。挣扎着刚想起来，又是一脚，陷得更深了，像是往缝隙里钉楔子。另一个蹲位的见势不妙，连忙起身拉裤子，裤子刚扯到大腿，胸口就挨了狠狠一脚，屁股准确地嵌进了坑道。

回到教室，金卯卯屁股还没坐热，李学儒就来了。

班主任进来，不说话，劈面就是两耳光。此时正是中午放学时间，教室里人少，余音绕梁。还没等金卯卯回过神来，李学儒就像提只鸡仔样把他拎走了。几乎就是脚尖着地，金卯卯被提着穿过长长的操场。一直到办公室门口，满天的繁星才渐渐散去。

进到屋里，脚踏实地的同时，金卯卯闻到了刺鼻的恶臭。两块楔子站在墙根，杀气腾腾盯着他。

“允许你哥犯法，还不许别人议论，你这是哪家的王法？”李学儒厉声问。

金卯卯不说话。

“读了几年书，连个好坏都分不清楚。”李学儒放缓口气，露出一贯的语重心长，“我问你，你哥是不是好人？”

直着脖子，金卯卯不置可否。

“那是不是坏人？”李老师又问。

还是不说话。

兴许是金卯卯脸上几根若隐若现的肉肠让李老师有些不适，语气仿佛刚从开水里捞出来，轻柔绵软。

“我可以负责地跟你说，你哥就是个坏人。”想了想，班主任又说，“你是他弟弟，不认同我的看法，我可以理解，但是……”

“老师，我错了。”金卯卯忽然说。

“唉！这就对了嘛。”班主任有了笑容。

“我哥该死，我不应该同情他，我今后一定向那些英雄人物学习，做一个对人民对国家有用的人。”金卯卯说。

山势很陡，下面是条细窄的小道。金卯卯阴着脸搬了一大堆脑袋大小的石头堆在悬崖边。石头堆放完毕，坐在一边，眼睛死死盯着远处的路口。

放学的学生沿着路慢慢散尽，太阳快要跳过山脊的时候，李学儒出现了。班主任走路的样子有点怪，像乒乓球，一跳一跳的。他手脚都很长，走道甩同边手，仿佛有根无形的绳索牵引着他。夕阳的余晖从他身后扑过来，将他的脚步推得有些踉跄。他腋窝下还夹着一叠作业本，走几步就将作业本往上掖一下。山顶上的人刚才还眼神黯淡，李学儒一出现，瞬间就亮了，像一个蹲守几天的猎人看到了猎物。

真是个伏击的好地方。道路到了这里，忽然就狭窄了，狭窄处还有一个顺山的豁口。石头放下去，不会左右乱滚，笔直、阴毒。金卯卯做过试验，连丢了三块石头，效果都十分理想。就像老东西说的，写作文不会跑题。一想到椭圆脑袋的班主任滚下山崖的模样，金卯卯就禁不住血脉贲张。

班主任显然没有意识到凶险就在头顶，边走还边唱歌：大海航行靠舵手。可惜这里比大海还危险，而且还没有舵手。班主任越来越近，金卯卯心跳得愈发厉害。两只汗手举起一块石头，心里在喊：你死定了！

十七

三个娃娃跪在讲台上，金卯卯阴着脸对许歪歪和王荣贵小声说："我差点把他杀了。"王荣贵抬头看了看唾沫横飞的班主任，又侧脸睃了一眼金卯卯，说吹死牛皮，老子才不信。许歪歪说你要杀了他就好了，说不定学校今天就放假了，我们就可以玩两天了。

放学后，金卯卯带着两人爬到山顶。许歪歪和王荣贵观察了一下，确是杀人的好去处。再加上那堆心怀叵测的石堆，看来李学儒真是差点成了欧阳克。

"还是不敢吧？"许歪歪说。

沉默片刻，金卯卯说："我刚想放第一块石头，老东西不走了。"

"发现你了？"王荣贵慌忙问。

摇摇头，金卯卯说："他胳肢窝夹着的本子掉地上了。"咬咬嘴唇，他又说，"那时候我想，他要是死了，那沓作业本就没人改了。"

三个人互相看了看，都没做声。他们都觉得这是个很充足的理由。

半天金卯卯捡起一块石头，顺着豁口扔下去，石头兴奋地蹦跳着滚下山，在小路上砸出一个坑，腾空而起，划出一道恐怖的弧线，飞到山脚去了。

许歪歪也搬起一块，用力砸去，喊一声："砸死你狗日的。"

"砸死你狗日的。"王荣贵掀下最大的那块石头，哑着嗓子骂。

石头源源不断滚下去，欢呼着，跳跃着，像一段亢奋的交响曲。

扔完石头，三个人满脸潮红，喘着粗气，看模样意犹未尽。金卯卯提议，干脆去望乡林找蘑菇。望乡林有一种叫三塘菌的野生蘑菇，味道赛过新鲜的猪肉。这种菌很稀少，从生长到凋谢不会超过一天。最神奇的是，它不是聚成一堆，而是相邻呈品字形分布，彼此之间最近的几米，最远的几百米。所以有经验的人，发现一处后，就会接着搜寻另外两处。吞下半泡口水，许歪歪表示同意。他吃过三塘菌，五岁那年，父亲找回来的。烹饪很简单，烧开一锅水，往锅里放些剁碎的西红柿，然后把菌子撕成细条，煮熟后放点活油。那味道至今还停留在他舌尖。

只有王荣贵有些迟疑。他喜欢三塘菌，但他不喜欢望乡林。

林子在镇卫生院往西三里地，浓荫蔽日，藤藤蔓蔓把一个林子缠得密不透风。在无双镇，人死去不满八岁的，叫报惨儿。老人说，早夭的娃娃是来报复你的，你上辈子得罪了谁，他这辈子投生过来给你当儿当女，等你正高兴，他两脚一蹬死掉了，让你在恓惶中过一辈子。所以，无双镇所有八岁以下死去的孩子，没有葬礼，没有坟墓，拿条草席一裹，丢进望乡林，任凭腐烂干瘪，最后化成一堆泥土。

那些出入望乡林的人每次出来，都会长吁一口气后说：要命，又踩烂了好几堆白骨。

王荣贵的拖沓让另两人有些沮丧，金卯卯长远规划，说星期天去，不去全家死绝。

从地上一蹦而起，许歪歪大喊好。王荣贵脸上的难色还在，低着头不言语。

“哪个万众人日的不去。”金卯卯发了狠。

咒语太毒了，王荣贵没了退路，只好点点头。

推开家门的瞬间，王荣贵才意识到天已经黑了。他知道晚饭是吃不上了，矮胖的老子定然摩拳擦掌等着他呢。咬咬牙，硬着头皮推开门，屋子里静悄悄的。饭菜还在桌上，风从窗户漏进来，撩得塑料桌布起起伏伏。爷爷在墙上，长袍大褂端坐在一张雕花的太师椅里头，依旧黑着脸。几个屋子找了找，都没见人。把书包往椅子上一扔，王荣贵想两人要是就这样凭空消失了才好。夹口菜放进嘴里，又想最好死老者一个人消失，妈得留下。妈经常护着自己不说，做出的饭菜也可口。

忽然有声音传来，缥缈。王荣贵竖着耳朵听了听，是门诊那边过来的。

急诊室也就一间破屋子，门外聚了几个人。王荣贵顺着墙根溜过去，发现除了棺材匠一家，老娘也在。棺材匠靠着墙，脸上仿佛铺了一层死灰。婆娘脸色青紫，横着袖子不停地拭泪。小矮子则踮着脚尖朝门诊室窗户往里看。其实他什么都看不见，窗户挂了一面厚厚的布帘子。

棺材匠老婆抽泣两声，对荣贵妈说："晚饭吃得好好的，一下子就倒在地上，一点兆头都没得！"

轻轻点点头，荣贵妈说你不要乱，先救过来再说。

"后天就两岁满满的了，这一路过来，我天天都提心吊胆过日子啊！"女人仰着头哭，"老天爷，我到底是咋个得罪你了，你要这样折磨我。"

夜静默着，风在一团墨黑里横冲直撞。屋檐下昏暗的灯光映着几张疲乏的脸。女人止住了哭，靠着裸露的砖墙柱子，目光投向无边无际的黑。棺材匠席地而坐，脑袋深深埋在两腿之间，不时有一声绝望的长叹。只有大儿子，还在窗户那里跳来跳去张望着。

"嘎"一声，门开了，暗夜被撕开了一道伤心的口子。两个医生从屋子里拱出来。王明君看着棺材匠，脸色冷峻地说："死了。"

女人长长一声哀号，顺着墙柱子瘫软下去。

"报惨儿啊！"棺材匠哭着喊。

走过去踢了棺材匠一脚，王明君说狗日的清醒点，死了的就死了，把你婆娘带走，她哭不得，否则怕是要死一双。棺材匠站起来，吊着两挂泪迷惑地看着王明君。使劲推了棺材匠一把，王明君说滚滚滚，赶快带着你婆娘滚。

“屋子里头的报惨儿咋办？”棺材匠问。

“你快走，我来处理。”王明君指了指满脸眼泪的小矮子，“你留下来。”

棺材匠扶着女人钻进黑暗，走远了还有哭声在黑夜里飘荡。

另一个医生点燃了一支烟，王明君伸出手说给我一支。片刻狐疑，那人把烟递了过来。点上烟，深吸了一口，王明君说：“遗传。”另一个点点头，接过话：“缺陷可能更大。”把烟扔掉，踩灭烟火，王明君说：“八成是心肌的问题。”

喷出一口烟，另一个医生讪笑，说：“这个我就不懂了，你晓得的，我以前是兽医咯嘛！”

扭扭脖子，王明君说，把娃娃处理了吧。

荣贵妈会看事，已经找来了一床草席。王明君进屋把人裹好，扯了一截输液的管子把草席捆好，抱出来放在灯光下。王荣贵刚想凑上去，老爹猛一回头，目光锋利如刀，吓得儿子怔在原地。扒开草席仔细看了看，王明君喃喃自语：“你老娘怕过不了多久就下来陪你了。”这边话刚落，那边小矮子就有了哭声。王明君扭头朝哭声方向喊：“要看最后一眼不？”小矮子点点头。

“看吧，看了送望乡林。”王明君直起腰说。

十八

棺材匠的院子没有了锯条奔跑的声响，也没有了阴郁的丧曲，只有两口尚未完工的棺材还白森森躺在院子里。

经过这段路三个人都没话，等走出去老远了，金卯卯才说："原来裘千丈这狗日的轻功是假的。"说完回头死死盯着王荣贵，问，"你说你老爸会轻功，是不是也是假的？"王荣贵连忙伸出小指头，说当然是真的，骗你我是这个。小指头代表小狗，金卯卯觉得这个发誓没有诚意，说当个狗算啥，不信。王荣贵咬牙切齿加码："骗你我全家死绝。"

金卯卯侧头看了看许歪歪，许歪歪点点头，对这个毒誓很满意。

"能亲眼看看你爸腾轻功就安逸了。"许歪歪说。

"跟踪嘛，裘千丈就是被蓉儿跟踪，才露出马脚的。"金卯卯说。

王荣贵咳嗽一声，说他一般都是夜里才练轻功的。

"就今晚，"金卯卯指着王荣贵说，"你找个好的地方，我们晚上躲起来等他。"

挠挠后脑勺，王荣贵有些为难的模样。金卯卯一瞪眼，说看你那鸡巴样子，让你找你就找。许歪歪提醒说："找个离得稍远点的地方，功夫高的人，耳朵都特别机灵，近了怕连我们喘气的声音他都能听到。"

伏在一段断墙根下，王荣贵心里鼓声咚咚锵。他还记得第一次给别人说老爹会轻功的情景。开学没多久，那阵子郭靖还跟江南七怪练功夫。放学路上，大家谈论郭靖练轻功的法子。当时他脑壳一热，脱口而出："我老爸就会轻功。"所有人都愣住了，然后许歪歪问："能飞多高？"见没人质疑，王荣贵胆儿大了些，装得不经意说："能蹿上房顶。"

奇怪的是，所有人都没有对此表示怀疑。后来王荣贵又胆大包天地增加了若干细节。比如老爹练轻功的夜晚月亮如何昏暗啊，吓得几只猫乱窜啊什么的。这样一来，谎言就愈发坚硬结实。夜风一吹，王荣贵打了一个冷噤，掖掖衣服，他才猛然发现，吹牛皮和吹气球一样，用力过猛了是要破的。另外两个不知情的憨包还在小声讨论，语气充满了惊奇和期待。

“你说他是直着飞还是横着飞？”

“那要看他练的是哪一路了。”

“他又没去过塞外，估计还是中原的路数。”

“那就应该是直着飞。”

远处，门嘎吱响了，乡镇医生出门了。站在院子里，他先是抬头看了看天上的月亮，然后展开两臂。

许歪歪轻声惊叫：“要飞了。”

王明君没有飞，伸了一个长长的懒腰，朝大门口去了。

墙根下的心都提到嗓子眼了。就在刚才，连王荣贵都差点相信老爹真会轻功。金卯卯一努嘴，三个人弓着腰跟了上去。

月光朦朦胧胧，一团团雾气低低地浮在路面上。王明君提着个布袋子，脚板啪嗒啪嗒击打着路面，他的身影在惨白的雾气里显得阴森恐怖。但他却没有一点害怕的样子，边走还边唱歌。歌声稳定厚实，一点都不飘。这说明他唱歌不是为了壮胆，那些唱歌壮胆的一听就知道，声若游丝，飘来荡去，像根细麻绳。

三个跟踪的心跳越来越快。

跑得这样远，难道是要练什么绝世武功?

跟了大约两里地，许歪歪抹掉额头上的汗水，说打死老子我也不跟了。

金卯卯四下扫了扫，借助远远近近的山势，他看出来了，前面就是望乡林。从路边的灌木丛跳出来，金卯卯狠狠地说：“连枪毙人老子都看过，我还怕个尿。”

王明君准确地找到了棺材匠女儿的尸体。

把手电含在嘴里，他从袋子里取出一沓纸钱和三炷香。点燃，对着遗体作了三个揖。

“姑娘，本来我不信这个，还是给你烧点纸钱，不要怪伯伯。”他喃喃自语。说完，解开捆扎席子的塑料管。也许是天气转凉的原因，娃娃面部变形还不算严重，虽头发凌乱，但嘴边脸颊还有个浅浅的酒窝。王明君轻轻解开孩子的衣服，从衣兜里掏出手术刀。

把取出来的心脏放进塑料袋装好，王明君开始缝合，一针一针，轻柔细密。

不远处，是三张惊恐地张着的大嘴。他们实在没想到，本想看武功片，看到最后是恐怖片。

此刻，在离此五里地的棺材匠家，昏暗的灯光下，棺材匠老婆躺在床上，不停的咳嗽搓烂了她一张乌黑的脸。掂着毛巾拭去妻子额头密密麻麻的汗水，棺材匠说最近这段时间你就不要再干活了，你这病累不得。

女人使劲憋住咳，流下一汪泪，喘着说：“姑娘可怜，我求求你给她做个火匣子，挖个坑埋了吧！”棺材匠也抹泪，说：“她来就是折磨我们的。她现在清净了，丢我们一家长痛短哭，给火匣子不行，挖坑更不行，你对她好，来世她还来坑害你。”女人恸哭，说：“就算来世再来害我，也要给她个火匣子。”棺材匠横起袖子拉了一把泪，不言语。女人撑起身来，一巴掌甩过去，扇出一声绵长的响来。棺材匠没动，倒是墙角的小矮子嘴角抽动了一下，眼泪就下来了。“亏你狗日的还是个卖棺材的，自家姑娘死去了，你连个火匣子都舍不得。”女人鼻涕眼泪一起淌。棺材匠依旧不答话，女人一瞪眼，脑袋冲着墙壁撞了过去。

十九

荣贵老娘发现儿子这两天古怪得很，平时桌上要有肉，其他菜狗东西连看都不看一眼。这两天稀奇了，只吃素菜，一点肉都不沾。今天更奇怪，炒了盘猪肝，刚端上桌，他就跑到门外吐了。

抹着嘴角残留的脏东西，王荣贵窝在围墙根下在心里把王明君十八代祖宗都操了个遍。魔鬼这东西，课本里面有，叫《渔夫与魔鬼》。说从前，有个渔夫每天很早到海边网鱼。这天上午，他连撒了三次网，都没有收获。当他最后一次把网拉拢的时候，感觉太沉重了，渔网好像和海底粘在一起。渔夫费了很大的力气才把网拉上来，结果发现是一个很沉重的铜瓶。瓶口的铅封上盖着所罗门的印章。“里面究竟装着什么东西呢？”好奇的渔夫决定打开来看看。渔夫取出刀子，撬开铅封。没隔多久，从瓶口里冒出一缕青烟，在空中一阵摇动后，竟变成了一个青面獠牙的魔鬼！渔夫看见这个巨大的怪物，浑身颤抖，不知如何应付。

可惜课本里头没有对魔鬼更多细致的描述，王荣贵想过很多次，勾画了魔鬼很多个样子。直到今天他才知道，原来魔鬼长得和乡镇医生一个样子：矮胖，眯着眼。你老东西吃啥不好，竟然去吃死人的心。一想到这里，他又连打了几个干呕。

乡村医生就在隔壁，正往棺材匠女人手臂上扎针。他依旧眯着眼，嘴角还带着笑，温顺得像只老绵羊。棺材匠坐在对面，看着床上双目紧闭、满脸乌黑的女人，仿佛陷入了无边的沼泽地，眼神空洞绝望。弹了弹输液的管子，王明君对棺材匠说：“放心吧，磕晕过去了，死不了的。”棺材匠懒得抬头，瓮声瓮气说：“迟早的事。”

拍打拍打手，王明君说："未必。"

正给老娘擦拭额头的小矮子缩回手，眼巴巴看着王明君。

"说简单也简单，说复杂也复杂，"王明君说，"一句话，我估计她心脏有根管子没有封闭好。"

"你咋晓得呢？"小矮子问。

嘿嘿笑一声，王明君说："老子是孙悟空，变成蚊子钻进你妈肚子里头发现的。"

棺材匠立马就沮丧了，他想狗日的这个时候居然还有心情开玩笑。

药水滴得太快，女人眉头紧紧皱着，像是黑土地上隆起的沟壑。王明君调了调输液开关，盯着女人看了半晌，说："送到省城大医院，三万块钱就能买条命。"

"把我卖了怕也凑不齐。"棺材匠苦笑。

"你们盯着，药水快完了喊我。"王明君说完转出了门。折过走道，看见儿子靠在墙根下，脸色一黑吼："劫道啊，你？"满以为儿子会翻爬起来就跑。没有，一双眼睛狼崽子样恶狠狠盯着自己。王医生一下没回过神来，这个眼神让他陌生的同时，还有兴奋。这些年，他习惯了儿子的唯唯诺诺和落荒而逃，面子上的绝对权威对他来说没多大意思。猛然间见到这样的眼神，他居然有些欣喜。

威严像岁月磨砺出来的老茧，想要一下蜕掉还是很难。

"小狗日的，还学会瞪眼了。"王明君大踏步上前，伸手就准备去揪耳朵。

小狗日的胸口一挺，往前坚实地迈出一大步，革命烈士样脖子一伸，半闭着眼吼："要你管，老子想坐就坐，想站就站。"很嚣张，"老子"两个字还加了重音。

老脸贴着嫩脸，中间就一根指头的缝隙。

王明君脑子里头嗡嗡的，这个场景来得实在有点猛，他一下没接住。陷入迷惘的乡村医生没有了手术台上的勇气和果敢，临床没学过这一课。

轻轻点点头，他对王荣贵说："等老子腾出手再来收拾你。"

刚转身王明君就后悔了，最后这句话不仅多余，还露怯。想想王大医生，什么时候收拾儿子需要排时间表的，都是按急诊处理。伸手就打，抬腿就踢。暗暗叹口气，王明君心里像刚输了一瓶混合药水，五味杂陈。

他唯一闹不清楚的，是这狗日的哪来这翻天的本领。

无双镇最好看的是黄昏，入目全是铺天盖地的红。光从天边过来，大地山峦只有一道黑色的窄边。山顶的树木仿佛一把刷子，在广阔的天幕上来回涂抹。

黄昏壮阔，却短暂，一个转身，一次低头，它就不见了。

斜坡上，三张迷惘的脸，目不转睛地盯着绚烂的天空。平时，他们的眼睛都在大地上，一丛草，一棵树，一条狗，一个人，甚至一只蚂蚁，才会吸引他们的目光。天空有什么好看的，不是空空荡荡，就是变化无常。然而这个黄昏，三个人才发现天空的好，朴素简单，云和雾不会打架，红与黑可以共存。

"炒来吃没有？"金卯卯问。

王荣贵点点头，又摇摇头。许歪歪挠挠头，说肯定是练了什么邪门武功，才会好这一口。

两个人侧脸看了看王荣贵，他们能看出他的伤心。父亲坚硬有力的拳脚没有动摇他在儿子心目中好父亲的形象，老子打儿子，天经地义。王荣贵经常这样想，挨点拳脚，偷钱的时候也理直气壮。现在不行了，老东西走火入魔了，说不定哪天就会提着手术刀挖亲生骨肉的心脏了。

"我老者不是什么好东西。"金卯卯说。他这样说不全是安慰王荣贵，在他眼里，站长确实不是什么好东西。顿了顿，他接着说：“最近神神叨叨，看着我就火肿。”许歪歪也想用这样的方式表达一下安慰，嘴动了动没说话。他实在不知道自家老爹是不是坏人，他一岁不到老爹就躺进棺材匠的黑皮棺材里了。

“还以为无双镇没有坏人，哪晓得到处都是。”王荣贵伤感地说。

二十

邻镇又有好消息传来，后天六个罪犯一起上路。

听着就壮观。

还没放学，校长就宣布，后天停课一天，全体学生到邻镇接受法制教育。广播一停，教室里就炸开了锅。一张张鲜嫩的脸蛋全都泛着血红的色泽，连平时温吞得三棍子打不出一个屁的赵家小四都兴奋得咧着嘴笑。

许歪歪的情绪在放学路上都还高昂，他搓着手说：“明天不看宣判，直接去刑场，选个好位置，老子这次一定要近一点。”金卯卯踢了许歪歪屁股一脚，说那个有屌看法，还不是一枪一个。许歪歪回头，说你狗日的明明就是怕了，不敢看。

接下来几乎没有言语，两人就开始掐架，目露凶光，你来我往。王荣贵坐在路边，眼睛盯着地上的一堆蚂蚁。这样的场景他看够了，两句话不投机，说干就干，绝不拖泥带水，绝不手下留情。他也劝过，屁用没得，惹毛了自己还会挨上几记糊涂拳。后来他就不劝了，在一边观战。再后来连观战都没了兴趣，打来打去就他妈那几招，哪有降龙十八掌那样激动人心。

三只蚂蚁把一截干枯的蜻蜓尾巴搬进洞子后，地面上的武斗才消停下来。看起来双方功力相当，一个眼睛淤青，一个嘴角流血。应该都是外伤，两人的功力还达不到震伤对方经脉的境界。两人过来在王荣贵两侧坐下来。先喘了喘气，金卯卯擦干嘴角的鲜血，嘀咕："敢说老子胆子小。"许歪歪面部痉挛了一下，眼部的重创影响到了口齿，话语变得含混："老子就说你胆子小，如何？"

猛地立起身，金卯卯一字一顿说："好，今天我们就搞个猖狂的，谁不参加就是胆小鬼。"

许歪歪头一偏，"老子怕个屎。"

黄昏依旧血红，像张无边无际的血盆大嘴。三个人摸进望乡林，高一脚低一脚往前赶。林子里藤蔓很多，深深勒进那些高大的乔木，编织出了一张密集的网。最要命的是火棘树，全身都是密密麻麻的老尖刺，又长又硬，一不小心，就能在身上给你戳个大洞来。

地上还有焚烧过的纸钱印迹，三炷香只剩下短短一截。草席卷得很紧，把骇人的真相裹得很结实。

三人交换了一下眼色，金卯卯一咬牙，过去蹲下来，身子前倾，脑袋后仰，双手抖抖索索解开草席上的塑料管。席子慢慢展开，像是翻开一本恐怖的画册。黄昏的最后一抹光亮刚好从树林的缝隙里投下来，照在那张肿胀的面孔上。三个人慢慢凑上去，目不转睛盯着那张面孔看。看得很认真，很入迷。刑场上的那些面孔比这张更鲜活，但是没有机会让你如此细致地观察。枪响得很快，身体仆倒得很快，相机快门很快，收拾尸体的动作也很快，你只能有一个囫囵的大概，没有细细审视带来的这种心潮澎湃。

光线一点一点湮灭，恐惧也一点一点跟着湮灭。最后只剩在心口怦怦乱跳的新奇。将席子裹好，三人合力抬起，全然不管那些瘆人的班茅草、锯锯藤和火棘刺，胸腔撞击着高亢的回响，每个毛孔都喷发着激昂的音符。

跌跌撞撞上到马路，黑夜占领了一切，天地间只剩下薄薄的一层微光，像是黎明前撕裂的一道缝。连喘气的想法都没有，金卯卯就开始安排，他凑到两个人耳根边小声说话，像是怕地上的死人把秘密偷听去了。两个人听完，应一声，跳进林子里。没多久出来，手里多了一根弹弓样的树杈。抖抖手，深呼一口气，金卯卯过去掀开席子，闭着眼把棺材匠的女儿从后面搂起来，对两人喊了一声可以了。两个人皱着眉过来，把树杈伸到女娃腋下，另一头在地上固定好。金卯卯慢慢松开手，发现没有完全固定，又钻进林子找来两根，一前一后叉住，女娃终于在淡墨黑的夜幕下站住了。

一切进行都飞快，像一场闪电战。此刻，三个胜利者坐在离女娃不远的土坡上，得意中夹着沮丧，后怕里跳着兴奋。心情和不远处老鸪的叫声一般迷离和复杂。

这不是结尾，激动人心还在后头。

远处有马蹄声传来，那是邻村的驮队。驮队驮的是煤，无双镇附近几个镇子都不产煤，运煤的驮队要去到很远的地方，天亮出发，天黑归家。

驮队的头马远远就显得焦躁不安，主人以为它偷懒，屁股上狠狠甩了两鞭子。那马像是不服，回头对着主人一阵低声嘶鸣。看着逐渐稀薄的光亮，主人急了，马鞭不停地在头马身上抽。马儿甩开蹄子一阵飞奔，在不远处忽然发出一声骇人的哀鸣，前蹄高高抬起，掀翻背上的煤垛子。回身撒开四蹄飞奔而去。主人呆呆看一阵，才慢慢凑上前，他想知道到底是什么吓着了马匹。

“诈尸了！”一声惊叫，主人跟着马的方向奔逃而去。

对于土坡上的三个人，这才是游戏最快乐的部分。他们在黑暗里使劲憋着笑，等到马队的人逃得远了，笑声一下就豁亮了，仿佛黑夜里绽开的一簇鲜花。

把尸体搬回原地，三个人才觉得饿了。

二十一

粮站站长披衣散带，迎着晚霞走在马路上。一股风在他身后，打着旋儿追着他。他步点均匀，脸上挂着单薄的忧伤，在高低不平的泥路上起起落落。飘到胡四姑门口，他停了下来。四姑正站在院子边筛黄豆，她没有招呼，她知道，站长又要说大毛托梦的事了。

深呼一口气，站长开始把扣子一颗一颗扣回去，还捋了捋衣角。然后他对胡四姑说："四姑，我遭抢了。"

四姑停下活，狐疑地看了看站长，说他叔，你又说胡话了。站长摇摇头，眼神清澈，说："棺材匠家大崽子干的，一共抢了我一百七十三块六毛钱。"捞起袖子，露出光丝丝的手腕朝胡四姑晃晃，又说，"还有手表，上海牌的。"

放下簸箕，胡四姑跑过来，焦急地说："他叔，这话可不能乱说，你亲眼看见的？"站长得意地笑笑，"狗日的蒙着脸，被我扯下来了，当时就慌了，杀了我一刀。""动刀了？"四姑问。站长撩起衣服，肚子上有条浅浅的血印子，伸出指头沿着血印拉了一道，站长说："下刀的时候手软了。"

"报案了？"四姑问。

站长嘿嘿笑两声，"阮全安正猎狗样地满镇子抓他呢。"

正说话，那台破吉普车从远处卷起一阵尘烟噗噗跑来。嘎一声，在两人身边站住了，黄烟一口把路边两人吞掉了，半天才吐出来。胡四姑拂了拂头发上的灰尘，朝阮全安吼："一个镇子都让你给整得乌烟瘴气。"车里斜出一颗滚圆的脑袋，阮全安往地上啐了一口痰，黄颜色，像泥浆，擦净嘴角说："我哪有那本事，把镇子搅得乌烟瘴气的是小矮子这狗日的，今天中午又把郎家抢了，一天抢两次，死定了。"

阮全安到了棺材匠家，才发现院子里已经聚满了人。抖抖身上的灰尘，阮全安扒开人群，挤到屋檐下，一眼就看见了蹲在墙根下的棺材匠。

"有本事哈，养了一个绿林好汉，"阮全安笑笑，随即收起笑，换了一副严肃面孔说，"娃儿在哪儿？你最好老实说。"

棺材匠面无表情地摇摇头。

阮全安回头看了看院子里的人，朗声问："有谁见着抢劫犯了？"

没人说话。阮全安扭回头，盯着棺材匠，一字一顿说："包庇罪犯，是要坐牢的。"抽抽鼻子，棺材匠说："我家娃娃我晓得，不会干那种事。"阮全安咧着嘴冷笑，指着粮站站长说："你问他是不是你娃儿干的。"

站长没说话。

慢慢站起来，棺材匠说你把我抓走吧，我愿意替他抵罪。

"你狗日的就是个法盲，你以为是分粮食可以代领啊。"阮全安拿手隔空狠狠戳着棺材匠骂，"交出来，法律会给他一个公正的。"

人群里忽然一个老迈的声音说："公正？卵正，还不是一枪就毙尿咯。"

阮全安回头一看，是陈述命，斜靠着一口白棺材，翻着白眼喃喃自语。

"陈老者，乱说话是要负法律责任的哟！"阮全安语气坚硬。

嘻嘻一笑，陈述命露出一口黄牙，伸出两只干枯的手说："来，抓我去枪毙，老子反正活够了。"阮全安没理会，扫了一眼众人，他朗声说："乡亲们，镇子上出了抢劫犯，大家应该同心协力把他揪出来，就像上次逮金大毛那样，这次……”话音未落，痨病鬼媳妇冷言冷语说：“揪出来给你们枪毙！”周围一片附和。

“好，”阮全安说，“帮不帮忙无所谓，明天县上就会派来大队人马，到时候狗日的就是藏在坟堆里，照样把他揪出来。”

看着吉普车去远了，棺材匠眼泪就下来了，四顾了一周，他说：“婆娘还在医院头，麻烦大家先不要把这事跟她说。”说完走到院子里，扑通跪在站长面前，说我对不起你，他抢了多少我会替他还上。站长慌忙伸手把地上的捞起来，说狗东西还算有良心，动刀子时还手下留情了。

棺材匠踉跄着来到医院，王明君刚给婆娘输完液。见棺材匠进来，王明君说得马上送省城大医院手术，晚了就危险了。摇摇头，棺材匠说实在凑不齐那样多钱。把棺材匠拉到门外，王明君正色说：“必须马上手术，她扛不了多久，我知道她这病，如果你同意，老子可以试一试。”

“有几成把握？”棺材匠问。

略一沉吟，王明君伸出一个指头。

棺材匠本就灰白的脸更灰白了，摇摇头，他说还不是一个死。

“死马当作活马医。”王明君说。

迟疑半天，棺材匠说：“我问问婆娘吧，她要同意，我不阻拦。”

折进去坐在床边，棺材匠抹了一把泪，女人的模样实在揪心，虚弱得像只刚出壳的鸡仔。棺材匠把王明君的意思说了。女人笑笑，说做可以，你答应我一个条件。棺材匠点点头。“做个匣子把姑娘埋了。”女人说。

棺材匠呜呜大哭。

女人说了两句就开始喘，过了好一阵才缓过来，扯了扯男人的衣服说：“明天一早你就去，记得给姑娘换身干净衣服。”

二十二

魔鬼老爹一夜未归，王荣贵觉得奇怪。

吃完老娘煮好的面条，王荣贵挎着书包出了门。经过医院办公室，王荣贵踮起脚尖朝里面看了一眼，门虚掩着，老东西不在，衣服搭在墙角的柜子上。

眼睛骨碌碌转了两圈，王荣贵决定从魔鬼身上拿点钱。他觉得这样做不仅理所当然，简直就是为民除害。他转进屋子，轻轻走到柜子前。顺利得很，两张五块，上面拿着炉钎的工人叔叔硬是可爱。把衣服放回原处，王荣贵还想偷几个有凸点的气球，老东西的气球就放在这个柜子里。

拉开柜门，王荣贵长吸了一口冷气。

一个长长的玻璃瓶子，装满了水一样的东西。瓶子里头，悬浮着一颗人心。人心很小，紫黑色，被切开了无数个口子，像朵妖艳盛开的黑牡丹。把瓶子抱出来放在桌子上，王荣贵转了一圈。他想这颗心跳动的时候该是什么模样呢？把手贴在自己胸口上，他感觉到了心脏正跳动着，砰砰，砰砰，干脆有力。

惊慌失措逃出来，跑了好远才定下心来。在路边一块石头上坐下来，王荣贵长舒了一口气。还好，那颗心还在，证明老东西嘴巴还不算馋。

今天李学儒老师像是丧了考妣，一张脸从早晨一直黑到傍晚。三个娃娃跪在讲台上，本来想说点悄悄话，看了看李老师的脸色，都不敢吭声了。最后一节课，李学儒宣布，明天全班照常上课。许歪歪举手，站起来说学校通知了的，明天去看枪毙人。李学儒一瞪眼，脸更黑了，说枪毙人有什么好看的，不许去。许歪歪咕哝："课又有什么好上的。”李老师耳朵没有和岁数一起老去，听得很真切，几步跳下来，揪住许歪歪的耳朵，拉到讲台上，厉声吼：“明天谁要敢去看枪毙人，老子扒他的皮，抽他的筋。”

“还喝他的血呢！”金卯卯小声嘀咕。

李学儒的独断葬送了一次享受火药味和血腥味的好机会。放学路上三个人都耷拉着脑袋，金卯卯建议，去望乡林找三塘菌。自从有了上次激动人心的经历，大家都觉得从心底彻底征服了这片神秘而恐怖的土地。没人有异议，齐迈着坚定的步伐往望乡林开发。

沿着山形螺旋而上，三个人被尖刺拉挂得血迹斑斑。一直爬到山顶，除了找到几堆瘦小的白骨，连三塘菌影儿都没见着。山势高而陡，站在顶上，一个庄子都在眼底，这样村子就没有秘密了。远处的斜坡上，几个人在烧山灰，袅袅的烟雾一伸头，就被风扯得稀烂。近处的林子里，阮全安正带着八九个县上来的公安沿着溪流搜寻抢劫犯小矮子。

“老子就不喜欢阮全安那个鸡巴样。”金卯卯说。

王荣贵和许歪歪点头说我也不喜欢。把书包扔在地上，金卯卯说骂这狗日的，反正我们在高处，他也逮不到我们。相互望望，另外两人点头。

双手拢嘴，金卯卯声嘶力竭：“阮全安，我日你家十八代祖宗。”

王荣贵：“阮全安，我日你家三十六代祖宗。”

许歪歪：“阮全安，我日你家所有的祖宗。”

山下搜寻的队伍停了下来，带头的驻乡民警侧着耳朵听了听，山风很大，影响了信息接收，一直到所有祖宗都倒霉了他才听明白。阮全安脸色大变，抬头四处搜寻和他祖宗过不去的小崽子。看了半天，只有莽莽苍苍一片，不断重复的骂声跟着山风飘来荡去。

“是哪家娃儿？”阮全安大声吼，“有人养没人教的报惨儿。”

中气很足，声音越过古树老藤、野花枯枝，重重撞在对面山壁上，又反弹回来。

暮色渐渐四合，三个人骂得口干舌燥。开始阮全安还反击。双拳终究难敌四嘴，最后阮全安歇了火，游戏趣味就打了折扣。骂声消逝，山风开始活跃，鼓着劲把一个林子摇得偏来倒去。下山的路越发艰难，金卯卯带路，走着走着就没了方向，望来望去，四处都一个样子。他也不敢说，硬着头皮带着其余两人在林子里乱窜。

一轮满月悬在头顶，看起来离地很近，仿佛一伸手就能捞着。三个人又冷又饿，林子深处那些不知名的东西发出奇怪的叫声。许歪歪先哭，王荣贵第二，金卯卯一直憋着，憋到从脖子里捞出一只毛毛虫，终于憋不住了。三个好汉围着一棵树，痛快淋漓地哭了一场。哭不顶用，哭完了还得走。月光冷漠地朗照，六条腿在林子里熟面条样，毫无方向地晃荡。

起雾了，从山脚下慢慢升腾。胸中的绝望也在升腾。

金卯卯抹掉眼角的鲜血，伸手扒开一丛高大的班茅草。他差点没叫出声来。银色的月光下，一方熟悉的草席被一团淡雾包裹着，像是被一团祥云托举着，正飘向很远很远的地方。他双脚一蹬，越过班茅草，对身后两个形如游魂的同伴喊："找到她了，这下我记得出去的路了。"

团雾慢慢散开，三个人围在草席边，目不转睛盯着恩人看。

忽然听见许歪歪一声喊："快看！"

循着许歪歪的手看过去，淡淡的月光下，一丛乳白色的蘑菇正安静地绽开。

金卯卯过去蹲下来，伸手摘了一朵仔细看了看，说："三塘菌。"

三丛菌落，呈品字形分布在草席的周围，在白色的月光下恣肆地疯长。

二十三

女人扒在门边，眼泪在眼眶里打转。

一口火匣子摆在墙根下，浅白色的杉木，弯弯曲曲的木痕像是难以愈合的伤口。火匣子其实不算棺材，它没有棺材那样多讲究，几块木板胡乱拼合起来就成了。胡四姑和痨病鬼婆娘扶着女人，说着安慰的话语。棺材匠又捧出一套崭新的衣裤，小碎花的，站在女人面前，抖开。女人上下打量一番，点点头，说大小差不多。

把火匣子往肩上一抡，棺材匠说我去给姑娘收拾，你要听王医生吩咐，不要死，你要死了，我就真的家破人亡了。女人闭着眼点点头。睁开眼，棺材匠已经去得远了，脚板扑打着地面，激起一路烟尘。

把手术需要的东西挨个检查一遍，王明君叉着腰立在简陋的手术室里。他忽然有点心虚，这间屋子平时就是缝个伤口、挖个鸡眼什么的，这样庞杂的手术，还是第一次。为了保险，他专门从县城请来了自己一个同学帮忙，同学是搞麻醉的，听了他的计划，吓得脸都绿了，说你这样乱整，把人整死在手术台上咋办？王明君说不整肯定死，整了还有一点点机会，我和家属沟通过了，万一真给整死了，人家也不找麻烦。同学还是不肯，王明君就开了黄腔，骂完了说你就负责麻醉，其他事情我来，坐牢枪毙我去，不关你屌事。

麻醉完成，同学对王明君点点头，王明君深吸了一口气，拉下口罩，从裤袋里掏出那个锡质的扁酒壶，咕噜咕噜灌了几大口。同学眼睛瞪得斗大，问你这是干啥呢？王明君说壮壮胆。同学摇摇头，说别说是人，就是一只鸡，老子也不放心给你治。

喝完酒，王医生还要先热身。方式是做一套广播体操里头的扩胸运动和体转运动。做完，两手互握，十指交叉，反过来往前一推，骨骼咯咯炸响。拉上口罩，王医生对同学说："死活就这一买卖了，不要分心。"

切开胸腔的时候，棺材匠回来了，一脸怒气。跟在他身后的，还有驻乡民警阮全安。一堆人守在手术室门外，彼此小声地交谈。棺材匠一进来，手里的锄头往地上用力一掼，悲愤地喊："我姑娘心都不见了。"所有人都吓了一跳，眼睛齐齐看着棺材匠。

"有这样长一条口子，胸口上，把心挖走后，又给缝上了。"棺材匠泪涕齐流，"天，这地头哪会有这种事情。"

"哪个干的？"胡四姑问。

棺材匠不说话，只是哭。阮全安微笑着，胸有成竹上前一步，拿手往手术室指了指。

"阮全安，不要乱尿说哦。"陈述命嘶哑着说。

阮全安慢慢摊开手，手里一团线，"只有医生才有这种东西。"阮全安慢腾腾说。

重新操起地上的锄头，棺材匠猛地冲到手术室门口，怒喝一声："王明君，你狗日的给我滚出来。"胡四姑几个见这阵势，慌忙跑过去把棺材匠架住。

"你婆娘在手术呢。"胡四姑说。

"老子不管，老子要活劈了这天杀的。"棺材匠拼命往里奔。

门推开了一条缝，王明君伸出半个脑袋，额头上有点点血迹。

"我姑娘的心是不是你挖的？"棺材匠咬牙切齿问。

王明君点点头。

阮全安上来，说你这是犯法的，出来跟我走。

抹掉口罩，王明君眼睛一瞪，低声吼："都他妈给老子滚远点，等我完事，要抓要铐再说。”

他眼神犀利，仿佛一柄利剑，棺材匠和阮全安都退了出来。

医院院子很快安静下来，只有棺材匠的啜泣声。

几只麻雀先是在屋顶上低飞，慢慢没了惧怕，从高处落下来，在人群周围跳来跳去，时而低头啄石板缝里伸出头的青草，时而仰起脑袋叫唤两声。一团云从屋顶飞快掠过，刚开始还稀拉，跑出去没多远，就抱得死死的了。

摸摸肚子，痨病鬼婆娘对胡四姑幽幽说：“我觉得是个女娃。”

四姑浅笑一下，问：“肚脐眼是凹进去的还是凸出来的？”痨病鬼婆娘撩起衣服看了一眼，有些羞涩说：“凸出来的。”

“十有八九是个男娃娃。”四姑说。

“你咋这样肯定呢？”

“我抱出来的娃娃比你见着的娃娃还多呢。”四姑说。

时间浓稠，淌得比糨糊还慢。

嘎一声，那道门总算拉开了。先出来的是王明君的同学，脸上带着笑，左右扫了扫，说做成了。一阵抑制的欢呼。县城来的医生又说：“王医生取了娃娃的心脏，没有恶意。”

大家看着棺材匠，棺材匠站起来，抹了一把鼻涕，说：“挖了一个，救了一个，扯平了。”

众人的脸色一下舒展开来。

阮全安上前一步，笑一声，说：“扯平不扯平，这得法律说了算。”

陈述命嗤鼻。

从屋里出来，王明君一脸疲态，掏出酒壶灌了两口，他得意地说：“我婆娘说我最多能割个阑尾，这下总算让她开开眼了。”阮全安上前，说乡里乡亲，我也不上铐子了，跟我走吧。王明君点点头说：“老子最怕你那辆破烂车了。”

刚准备走，胡四姑侧身拦住阮全安，说："人家棺材匠都不追究了，你阮全安凭什么抓人？"阮全安指着胡四姑，神情严峻地说："我不能让无双镇有一个坏人，这是我的职责，你懂不懂？"

荣贵老娘闻讯赶来，跌跌撞撞冲到王明君跟前，一巴掌甩在男人脸上，"憨包屄，没事就琢磨救这个救那个，这下好了，把自家琢磨到班房里头了。"王明君说："号哪样？老子一没杀人，二未越货，关几天，出来老子照样当医生。"王医生一吼，疗效显著，女人止住了哭。王明君轻言细语地说："我走这几天，你要看好小荣贵这狗日的，整天猴跳舞跳的，不要让他惹事。"

走出去几步，王医生回头郑重地对荣贵老娘说："记得送饭。"

阮全安推了王明君一把，说："饭就不用送了，牢里头有。"

两个星期后，判决书就下来了。王明君犯盗窃罪，判处有期徒刑六年。

二十四

老天不佑，连续四个月，一滴雨没有，无双镇成了透透的干草堆，仿佛放进手里搓一把，就能把一个镇子点燃了。地里的庄稼没能挺过来，苞谷刚收浆，眼巴巴等雨，结果雨水没来，全都成了枯棒子。就连那些有大树荫庇的杂草，也在干旱四个月后大片大片枯死掉了。

焦黄排山倒海，以吞噬一切的架势张牙舞爪地朝天边蔓延。每个人都像是被榨干了水分的肉干，匍匐在烟尘弥漫的土路上。目光上上下下，全是无奈和焦渴。

路边的平地上，三个娃娃围着一瓶酒。许歪歪先提起瓶子灌了一口，把瓶子递过去，金卯卯也喝了一口。瓶子转到王荣贵手里，他盯着瓶子看了半天，眉头一皱，仰头把烧酒吞去长长一截。一瓶酒很快见了底，三个人有些漂浮。去学校的路变得极其怪异，忽高忽低，像不断蠕动的虫子。

推开门，李学儒在讲记叙文三要素：时间、地点和人物。李学儒说，写好记叙文的关键，是要学会观察生活，要善于发现生活中那些鲜活的细节，通过细节发现这个世界的真善美。

许歪歪喊了一声报告。

李学儒卸下老花镜，点点头，往讲台中间靠了靠。他给三个人腾位置。

金卯卯先进来，到了讲台边，拐了一个弯，朝自己座位去了。王荣贵看了一眼许歪歪，两个人也跟着拐向自己的座位。

“你们搞哪样？”李老师问。

金卯卯打了一个响亮的酒饱嗝，表情诡异地看着班主任，一字一顿地说：“我坐着听课，不行吗？”

愣了片刻，李学儒把眼镜架好，撇撇嘴，点点头说：“当然可以。”

李学儒接下来说，要警惕作文跑题，跑题就相当于走错了路，写得再好，都是零分。

放学了，三个人没有回家，他们爬上医院长长的围墙，惊险万分地在围墙上行走。王荣贵指着围墙边上一间屋子说：“这是医院的停尸间。”其余两人耸了耸肩膀，速度快了很多，都想赶快穿过去。

还没越过停尸间，三个人都停住了。通过屋檐下的通风口，他们看见停尸间的水泥台子上坐着抢劫犯小矮子。他端着一碗饭，大口大口吃着。红光从通风口射进去，正好照着他手里那只碗。碗上一轮红日，冲破万丈霞光，正冉冉升起。

王荣贵喃喃说：“我日你妈，那是我的碗。”

有歌声传来。

陈述命踩着一地金黄从远处走来，身体前倾，像是要熔化进那片无边的血红。

他唱道：

天地玄黄。

天地玄黄。

草长了，枯黄了。

下雪了，封冻了。

生了，死了。

病了，痛了。

来了，去了。

摔倒了，跌破了。

看到了，遗忘了。

三个人骑在围墙上，呆呆看着陈述命远去的背影。他们讨论了刚刚播完的电视剧。欧阳锋疯了，黄药师走了，洪七公归隐了，老顽童不知道跑哪儿去了。还有郭靖，和他的蓉儿去桃花岛过安生日子去了。三个人对结局不满意，恶声恶气骂了一回写书的人：日你妈，最起码欧阳锋得死吧。

王荣贵在墙上晃着两条腿，嘴角还有笑。现在他对老爹会轻功这事深信不疑，他觉得老爹也许会在某个晚上回家。

牢房算个屁，老爹一纵身就能飞出来。

百鸟朝凤

索引

【词目】百鸟朝凤

【发音】bǎi niǎo cháo fèng

【释义】朝：朝见；凤：凤凰，古代传说中的鸟王。旧时喻指君主圣明而天下依附，后也比喻德高望重者众望所归。

【出处】宋·李昉等《太平御览》九百一十五卷引《唐书》："海州言凤见于城上，群鸟数百随之，东北飞向苍梧山。"

一

过了河，父亲再一次告诫我，说不管师傅问什么，都要顺着他，知道吗？我点点头。父亲蹲下来给我整了整衣衫，我的对襟短衫是母亲两个月前就做好的，为了让我穿上去看起来老成一些，还特地选了藏青色。直到今天离开家时，母亲才把新衣服给我换上。衣服上身后，父亲不满意，蹙着眉说还是没盖住那股子嫩臭味儿。看起来藏青色的短衫并没有拉长我来到这个世界上的日子。毕竟我才十一岁，这个年龄不比衣服，过过水就能缩短或抻长的。

一大早被母亲从床上掀下来的时候，还看见她一脸的怒气，她对我睡懒觉的习惯深恶痛绝。可临了出门，母亲的眼神里却布满了希冀、不舍，还有无奈。父亲则决绝得多，他的理想就是让我做个唢呐匠。我们水庄是没有唢呐匠的，遇上红白喜事，都要从外庄请，从外庄请也不是容易的事情，如果恰好遇上人家有预约，那水庄的红白喜事就冷清了。没有了那股子活泛劲头，主人面子上过不去，客人也会觉得少了点什么。所以被请来的唢呐匠在水庄都会得到极好的礼遇，烟酒茶是一刻不能断的，还得开小灶。离开那天，主人会把请来的唢呐匠送出二里多地，临别了还会奉上一点乐师钱，数量不多，但那是主人的心意。推辞一番是难免的，但最后还是要收下的。大家都明白这是规矩，给钱是规矩，收钱是规矩，连推辞都是规矩的一部分。

听母亲说，父亲想让我做一名唢呐匠其实并不完全为了钱。母亲说父亲年轻时也想做一名唢呐匠，可拜了好多个师傅，人家就是不收，把方圆百里的唢呐匠师傅都拜遍了，父亲还是没有吹上一天的唢呐。人家师父说了，父亲这人鬼精鬼精的，不是吹唢呐的料。许多年过去了，本以为时间已经让父亲的理想早就像深秋的落叶腐化成泥了，可事实并不是这样。自我懂事起，我就发现父亲看我的眼神变得怪怪的，像蹲在狗肉汤锅边的饿痨子，摩拳擦掌，跃跃欲试。有一次，我的老师在水庄的木桥上遇见了父亲和我，他情绪激动地给父亲反映，说我从小学一年级到五年级，数学考试从来没有超过三十分。我当时就羞愧地低下了头，想接下来理所当然地有一场暴风骤雨。老师说完了，父亲点点头，很大度地挥挥手说三十分已经不错了，然后牵起我走了。走到桥下，他回头看了一眼身后可怜的一头雾水的教书匠，嘿嘿干笑了两声。教书先生哪里知道，水庄的游本盛对他儿子有更高远的打算。

我确实不喜欢念书，我们水庄大部分娃子和我一样不喜欢念书，刚开始还行，渐渐地就冷了。主要是听不懂，比如我们的数学老师，自己都没有一个准，今天给我们一个答案，明天一早站在教室里又小声地宣布，说同学们昨天我回去在火塘边想了一宿，觉得昨天那个题目的答案有鬼，不正确，所以吓得一夜都没睡安稳，今天特地给大家纠正。我们就笑一回，后来又听说数学老师其实也只是个小学毕业的，更有甚者说他根本连小学都没有读毕业。我们就无可奈何地生出一些鄙夷来。鄙夷的方式就是不上课，漫山遍野地去疯。

我不喜欢念书，可我也不喜欢做唢呐匠，我也说不清为什么不喜欢做唢呐匠，可能是从小到大总听见父亲在耳边灌输唢呐匠的种种好，听得多了，也腻了，就厌恶了。而且我断定，我的父亲之所以希望我成为一个吹唢呐的，目的就是图那几个乐师钱。

二

翻过大阴山，就能看见土庄了。那就是我未曾谋面的师傅的家。我们这一带有五个庄子，分别叫金庄、木庄、火庄、土庄，再加上我们水庄，构成了一个大镇，按理这个镇子该叫五行镇才对的，可它却叫无双镇。未来师傅的宅子在一片茂盛的竹林中，翠绿掩映下的一栋土墙房。我曾经从爷爷的旧箱子里翻出一本绣像《三国演义》，里面有一幅画，叫三顾茅庐，眼前的这个场景就和那幅画差不多。通往土墙房的路一溜的坦途，可父亲却发出吭哧吭哧的喘气声，他额头上还有针尖大小的汗珠儿，两个拳头紧紧地握着。我看了他一眼，父亲有些不好意思起来，他想我定是把他的紧张看破了，于是他就露出一个自嘲的讪笑。

面子有些挂不住的父亲就转移话题。福地啊！父亲说，你看，左青龙，右白虎，后朱雀，前玄武，一看就不是一般人家。我想笑，可没敢笑出来，父亲是不识风水的，连引述有关风水的俗语都弄错了。这几句我也是听水庄的风水先生说过，不过人家说的是前朱雀，后玄武。我想父亲真的是太紧张了，他怕自己小时候的悲剧在下一代的身上重演。我顿时有了一些报复的快感，想师傅要是看不上我就好了，最好是出门了，还是远门，一年半年的都回不来。

看见我左摇右晃的二流子步伐，父亲在身后焦急地吼，天杀的，你有点正形好不好！师傅看见了那还了得。

父亲的运气比想象的要好，木庄名声最显赫的唢呐匠今天正好在家。

我未来师傅的面皮很黑，又穿了一件黑袍子，这样就成了一截成色上好的木炭。他从屋子里踱出来的时候燃了一袋旱烟，烟火吱吱地乱炸。我很紧张，怕那点星火把他自己给点燃了。他大约是看出了我的焦虑，就抬起一条腿，架到另一条腿的膝盖上，把鞋底对着天空，将那半锅子剩烟杵灭了。做这样一个难度很大的动作只是为了杵灭一锅烟火，看来我未来的师傅真是一个不简单的人。

焦师傅，我叫游本盛，这是我儿子游天鸣，打鸣的鸣，不是明白的明。父亲弓着腰，踩着碎步向屋檐下的黑脸汉子跑过去，跑的过程中又慌不迭地伸手到口袋里摸香烟，眼睛还一直对着一张黑脸行注目礼。可怜的父亲在六七步路的距离里想干的事情太多了，他又缺乏应有的镇定，这样先是左脚和右脚打了架，接着身体就笔直地向前扑倒，跌了一嘴的泥，香烟也脱手飞了出去，不偏不倚地降落在院子边的一个水坑里。我的心一紧，赶忙过去把父亲扶起来，父亲甩开我扶他的手，说扶我干什么？快去给师傅磕头啊！我没有听父亲的，毕竟我认识父亲的时间比认识师傅的时间要长，于情于理都该照看刚从地上爬起来的水庄汉子。主意打定，我仍然不屈不挠地挽着父亲的手臂，我抬起头，父亲的额头上有新鲜的创口，殷红的血珠正争先恐后地渗出来，我一阵心酸，眼泪就下来了。

师傅摆摆手，说磕头？磕什么头？他为什么要给我磕头？这个头不是谁都能磕的。

父亲哑然，很难堪地从水坑里捡起香烟，抽出一支来，香烟身体暴涨，还湿嗒嗒地落着泪。

这？父亲伸出捏着香烟的手为难地说。

屋檐下的扬了扬手里的烟锅子说，我抽这个。

我、父亲，还有我未来的黑脸师傅，三个人就僵立着，谁都不说话，主要是不知道说什么。还是屋檐下的木炭坦然，不管怎么说这始终是他的地盘，所以他的面目始终都处于一种松弛的状态。他看了看天空，我也看了看天空，他肯定觉得今天是个好天气，我也觉得今天是个好天气。太阳像个刚煎好的鸡蛋，有些耀眼，我未来的师傅就用手做了一个凉棚，看了一会儿太阳，又缓慢地填了一锅烟，把烟点燃后，他终于开口了。

哪个庄子的？他问话的时候既不看我，也不看父亲，但父亲对他的傲慢却欣喜若狂。父亲往前走了两步，说水庄的，是游叔华介绍过来的。父亲把游叔华三个字做了相当夸张的重音处理。游叔华是我的堂伯，同时也是我们水庄的村长。

我听见唢呐匠的鼻子里有一声细微的响动，像鼻腔里爬出来一个毛毛虫。他继续低头吸烟，仿佛没有听见父亲的话。看见游村长的名号没有收到想象中的震撼力，父亲就沮丧了。

多大了？唢呐匠又问。

我的嘴唇动了动，刚想开口，父亲的声音就响箭般的激射过来：十三岁。比我准备说的多出了两岁。怕唢呐匠不相信，父亲还做了补充：这个月十一就十三岁满满的了。

唢呐匠的规矩你是知道的，十三是个坎。唢呐匠说。

知道知道。父亲答。

这娃看起来不像十三啊。唢呐匠的眼睛很厉害。

这狗东西是个娃娃脸，自十岁过来就这样儿，不见熟。

嗯！唢呐匠点了点头。看见唢呐匠表了态，父亲的眉毛骤然上扬，他跑到屋檐下颤颤抖抖地问：您老答应了？

哼！还早着呢！

我原本以为做个唢呐匠是件很容易的事情，拜个师，学两段调儿，就算成了，可照眼下的情形来看，道道还真不少呢。

院子里摆了一张桌子，桌子上放了一个盛满水的水瓢，水瓢是个一分为二的大号葫芦。唢呐匠递给我一根一尺来长的芦苇秆，我云里雾里地接过芦苇秆，不知道唢呐匠到底什么用意。

用芦苇秆一口气把水瓢里的水吸干，不准换气。我未来的师傅态度严肃地对我说。

我看了看父亲，父亲对着我一个劲地点头，牙咬得紧紧的，他的鼓励显得格外的艰苦卓绝。

我把芦苇秆伸进水里，又看了看他们两个人，唢呐匠的眼神和父亲形成了鲜明的对比，自然而平静，像我面前的这瓢水。

我提了提气，低头把芦苇秆含住，然后一闭眼，腮帮子一紧，一股清凉顿时排山倒海地涌向喉咙。我睁开眼，看见瓢里的水正急速地消退，开始我还信心满满的，等水消退到一半的时候，气就有些喘不过来了。水只剩下三分之一的时候，不光气上不来，连脑袋也开始发晕了，胸口也闷得难受，我像就要死了。

快，快，快，不多了。是父亲的声音，像从天外传来的。

终于，我一屁股坐倒在地，仰着头大口地喘气，我又看见太阳了，是个煎煳的鸡蛋。

等太阳重新变成黄色，我听见父亲在央求唢呐匠。

您老就收下他吧！父亲带着哭腔说。

他气不足，不是做唢呐匠的料子。

他气很足的，真的，平时吼他两个妹妹的声音全水庄都能听见。

唢呐匠笑笑，不说话了。

这时候我看见父亲过来了，他含着眼泪，咬牙切齿地操起桌上的水瓢，劈头盖脸地向我猛砸下来。

你个狗日的，连瓢水都吸不干，你还有啥能耐？水瓢正砸在我脑门上，我听见了骨头炸裂的声音。我高喊一声，仰面倒下，太阳不见了，只有一些纷乱的蛋黄，还打着旋地四处流淌。

怎么样？他叫的声音够大吧？气足吧？父亲的声音怪怪的，阴森潮湿。

我努力睁开眼，又看见了父亲高高扬起的水瓢。

叫啊！大声叫啊！父亲喊。

我不知道父亲为什么要这样。我做不成唢呐匠怎么会令他如此气急败坏。

正当我万分惊惧的时候，我看见了一只手。

那只手牢牢攥住了父亲的手腕。

三

好多年后师傅对我说，你知道当初我为什么收你为徒吗？我说你老人家心善，怕我父亲把我给活活打死了。师傅摇头，说你错了，我收你为徒是因为你的眼泪。我说什么眼泪？师傅说你父亲跌倒你扶起他后掉的那滴眼泪。

父亲走了，看着他离开的背影我顿时有一种无助的感觉。以往天天看见他，没觉得他有多重要，被他揍了还会在心里偷偷骂“狗日的游本盛”。现在才发现父亲原来是极重要的。他就像一棵树，可以挡风遮雨，等有一天自己离开了这棵大树，才发现雨淋在身上是冰湿的，太阳晒在脸上是烤人的。

从此以后，我就是一个人了。看着父亲渐渐变淡变小的背影，我忍不住哭了一场，师傅站在我旁边，伸出一只手搭在我的肩上，轻轻拍了拍，我心里一热，哭得更厉害了。

晚上吃饭，师傅给我介绍了师娘。师娘很瘦，也黑，走起路来左摇右晃的，像根煮熟的荞麦面条。师娘话多，饭桌上问了我好多事情，都是关于水庄的，还说她有个亲戚就住在我们水庄。和师娘比起来，师傅的话则少了许多，一顿饭时间就说了两句话，我端碗的时候他说：吃饭。我放碗的时候他又说：吃饱。

吃完饭，我主动把碗刷了。在刷碗的过程中我偷偷探头看了看坐在堂屋里的师傅和师娘，当时师娘对着我站的位置指指点点，还不住地点头，脸上也有些不易觉察的笑容。师傅却不为所动，他只是一个劲地抽烟，喷出来的烟雾也浓，让我想起在水庄和父亲烧山灰的日子。我明白师娘的笑容和我刷碗的行动有关。而我刷碗的行动又和临出门那晚母亲油灯下的唠叨有关。母亲说：出门在外不比在家，要勤快，眼要尖，要把你那根全是懒肉的尾巴夹好。

刷完碗师娘对我说，她的三个儿子都成家分出去了，家里就他们俩老，所以你该做些力所能及的事情。

晚上我躺在床上，想明天就要吹上唢呐了，有一些兴奋，又有一些惶恐，总觉得我的人生不该就这样拐弯的，我还没有玩够，我还是个娃儿，娃儿就该玩的。想起我的伙伴马儿他们，此刻他们肯定正在水庄的木桥边抓萤火虫，把抓来的萤火虫放进透明的瓶子里，走夜路时可以当马灯用。

一早，我还在梦里捉萤火虫，就听见了两声剧烈的咳嗽声。声音是师傅发出来的，我一惊，知道这是起床的信号，师傅毕竟不是亲爹，没有像父亲一样冲进来掀开被窝照着屁股就一顿猛扇。我想他一定还当我是客人，所以方式也就间接一些。穿上衣服走出门，我先喊了一声站在屋檐下的师娘，正在淘蚕豆的师娘对我点了点头。打完一个呵欠我才发现太阳还在山那头浴血挣扎，我心里头就上来了一些怨气，想这太阳都还没有出来呢，就得爬起来。在家虽然被父亲扇屁股，但那时太阳都老高了啊。看见我脸嘴不好看，师娘说你师傅到河湾去了，你也去吧！

顺着师娘指的方向，我看见了土庄的河湾。土庄虽然叫土庄，可河湾却比水庄的还要大，河岸四周有烟柳，烟柳我们水庄也有，远远地看去像团滚圆的烟。烟柳四四方方地抱着一团翠绿的河湾，几只纯白的水鹤在河湾上悠闲地飞来绕去。师傅站在河滩上，静静地看着水面，他的身影很孤寂，也渺小。

师傅从河岸边齐根折来一根芦苇，去掉顶端的芦苇须，把足有三尺长的芦苇秆递给我，说过去把河里的水吸上来，记住，芦苇秆只能将将伸到水面。开始我以为这是件极简单的事情，一吸我才知道没有那么简单。我脸也红了，腿也软了，小肚子都抽筋了，还是没能吸上一滴水。我回头看了看师傅，师傅脸色灰暗，说等你把水吸上来了就可以回家了。

天黑尽了我才回到师傅家，师傅和师娘守着一盏如豆的油灯。看我进屋来，师娘端给我一碗饭，饭还没到我手里，师傅说话了。

水吸上来了?

我摇摇头。

那你回来搓屎啊? 师傅猛地立起来，把手里的旱烟杆往地上狠狠地一掼。他的脸本来就乌黑，此刻就更黑了。

我现在才意识到这个黑脸男人是认真的。

我的晚饭被师傅扒掉了半碗，虽然师娘一直给我说情，说天鸣他爹可是交足了生活费用的，再说娃儿在吃长饭呢!

娃? 老子哪个徒弟不是娃过来的? 老子当初拜师的时候，三天没有饭吃呢!

夜晚我躺在床上痛快地哭了一回，哭完了就想父亲的绝情，想完父亲的绝情又想母亲的好。想着想着就睡着了，睡着好像没多久又听见了咳嗽声。我爬起来凑到窗户边，发现山那边连太阳浴血的迹象都还没有。

此后十多天，我天天攥着根芦苇秆在河滩上吸水。有往来的土庄人隔得远远地就喊，焦三爷又收新徒弟了。还有的喊，这个娃子能成焦三爷的弟子，看来是有些能耐的。我听见他们的喊声里有酸溜溜的味道，肯定是自己的娃没能让师傅看上。这样我有了一些信心，就把吸水这个世间最枯燥的活儿有模有样地干起来。

大约是一个黄昏，我记得那天河滩上的水鹤特别多，沿着水面低低地滑翔，在一片耀眼的绿中拉出一尾又一尾炫目的雪白。我像之前千百次的吸水一样，一沉腰，一顿足，一提气，竟然牢牢地咬住了一股冰凉。我把嘴里的水来回渡了渡，又把它轻轻地吐到掌心里，不错的，我把水吸上来了。看着掌心的一窝清澈，我恍若隔世，一股说不清道不明的东西在心窝子里上下翻滚，喉咙慢慢就变得哽哽的了。我撒腿疯了似的向师傅的土墙小屋子跑去，跑到院子里，师傅正坐在屋檐下编苇席。

吸上来了。我一字一顿地说。

本来以为师傅会笑一个，然后点点头，说这下你可以吹上唢呐了。但不是这样的。师傅听我说完，从脚边堆积的芦苇里挑出一根最长的，掐头去尾递给我。我把芦苇秆立起来，比我还要高，我疑惑地看着师傅，师傅依然认真地低头编着苇席，半晌才抬起头对我说，去啊！继续吸。

四

到土庄两个月零四天，蓝玉来了。

蓝玉来的头天晚上，土庄下了一场罕见的暴雨。第二天一大早我起床来，看见院子里跪着一个男娃子。他的全身上下都湿透了，衣裤上沾满了黄泥。在他的身边，是一个三十出头的汉子，也披着一身的潮湿，他两个手不停地搓着，眼睛跟着师傅转。这个时候，我的师傅正在牛圈边给牛喂草，他大把大把地把青草扔给圈里的牛，还在院子里过来过去的，就是不看院子里的蓝玉和他的父亲，仿佛院子里的两个人只是虚幻的存在。我看出了蓝玉父子的尴尬，想起自己刚来到这个院子的情景，就有些同情院子里的人。

这个时候，蓝玉抬起了头，向我这边看了一眼，我给了他一个浅浅的微笑，一脸黄泥的蓝玉也笑了，他的笑意很薄很轻，仿佛往湖面上扔了一块拇指大小的石子起来的一层涟漪。好多年后蓝玉还在对我说，他说当时跪在泥水里的他都有了天地崩塌的感觉，他已经打定回家的主意了，不管他的父亲同不同意他都准备回家了，就是因为我的那个微笑，他留了下来。

师傅同意收下蓝玉是在蓝玉的父亲两个膝盖也重重地跌落在泥地里后。当时师傅正抱着一捆青草往牛圈边去。那个异样的声音至今还犹然在耳，我看见蓝玉的父亲两腿一屈，接着他面前的水被砸得稀烂，咚，一个院子都颤抖起来。师傅回过头就僵在那里了，然后他说你起来吧，我可以试试他是不是吹唢呐的料，不行的话，你还得把娃领回去。

和我相比，蓝玉的测试多出了好几项内容。除了吸水，还有吹鸡毛。师傅把一片鸡毛扔到天上，要蓝玉用嘴把鸡毛留在空中，一袋烟的工夫不能掉到地面。还有就是打靶，含上一口水，对着桌上的木牌，在四步外的距离用嘴里的水把木牌射倒。我很为蓝玉担心，因为我连一瓢水也是吸不完的。

蓝玉轻描淡写地就完成了测试，不仅我惊讶，连师傅都有些惊讶了。虽然他把这种惊讶包裹得很严实，但当蓝玉把桌上的木牌射倒后，他的两条眉毛很迅速地彼此凑了凑，眉间也多出来一条窄而深的沟壑。我至今都承认，我的师弟蓝玉天分比我要高得多。

蓝玉留下来了，和我住一张床。师傅还郑重地把我介绍给了蓝玉，说这是你师兄，师兄师弟，就要像亲兄弟一样的，懂不懂？蓝玉点了点头，我也点了点头。

晚上蓝玉在床上问我，吹唢呐好玩吗？我说不知道，蓝玉惊讶地翻起来说你怎么会不知道呢？你不是都来两个月了吗？我说我还没吹上一天的唢呐呢！那你在干啥？蓝玉问。喝水，喝河湾的水。我答。

打蓝玉来后，土庄的河湾边吸水的娃由一个变成了两个。土庄人从河湾过就大声说焦三爷又收徒弟了，焦家唢呐班人强马壮了。

在我们吸水的这段日子里，师傅和他的唢呐班共出了十多趟门。整个无双镇都跑遍了。我和蓝玉还认识了焦家唢呐班的师兄们。我的大师兄年纪和我父亲差不多，师傅让我和蓝玉叫他大师兄，我们都有些不好意思，毕竟他是个满脸胡须的大人。我们怯怯地喊罢，大师兄摸摸我们的脑袋，然后看着师傅笑笑。师傅说磨磨都能出来。大师兄又笑一回，他笑的时候嘴咧得很大，胡子满脸跑，他把唢呐凑到嘴里，唢呐的苇哨和铜围圈就不见了。

接活后出门的前一晚，焦家班照例要吹一场的。院子里摆上一张桌子，桌子上有师娘煮好的苦丁茶和炸好的黄豆。师傅和他的徒弟们散坐在院子里，大家先聊一些家常。聊家常的时候有一个人声音最大，说话像打雷，他是我的二师兄。据师娘讲，二师兄是师傅最满意的徒弟，天分好，也刻苦，特别擅长吹丧调，能在灵堂把一屋子人吹得流眼抹泪。聊一阵子天，师傅就咳嗽两声，众人会意，各自从布袋子里抽出唢呐，第一步是调音，看看唢呐音调对不对。然后师傅起调，如果接的是红事，就吹喜调，喜调节奏快，轻飘飘地在院子里奔跑；如果接的是白事，就吹丧调，丧调慢，仿佛泼洒在地上的黏稠的米汤，等到师傅独奏的那一段，我和蓝玉眼窝子都有了一窝水。

无双镇大部分人家接唢呐都是四台，所谓四台，就是只有四个唢呐手合奏；比四台讲究的是八台，八台除了四个唢呐手，还有一个鼓手，一个钵手，一个锣手，一个钞手。八台不仅场面大，奏起来也气势非凡。师娘告诉我，如果练的是八台，土庄的人都会来，聚在院子里，屏声静气地听完才散去。毕竟八台一是难度大，二是价钱高，一般人家是请不起的。土庄人近水楼台，运气好的话一年能听上一两回。我又问师娘，有比八台更厉害的吗？师娘笑笑，说有。我问：是什么？

百鸟朝凤，师娘答。

怎么个吹法？我问。

独奏！师娘说这话的时候神情肃穆。

独奏？谁独奏？我和蓝玉惊讶地问。

夜风撩着师娘的头发，她的表情像一本历史书，好久她才说，当然是你们师傅。

五

三个月了，我用一人多高的芦苇秆把河湾的水吸了上来。可我还是没有吹上唢呐。师傅只是让我和师娘下地给玉米除草。土庄六月的天气似乎比水庄的要热得多，我们水庄这个季节都是湿漉漉的。在玉米地里，我对师娘说土庄不如水庄好，我们水庄没有这样热，师娘就哈哈地笑，笑完了说游家娃是想家了。中午收工回家，经过河湾的时候，我的师弟蓝玉扎着马步在河湾上吸水。蓝玉是有天分的，他才来一个月，就接到师傅递给他的一人多高的芦苇秆了。我到这一步比蓝玉整整多用了一个月时间。

吃完晚饭，蓝玉去刷碗，自从他来了以后，刷碗这个活就是他的了。刚开始我还觉得好，想终于可以不用刷碗了。可没过两天师傅对我说，跟你师娘下地吧。才下了半天的地，我又想念刷碗了。蓝玉刷碗的声音特别响，刷碗这活我是知道的，磕磕碰碰发出些声响是难免的，但绝没有这样大的声响的。连提个水壶，蓝玉都要弄得惊天动地的，一弓腰，就发出咳的一大声，仿佛他提起来的不是一个水壶，而是一扇石磨。很快，蓝玉就从厨房出来了，他甩了甩两只湿漉漉的手，眼睛看着师傅和师娘，他的意思是告诉我们，该他的活已经干完了。

蓝玉得到了师娘的夸奖，师娘说蓝玉刷碗动作比天鸣麻利，顿了顿师娘又说，麻利是麻利，但没有天鸣刷得干净。

蓝玉不仅话多，也会讲。他坐在师傅和师娘的中间给他们讲他们木庄的奇怪事，师娘被他逗得哈哈大笑，连师傅一直绷着的脸都会不时舒展开来。我没有蓝玉的嘴皮子，就在旁边一直闷坐着，师娘好像看出来了，就对我说，天鸣是不是想家了？想家的话就回去看看吧。她说这话的时候眼睛一直盯着师傅，我想是这个事情她做不了主，在征求师傅的意见。一提到回家，我的眼窝就一阵发热，我真想家了，想父母，还有两个妹妹，他们肯定也在想着我的。

我目不转睛地看着师傅，老半天师傅才说，早去早回。

我又回到水庄了。

以前觉得水庄什么都不好，一脚踏进水庄的地界，我发现水庄什么都好，水庄的山比土庄的高，水比土庄的绿，连人都比土庄的耐看呢。

走进我家院子，母亲正蹲在屋檐下剁猪草，父亲站在楼梯上给房顶夯草。一看见我，母亲就扔掉手里的活跑过来，她摸摸我的头，又摸摸我的脸，说天鸣回来了，还瘦了。母亲的手有一股青草的腥味，但我觉得特别好闻。我好久没有看见母亲的脸了，好像黑了不少，看着母亲，我的眼睛就模糊起来。

本盛，天鸣回来了。母亲对着父亲喊。

父亲没有从楼梯上下来，他弯下腰看看我，又继续给屋顶夯草。

好好的，回来做啥？父亲的声音顺着楼梯滑下来。

师傅让我回来的。我直着脖子说。

啥？你个狗日的，烂泥糊不上墙。父亲把夯草的木片子高高地摔下来，破成了好几块。

娃好好的，你骂他干啥？母亲说。

好好的？好好的能让师傅赶回家？父亲从楼梯上下来，还腾出一只手狠狠地对着我戳。你啊，你啊，你——父亲发出的声音像被他嚼碎了吐出来的。

晚上母亲给我做了一顿腊肉，还不让两个妹妹多吃，拼命把好吃的往我碗里夹。父亲在饭桌上不停地对我翻白眼，像要活吞了我似的。什么时候回去？母亲把碗里最后一片腊肉夹给我问。早去早回，师傅说的，我说。真的？父亲把头歪过来问，我点点头。这时候水庄的游本盛才笑了，还用筷子敲了敲我的后脑勺，轻轻地。我发现，这顿饭父亲的筷子一直没有伸到肉碗里，我把母亲给我的最后一片腊肉夹起来放进了父亲的碗里，父亲笑得更欢了，说那就恭敬不如从命了。

月亮上来了，两个妹妹都睡了。我和父亲母亲坐在院子里，我给他们讲了土庄的好多事情。

爸，你知道唢呐除了四台和八台，还有什么吗？我问父亲。

父亲笑了笑，然后看了看母亲，母亲也笑了笑。

莫非还有十六台？母亲说。

我摇摇头，说唢呐吹到顶其实是独奏呢！你们知道叫什么吗？

这时候我看见父亲的笑容不见了，他的目光跑到月亮上面去了，面容也变得复杂了。好半天他才把目光转向我，说你知道我为什么要送你去学吹唢呐吗？

我摇头。

就是要你学会吹百鸟朝凤。

我惊讶了，就兴奋地说原来你也知道百鸟朝凤啊！还表态说你们放心，我学会了回来吹给你们听。

没有那样简单，你师傅这十多年来收了不下二十个徒弟，可没有一个学会百鸟朝凤的，父亲说。

很难学吗？我问。

倒不是，这个曲子是唢呐人的看家本领，一代弟子只传授一个人，这个人必须是天赋高、德行好的；学会了这个曲子，那是十分荣耀的事情；这个曲子只在白事上用，受用的人也要口碑极好才行，否则是不配享用这个曲子的。

咱家天鸣能学会吗？母亲问。

父亲摇摇头，走了。院子里只剩下母亲和我，还有天上的一轮残月。

六

回到土庄我才知道，蓝玉已经把河湾里的水吸上来了。

一回来蓝玉就兴冲冲地问我用长芦苇吸上河湾的水用了多久，我掰着指头数了数说一个半月多一点吧。我用了十天，蓝玉骄傲地说。我心里就有些神伤了，说师傅都说了的，你的天分比我好。蓝玉就拍拍我的肩膀，说你也很好的。

但是我发现我真的不好。

蓝玉吸上水后本来也和我下地的，可下地才几天，事情就发生了变化。

我清楚地记得那天有好大好大的雾，气势汹汹的，整个土庄都不见了。我还没起床，就听见蓝玉的尖叫声，我翻了个身，想多睡一阵子。蓝玉总是起得比我早，甚至比师傅师娘还早，为此他还得到了师傅的夸奖。说实话，我也想像他那样起得早的，我也想得到师傅的夸奖的，可我就是起不来，硬着头皮爬起来也是昏昏沉沉的，好一阵子满世界都在乱转。到后来我索性不起来了，夸奖也不想要了，只要让我多睡一会儿就阿弥陀佛了。

起来，快起来，土庄不见了。蓝玉跑进来摇我。

嗯！我咕哝一声，没理会他。

天呜，土庄没有了。他干脆把我的被窝抱走了。

无奈，我只好起来，走到屋外我才发现土庄真的不见了。

那是我一生中见到的最大的雾，天地都给吃掉了，连站在我面前的蓝玉也消失了。一眼的白，那白还泛着湿。我没有见过有这样气势的大雾，呼吸都不顺畅了。我凑近蓝玉，他正用两只手拼命地捞悬在空中的白，像一只巨大的蜘蛛，被自己拉出来的丝给网住了。

你们两个进来。师傅在里屋喊。

我和蓝玉折进屋，师傅说今天雾大下不了地了，正好我有事情要交代。

师傅从床下拉出一个锈迹斑斑的铁皮箱子，他打开箱子，我和蓝玉都凑过去看，屋子里光线不好，只能看个大概，反正里面都是唢呐，大大小小、长长短短的唢呐。师傅弯下腰不停地翻检着箱子里面的家什，挑啊拣啊，终于，他抽出了一支略短一些的唢呐，把唢呐放进嘴里，唢呐就发出长长的一声——呜。师傅直起腰来，把唢呐递给我身边的蓝玉，说从今天开始你就不用下地了，专心吹唢呐吧，先把它吹响，我就教你基本的调儿。

蓝玉当时的样子我都没法子形容，接过唢呐的那一刻，昏暗的屋子里竟然划过两道亮光，那是蓝玉眼睛里出来的。我看见蓝玉握着唢呐的手在轻轻地抖动，然后他笨拙地把唢呐塞进嘴里，腮帮子一鼓，唢呐就放出来一个闷屁，又一鼓，又出来一个闷屁。

我想师傅接下来该给我派发唢呐了，说不定还是支长的呢，比蓝玉的长。我就定定地盯着师傅的手，希望他能抓住一支长的唢呐不放，再放到嘴里试一试，然后递给我。但我是不会像蓝玉那样没有一点定力，当场就放几个闷屁显摆，我会找个没人的地方悄悄放。

师傅是拿出了唢呐，拿出来还不止一支，拿一支出来，他先是吹吹，然后卷起袖口拭擦一番，又放回去；又拣起一支吹拭一番，照例又放回去。我眼珠子都瞪直了，总是希望下一支就是我的，开始看见短的还害怕，怕他递给我，我想要一支比蓝玉长的。可随着箱子里翻剩下的唢呐越来越少，我的心就开始绷紧了，想短的也成，就是拇指长短的我也收。

“砰”的一声，师傅合上了他的箱子。

我没有吹上唢呐。晚上我对蓝玉说我要回家了。蓝玉说你不是刚回过家吗？我说我不想学吹唢呐了。我现在才知道，师傅其实是看不上我的。

土庄的夏天是没有水庄的好看，可土庄的秋天却老有味儿了。土庄的山小是小了些，可山上都有树，种类也繁多，常青的松和落叶的枫抱在一起，夏天还是整齐的绿，到秋天枫树就醉了。就这样，一个一个红绿间杂的山丘一排儿地往远方去了，像一排生动的省略号。我背着行李顺着省略号一直走，边走边哭，我悲伤极了，来土庄都这样老长的日子了，我就是吹不上唢呐，却成了焦家的长工。又想我连唢呐都没有摸过就回到水庄，水庄人肯定要笑我了。还有，我最担心的还是父亲，我这样回去倒不是怕他揍我，我是怕他会活活气死。

我是偷偷走的，从土庄不见了的那天起，我就想走了。昨天晚上，我的师弟蓝玉又爬到我的床上吹了一回唢呐，他吹的时候还拿眼睛瞟着我，眼角得意地往上翘。我知道他是在我面前显摆，可我不恨他，因为要换成我我也是想显摆的。蓝玉的脑袋很大，所以他很聪明，他现在都能把师傅教给他的丧调吹得我眼窝子发潮了。吹到精彩的地方他还会停下来给我讲，这是滑音，这是长调。每天我和师娘下地，他就爬到我干活的地头，猴样地蹿上草垛子，呜呜啦啦地就吹开了。回家的路上，我一身的疲惫，连走路都摇晃着，蓝玉却活蹦乱跳，像早晨刚刚抽上露水的青草儿样鲜活。

我走了，谁都不知道我走了。我走的时候蓝玉还抱着他的唢呐在床上说梦话呢。本来我想跟他道个别的，可我又怕他大呼小叫地惊动了师傅师娘。出门我才发现天还没亮，四处都是让人心悸的黑。我摸索着在屋檐下坐下来，坐下来就想在土庄的这些日子，想师傅和师娘。师娘是个好人，像母亲，在地里还不让我多干活，吃饭老往我碗里夹菜。我最不留恋的就是师傅，我还偷偷给他起了外号，叫焦黑炭。焦黑炭没有一点好，整天绷着脸不说，还不让我吹唢呐。想了好多，我的心里五味杂陈，喉咙一哽，就悄悄呜呜地哭起来，一直哭到天色微明，回家的路也能见着了，我才站起来离开，走出一段回头看了看，眼泪又下来了。

终于要离开土庄了，我这辈子怕是当不上唢呐匠了。想起上次回家时给父亲和母亲表的态，说一定学会那首百鸟朝凤回家吹给他们听。但是眼下的情形别说百鸟朝凤了，就是一段稀松的丧调都没有学会。我觉得我最对不起的人就是水庄的游本盛了，他一心一意地送他的儿子学唢呐，可他的儿子学了差不多半年，连用唢呐放两个闷屁的机会都没有，这让水庄人知道了还不笑掉大牙？又伤心了一回，却没有让我放弃回家的念头，反正迟早都是要一无所成地回家的，晚回不如早回，早回还能给家里帮把手。

又看见了水庄，横在天地间，安静得像熟睡的孩子。再拐一个弯，就到我们水庄的地界了。我走的是下坡路，路细而窄，弯弯拐拐，像截扔在山坡上的鸡肠子。路两边有一溜的火棘树，那些枝枝蔓蔓都不安分地往路上凑，这样本就狭窄的小路都快看不见了。

拐过弯，我听见路坎下有说话的声音。踮起脚，我看见老庄叔正领着一群人在他的新房上夯草。干活的人里还有我的父亲，水庄的游本盛。我悄悄地从火棘树下钻过去，把身子隐在草丛里。

天鸣最近没回家？老庄叔问父亲。

吹着呢！好多调调都会了。父亲声音很大。

以前我还没看出天鸣这娃是吹唢呐的料呢！老庄叔又说。

天鸣可比我强，我这娃不要平时看他不吭不响的，做起事情来可一点不含糊。父亲说，前久回来还气粗地给我和他老娘表态，要吹百鸟朝凤呢！

老庄叔就笑一回，他知道父亲是吹牛。就说，百鸟朝凤！百鸟朝凤！我都好多年没听过了，上一次听还是十多年前，火庄的肖大老师去世，焦三爷给吹过一次，那场面，至今还记得，大老师的亲戚学生在院子里跪了黑压压一片，焦三爷坐在棺材前的太师椅上，气定神闲地吹了一场，那个鸟叫声哟！活灵活现的。

等天鸣学回来了，我让他吹给你们听。父亲许愿。

那样我们水庄就长脸了，本盛也长脸了，我就是担心，天鸣有没有那个福气，这百鸟朝凤一代弟子就传一个人呢。老庄叔说。

你们可以不相信天鸣，我是相信我的娃的。父亲说。

我蛇样地从草丛里梭出来，我不想回家了，我想吹唢呐，从来没有像此刻这样想吹唢呐。

我顺着原路爬到山顶，回头看了看水庄。远处近处有袅袅的炊烟，水庄醒过来了。

回到土庄师傅正在院子里磨刀。看见我失魂落魄地站在院子边的土墙下，师傅说：你师娘到地里去了，你也去吧！

七

师傅把唢呐递给我。是一支小唢呐，哨子是用芦苇制成的，芯子是铜制的，杆子是白木的，铜碗的部分则有些斑驳了。我摩挲着它，这支唢呐比蓝玉的要小，但我已经很满足了，我终于吹上唢呐了。我使劲揪了一下大腿，生生地疼。

这是当年我师傅给我的，是我的第一支唢呐。师傅蹲在大门口吸着旱烟说。

别看它个儿小，但是调儿高，唢呐就是这样，调儿越高，个儿就越小。师傅吐出一口烟雾接着说。

我点点头，门口的师傅渐渐就模糊了。

冬天来了，土庄也热闹了。我和我的师弟蓝玉把土庄整天搅得呜呜啦啦的。河湾边，草垛上，还有庄子西边的大青石上，都能听见破烂的唢呐声，破烂的声音主要是我吹出来的，蓝玉吹的唢呐声已经很悦耳了。他吹的时候，过往的土庄人会停下来仔细听一听，听完了就远远地喊说焦家班后继有人了。我则没有这样的待遇，过往的听见我的唢呐声拔腿就跑了，我就和蓝玉哈哈地笑。

师傅很吝啬，每次教给我的东西都少得可怜，一个调子就要我练习十来天。

焦家班又接活了。出门的前一晚，一班人围在火塘边，木桌上还是有苦丁茶和炒黄豆。我和蓝玉一人抱着一支唢呐坐在人群中，血都滚热了。我们终于成为焦家班的一员了，也许要不了多久，我们就可以和师兄们一起到很远很远的地方去了。大家演奏完，大师兄就说两个师弟来的时间也不短了，也该露一手了。我有些怯，因为我吹得实在是不好，就推说让师弟先来吧。蓝玉也不推辞，像模像样地先抖一抖衣袖，两手举着唢呐，往前一推，再徐徐地把哨子凑进嘴里，像一个老练的唢呐手。蓝玉吹奏得确实好，我觉得和师兄们都差不多了。他演奏的是一段喜调，曲子轻快地在屋子里跳跃，他脑袋和调子一起左摇右晃，吹得一屋子喜气洋洋。吹奏完了，大师兄就摸蓝玉的大脑袋，说不得了不得了，其他师兄也说好，只有师傅不说话，大口大口地吸烟。

蓝玉吹完了，一屋子人都看着我，我的心突突地跳，握着唢呐的手也浸出好多的汗来。二师兄对着我点点头，我知道他是鼓励我。我战战兢兢地把唢呐塞进嘴里，呜呜地憋出几个滑音和颤音，然后我低下头，说我就会这点了。

一屋子都无话了，只有油灯在轻轻地跳动。师兄们都神情肃穆地看着师傅，师傅还是低着头吸烟。好半天二师兄才低低地对师傅说，师傅恭喜您了。师傅把旱烟伸到凳子腿上按熄说好了今天就到这里，散了吧，明天还要赶远路呢！

我不知道二师兄为什么要恭喜师傅，我吹得那样烂，这样久了也只会吹一些基本的音调，师傅还一副不依不饶的样子，每天就只要我钉着几个调儿吹。

就几个调，我把冬天吹来了。

今年的第一场雪总算来了，都孕育了好几天了，直到昨夜才落下来。半夜我和蓝玉都听见了雪花滑过窗棂的声音。我和蓝玉都睡不着。我们睡不着倒不是等这场雪。在黑夜里大大地睁着眼睛，是等天亮后激动人心的一刻。昨天晚上，焦家班围在火塘边奏完最后一曲调子后，师傅对大家说：明天天鸣和蓝玉也和我们一起出门吧！

蓝玉推开窗户对我说，落雪了，不知道我们木庄是不是也落雪了呢？我说我们水庄肯定是落雪了的，每年这个时候，雪落得可大了，漫天遍野地飞，一个庄子都陷下去了。

我起得很早，草草地抹了一把脸，小心翼翼地把唢呐装好。我装唢呐的布袋子是师娘缝的，碎花青布，唢呐刚好能放进去，可熨帖了；蓝玉的唢呐也有布袋子，是藏青棉布缝制的，后来我才发现，装蓝玉唢呐的布袋子的前身是师傅的内裤。这个秘密我一直没有给蓝玉讲，再后来我又发现，我的布袋子是师娘贴肉的裤衩改的。

今天要去的人家请的是白事。我刚装好唢呐，接客就到了。来接唢呐的是两个年轻人，比我和蓝玉大不了多少，嘴边刚刚长出来一些茸毛。他们一人背着一个背篼，怯生生地站在院子边。我们无双镇就是这样的，请唢呐要派接客，接客要负责运送唢呐匠的工具，等活结束了，还得送回来。

很快我的七个师兄就到了，看来主人请的是八台，七个师兄加上师傅刚好八个。我和蓝玉当然还不能上阵，蓝玉其实是够格了的，但师傅说了，先跟一段再说。两个接客很麻利地把锣啊鼓啊的全装进背篼，看我和蓝玉怀里还抱着唢呐，就伸过手来说都装上吧。我不让，说自己拿就成了，反正也不重的。接客不让，说哪有唢呐匠自己拿东西的道理，我们金庄没有这规矩，无双镇也没有这规矩。我还想推让，师傅在旁边说，给他吧，不依规矩，不成方圆。

主人姓查，金庄漫山遍野散落的人家差不多都姓查。

我们被安排进一个单独的屋子，屋子很紧凑，还有两个炭火盆。屁股还没有坐热，师傅就对大家说："捡家伙，开锣！"说完就往院子里去了。

我终于能亲眼目睹唢呐匠们正儿八经的八台大戏了。焦家班在院子里呈扇形散坐着，师傅居于正中，他的目光左右扫视了一番，众人会意，齐齐进入了状态。一声锣响，焦家班在金庄的唢呐盛会拉开了序幕。我此时听到的唢呐声和昨天晚上听见的预演有极大的差别，师傅和他的一班弟子个个全神贯注。唢呐声在高旷的天地间奔突。先是一段宏大的齐奏，低沉而哀婉；接着是师傅的独奏，我第一次听到师傅的独奏，那些让人心碎的音符从师傅唢呐的铜碗里源源不断地淌出来，有辞世前的绝望，有逝去后看不清方向的迷惘，还有孤独的哀叹和哭泣。尤其是那哭声，惟妙惟肖。一阵风过来，撩动着悬在院子边的灵幡，也吹散了师傅吹出来的哀号，天地间陡然变得肃杀了。

一直在院子里劳作的人群过来了，没有人说话，目光全在师傅的一支唢呐上。渐渐有了哭声，哭声是几个孝子发出来的。没多久，哭声变得宏大了，悲伤像传染了似的，在一个院子里弥漫开来，那些和死者有关的、无关的人，都被师傅的一支唢呐吹得泪流满面。

一曲终了，有人递过来一碗烫热的烧酒，说焦师傅，辛苦了，润润嗓子吧。

开过晚饭，主人过来了。先是眼泪汪汪地给师傅磕了一个头，说这冰天雪地的你们还能赶过来送我老爹一程，我谢谢你们了。

“他生前是我们查家的族长，可德高望重了！”主人爬起来说。

师傅点点头。

“做了不少好事，我都数不过来。”主人又说。

师傅又点点头。

“焦师傅，您受累，看能不能给吹个百鸟朝凤？”主人把脑袋伸到师傅面前问。

师傅摇摇头。

“钱不是问题！”

师傅还是摇摇头。

磨了好一阵子，师傅除了摇头什么都不说。主人无奈，只好叹着气走了，走到门口又心有不甘地回头问：“我老爹真没这个福气？”

师傅抬起头说你去忙吧！

主人走了，二师兄看着师傅说："师傅，查老爷子德高望重呢！"师傅的鼻腔哼了哼："知道查姓为什么是金庄第一大姓吗？以前的金庄可不光是查姓，都走了，散到无双镇其他地方去了，这就是查老爷子的功劳！"

接下来几天，我和蓝玉就进天堂了，顿顿有肉吃，其间我和蓝玉还偷喝了烧酒。焦家班坐到院子里吹奏的时候，我还和蓝玉躲在屋子里抽烟，烟是主人家偷偷塞给我们的，我和蓝玉本来是不收的，可主人家不干，非得塞给我们。

离开那天，死者的几个儿子把焦家班送出好远，临了就把一沓钱塞给师傅，师傅就推辞，结果两个人在分手的桥上你来我往地斗了好几个回合，师傅才很勉强地把钱收下来。

几个师兄则站在一边木木地看着，眼神倦怠，眼前这个场景他们已经看够了。

八

春天降临了。

乡村的春天总是和仪式有千丝万缕的联系。像我们无双镇，春天一露头，就有拜谷节，播撒谷种的前一夜，每个村子的老老少少都要带上祭品，去本村最大的一块稻田里供奉谷神；拜谷节过去没几天，就该是迎接灶神爷的日子了，猪头是不能少的，还有小米渣，听老人们说，天上是没有小米渣的，人间全靠这点东西留住他老人家了；把灶神爷安顿好，就是晒花节了，太阳公公和花仙一起供奉，因为有两个神仙，供品自然不能少，蜂蜜、白米、干菊花，还有圆圆的玉米饼。太阳还没有出来，一庄人早就遥对着太阳升起的地方把供品摆放妥帖了，等那抹血红一上来，大家就整齐地磕头作揖，好听的话也会说不少，庄稼人没野心，就是祈求有个好年成。

晒花节刚过，土庄又热闹了。人们槐花串似的往焦三爷的院子里跑，扛凳子搬桌子的。遇上闲逛的路人，就有人招呼："焦三爷传声了！"路上的人一听，一张脸就怒放了，随即融入队伍，往焦三爷的院子迤逦而来。

土庄人等这个盛况的日子已经很久了。

无双镇的唢呐班每一代都有一个班主，上一代班主把位置腾给下一代是有仪式的，这个仪式叫"传声"，不传别的，就传那首无双镇只有少数人有耳福听到过的"百鸟朝凤"。接受传声的弟子从此就可以自立门户、纳徒授艺了，而且从此就可以有自己的名号，比如受传的弟子姓张，他的唢呐班子就叫张家班；姓王，则叫王家班。总之，那不仅仅是一门手艺，更是一种荣耀，它似乎是对一个唢呐艺人人品和艺品最有力的注脚，无双镇的五个庄子都以本庄能出这样的一个人为荣。

这个仪式最吸引人的还不是他的稀有，而是神秘。在仪式开始之前，没有人知道谁是下一代的唢呐王。所以，焦家班所有的弟子都是要参加这个仪式的，连他们的亲人都会四里八乡地赶来参加，因为谁都可能成为新一代的唢呐王。

人实在太多了，师傅的院子都装不下了，于是屋子周围的树上都满满当当地挂满了人参果。我和我的一班师兄弟坐在院子正中间，两边是我们的亲人，我父母还有两个妹妹都来了；我的师弟蓝玉坐在我的旁边，他的家人也来了，比我的父母还来得早些。他们的脸上都是按捺不住的期待和兴奋。

屋檐下有一张八仙桌，八仙桌的下面是一头刚宰杀完毕的肥猪。

此刻，这头猪是供品，仪式结束后，它将成为全土庄人的一顿牙祭。猪头的前面有个火盆，火盆里的冥纸还在燃烧。师傅坐在八仙桌后面。他一直在闷着头抽烟，师傅的烟叶是很考究的，烟叶晒得很干，吸起来烟雾特别大。很快，师傅的一张脸就不见了，他的半截身子都隐在一片雾障中，像一个踏云的神人，我竟然生出一些隐约的幻意。

良久，师傅才站起来，四平八稳地拄灭手里的烟袋，对着人群，平伸出双手往下压了压。喧闹的人群瞬间就安静下来。往地上吐了一口痰，师傅发话了。

“我快要吹不动了，可咱们这山旮旯不能没有唢呐，干够了，干累了，大家伙儿听一段还能解解乏。所以啊！在咱们这地头唢呐不能断了种。我寻思了好久，该找一个能把唢呐继续吹下去的人了！”师傅咳嗽了两声，停了停，下面又开始有响声了。这个时候我偷偷地侧目看了看蓝玉，我发现蓝玉也在偷偷地看我，他的嘴角还淌着一些笑。四目相对，我的脸刷就红了，像是心里某种隐秘的东西被戳穿了似的。蓝玉的脸没有红，他的脑袋抬得更高了，像一只刚刚得胜的大公鸡。我就升起一些不快，想还没见底呢，咋知道水底是不是石头？又想想，我的这班师兄弟里，也只有蓝玉最适合了，他人精灵，天分高，也勤苦。反正最后是他我也不会惊奇的。最后我觉得我那几个师兄也可怜，为什么师傅不全给传了呢？那样就整齐了，人人有份，个个能吹百鸟朝凤，焦家班、蓝家班、游家班，还不响亮死啊！

师傅又开腔了：“我这几年收了不少徒弟，大大小小的，个个都有些活儿，出活儿也带劲，没给吹唢呐的丢人。”顿了顿师傅接着说，“我们吹唢呐的，好算歹算也是一门匠活。既然是匠活，就得有把这个活传下去的责任，所以，我今天找的这个人，不是看他的唢呐吹得多好，而是看他有没有把唢呐吹到骨头缝里，一个把唢呐吹进了骨头缝的人，就是拼了老命都会把这活保住往下传的。”师傅又咳嗽了两声，对旁边的师娘点了点头，师娘过来递给师傅一个黑绸布袋子。师傅接过来，小心翼翼地从里面抽出来一支唢呐。远远的我就感觉到了这支唢呐该有些年龄了，铜碗虽然亮得耀眼，却薄如蝉翼，杆子是老黄木的，唢呐的杆子一般就是白木，最好的也就是黄木，能用这样色泽的老黄木制成的唢呐，足见它的名贵。乡村人一般是见不到这样的稀罕货的。

“这支唢呐是我的师傅传给我的，它已经有五六代人用过了。这支唢呐只能吹奏一个曲子，这个曲子就是百鸟朝凤。现在我把它传下去，我也希望我们无双镇的唢呐匠能把它世世代代地传下去。”师傅举着唢呐说。

院子里一点声音都没有，我只听见我的师弟蓝玉的喘息声，所有的眼睛都盯着师傅手里的那支唢呐。我相信这一刻的土庄是最肃穆的了，这种肃穆在了无声息中更显得黏稠，我最后只能听见自己的呼吸声了。

我侧目看了看我的师弟蓝玉，他紧缩着脖子，脑袋花骨朵似的。慢慢地，他的脖子被拉长了，成了一朵盛开的鲜花，花朵儿正期待着雨露的降临，焦虑、渴望在稚嫩的花瓣间涌动着。蓦然，盛开的鲜花枯萎了。几乎就在一眨眼间，正准备迎风怒放的花儿无声地凋谢了，花瓣起了一层死灰，花秆儿也挫短了半截。这朵刚才还生机蓬勃的花儿，转眼间铺满了绝望的颜色。悲伤一下从我的心底涌起来，我的师弟蓝玉，迅速地在我眼睛里枯萎，他的目光慢慢地转向了我，我能看懂他的眼神，有不信、不甘、绝望，当然，还有怨恨，可我看到的怨恨很少，很稀薄，星星点点的。

这时候我的父亲，水庄的游本盛在旁边喊我：“你呆了，师傅叫你呢！”

父亲的声音像耍魔术的使用的道具，充满了意外和惊喜。

九

蓝玉走了，披着一身绚烂的朝霞，向着太阳升起的地方去了。我站在土庄的土堡上，看着他的身影逐渐变小变淡。太阳明天还是要升起的，可我却见不到我的师弟蓝玉了。蓝玉在我的生命里出现和消逝都突然得很，仿佛那个落雨的日子，蓝玉就该出现在我的面前，又仿佛这个炫目的黄昏，他本就一定要离去。

昨晚的晚饭很丰盛，有师娘做得最好的土豆汤，师娘做土豆汤是要放番茄的，番茄在无双镇不叫番茄，叫毛辣角，毛辣角又是土庄特有的小个毛辣角，樱桃样。师娘把剁碎的毛辣角和土豆搅拌在一起，还放了半勺猪油，颜色血红，喝起来酸酸的，很开胃；另外，还有蓝玉最喜欢的灰灰菜，灰灰菜是凉拌的。我在水庄没有见到过这种野菜，蓝玉说他们木庄也没有。嫩嫩的灰灰菜在水里飞快地跑过一趟，晾干后凉拌，居然有鲜肉的味道。

饭桌上师娘不停地往蓝玉的碗里夹菜，一盘灰灰菜差不多都到蓝玉碗里了。蓝玉很得意，不停地对我撇嘴，还故意砸吧出嘹亮的声音。师傅吃饭是没有响动的，他每一个动作都很小心，在饭桌上你都感觉不到他的存在。直到他把一筷子灰灰菜夹到蓝玉的碗里，我才发现师傅一直都在饭桌上的。师傅的这个动作让我和蓝玉的嘴合不上了。要知道，焦家班的掌门人没有给人夹菜的习惯。他总是静悄悄地在饭桌上干他该干的事情，不要说夹菜，就是话也极少说的，有客人他也只是两句话，开饭时说吃饭，客人放碗时说吃饱。

师傅看见了我和蓝玉的惊讶，就对蓝玉说，多吃点，这种灰灰菜只有土庄才有的。

我忽然有了一种不祥的预感。这种预感在晚饭后终于得到了证实。

师傅照例在油灯下吸烟，蓝玉就坐在他的面前。

“睡觉前把东西归置归置，明天一早就回去吧！”师傅对蓝玉说。

蓝玉低着头抠指甲，不说话。

“差不多了，红白喜事都能拿下来了。”师傅又说。

“师傅，是我哪里没有做好吗？”蓝玉问。

“你做得很好了，你是我徒弟中悟性最好的一个。”

“那你为什么要赶我走？”蓝玉终于哭了。

“你我的缘分就只能到这里了！”师傅叹了口气说。

“蓝玉不要哭，没事就到土庄来，师娘给你做灰灰菜吃。”师娘也有了一窝子眼泪。

“我吹得比天鸣都好，天鸣能学百鸟朝凤，我为什么不能？”蓝玉咬着牙说。他力气太大了，把左手的中指都抠出血来了。

师傅眼睛一亮，忽然又暗淡下去了。他站起来拍了拍屁股，烟袋悬在嘴上，背着两只手离开了，走到门边才把烟袋从嘴里拿出来，回过头说睡吧，明天还有事情干呢！这话听上去是对师娘说的，又好像是对屋子里所有的人说的。

睡在床上，我有很多的话想对蓝玉说，可又不知道说什么好。一直到天亮，我们谁都没有说一句话。焦家班的传声仪式结束后，蓝玉很是难过了一阵子。没多久他就缓过来了，他对我说，只要还留在师傅身边，他就一定能吹上百鸟朝凤。我是相信蓝玉的，我知道师傅传我百鸟朝凤是因为我老实，不传给蓝玉是觉得蓝玉花花肠子多。其实师傅是不对的，蓝玉天分比我好，他确实是比我精灵了一些，可人精灵点有什么不好的呢？我打心眼里希望师傅能把百鸟朝凤传给蓝玉，我也这样对蓝玉说过，可蓝玉不领情，还说我挤对他呢！

现在师傅要让蓝玉走了。我的师弟最后的希望也就没有了。

蓝玉走的时候就是寻不见师傅。蓝玉在屋子里找了一圈也没寻着，师娘说定是下地去了。蓝玉就在院子里给师娘磕了六个头，说师娘我给你磕六个吧，你和师傅各自三个，我一并磕了。师娘把蓝玉扶起来，眼泪就哗哗地下来了。蓝玉走了，背着一个包袱，狠狠地转了一个身，留给我一个瘦削的背影。

蓝玉不见了，师傅从屋子后面的草垛子后转了出来。我回头看见了他，他对我说，从今天开始，我教你百鸟朝凤吧。

十

游家班到底是哪一年成立的我忘了。那年我好像十九岁，抑或二十岁？我经常在夜晚寻找我的唢呐班子成立时候的一些蛛丝马迹。暗夜里抽丝样出来的那些记忆大抵都和我的唢呐班子无关，倒是一些无关紧要的事件从记忆的缝隙里顽强地冒出来，堵都堵不住。

最深刻的当数我的堂妹游秀芝和人私奔。秀芝是我四叔的闺女，一直是个老实的乡下女娃，脸蛋一年四季都红扑扑的，见到生人就红得更厉害了。之前没有一点迹象表明她要离开生她养她的水庄。那个普通的早晨，我的四叔发现他的闺女不见了。一家人慌张地找了一天也没有寻着。后来有人告诉四叔，天麻麻亮看见秀芝和赵水生一起翻过了水庄后面的那座大山。赵水生是水庄赵老把的儿子，刚脱掉开裆裤就和他老子去了远方，听说是个大城市。秀芝读书的时候和他是同桌，受过他不少欺负，我还替秀芝揍过这龟孙子一顿呢！

毋庸置疑的，赵水生拐走了秀芝。

四婶哭了好几场，说姓赵的这几天跑过来和秀芝两个躲在屋子里嘀嘀咕咕，感觉就不对头，然后就骂姓赵的，骂完姓赵的又骂自个儿的闺女；四叔则是每日都杀气腾腾的样子，多次表态要活剐了姓赵的。一年后事情才出现好转。秀芝寄回来了一封信，信里说她很好，在深圳的一家皮鞋厂上班，一个月能挣半扇肥猪，还照了照片，照片的背景是一个大水塘，比水庄的水塘可大多了。后来才知道，那不是水塘，是大海。

我很奇怪为什么我的记忆里都是和游家班成立无关的事件。为此我陷入了长时间的自责，并试图用记忆来缓解这种不安。可是在梳理属于游家班的丝丝缕缕时，却让我陷入了更大的危机中，因为这些记忆没有一丝亮色，相反，它像一面轰然坍塌的高墙，把我连同我的梦都埋葬掉了。

不知道出师四年还是五年后，师傅把他的焦家班交给了我。

那天师傅对一屋子的师兄弟们说：从今后，无双镇就没有焦家班了，只有游家班。一屋子的眼睛都在看着我，我很茫然，手足无措。他们的眼神都带着笑，善良而温暖。可我却感到害怕。我不知道我该干什么？能干什么？我只知道今后这一屋子人就要在我稚嫩的翅膀下混生活了。我想起了六七岁放羊的经历，父亲把七八只羊交给我，对我说，给我看好了，丢了一只你就甭想吃饭。我特别害怕山羊漫山遍野散落的情景，总是希望它们紧紧地拢成一团。在路上我就和山羊们商量好了的，可一上了坡它们就没有规矩了，眼里只有茂盛的青草，哪儿草好就往哪儿奔，弄得我眼里尽是颗粒状的白。到回家的时候，这些白就更稀疏了。我那时除了哭真是没其他的好办法。

而此时，那个叫游本盛的男人正挑着一对儿箩筐在水庄的山路上轻快地飞奔。他对遇见的每一个人重复着一句话：天鸣接班了，今后无双镇的唢呐就叫游家班了。他说这句话时除了自豪，更有一个伟大的预言家在自己预言降临时的自负。

猝然而至的交接像一场成人礼，从那天起，我眼里的水庄褪去了一贯的温润，一草一木都冰冷了，那些整日滑上滑下的石头也变得尖锐而锋利。

十一

游家班接的第一单活是水庄的毛长生家。

过来接活的是长生的侄儿。一进院子就给我父亲派烟，父亲把香烟吸得有滋有味的，一脸的幸福。这是他的唢呐匠儿子严格意义上给他带来的第一次实惠，滋味自然是与众不同的。

我刚从屋子里出来，父亲就冲着我喊："八台哟！"

"我叔是啥人？别说八台，十六台也不在话下的。"接活的说。

父亲白了长生侄儿一眼："你妈的屄，哪有十六台？"

长生侄儿咧了咧嘴，说现在不是天鸣做主吗？自个儿造啊！别说十六台，捋出个九九八十一台也行啊！

父亲这回笑了，快意得猛吸了一大口烟。他从蹲着的长条木凳子上一跃而下，说："那倒是。"

我点了师傅和几个师兄的名字，长生侄儿就蹦跶着去通知了，走的时候又给父亲派了一支烟，父亲接过香烟说你龟儿子脚程放快些，晚上要吹一道的哟。

其他几个师兄都来了，师傅和蓝玉没有来，长生侄儿说他好说歹说说到口水都干了，师傅还是不来，只推说身子不太利索。我没有问他蓝玉为什么没有来。

我家屋子不大，寨邻来了不少，把一个院子堵得满满的，都想看看游家班的第一次出活预演。老庄叔也来了，父亲还单独给了他一条独凳子和一碗浓茶。老庄叔一脸的笑，说真没想到这唢呐班的当家人会是天鸣这崽儿，平时十棍子敲不出一个屁，吹起唢呐来还叫喳喳的呢！当年你爹说你能吹上百鸟朝凤老子还不相信呢，看来你游家真的是祖坟上冒青烟了。

几个师兄话不多，一直笑，父亲给每个人都倒了一碗烧酒，还不停地催促说喝啊喝啊润润嗓子啊！

水庄的夜晚好多年没有这样热闹了。四支唢呐呜呜啦啦地吼。奏完一曲丧调，人群里有人喊说天鸣整一曲百鸟朝凤给大家听听。我说那不行，师傅交代过的，这曲子是不能乱吹的。人群又起了一阵哄，老庄叔把凳子往我面前挪了挪，说就整一段，给大伙洗洗耳朵，这曲子当年肖大老师走的时候我听焦三爷整过一回，那阵势真他奶奶的不得了，能把人的骨头都给吹酥了。我还是摇头，父亲站在我身后对大家说今天就到这儿吧，以后机会多得是，天鸣保证给大家吹。老庄叔看见父亲发了话，也站起来说对对对，不依规矩不成，以后听的时间还多，散了吧都。

人群散了去，我对几个师兄说，这是游家班第一次接活，不能砸了，再走几遍吧。

远远地就看见了长生，他头上顶着一块雪白的孝布站在院子边等我们。看我们过来，长生给每个人派了一支烟。自己也啜上一支。我说老人家什么时候走的？长生喷出一口烟，笑着说这个月都死三四次了，死去没多久又缓了过来，直到昨天早晨才算是死透。旁边一个老人干咳了两声，说长生，快行接师礼呀！接师礼就是磕头。长生回头看了看旁边的老人，说接什么卵师呀！天鸣和我啥关系？

一起比过鸡鸡的。然后他回头看着我笑笑，我也笑笑。

我其实倒是很希望长生给我磕个头。长生比我大五岁，是个机灵货，个子也比我大，小时候放牛我没少挨他揍，揍了我还要我喊他爹，喊过他多少回爹我都忘了。我一直想着报仇的，慢慢长大了，懂事了，报仇这个事情也就丢到一边了。今天本来是个机会，可长生还是显示着他一贯的与众不同。算起来，长生算是水庄第一个穿夹克和牛仔裤的人，这几年水庄人都前仆后继地把庇护了自己几千年的土墙房推倒了，于是水庄出现了一排一排的镶着白晃晃瓷砖的砖墙房。水生看准了这个变化，拉上一群人在水庄的河滩上搞了一个砖厂。现在水庄好多人都不叫他长生了，叫他毛老板。

长生给游家班的待遇充分展示了他毛老板这个称呼并非浪得虚名。一人一条香烟，比起那些一支一支扔散烟的人家，这种一次性的大额支付确实让人快意，因为我从几个师兄接过香烟的眼神可以看出，他们像打了一辈子小鱼小虾的渔民，今天忽然就网起来了一头海豹。

然后，你就可以看见我的几个师兄在吹奏的时候是多么的卖力，我真担心他们用力过猛会震破手里的唢呐。特别是长生打我们旁边经过的时候，我大师兄高高鼓起的腮帮子像极了他妻子怀胎十月时的大肚皮。

除了香烟，毛老板的慷慨还体现在很多细节上，比如润嗓酒，是瓶装的老窖；再比如乐师饭，居然有虾。那玩意儿通体透红中规中矩地趴在盘子里，连我都看得傻了。虾我听说过的，是水里的东西，我们无双镇好多水，可我们无双镇的水里没有虾，只有一汪一汪淡绿的水草。长生最大的慷慨还不是这些，而是看见我们卖力的吹奏时，他就会过来先给每个人递上一支烟，说别太当回事了，随便吹吹就他妈结了。

走的那天长生没有送我们，而是每人递给我们一把钱。大师兄说了，这是他吹唢呐以来领到的最多的一回钱，二师兄在一边也说，钱是最多的一次，可吹得是最轻松的一次。

我捏着一把钱站在水庄的木桥上，木木地看着一庄子正起来的炊烟。

十二

稻谷弯腰了，我去看了一回师傅。

又见到土庄的秋天了，一马平川的黄一直向天边延伸。

师傅刚下地回来。他好像更黑了，也更瘦了，裤管高高地卷起，赤着脚，脚板有韵律地扑打着地面，地面就起来一汪浅浅的尘雾。走到我的面前，他把手里的锄头往地上一拄，下巴挂在锄把的顶端，看着我笑笑，就伸出沾满泥土的手来摸我的脑袋。

“看你那双爪爪哟！”师娘嗔怪师傅。师娘也赤着脚，裤管也高高地卷起，正从屋子里往外搬凳子。

我把从水庄带来的东西拣出来放到院子里的木桌上。有师傅喜欢的旱烟叶子，烟叶是我到金庄出活时给买的，师傅说过无双镇最好的旱烟叶在金庄；还有腊肉，腊肉是我父亲烘的，颜色和肉质都好，带给师傅的是猪屁股那一段，在乡村人眼里，猪屁股是猪身上最珍贵的部分；此外还有母亲让我捎给师娘的碎花布，让师娘做件秋衣。

“来就来，还叮叮当当地带这样一大堆。”师娘总是要客气一番的。

我和师傅坐在院子里，这时候夕阳上来了，土庄就晃眼得很。远处的金黄在晚风中奔腾翻滚，我都看得呆了。师傅指着远处对我说："看那片，是我的，那谷子，鼓丁饱绽的。"我说我知道的，师傅就哈哈地笑说对对，你在的那阵子下过地的嘛。

我给师傅装了一锅刚带来的烟叶，师傅吸了一口，再吸一口，说没买准，金庄最好的烟叶在高昌山下，那片地种出来的烟叶才是最地道的，这烟叶儿不是高昌山下的。

"要吃人家饭，最后还要拉屎在人家饭盆里。"一旁剥蒜的师娘给我主持公道。

"前几天你二师兄来过一趟，说你们那边乐师钱出得很阔呢！"师傅往地上啐了一口烟痰说。

"不多的，就是有钱的那几家大方些！"

"人心不足蛇吞象啊！"

晚饭时辰，师傅搬出来一土壶烧酒。

十年了差不多，师傅一脸兴奋地说，火庄陈家酒坊的，那年给陈家老爷出活的时候到他酒房子里接的，没掺一滴水。

师傅在饭桌上照例没话，低着头呼啦啦地吃，间或端着盛酒的碗对我扬扬，这时候我也端起酒碗对着他扬扬，然后就听见烧酒在牙缝里流淌的声音。

我在土庄整整待了三年，没见过师傅喝过一滴酒。其实师傅是有些酒量的，三碗青幽幽的烧酒倒下去，师傅的脸就有了猪肝的颜色，两个眼睛也格外的亮。

最让我惊奇的是那天师傅喝完酒后在饭桌上的话，那个多哟！比我在土庄听他说了三年的话还多。那天师傅说的一些话让我印象深刻，因为师傅在说这些话的时候就像一只老狼，两手撑着桌面，脸向我这边倾斜着，眼睛里则是血红的光芒。他说唢呐匠眼睛不要只盯着那几张白花花的票子，要盯着手里那杆唢呐；还说唢呐不是吹给别人听的，是吹给自己听的；最后我的师傅焦三爷终于扛不过他珍藏了十年的陈家酒坊的高度烧酒，瘫倒在桌子上了，他倒下去的那一刻，两只眼睛直直地看着我说：

“有时间去看看你的师弟蓝玉吧！”

第二天起来，师傅师娘都不见了，我知道他们下地了。这就是他们的生活，规律得和日出日落一样的。我还是有些晕，走到屋外，院子里木桌上的筲箕里有煮熟的洋芋，这算是给我的早饭了。那些日子就是这样的，我和蓝玉每天早上都要为拿到大个的洋芋争斗一番的。

站在山梁上，我回头看了看土庄，它好像老去了不少，那些山，那些水，都似乎泛黄了。

十三

马家大院看上去比五年前阔多了，楼房像个长个子的娃，几年光景就多出了三层。马家在木庄都习惯领跑了，还把后面的拉下一大截。老马家两层小楼起来了，木庄其他人家还在茅草屋子里忍饥挨饿，好不容易有了两层小楼，一瞧，老马家都五层了。木庄人总是在老马家屁股后面，怎么跑都跑不过。个中缘由除了老马脑筋好用以外，最主要的是老马有四个身强力壮的男娃子。几个娃出门早，据说中国的大城市都有他们的脚印。

可惜精打细算的老马还是耗不过病痛，六十不到的人，年前还背着手在木庄的石板路上检阅风景，年后就蹬腿了。四个儿子回来奔丧，每个人都有一辆小汽车，十六个轮子一码子停靠在木庄的石板街上，成了木庄人眼里一道稀有而复杂的风景。

游家班在马家大院里呈扇形散开。八台，也当然是八台。烟酒茶照例是不能少的，还有黄澄澄的糕点，放进嘴里又软又酥，上下颚一合拢，就化掉了。几个师兄都兴奋地交谈着，连平时话最少的三师兄都停不下口，他慌乱地说话，慌乱地把好吃的东西往嘴里扔，好几次该他的锣声响起了，他都还在为他那张嘴奋斗。我有些火了，吼了他两声，没多久又听不见他的锣声了。

我忽然好惶恐。从我们进到马家大院起，好像就没有人关注过这几支呜呜啦啦的唢呐，我开始以为是大家不卖力，白了他们几眼，大家精神就抖擞不少，大师兄两个眼珠子都要给吹飞出来了，可对我们的处境仍没多少改善。人们依旧在院子里穿梭，小孩子依旧在院子里打闹，就是没人看我们。其间还有人碰倒了二师兄脚边的酒瓶子，白酒汩汩地往外流，那人像没看见一样，径直就去了。

我正要伸手去扶酒瓶子，眼睛就什么都看不见了。

猜猜，我是谁?

不用猜我就知道是他，我的师弟蓝玉。他的手粗壮了不少，声音也变得厚实了，嗓子也由男孩的蜕变成男人的了。

我的眼睛一下就潮湿了，其实我早看见他了，混在来来往往的人群里，一件红色的外套招招摇摇。他的眼睛还不时地往游家班这边瞟，我没敢过去和蓝玉相认，不知道是没有相认的勇气还是其他的什么原因。

我的师弟蓝玉早就看见我们了，他一直没有过来，我想他不会过来了。

但现在他却蒙住了我的双眼，让我猜他是谁。

蓝玉惊慌地松开了手，惊讶地看着两只手掌中的潮湿，又抬起头看着我的眼睛，忽然他的眼泪也下来了。我和蓝玉面对面站着，我们差不多一样高，他嘴角的胡须比我的要茂盛，身子却比我瘦弱一些。

我忽然有了拥抱蓝玉的冲动，那种感觉热乎乎的。好多年前我们家有一条狗，黄毛，短耳朵，有一天突然不见了，刚不见的那几天还会想想它，慢慢地就忘掉了。大约过了两个月，那条狗出现在了我家院子里，一身泥污，一条腿还折了，两只眼睛弥漫着哀伤和委屈。那时候我也是这种热乎乎的感觉，跑过去抱着狗流了一回泪。

我看着蓝玉，蓝玉也看着我，我们谁都没有动。

师弟！我喊了一声。

蓝玉走过来，捶了我一拳。

“你有丢过狗的经历吗？”我问蓝玉。

“有，丢了整整十年！”蓝玉说。

几个师兄的唢呐一下嘹亮起来。

晚上蓝玉没有回家，一直陪着我们。喝酒、吹牛、抽烟。

下半夜，几个师兄都去睡觉了，人群也大多散去了。我和蓝玉坐在院子里，我把唢呐递给他，说来一调。蓝玉兴致勃勃地把唢呐接过去，苇哨刚送进嘴里又抽出来了。他把唢呐还给我，为难地笑笑说算了吧！好多年没吹了，调子都忘记了。我也笑笑说你那脑袋，十分钟就能把调调找回来。蓝玉拿来两个碗，倒了满满两海碗烧酒，我们就开始喝，一直喝到月亮下去，漫天的红霞上来，没有一点睡意。

这么多年来，蓝玉那晚说过的话我基本都记得。甚至他说话时的每一个表情，歪脑袋，大幅度的点头，掏耳朵等等这些细节都还在我的脑海里。比如他说当年离开土庄的时候，我一个人像条野狗一样，茫然地在田间小路上走，连死的心都有了。讲到这里他就把脑袋夸张地往下缩，等脑袋落到肩上了我才听见他喉咙里出来的那声浑浊的长叹。还有他说其实我不怪师傅，师傅让我回家是对的，要换了我，无双镇的唢呐班子早没了，我性子野，干啥都守不了多久，总会有些稀奇古怪的想法。讲到这里蓝玉的脖子忽然伸得老长，都快顶着头上那片红云了，他还呵呵地笑，笑完就猛灌下去一大口烧酒，脸也成了天边的颜色。

我的生命里有很多的变化，这些变化就像天气一样让人琢磨不定，但每次变化之前又隐隐约约地看得见一些预兆。下雨之前是一定要乌云密布的，太阳带晕了，接踵而至的就是干旱，月亮带晕了，那说明接下来就该是一场连绵不绝的细雨时节了。那个木庄的夜晚，我和我的师弟蓝玉十年后相遇了，我们还有了一次酣畅淋漓的谈话，这场谈话让我隐隐地看到，也许，我的命运又到了拐角的地段了。

十四

老马的四个儿子比想象中的要阔得多。

老马要入土的前一天，一辆卡车开进了木庄。

老马的四个儿子都到庄头去列队迎接。车上下来几个人，和老马的大儿子聊了几句，老马的大儿子一挥手，庄上一群年轻人就钻进卡车里卸东西。

一开始那些东西还是零零碎碎的一堆，让人不知所以，东拼西凑地一倒腾，我身边的师弟蓝玉惊讶地说：

“妈的，这是一只乐队！”

游家班呈扇形站在马家大院里，我惊奇地发现，我的师兄们集体陷入了某种迷惘。他们的眼神笔直地指向同一个地方，嘴全都大大地咧着，像咫尺有了一个意想不到的惊人变化，也像遥远的天边出现了神奇的海市蜃楼，他们最后都笨拙地完成了复杂情感下简单的语言传递。

“到底是搞哪样卵哦？”

“这些狗日的是从哪里冒出来的？”

“哎呀！”

“哦哟！”

…………

天黑下来，落雨了，一开始那雨细微得让人都觉察不到，落到手背上、脸上，有些淡淡的凉意，用手一抹，什么都没有。渐渐地雨就大起来了，雨滴也变大了，砸在裸露的皮肤上还有些疼痛。人群就开始往屋子里、屋檐下和灵堂里拱。

城里来的乐队还在雨中忙碌着。二师兄看着雨幕中的几只落汤鸡，说为何不下刀呢？我看了他一眼，他可能意识到这个愿望着实歹毒了些，又讪讪地矫正说下石头也行的。我也赞成下石头，所以我就没有说话了。但很快我发现，下石头恐怕对城里来的乐队也不会有什么实质性的伤害。老马的大儿子很快招呼人在院子里支起了一个帆布帐篷。还满脸堆笑给他们派烟，每个人的两边耳朵上堆满了他还在乐此不疲地派。

很快城里来的乐队就准备就绪了。他们的家伙比起乡村八台唢呐要复杂得多。从我见多识广的师弟的介绍中我知道了左边那一排鼓叫架子鼓，站着的那个家伙手里抱着的像机枪一样的东西叫电吉他，案板样的是电子琴。最让我惊奇的是右边的络腮胡手里攥着的那支唢呐，他的唢呐好像更长更粗，腰身没有游家班使用的唢呐腰身好，大大咧咧的一粗到底。我就想这样粗的唢呐如何吹呢？

“砰！”弹吉他的用手指拨出了一个清脆的音符。我现在还会在梦里听见那一声响，它的出现让我的梦总是充满了灰色的格调，每一次醒来，我都会双手枕着头想好久，那一声砰为什么在我的梦里不再是乐器的音符，而是极其怪异地幻化成了各式各样断裂发出的声响？譬如我正在建房，砰，房屋的大梁断裂了；或者我刚爬上高大的桑葚树，砰，大树一折为二；又或者我孤独地在一方悬崖下爬行，砰，悬崖张牙舞爪地迎面扑来。

…………

我唯一可以肯定的是，在木庄马家大院的那个夜晚，仿佛从天而降的一声炸裂，搅乱了某种既定的秩序。每个人的心底都有一些莫名的东西在暗暗涌动着，像夜晚厨房木盆里那团搅和完毕的面团，正悄悄地发生着一些不为人知的变化。

就在那支吉他发出那声诡异的“砰”的声响的瞬间，我惊异地看见，马家大院所有的一切都静止了。洒落的雨滴停在半空，在灯光下有五彩的颜色；洗菜的妇女扔进大木盆的萝卜也滞留在空中，在灯光下有耀眼的白；还有灵堂里的烛光，瞬间就收束成了一团实心的灼热，坚硬如冰；一个正在奔跑的孩子身体前倾，悬停在大门处，手臂一前一后伸展着，像一尊肉铸的雕塑。我张皇地在静止中游走，伸手去碰了一下半空里的水滴，它竟然炸裂成了一团水雾；我绷起指头弹向那团坚实的火焰，哗啦一声，散落了一桌的橘红。

我痛苦地捂着脑袋蹲在院子里。

“咚”，一声闷响。杂乱的噪音铺天盖地地向我袭来，震得我耳朵发麻。我站起来，发现一切都是活的，一切都在继续。雨一直在下，萝卜翻滚着跌进木盆，烛火在欢快地燃烧，孩子在院子里不停地奔跑。

“你刚才看见什么了吗？”我问蓝玉。

蓝玉看着我，说：“你是不是丢东西了？”我摇头。“那你满院子找什么呢？”蓝玉问。

十五

老马的葬礼新鲜而奇特。

乡村的葬礼不一定非得沉痛，但起码是严肃的。七十岁以上的老人去了那头，这叫喜丧，气氛是可以鼓噪些的。老马六十不到，他的葬礼是没有资格欢欣鼓舞的。可就在他入土的头一个晚上，马家大院出现了前所未有的喜气洋洋，那些奔丧迟到的人走进马家大院都一头雾水，以为走错了门，这里怎么看都像是老马家在娶媳妇，说在办丧事打死人家都不相信。

让老马由死而生的，是那支乐队。

先是几个人叮叮咚咚地乱敲一通，然后就唱开了。

鼓捣吉他的边弹边唱，唱的过程中还摇头晃脑的。他唱的是什么我听不懂，我的师弟蓝玉在一旁跟着哼哼，我问蓝玉他唱的是什么，蓝玉说是时下正流行的，只能跟着哼哼几句，整个儿的记不住，曲子叫什么名字也记不住了。

开始，木庄的乡亲们站在院子里，脸上都有了怒气。每个人都很不适应，脸上都有矜持的不满。一个上了年纪的阿婆把手里的一棵白菜狠狠地摔在地上，眼神离奇地愤怒，嘴里还嘟嘟囔囔，最后很沉痛地看了看灵堂。我知道她是在为死去的老马打抱不平呢！

渐渐地，大家的神色开始舒展开了，有一些年轻人还饶有兴致地围在乐队的周围，环抱双手，听到自己熟悉的曲子时还情不自禁地跟着哼哼。

游家班站在马家大院的屋檐下，局促得像一群刚进门的小媳妇。我低头看了看手里的唢呐，才忽然想起来我们也是有活干的。

雨停了，空气清爽得不行，干干净净的。院子里为游家班准备的呈扇形排开的凳子还在。我们过去坐好。我看了看几个师兄。

“还吹啊？”一个师兄问。

“怎么不吹？又不是来舔死人干鸡巴的！”我对他的怯懦出奇地愤怒。

我还拿起脚边的酒瓶子灌了一大口烧酒，悲壮得像即将奔赴战场的战士。

呜呜啦啦！呜呜啦啦！

平日嘹亮的唢呐声此刻却细弱游丝，我使劲瞪了几个师兄两大眼，大家会意，腮帮子高鼓，眼睛瞪得斗大。还是脆弱，那边的声响骄傲而高亢，这边的声音像临死之人哀婉的残音。一曲完毕，几个师兄都一脸的沮丧，大家你看看我，我看看你。

吹，往死里吹，吹死那群狗日的。师弟蓝玉在一边给大家打气。

我们吹得很卖力，在那边气势较弱的当口，就会有高亢的唢呐声从杂乱的声音缝隙里飙出去，那是被埋在泥土中的生命扒开生命出口时的激动人心，那是伸手不见五指的暗夜里划燃一根火柴后的欣喜若狂。

我们都很快意，那边的几只眼睛不停地往这边看，看得出，眼神里尽是鄙夷和不屑，甚至还有厌恶。

说实话，我对这群不速之客眼神里的内容是能够接受的，甚至他们就应该对我手里的这支唢呐感到厌恶才对。只是我没有想到，对我手里这支唢呐感到厌恶的不光是他们。

一个围在乐队边唱得最欢的一个年轻人不知什么时候站在我的面前。他斜着脑袋看着我，表情怪怪的，像是在瞻仰一具刚出土的千年干尸。我把唢呐从嘴里拔出来，吞了一口唾沫问：干什么？

你们吹一次能得多少钱？他说。

和你有关系吗？我答。

我付你双倍的钱，条件是你们不要再吹了。

我摇头说那不行。

没人喜欢听你们那几根长鸡巴吹出来的声音。

那我也要吹。

这时候我的师弟站出来了，他过来推了年轻人一把，说柳三你干啥？叫柳三的说关你啥事？蓝玉说就他妈关我的事，咋了？

两个人就你来我往地开始推搡。本来已经有人过来劝住了的，柳三这个时候像想起了什么来，然后他说："哦！我差点忘记了，你原来也是个破吹唢呐的！"说完还嘿嘿地干笑两声。

我看见蓝玉的拳头越过三个人的脑袋，奔着柳三的脑袋呼啸而去了。一声闷响后，殷红的鲜血从柳三的鼻孔里奔涌而出。场面一下子就乱了，呼喊声，叫骂声，拳头打中某个部位后的空响，夹杂在癫狂的乐曲声中，活像一锅滚热的辣油。

第二天是蓝玉送我们离开的。我的师弟脑袋上缠着一块纱布，左边眼圈像块圆形的晒煤场。在我们身后远处的山梁上，送葬的队伍爬行在蜿蜒的山道上，那利箭一样的乐器声响充斥着木庄的每一个角落。

十六

水庄最近变化很多，有些是那种轮回式的变化，比如蒜薹又到了采摘的时候；有些变化则是新鲜的，让人鼓舞的，比如水庄通往县城的水泥路完工了，孩子们在新修完的水泥路上撒欢，大大小小的车辆赶趟儿似的往水庄跑，仿佛一夜之间，水庄就和县城抱成一团了。要知道，以前水庄人要去趟县城可不是那样容易的，不在坑坑洼洼的山路上颠簸五六个小时，你是看不见县城的。现在好了，去趟县城就像到邻居家串个门儿。

这个时候，我的父亲游本盛站在自家的大蒜地里，满脸堆笑。在他眼里，像水庄有了水泥路这些新鲜事儿和他没有什么关系，他更关心的是他的大蒜地。今年的大蒜地倒是争气得很，从冒芽儿开始就顺风顺水的，该采摘了，一根根在和风里炫耀着粗壮的身躯。父亲每天都要到大蒜地走一走，看一看，然后啜着纸烟蹲在土坎上，没有比这让他更满足的事情了。

父亲弓着腰在剥蒜薹，一阵风过去，我看见了他两扇瘦窄的屁股。我说歇歇吧。他直起腰，回过头，一脸的怒气："歇歇？歇歇都能有饭吃老子早歇了！"我不说话了，还后悔刚才说出来的话。我想我最好是闭嘴，我说出来的每一句话，我的父亲都能找出让我难堪的理由。

可我发现，我不说话也不行，我不说话父亲也会把他的不满通过诸如眼神和动作传递给我。这一年来，父亲看我的眼神总是充满了疑问和警惕，我就像一只潜入他们家偷食的野猫，不幸正好被他发现了。我这只偷食的野猫只好把尾巴藏着掖着，生怕主人哪天不高兴了一脚把你踹出门去。

初夏是水庄一年中最好的季节，这个时候的水庄可有生机了，天空清澈碧透，水面也清澈碧透，一庄子待收割的蒜薹也清澈碧透。最打动人的是不管你走到哪里，每一个水庄人的脸上都带着笑。水庄人真的没有野心，一次理所当然的丰收就能把一个村庄变得天宽地阔。父亲不和我说话，埋下头继续采摘蒜薹。我直起腰，天空没有一丝云彩，一望无际的蒜地在阳光下像一幅油画。远远的，族中的三叔对着我在招手。三叔是我请去通知几个师兄弟出活的人。不知道从哪一天开始，无双镇的唢呐班子省掉了接师礼，连运送出活工具这些规矩都一并没了。我三步两跳地跑过去，先递给三叔一支烟，他撩起衣角擦了擦满脸的汗水，把烟点燃后对我说：

“都通知了，只有你大师兄同意来。”

“其他人呢？他们怎么说？”

“还能说啥？不是说忙就是这里那里不利索咯。”

三叔说完走了，走出老远了他好像又想起了什么，回头大声喊：

“对了，你二师兄说以后不要去叫他了。”

“为什么？”我问。

“说下个月要出门了。”

“去哪里？”

“不知道，大城市咯！”

我悻悻地回过头，就看见了父亲那张铁青的脸，他两手叉在腰际，眼睛直直地看着我。我低着头从他旁边走过去，他在后面冷冷地笑，笑完了说：

“都快孤家寡人了吧？看你以后还怎么吹？吹牛逼还差不多。”

晚上我没有吃饭，躺在床上，定定地看着天花板。天花板上有一只蜘蛛倒悬着垂下来，一直垂到我的鼻尖处，我伸出手，让蜘蛛降落在我的手心里，它就顺着我的手臂往上爬，时左时右，我不知道哪里是它想去的地方，或者它压根就没有目的地，只是这样一直往前爬，再往前爬，什么时候爬累了，织个网，就算安家落户了；又抑或被天敌给吃掉了，无声无息的，谁又会去关心一只蜘蛛的未来呢！

仿佛一眨眼时间，我身边这个世界一下就变得陌生了。眼里的一切都没变，山还是那座山，河也还是那条河，可有些看不见的东西却不一样了，像水庄的那条河，看上去风平浪静的，可事实不是这样的，小时候下河游泳，一个猛子下去，才发现河底下暗潮汹涌。

直到父亲睡了，我才从屋子里出来。母亲重新把菜给我热了热。我吃饭时，母亲还是像小时候一样静静地坐在我的旁边，目不转睛地看着我，眼神里流淌着源源不竭的爱怜。

“后天是不是要出活？”母亲问。

我点点头。

“听你爹说几个师兄都不来？”

我又点点头。

“唉！”母亲长叹一声，然后她接着说，“天鸣，要不这唢呐不吹了，咱干点别的，凭咱这双手干啥不能活命啊！”

我放下碗，转过去对着母亲：

“我知道这个理，可当年拜师的时候我给师傅发过誓的，只要还有一口气，就要把这唢呐吹下去。”

“可你看，就你一个人也吹不来啊！”

“过两天我去找师傅。”

十七

我还没来得及去找师傅，师傅就先来找我了。

师傅一进院子就骂：“你个小狗日的游天鸣给老子出来。”

我出来看见师傅站在院子里，他的双脚沾满了泥，连衣服的下摆都有星星点点的泥点子。脸和我当初去拜师的时候一样黑，只是皱纹更多了，看见师傅老了一大截，我忽然上来了一些伤感。这个无双镇当年响当当的焦家班的掌门人，像入了冬的一棵老槐树，尽是令人沮丧的残败。最揪心的就是他的一身灰布衣服了，还是老式样，对襟衫，几个地方都是补丁，要知道，现在无双镇像这样有补丁的衣服是不多见了，偶尔看见，不会有人说你艰苦朴素，下意识还会把你往穷人堆里推。

我喊了一声师傅。

“不要叫我师傅，我没有你这样的徒弟。”师傅往地上狠狠地啐了一口痰，“当初你是怎样说的，有口气就要把这活往下传，可这才过去多久？昨天就有人给我递话了，说无双镇的游家班散伙了，垮台了，有活也不接了，无双镇从今以后就没有唢呐匠了。”

我说师傅你先进屋，我们到屋里说。师傅一挥手：“进不起你的宝殿门，你现在哪里还瞧得上吹唢呐的？”还是母亲出来，说焦师傅你先不要着急，进来说，天鸣正托人到处通知他的师兄弟们呢，这几天就要出活。母亲说话时不断对着我眨眼，我慌忙应和说对对对。师傅火气这才消了些，背着手走进屋，也不看我，只说，不给老子说个一二三，看老子不撕破你那张屄嘴。

师傅坐下来，接过母亲倒来的茶，怒气冲冲地等我的解释。听完我的解释，师傅把茶碗往桌上狠狠一掼：

“我去找他们，几个狗日的还翻天了。”

师傅出了院门，看我还站在屋檐下，就吼：“傻了？游家班班主是我还是你？”我哦了一声，才快步跟上去。

我跟在师傅身后，一路上他一句话都没有，但我能清晰地听见他大口大口喘气的声音。

二师兄对我和师傅的到来有些意外。当时二师兄正在打点行装，屋檐下，他正把一捆衣物狠命地往一个陈旧的蛇皮口袋里塞，口袋太小，装不下二师兄远涉的必须，就委屈地从口沿处往下撕裂，还发出吱吱的怪叫。二师兄骂了一句，抬起头就看见了师傅和我，他的嘴上下翕动着，是想说些什么，但从师傅的脸色他似乎已经明白了我们的来意，于是就什么也没有说。他放下手里的袋子，直起身子，从屋檐下的檐坎上下来，站在师傅面前，静悄悄的，没有一点声息。

师傅没有理二师兄，鼻子有了一声闷哼后，径直走到屋檐下，把口袋拎到院子里，把口袋里的东西一样一样地掏出来往院子里抛撒。师傅的这个动作持续了好长时间，我惊讶于这个看上去个儿不大的口袋居然有如此壮观的吞吐量，等师傅捋直了身子，院子里早成了花花绿绿的晾晒场。

师傅把干瘪的口袋踩在脚下，目光盯着二师兄，那眼神像水庄六月的日头，能把人烤晕过去。

二师兄低着头，他一句话没有说，两个手交互搓揉着，这时候有几只麻雀从天而降,欢快地在院子里那些各式各样的衣物上跳跃。二师兄忽然松开了两只互握着的手，低头从师傅旁边走过去，蹲下身子把地上的衣物一件一件地拾起来搭在臂弯处，其间还拍拍打打地扇掉衣物上的灰尘。等他臂弯放不下后，他就慢慢蹲着移到师傅的脚边，伸出一只手扯师傅脚下的蛇皮口袋。师傅一动不动，师兄却执着地扯，力量也越来越大，最后我看见师傅的身体都开始摇晃起来。我站在一边看着这对奇特的师徒，他们就像在演一出哑剧，每一个动作和眼神都极具深意，所有的表达都在你来我往的无声的动作中了。这时我的师傅伸出一只脚，狠狠地踹向了他二徒弟的面部，我看见二师兄猝然往后倒了下去，像刚被掏空的蛇皮口袋。好半天，师兄才复苏的蛇一样从地上蜷曲着爬起来，两道殷红从他的鼻孔蜿蜒而下，几乎穿越了整个面部。他没有完全站起来，依旧半蹲着，一步步挪到师傅的脚边，伸出一只手，固执地去扯师傅脚下的口袋。

这时候，我看见我的师傅面部完全变成了死灰色，五官也剧烈地痉挛着，像一锅煮烂的饺子。良久，他终于仰头长长地叹了一口气，叹气的感觉和水庄冬天的寒风一般，经过皮肤，直抵骨髓，能把人的那颗心都冻僵了。他终于移开了紧紧踩踏着口袋的脚，转身走了，走得很快，留给我一个颤抖不止的背影。

十八

道路弯弯拐拐，曲折迂回。乡间小路就是这样，站定一个点，极目远眺，道路伸出去没多远就倏然不见了。赶上去，才发现它又折向了某一个去处，再远眺，还是只能看到一根断面条。我们就在这样一条琢磨不定的道路上走着。最前面是我的师傅，中间两个，一个大师兄，一个蓝玉，我跟在最后头。

蓝玉自从离开土庄后，没有出过一次活。今天他能站在游家班的队伍里，我总有一种怪怪的感觉。我也不知道师傅是怎样说服蓝玉跟我们出这次活的。那天师傅离开二师兄家后，就直奔木庄去了。昨天晚上，蓝玉推开了我家的门。

师傅今天穿了一件新衣服，衣服上的折痕都还清晰可见。他走得很快，像一只老当益壮的野兔。蓝玉有意把步子放慢，很快我们的队伍就断裂成了两个块，前面是师傅和我的大师兄，后面是我和我的师弟蓝玉。

和我并排着的蓝玉忽然说："师傅老了！"我点点头，蓝玉又说，"这是我第一次正式出活，也是最后一次。"我转过头看着蓝玉，不知道他想表达什么。过了半晌，蓝玉自言自语："我答应师傅的，师傅也答应我的。"

我的师弟蓝玉就是这样，总让我琢磨不透，说话也玄机重重。

我说这话什么意思？蓝玉笑笑，没说话。我就低头自己想，等我抬起头的时候，幽静的山路上就看不见人影了。

在无双镇，和其他几个庄子比，火庄一直落在后面，房屋还多是拉拉杂杂的茅草屋，道路也没有其他几个庄子来得宽敞。但火庄人老实。无双镇人到集市上买鸡蛋，特别是买土鸡蛋，都要先问问是哪个庄子的。说是其他庄子的，人家不敢买。那是因为吃过亏的，问的时候一个劲给你打包票说真是土鸡蛋，买回去打开，一眼的翻白。只有火庄的土鸡蛋货真价实，黄澄澄的不说，价格也合理。今天出活的人家在火庄的西头，看上去家境一般，房屋翻了新，但屋子里却空落落的，只有些日常生活必需的物事，看来是屋子翻新耗光了家资。

家境虽是一般，可仍旧热闹。这和死去的人有莫大的关系，死者是火庄的老支书。德高望重的老支书躺在堂屋里，安静得像一只睡去的猫。师傅过去恭恭敬敬地上了三炷香。晚饭毕，我们一班人聚在堂屋里，我百无聊赖，把玩着手里的唢呐。师傅则拿出他那支老黄木杆的唢呐不停地擦拭。

大师兄把唢呐放进嘴里调音，咕咕唧唧的。师傅说你们都收起来，今天天鸣一个人吹。说完把擦拭好的唢呐递给我。

我出奇地惊讶，大师兄更惊讶，连嘴里的唢呐都忘记拿下来了。

“为什么？”我问。

“他去过朝鲜，剿过匪，带领金庄人修路被石头压断过四根肋骨。”师傅面无表情地说。

“百鸟朝凤！”蓝玉一扫慵懒的模样，绷直了问。

架势是摆出来了。灵堂前一张宽大的木靠椅，一群孝子俯首跪倒在我面前。所有的人都站在院子里，仰直了脖子往灵堂里看，连一直撒欢的那条老黄狗也规规矩矩地端坐在院子里。

我忽然有了一种神圣感，像一个身负特殊使命的斗士。那些眼光让人着迷，在每天来来往往、平淡无奇的生活中，你是看不到这种眼神的。它是那样的干净无邪，仿佛春雨过后山野里散发着的清新气息，又像是冬雪里萦绕在山巅的蒸腾雾霭。

师傅站了出来，对着灵堂鞠了三个躬，然后转过身对众人说：

“百鸟朝凤，上祖诸般授技之最，只传次代掌事，乃大哀之乐，非德高者弗能受也。”我知道这几句是《百鸟朝凤》曲谱扉页上的几句话，下面的人是听不懂这几句话的，所以还是一贯的沉默。师傅接着说：“窦老支书我不多说了，他的所作所为火庄人都看在眼里，记在心里，如果无双镇还有人能受得起《百鸟朝凤》这个曲子的，窦老支书算一个。今天，给窦老支书吹奏送行的，是游家班的班主游天鸣。”师傅的诚恳让跪倒在我面前的一干人开始发出呜呜的低鸣声。

“大哀至圣，敬送亡人，起奏！”师傅高喊。

我把唢呐送到嘴里，忽然眼前一片漆黑。

直到今天我都活在那段悔恨中，我本可以从容地完成一个乡村乐师所能完成的最高使命，可以让后人提起这段近乎传奇的事件时还能提起我的名字，本可以让乐师这个职业在乡村实现最动人的谢幕演出，甚至可以用一种近于神圣的方式结束我的乐师生涯。可就在那一瞬间，这些可能统统没有了，我的行为让无双镇这个古老的职业用一种异常丑陋的形式完结掉了，连在湮没于时代变化中的最后一刻也未能保持它曾经拥有的尊严。所以，在记录下这段经历的时候，我面临着可怕的记忆煎熬，我感觉我心灵深处的一块被时间慢慢治愈的伤疤又被重新揭开，我清楚地看见它鲜血淋漓，继而是透骨的疼痛。

重新睁开眼，一双双焦渴的眼睛全都在看着我。我把唢呐从嘴里慢慢抽出来，站起来对我的师傅说：

“对不起大家，这个曲子我忘了！”

出人意料，师傅笑了，下面的人也笑了。下面的人还在笑，师傅却哭了，他蹲在地上放声痛哭，我、我的大师兄，还有我的师弟蓝玉，我们站在师傅的身边，谁都不说话。师傅哭了一阵，站起来对还跪在地上的孝子鞠了三个躬，说我们对不起窦老支书，也对不起各位孝子。

焦三爷吹一个不就行了！人群中有人建议。

师傅摆摆手，说我早就没有这个资格了，这个班子不是焦家班，只有游家班的班主才有这个资格。师傅说完转过身从我手里抢过那支唢呐，抬起膝盖，两手握着唢呐猛力一沉。

咔嚓！

师傅走了，他迅速消失在了火庄伸手不见五指的黑夜里。

蓝玉从地上把断成两截的唢呐拾起来，又看看我，说：“看来我这辈子是听不了百鸟朝凤了！”

十九

父亲对我的态度是越来越坏了，他看我什么都不顺眼，水缸空了，他骂我眼瞎了，连水缸没水了也看不见；我把水缸挑满了，他还骂我，说我除了挑水还能干啥？

父亲骂得对，我都二十六七岁的人了，还窝在家里。你看水庄和我一般年纪的人，娶妻的娶妻，生子的生子，还有大部分早就打点好行装，爬上开往县城、省城的客车走了，除了过年过节能看到他们一两眼，平时像我这样的年轻人村里几乎就看不到了。

自从游家班解散后，我再没吹过一天唢呐。

游家班的解散没有什么仪式，自自然然的，仿佛空气蒸发了一样，请也没人请了，吹就更没有人吹了。我和大师兄在无双镇的集市上遇到过一次，我们互相问候，还谈了今年庄稼的长势，最后还到无双镇的馆子里喝了一顿烧酒，可谁都没有说关于游家班的事情，哪怕一丁点也没有，像这个班子从来就没有存在过似的。

我二十八岁了，水庄的冬天又来了，水庄的冬天如今是越来越随便了，连场像模像样的雪都没有。最近两年更是蹬鼻子上脸，连点缀性的雾凇也看不见了，整个冬天都邋里邋遢，只知道一个劲地落冰雨，打得人脸手生疼不说，还把一个水庄搅得稀泥遍地。

我现在最怕和父亲照面，不光是怕他骂我，还是因为看着他一天天老去的模样我就会内疚。别人的儿子每年都能给家里寄回来数目不等的钱，我却只能坐在家里吃吃喝喝。母亲不像父亲那样责骂我，但她总是一声接着一声地叹气，叹气的声息像一块永远挤不干水的海绵，这比父亲的责骂让我更难受。就这样，我不得不在这个狭窄的空间里逃避。父亲每天吃完饭就去庄上看人打牌去了，他不参与，只是看，其实父亲很想坐上去摸一摸的，可他的口袋不允许。母亲则是每天都在灯下一直坐着忙，忙到实在疲乏得不行了才去睡觉。

我每个夜晚都早早爬到床上，却往往到了天亮还没有睡着。

今年从稻谷返青开始就没有落过一泼雨。本来都乌云密布了的，天地也陡然黑暗了，眼看一切前奏都摆足了，一庄子人都站在天地间等着瓢泼的雨水了。结果呢，稀稀拉拉地下来几滴，在地上留下几个濡湿的坑点，立马就云开雾绽了。反复几次，水庄人的希望和耐心像田里的稻谷一样，都干枯瘪壳了。

父亲的背越来越佝偻，像一张松垮垮的泥弓。父亲每天都守在他的稻田边，脸色和稻子一样枯黄。他的眼神散漫无力地在一坝子干瘪的稻浪上翻滚，跟着风的摆动，晃来荡去，软弱无力。就这样一直到黄昏，他才直起腰来，在一阵吱吱嘎嘎的骨头摩擦声中，开始把枯朽的身躯往自家屋子里搬运。

偶尔我会在院子里遇见他，他总是呆呆地看着我，没有了愤怒，也没有了讥讽，目光蛛丝一般的柔软，缠得我有些透不过气来。

我清楚地记得，那一季的稻谷最后全枯死在了田里。我站在水庄后面的山头，视野里是一片灼人的枯黄，那黄一直向天边延伸，这样的颜色真让我绝望。但水庄的游本盛更让我绝望。一张脸黄得肆无忌惮。肝癌晚期，我和母亲竭力要求把圈里的老牛卖掉给他治病，可游本盛说：算了，我就是田里的稻子了，再大的雨水也缓不过来了。

一个月来，父亲的身体在木床上越来越小。从医院回来，父亲就再没有离开过家里那张宽大的木床。木床是爷爷留下来的，父亲当年就在这张大床上降生，如今，他又即将在这张大床上死去，像完成了一个可笑的轮回。

早晨我把家里的老牛牵到水庄的河滩边吃了一些草。中午回家的时候，我居然看见父亲站在庄头，阳光把他捏成一小团，他把身体靠在土坎上，土坎上有茂密的青色，这样他就像一朵从草丛里长出来的黄色蘑菇。我远远就看见了他，惊讶过后眼泪就下来了。

我怕他看见我的眼泪，拭干了才走近他。他颤颤巍巍地过来，像刚学走路的小孩儿。拍了拍老牛的脖子，父亲说："把它卖了吧！"说完居然下来了两滴眼泪。我明白了，父亲还不想死，他毕竟才五十出头，这样年纪的水庄人，都身强体健地穿梭于田间地头，还有使不完的劲，眼前的路还远得看不到头呢！"早该卖了，早卖早治的话，也不至于这样了。"我说。

牛卖掉那天，我在无双镇给父亲买了一双软底布鞋，我想过了，进城治病难免要走来走去的，软底布鞋穿上不硌脚。父亲全身只剩下骨头了，什么都该是软的才对。

晚上回来把鞋子递到父亲手里，他竟然从床上翘起来给了我一耳光。

“谁叫你费这钱？狗日的就是手散！”

耳光一点不响亮，听见的反而是骨头炸裂的声音。

我没有说话，把父亲扶下躺好，他两个鼻孔和嘴都大口大口地呼着浊气。喘了好一阵子，父亲终于平静了下来，他先是长长地吁了一口气，艰难地把身体侧过来对着我说：“天鸣，我听说金庄的唢呐也吹起来了。”我点点头。

其实不光金庄，无双镇除了水庄其他几个庄子都有唢呐了。也不知道是从哪天开始，城里下来的乐队就从无双镇消失了，就像停留在河滩上的一团雾，一阵风过，就无影无踪了。乐队一消失，唢呐声就嘹亮起来了。

“把游家班捏拢来。”父亲说，“无双镇不能没有唢呐。”

“有哩！除了水庄其他庄子都有了。”我说。

“日娘，那叫啥子唢呐哟！”父亲面色灰土，喘气声也大了许多，额头上还有汗出来。

我呆坐在床边，不说话。父亲的喉咙里有咕咕的声音，像地下的暗河，涌动着不为人知的秘密。良久，我听见父亲发出呜呜的哭声，哭声尖而细，如同一柄锋利的尖刀，划过屋子里凝滞的气息，继而如撕裂的布匹，陡然凄厉得紧。

此刻我才发现，我的父亲，水庄的游本盛心里一直都希望他的儿子吹唢呐的。在游家班解散后，父亲那种看似寡毒的蔑视、打击、嘲讽，其实是伤心欲绝，是理想被终结后的破罐子破摔。我又想起了父亲带着我拜师的那个湿漉漉的日子，还有他跌倒后爬起来脸上那道殷红的血痕。

我伸出手，摸到了父亲夸张的锁骨，它坚硬地硌着我的手，更硌着我的心。

我试试吧。我说，声音很小，但父亲还是听见了。

尽管屋子里光线很暗，但我还是看见了父亲眼里的亮光，我的话像一根划燃的火柴，腾地点亮了父亲这盏即将油尽的枯灯。

“我就知道，你狗日的还想着唢呐。”笑容在父亲枯瘦狭窄的面容上铺开，氲成一团凄苦和苍凉。“知道我为什么卖牛吗？”父亲纯真得像一个孩子，“我那是给游家班买家什用的。我想过了，啥子鼓啊锣啊，都老旧了，该换新的了。”接下来就是一阵咳嗽，父亲太兴奋了，又呼啸了一阵才平静了下来。父亲又说：“我死了，给我吹个四台就行了。”

“我给你吹《百鸟朝凤》。”我说。

父亲摆了摆枯瘦的手，半天才说：“使不得，我不配！”

二十

父亲病得越来越重了，话也越来越少了，开始是整夜整夜睡不着，后来是睡过去就醒不来。母亲总是守在父亲旁边，隔一阵子就看一回，探探他的鼻孔，摸摸他的额头，怕他睡过去就永远醒不来了。

我则在无双镇几个庄子之间昼夜奔走。

在无双镇生活了这么多年，我第一次在如此密集的时间里听田间的蛙鸣、山谷的鸟叫。夜晚，我一个人在狭窄的山间小路上行走，天边的一弯冷月漠然地朗照，大地如逝者的巴掌一样冰凉，裹紧衣服才发现，寒冷正不可抗拒地到来。脑子里又浮现出父亲孤独无助的眼神和日渐枯槁的面孔。我怕他等不到我把游家班捏拢他就走了，那样我的父亲就听不到唢呐声了。对于水庄的游本盛来说，没有唢呐的葬礼是不可想象的。

无双镇被我的双脚丈量完毕了，我仍像一个出海旬月却两手空空的渔人。我的师兄师弟们，此刻正在繁华而遥远的城市挥汗如雨，他们就像商量好了一般，整整齐齐地离开了生养他们的土地。

大师兄还在。他不去城市不是他不想去，而是一次意外让他拥有了一条断腿，而这条腿也成了他和城市之间永远的屏障。我把香烟递到他手上的时候，他还满含神往地给我讲述了师弟蓝玉去年来看他时的情景。“小屁股，抽的烟一支顶你这个一盒，你还别不服气，那烟抽起来就是他奶奶的顺口。”“看来，城里这钱还真他奶奶的好挣。”

听完我的来意，大师兄惊奇地盯着我，然后他说，你见过两个人吹的唢呐吗？旧时一般穷苦人家都四台，你想造个两台？埋条死狗还差不多。我说不是埋死狗，是埋我的父亲。大师兄脸上才起来了一层歉意，他大大地吸了一口烟，说去火庄吧，那里起来了好几个班子，听说场面很大，都有十六台了。奶奶的，十六个人一起吹唢呐，怕死人都能给吹活呢！

我走了好远，大师兄站在山梁上喊：“去看看吧！如今无双镇的唢呐都成他们的天下了。”

我到火庄正赶上这里的唢呐班子出活。

确实很让人惊讶。

十六个唢呐匠占据了整个院坝，连死者这个理所当然的主角都被逼到了狭窄的一隅。一排条桌浩浩荡荡地拉出了雄壮的架势。条桌上的茶盘里有香烟和瓜子。瓶装的润嗓酒也精神抖擞地站成一列。唢呐匠一色暗红色西服，大宽领，下摆还卷了圆边，一个个像即将走入洞房的新郎。条桌顶头是一件银灰色西服，还扎了根猩红的领带，胸前挂了一块亮闪闪的牌子。看样子，他就该是班主了。

最显眼的还不是班主，而是他面前盘子里的一沓钞票，百元面额的，摞出了一道耀眼的风景。“起！”班主发声，接下来就是一场宏大的鼓噪，唢呐太多了，在步调上很难达成一致，于是就出现了群鸟出林的景象，呼啦一片，沸沸扬扬，让人感到一些惶然的惊惧。我甚至满含恶意地发现，有两个年轻的唢呐匠腮帮子从头到尾都瘪着，要知道，这个样子是吹不响唢呐的。这是我见过场面最大的唢呐班子，也是我听过的最难听的唢呐声。我的大师兄说得不对，十六台的唢呐不能把死人吹活，但没准会把活人吹死。

我回到家，父亲已经不能说话了，我凑到他的耳朵边说：给你请个火庄的八台吧！父亲忽然睁大眼睛，脑袋拼命地摆动，喉咙里咕咕地响着。我知道，他不要火庄的唢呐，他说过的，火庄那不是真正的唢呐。

水庄的游本盛是水庄的河湾开始结冰时离开这个世界的，他静悄悄地就走了，头天晚上还挣扎着吃了半碗稀饭，第二天一早，发现身体都已经变得冰凉了。他死的时候瘦得像个刚出生的婴儿，把一张木床映衬得硕大无比。我用卖牛的钱将父亲安葬了。他的葬礼冷清得如同这个季节，唢呐声自然是没有的，倒是北风从头到尾都在不停地呼啸。

那个黄昏，我守在父亲的坟边。从此以后，水庄再没有游本盛了，他和深秋的落叶一起，恓恓惶惶地飘落、腐烂。我在夕阳里想了好久，都没有想起我到底给了我的父亲什么。而我对于他，只有一个又一个的失望。我的唢呐没了，游家班也没了，直到死去，他连一台送葬的唢呐都没有。

好久没有看到水庄这样的黄昏了。在我的印象中，水庄的黄昏总是转瞬即逝的，刚发现它，它就一头栽进黑夜。其实心细一点观察，水庄的黄昏是很好看的，落日静止在山头，草的须穗摩挲着它的脸面，有了麻酥酥的微痒；风翻滚着从山梁上滑下来，撩开大山的衣襟，露出暗红的裸背。大地，就在这样简单的组合中，变得古老而温暖。

我从怀里抽出唢呐，对着太阳的方向，铜碗里就有了满满的一窝儿夕阳。

曲子黏稠地淌出来，打了几个旋儿，跌落在新鲜的坟堆上，它们顺着泥土的缝隙，渗透进了冰冷的黄土。我知道，我的父亲能听见他儿子的唢呐声。从我学艺到他离开这个世界，他还没有听我吹奏过这曲《百鸟朝凤》。开始唢呐声还高亢嘹亮着，渐渐地就低沉了，泪水把曲子染得潮湿而悲伤，低沉婉回的曲子中，我看到父亲站在我的面前，他的眼神如阳光一般温暖，那些已经一去不复返的日子，在朦胧的视线里逐渐清晰起来。

起风了，唢呐声愈发凌乱，褪掉了肃穆的色彩，却有了更多的凄凉。我的喉咙被一大团悲伤硌得生疼，唢呐终于哭了，先是呜咽，继而大恸。连绵不绝的群山，被一杆唢呐搅得撕心裂肺。

二十一

今年第一场雪刚过，村长领着几个人到了我家。

我站在院子里，村长拍着我的肩膀说：这就是无双镇游家唢呐班子的班主。

很年轻啊！一个戴着眼镜的中年人说。

是这样的，他说，我们是省里面派下来挖掘和收集民间民俗文化的。

我说你就说找我什么事情吧。

戴眼镜的说我们想听一听你的唢呐班子吹一场完整的唢呐。我说游家班已经没有了，火庄有，你们去看看吧。那人笑笑，说我们刚从那里过来，怎么说呢！他干咳了一声："我们听过了，他们那个严格说起来还不能算纯正的唢呐。"

你看？他递给我一支烟说。

我说怕不行了，我的师兄弟们全进城了。

这时候站出来一个年轻一些的，村长赶忙出来介绍说这是县里来的宣传部长。年轻的部长很豪迈地一挥手，说去把他们都叫回来，费用我们来出。他的语调和姿势让我热血一下涌了上来，我仿佛看到了我的游家班整齐出场的场景，那是多么让人神往的一个场面啊！七八个人一字排开，悠悠扬扬地吹上一场。我梦里经常出现这样的场景。

我说好。

冬天快过去了，我接到了蓝玉的一封信，他在信上说，他已经在省城站住了，拥有了自己的纸箱厂。我决定去省城把我的师兄弟们找回来，我要把我的游家班重新捏拢来，我要无双镇有最纯正的唢呐。

省城真大，走下客车我有了溺水的感觉。

根据地址东寻西找了一整天，我终于在一个胡同里找到了蓝玉的纸箱厂。

推开铁门，一个守门的老头在门里一间昏暗的屋子里看报纸。

请问蓝玉在吗？

“蓝厂长出门去了。”老头抬起头问，“你找他什么事？”老头抬起头问。

“师傅！！”

…………

那天夜里，蓝玉把在这个城市的师兄弟们都通知到了一处，还请大家去了一家金碧辉煌的饭店吃了一顿饭。师傅还是老样子，饭桌上一句话没有，沉默寡言地吃。我说明来意，师傅的眼里掠过一抹亮光，然后他抹了抹嘴，说上面都重视了，这是好事啊！

好多年没摸那玩意了。二师兄感叹。

我从包裹里取出来一支唢呐递给二师兄，说试试？二师兄把唢呐接过去，端平，刚把哨管放进嘴里，他的眼神暮然黯淡，然后他举起右手，我看见我在木材厂打工的二师兄中指齐根没有了。

让锯木机吃掉了。他说，这辈子都吹不了唢呐了。

在水泥厂负责卸货的四师兄接过唢呐，说我试试。他架子还在，像模像样地摆好姿势，唢呐在他嘴里没有想象和期待中的嘹亮，只闷哼了一声，就痛苦地停滞了。他抽出唢呐吐出一口浓痰，我看见地上的浓痰有水泥一样的颜色。

别回去了，留下来吧！蓝玉看着我说。我喝了一大口酒，说我要回去，我一定要回去。看着桌子上的师兄师弟们，我忍不住哭了，师傅也哭了。

我知道，唢呐已经彻底离我而去了，这个在我的生命里曾经如此崇高和诗意的东西，如同伤口里奔涌而出的热血，现在，它终于流完了，淌干了。

夜晚，师傅还有师兄弟们送我去火车站。我们沿着城市冰冷的道路一直走，没有人说话，只有往来的车辆拉出让人心悸的呼啸。偶尔有行人经过，都一色地低着头，把脑袋往前伸，急匆匆地扑进城市迷离慌乱的大街小巷。

在车站外一块巨大的广告牌下，一个衣衫褴褛的老乞丐正举着唢呐呜呜地吹，唢呐声在闪烁的夜色里凄凉高远。

这是一曲纯正的《百鸟朝凤》。

后记

当梦想照进现实

肖江虹

很小的时候，父亲是个乡村教师，订阅了很多文学期刊。刊物上好多都是文学史无法绕过的名字。捧着书就想，当个作家该是如何荣耀的事情啊！有次小学语文老师问我：你的理想是什么？几乎没有思考，我说我要当个作家。老师立刻就笑了。我不怪他，他差不多六十岁了，问过很多学生这个问题，那些小时候豪言要做科学家政治家的，最后都做了农民。我的老师笑完后，又问我：为什么要当作家呢？我说当作家有面子。我的老师很真诚地对我说：其实，当个村支书更有面子。

我的童年属于典型的放养。父母总有忙不完的事情，根本没有时间对我们兄妹几个进行有效管理。夜晚归家，从大到小点一遍，只要还活着就阿弥陀佛了。虽然在物质上极度贫乏，但是精神却很自由。就拿读书来说，我都读到五年级了，我父亲还不知道我连两位数的加减法都捋不顺溜。

放养有放养的好处，父母的不作为让我拥有了极大的精神空间。

很多稀奇古怪的想法总是主宰着我。放牛的时候我就想，如果村子里的人一夜之间都变成了牛，会不会遭到这些原本就是牛的家伙的排挤；看见村子里面最邋遢的那个人，就想他身上的虱子会不会为了抢夺一块肥沃的地盘而进行群殴。

没日没夜的遍地乱跑，让我和那片土地建立了朴素而深厚的感情。如今，一旦空闲下来，我就会回到那里住上一段时间，听老人们絮叨往事，看风掠过村庄，闻烈日下苦蒿的味道。我小说的场景和人物，几乎都和那片土地有关，只要一想到他们，我就特别来劲。

后来，父亲调到镇上做了一名中学老师，我也跟着到了镇上。做了中学教师的父亲这个时候腾出手脚准备教育我，但是为时已晚。放养时间太长，圈养几乎不可能了。我的初中生涯和课本关系不大，眼睛长年累月都在一个女孩子身上。女孩是我的邻居，漂亮得惨绝人寰（后来进城开了眼界才知道，这属于误判）。不过很遗憾，由于我姿色平平，整个青春期一直被密集的青春痘笼罩，所以那个女孩对我几乎就没有正眼瞧过。我爱的人不爱我，弄得我极度自卑，就开始把大把的时间用来阅读。

那阵子我们镇上有个租书的小铺子，里面有金庸全集，借回来就开始读。按理说，初中二年级文化水平阅读金庸小说已经绰绰有余了，可悲的是那些书全是盗版，而且盗得还很不要脸，有时候一整段都不知所云。于是先怒火万丈地问候了盗版者的祖宗十八代，接着就开始自己组织文字，尽量让上下文能有效地衔接。等把金先生的十五部村级盗版书读完，我的作文水平居然冠绝全班。老师一次在给同学读我作文的时候很兴奋地表示：肖江虹的作文有浓郁的古典气息。

整个初中生涯，我最接近文学的一次经历发生在生机勃勃的初春。在一次全省的作文比赛中，我居然获了一个优秀奖，有五十块钱的奖金。一群狐朋狗友三下五除二就把奖金消灭得干干净净。吃人嘴软，一帮人抹着嘴对我阿谀奉承，说你将来肯定是个作家。本来还心有戚戚，一听这话，立刻就乐得屁颠屁颠的。前段时间搬家，我居然在一个旧箱子里翻出了那篇文字，才读两句，就掉了一地的鸡皮疙瘩。

上高中后，学校有个小型图书馆。读得最多的是古代典籍，最喜欢的，就是《三国演义》，这本书至今都是我的最爱。读了多少遍记不住了，反正很多精彩段落都能背诵，比如隆中对，比如舌战群儒，比如骂死王朗。我甚至能说出书中每一个人的名字，包括那些一出场就给干掉的可怜虫。

阅读让我的语文成绩一骑绝尘。每次考完试，我的语文老师拿着我的试卷笑得花儿都谢了。其他科目就惨了，到高三毕业，我连一个简单的化学方程式都配不平，化学老师有次咬牙切齿地对我说：我敢肯定，你的脑髓是豆渣捏的。

严重的偏科，上好大学是不可能了，最后上了一所师范院校。我特别沮丧，父亲却高兴得又唱又跳，逢人就说：后继有人了，后继有人了。

我的大学波澜不惊，唯一骄傲的事情就是让我的同桌成了我的妻子。记得寝室夜谈的时候还有室友跟我说：兔子不吃窝边草。我反击他：肥水不流外人田。大学这个唯一的成果为我后来的写作生涯奠定了坚实的基础。这些年来，不管我写得好不好，我妻子都一直默默支持我，她经常对我说：商人官员常见，作家不常见，你要真成了作家，就相当于我们家养了一只大熊猫！

大学毕业，我被分配到一所乡中学当了一名语文老师。开始干得特别起劲，调动起自己多年的阅读储备，每堂课都上得风生水起，学生们更是兴致勃勃。可一考试就惨了，那些把课上得让人想投湖自尽的老师，考试成绩好得一塌糊涂。奖金自然是没有了，还会遭人白眼，暗地里还要贬埋你：学生喜欢又如何？还不是花架子。慢慢地，兴致没有了，自己也热爱上了全国通行的填鸭式。学生精气神没有了，但是分数却节节攀升。这样的结果，郁闷是难免的，然后就把自己的一些思考写成文字寄给县里的一份报纸。巧的是，我们教育局局长有次正好读到我的一篇文章，他对我的一些想法很赞成，当即拍板把我调到局里。

离开学校那天，我心里高喊：仰天大笑出门去，我辈岂是蓬蒿人。那得意劲就甭提了。在县教育局，我被安排到办公室上班。才三个月，我就开始怀念在学校当老师的日子了。每天一杯茶，一支烟，一张报纸看半天。想想这样的日子其实很可怕。后背发凉之余，无可奈何又开始写。写的东西大部分发表在县里的一份文学内刊上。悲剧的是，我那些哼哼唧唧的东西让县委宣传部部长看见了，他一巴掌拍在桌子上说：这样的人才就该来宣传部门工作。

在公文里泡了一年半，连个属于文学的句子都不会写了。狠狠心，逃到了一个清闲的部门。走进新单位那一天，仿佛顿悟一般，不再嫉妒那些已经谋得一官半职的同龄人，不再抱怨生活的不公。端端正正坐在电脑前，开始用文字编织自己的世界。

磕磕绊绊写了一段时间。反复斟酌，挑出一个中篇，叫《百鸟朝凤》，心想不鸣则已，一鸣惊人。要给就给大刊物，要给就给名编辑。又听说《当代》有个叫周昌义的，对无名之辈特别关照，找来邮箱地址，咬牙切齿把小说发了过去。

小说发表后，引起了一些关注。这样就更得意了，心想快了，就快成个作家了。于是，对作品的产量有近乎变态的追求。上一个刚写完，就开始迫不及待地谋划着下一个。一段时间文学期刊上没有自己的名字，就会陷入一种莫名的恐慌，就怕别人把自己给忘记了。没日没夜地写啊写啊！写得手脚酸麻脖子僵硬两眼发直还不罢休。疯狂制造了一堆残次品，没有一个突出，腰椎间盘最突出。

遗憾的是，这些年一路写来，发现自己离一个作家越来越远。

说这个话，不是矫情，是来自心底最真实的焦虑。

到了不得不思考的时候了。扪心自问，对文学，你还抱有虔诚和敬畏吗？对自己的文字，你有十年磨一剑的耐心吗？

闲时翻阅那些曾让自己沾沾自喜的文字，居然全身冰凉，心如死水。

在这个属于速度的时代，每个身影都保持着一种前倾的姿态。

滚滚人流中，我们早就丧失了对文字的虔诚，对经典的向往，对深度的追求。

慢一点，再慢一点。这才是文学创作最基本的态度。

也许，我用一辈子的时间，最后只能证明一件事，那就是我原来根本就成不了一个好作家。

但我还是想试一试。

无他，因为热爱。

图书在版编目（CIP）数据

蛊镇 / 肖江虹著.—西安：太白文艺出版社，2014.1
（中国文学新力量）
ISBN 978-7-5513-0671-3

Ⅰ.①蛊… Ⅱ. ①肖… Ⅲ. ①中篇小说—小说集—中国—当代②短篇小说—小说集—中国—当代 Ⅳ. ①I247.7

中国版本图书馆CIP数据核字（2014）第007744号

蛊镇

作　　者　肖江虹
责任编辑　周瑄璞　靳　嫦
封面设计　焚香图文
版式设计　高　薇
出版发行　陕西出版传媒集团
　　　　　太白文艺出版社
　　　　　（西安北大街147号 710003）
经　　销　陕西新华发行集团有限责任公司
印　　刷　西安市建明工贸有限责任公司
开　　本　880毫米×1230毫米　1/32
字　　数　245千字
印　　张　10.5
版　　次　2014年4月第1版 第1次印刷
书　　号　ISBN 978-7-5513-0671-3
定　　价　29.00元